KUWEI
酷威文化
图书 影视

弦风花耳

陈隐 著

上册

天地出版社 | TIANDI PRESS

Contents

目录

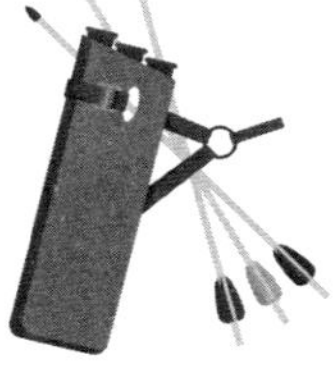

第一章

重逢

宋仰的床头柜上摆着一张合影，他被一个看起来个子很高的男生单手抱起，圈在怀里。

男生身穿一套休闲运动服，留着干净利落的短发，眼睛深邃有神，充满了年轻运动员的蓬勃朝气。

那时宋仰只有七岁，脸颊上还带着婴儿肥，瘦小的身躯贴靠在男生侧腰的位置，小脑袋侧歪，有些腼腆地钩着男生的脖子。

从小到大，每当有同学到宋仰卧室参观，都会很好奇地问一句“这男的是你哥吗”，宋仰就会很骄傲并且滔滔不绝地介绍这位人物的来头。

宋仰上一年级时，N 市举办过一场为期六天的全国室外射箭锦标赛，全国上千名运动员参与，非常隆重。

男子个人总决赛那天刚巧是周末，宋仰的爸妈带着他一起观赛。

室外赛设在一个高尔夫球场，视野十分开阔，就是观赛条件不是一般地简陋。观众席都是临时搭建的，用户外的广告棚遮阳，坐的都是塑料凳。

宋仰对那天的气温印象深刻，就是一个字——热，简直要把人晒化了。

有个老大爷推着小车卖冰棍，宋仰问老爸要了钱，“噔噔噔”地跑过去。

泡沫箱里的冰棍种类有点儿多，他挑花了眼。

“怎么样，挑好了没有啊小朋友？你再这么选下去，我这一箱冰棍都得化了。”大爷说。

宋仰最终选了一个巧克力味的甜筒，可他刚揭开盖子，还没来得及舔第一口，背后就有人撞了他一下，甜筒掉了，砸在脏兮兮的草坪上。

他小嘴一撇，转过身，看见一个身形高大的背影，遮住了大片阳光，也将他笼罩在阴影里。

这人双臂修长，肌肉线条明显，后腰背着一袋箭。

宋仰有些胆小，但这并不妨碍他扯开嗓子一顿爆哭。

李浔先是吓了一跳，不过很快就明白了怎么回事，蹲下来给他擦眼泪：“对不起，我没看见。”

宋仰还是哭。

周围观众的目光全都汇聚过来。

李浔手足无措，抓抓后脑勺哄道：“要不然我再给你买一个吧？”

宋仰眨眨湿漉漉的眼睛，打了个哭嗝，勉强妥协。

李浔淡笑着将他牵到一边：“你自己挑。”

但是很不巧，刚才那种巧克力口味的冰激凌已经卖完了。

宋仰瞅瞅箱子，又瞅瞅地上的冰激凌，小声抽噎。

李浔又问了几款，宋仰还是摇头，坚持道：“我就想吃那个。”

这孩子是哄不好了，比赛马上就要开始，李浔一把将他抱起，兜在臂弯，在观众席里寻找他家人的身影。

“这是谁家小姑娘？”

宋仰惊恐地瞪着他，差点儿怀疑起自己的性别。

还没等解释清楚，在一旁笑了半天的宋仰的父亲宋景山就把宋仰带回观众席了。

因为这段小插曲，宋仰后来的注意力全都集中在这个男人身上。说他是男人有点儿不准确了，因为他只是个男生，可他的个子又是当天所有运动员里最高的，逼近一米九，胸口印着省队的标志。

裁判吹哨后，宋仰看见他拎着一把黑金色的反曲弓上场了，白色的弓片像一对轻盈的翅膀，但实际上它并没有看上去那么轻盈。

七十米的射程，这把弓需要承受近四十磅，也就是十八千克左右的拉力，它的自身重量也不会太轻，李浔有着与年龄不太相符的、矫健有力的肌肉。

事实上，赛场上每位运动员都有肌肉，但宋仰只记得他的手臂线条流畅又漂亮，特别是推弓瞄准的那几秒，暴露在阳光下的皮肤好似在发光。

下午一点，是太阳最烈的时候，李浔戴着墨镜，不管成绩好坏他都没有笑容，冷漠得像个机器人。他拉弓时下颌线绷得很紧，表情严肃中又带着一点儿轻蔑，总有种“我这辈子都不可能射歪”的气场。

他的成绩也确实好，从他手里出去的箭，基本没有离开过黄色内圈，不是十环就是九环。

总决赛中上场的一共有八位选手，进行一对一决战，李浔连续战胜两个人以后晋级冠军争夺赛。

冠军争夺赛的规则是两位选手轮流射箭，一共四轮，每轮每人射三支箭。一轮结束，三支箭的环数相加，赢的选手获得两个积分，输的没有积分，平局各得一个积分。谁的积分先达到五分，谁就获胜。

和李浔对阵的是外省选手，体形健硕，手臂有文身，尤其是胸部的肌肉，把短袖撑出了一种立体的感觉，更可怕的是他还留着浓密的络腮胡。

宋仰的小手指着他说：“爸爸，你看，大猩猩。”

随即宋仰立刻被老爸捂住了嘴：“不可以这么没礼貌。”

决赛第一轮，选手抽签，李浔在先。他所站的位置离右侧的观众席很近，抬眼时扫过观众席，看见刚才那个被他撞掉冰激凌的小孩儿正趴在围栏上。

不得不说，这小家伙的颜值还是很吸引人的，皮肤白净，眼睛很大，圆溜溜的，看着就让人萌生一种保护欲。

小屁孩的目光有些呆滞，但他能感觉到对方是看着自己的，于是愉快地招招手。

宋仰先是愣住，有点儿不敢置信，一丝难以言说的喜悦顺着神经攀上大脑，也抬起小爪子挥了挥。

头顶碧空如洗，脚下绿意盎然，他们默契的笑像是摄影师镜头下充满艺术性的画面。

第一轮，李浔以二十九环的成绩拿到两个积分，但那个络腮胡也不是善茬儿，第二轮连续射出三个十环，追平积分。

场下观众顿时骚动起来，甚至开始激情“押注”，大部分猜络腮胡会赢，因为有人说他是上一届全国赛的冠军。

宋景山也加入了他们的阵营，然后低头问宋仰：“你觉得哪个会赢？”

宋仰不明白规则也不了解他们的过去，只是单凭感觉，指向李浔。

也许是听见了谈话的内容，李浔转头看了一眼观众席。

第三轮结束，打平，两人各得一个积分，这也就意味着，剩下的最后一局，要么打平进入加赛环节，要么就决出胜负。

现在只剩最后三支箭了。

裁判吹哨，全场都安静下来，静待选手就位。

这轮络腮胡先射，前两次都是十环，观众席沸腾了。

有经验的观众都知道，在还剩一支箭的情况下，只要不是发挥失常，这样的成绩很难再有被对手反超的机会。

络腮胡的最后三支箭总成绩是二十九环，收弓时，他露出一个志在必得的笑容。

射箭项目需要很强大的定力，很多时候，在赛场上不一定靠技术取胜，而是靠心理状态。在知道对手成绩，而且是难以超越的成绩时，选手很难做到真正放平心态。

宋仰觉得李浔的脸色都有些不一样了。

倒计时读秒开始，李浔动了动脖颈，双腿微微分开，站在起射线两侧，持弓臂前撑，手、肘、肩三点呈一条笔直的线，暴露在阳光下的肌肉微微隆起。

宋仰离得近，能看见他微微皱起的眉头。

弓弦绷到了他下颌线的位置，在皮肤上压出一道浅浅的痕迹。

“嗖——”

全场的视线都跟随那支箭一起出去了。

一个精准的十环。

“漂亮！”李浔的主教练在背后握了握拳，“加油！稳住！”

比赛到了最关键的环节，就连解说都跟着兴奋起来：“李浔还有两支箭，如果他能再拿到一个十环，比赛很有可能进入加赛环节。”

只见他快速地拉弓，瞄准，撒放。这一箭压到了十环的黑线，裁判不得不用放大镜确认环数。

记分牌亮起，解说声音战栗地播报：“十环！十环！李浔又一个十环！有机会反超了！”

就好像有人戳破了一个气球，全场气氛在瞬间炸开了，好些观众激动地站起来为李浔加油鼓劲。

接下来只需要一个九环，李浔就能拉平比分。

络腮胡的脸色和半分钟前有了绝妙的反差，攥紧了手里的矿泉水瓶。

宋仰听见李浔的主教练员在安抚他："要稳住啊，要稳住！不要给自己太大压力，平局再战也行。"

而李浔的表情一如既往地冷漠，眉宇间甚至还透着点儿不耐烦，似乎在说"热死了，不想加赛"。

远处传来了聒噪的蝉鸣，宋仰的双肩被老爸的双手攥紧了，热度和紧张都顺着皮肤传递。

最后一箭，全场屏息，视线汇聚到了同一个地方，就连卖冰棍的大爷都一动不动地愣在原地。

射程七十米，黄色的内圈缩小成芝麻大的一个小点。

阳光过于刺眼，宋仰根本就看不清靶心在哪儿。他抬手遮在头顶，望着大荧幕上的靶面。

上面插着的两支箭还没被拔下。

只听见"嘭"的一声，第三支箭被射出去，划破潮热的空气，精准地砸中圆心，和第一支箭的箭头挤在一起。

观众就跟引线烧到头的炮仗一样，全都炸开了。

"十环！十环！李浔射出了十环！"解说和观众一样，不顾形象地从椅子上站起来亢奋地大喊，"李浔赢了！他是本场比赛的冠军！"

裁判宣布比分，宋仰终于看见李浔在一片欢呼声中摘下墨镜，露出一对弯弯的眉眼，被教练和队友夸赞以后，他一边笑，一边整理自己的弓箭。

他笑起来有一股少年特有的青涩，眼睛在阳光下闪闪发亮，和比赛时仿佛不是同一个人。

下场时经过观众席，李浔偏了一下头，正巧对上宋仰崇拜的目光。他脚步一顿，摘下手上的护指皮套，像揉小动物一样，宠溺地揉了揉宋仰的短发，最后还用指尖轻轻戳了戳宋仰软乎乎的面颊。

“还想吃冰激凌吗？我现在可以带你出去买了。”

每当宋仰回想起那个炽热的夏天，嘴角就止不住地上翘。

因为那场比赛结束后，他不光拥有了和李浔的合影，还通过撒娇卖萌的方式获得了一支李浔在赛场上用过的箭。

许多射箭运动员的弓箭是定制的，会在箭支上做标记，方便裁判识箭。

黑色的箭杆上印着李浔名字的缩写，箭羽是梭形花羽，和他的弓把一样，都是黑金配色，少见又夺目。

唯一的小缺憾是李浔将它送出手前，将箭头拔掉了，导致它无法使用。

宋仰尝试过为它重新配一个箭头，但无论如何也找不到记忆中的那个带一点儿弧度的银色箭头。它成了箭盒里最独特的存在，就如同它的主人一样。

宋仰不知道这支箭陪伴李浔走了多久，但这支箭陪伴着宋仰经历了春生秋杀，潮起潮落。

从七岁到十七岁，稚嫩髫年变得意气风发。

这中间，宋仰无数次地想要去现场看一次比赛，然后告诉李浔，当初赛场上的那个小朋友长大了，并且爱上了射箭，有机会赛场上见。但不是因为赛场太远，来回成本过高，就是碰上考试，没那么多时间。

他总想着未来还有机会。谁知道这么拖着拖着，他等来的却是李浔要离开国家队的消息。

宋仰刷到这条动态时完全是蒙的。

射箭队的官方解释是：李浔需要休息，他将会翻开新的人生篇章。

但宋仰的推测是李浔有了女朋友，然后回家结婚生娃去了，从此过上波澜不惊的凡人生活。

虽然此推测毫无根据，但宋仰依旧会一边想象着李浔刷锅洗碗哄妻奶娃的画面，一边毫无立场地埋怨他为什么不多坚持坚持。

宋仰自己也分析过对童年偶像失望的原因。一方面是不敢，也不愿意相信李浔竟然会为了一些红尘琐事放弃梦想，而且是在事业的巅峰期，这不符合他战神的人设，也不符合所有人对他的预期。

按套路，他应该一路披荆斩棘登上奥运赛场，然后风光无限地摘下奖牌，或许站上领奖台时，还会笑着说一句：“感觉不错，下次还来。”

他怎么能成天想着奶孩子！

而另一方面是自己没能在李浔退役前看一场他的比赛。

他还没来得及和偶像单挑一局呢!

前者是李浔的人生，他无法干预，所以只能想办法弥补最后这小小的遗憾。

于是他挖空心思扑在李浔的社交账号上寻找蛛丝马迹，就连给李浔点过赞的网友都不放过。

他就这么锲而不舍地关注了大半年，终于发现了李浔常去的一家箭馆——穿杨射箭俱乐部。

宋仰在地图上搜到地址，就在 N 市的上岭区，从家坐地铁过去大约半小时。

他换了套新衣服，把自己捯饬干净，还特意用洗手液搓了搓手，准备沾沾神射手的好运气。

“妈！我晚饭可能不回来吃了啊！你和老爸先吃，不用等我！”宋仰出门前喊了一声。

在厨房刷锅的李慧瑛女士也扯开嗓子嚷嚷：“你又要野哪儿去啊？作业写完了没有？”

“我和洛洛一起写！”宋仰把手机揣兜里，弯腰换鞋。

“你别老上人家里蹭饭，下回叫洛洛来咱家……”李慧瑛的脖子从厨房伸出来，“啧”了一声，“你书包都没拿写什么作业，你给我回来！”

宋仰的鞋子穿到一半，保持着金鸡独立的姿势，嘿嘿一笑，一蹦一蹦地往楼梯挪：“多亏您提醒了，我这就上去拿。”

李慧瑛气得眉毛都快立起来了："我刚拖的地，你要敢把你那脏鞋踩下去……"

宋仰赶紧把运动鞋脱了，光脚跑上楼。

他确实感谢老妈提醒，要不然就忘记照片的事情了。

虽说李浔现在不是国家队运动员了，但他还是想要个签名留作纪念。

地铁上没抢到座，宋仰一手握住杆子，一手滑动手机，李浔的微博动态停留在两周前。

李浔 Archer：房东阿姨送的小白兔狸藻，还以为是哄小孩儿的，没想到真的长出了小白兔。

配图就是一盆很可爱的绿植。它的花茎很密，又细又长，每一根花茎上都开出了白色的、半透明的小花，形状酷似小白兔。

直男清奇的拍摄角度也阻挡不住它的可爱。

留言的人还挺多，看得出来，大多数是李浔以前的粉丝，不过李浔一直维持着在赛场上的高冷，没啥正事儿一般不回复。

广播响起到站提示音，宋仰重新戴上右耳耳机，顺着人流挤出地铁。

俱乐部位于上岭区 S 大楼的一层，弧形门店，全落地窗设计。透过玻璃，能看见十米和十五米射程的两片新手区域，有几位穿制服的教练正在指导学员射箭。

宋仰进门后，前台小姐姐起身问：“请问有没有预约？”

宋仰摇摇头：“没预约不能进去吗？”

“当然不是啦！”小姐姐很热情地说，“我可以带你进去参观参观，感兴趣再预约也没关系。”

前台的设计是有高度的，当小姐姐从里边走出来时，顿时矮了十厘米，宋仰一低头就看见了她的头顶。

小姐姐仰头说：“你好高啊，有一米八五吧？”

宋仰嘿嘿笑道：“我上学期量是一米八三，现在可能又长高了一点点。”

“你应该还在读书吧？”

“嗯，今年高三。”

“哇……好小啊，现在的小孩儿营养可真好。”小姐姐从员工饮水区拿了瓶矿泉水和纸巾一起递给他，“跑过来的吗？擦擦汗吧。”

宋仰连声道谢。

这家箭馆的规模比宋仰想象中的要大很多，一眼都望不到头，有个房间里挂满了不同款式的反曲弓和复合弓，还有一些是带锁的私人柜子，应该是 VIP（贵宾）客户自带的弓箭。

灰白色的墙面上贴满海报，其中包含教练员的照片和个人资料以及赛绩。

看见李浔的照片时，宋仰惊喜地“啊”了一声。

小姐姐回过头。

宋仰指着海报，激动地问：“他今天也在吗？”

小姐姐翻了翻手机，说：“在的，不过他在二楼的特训区带队，要晚点儿才下课。”

“没关系，我可以等。”

俱乐部的收入来源除了培训费，还有售卖弓箭。宋仰站在休息区的展柜前，看那些崭新的、排列整齐的弓把和弓片，最贵的弓把要上万元。

箭羽也是五颜六色的，不过没看见李浔常用的黑金配色，里头有套竞技赛专用的高阶碳箭，一共十支，售价三千多元。

这就是为什么老妈不支持他玩箭的原因之一——太烧钱了。

一切过分烧钱的业余爱好，都会被老妈划分到“不务正业”的分类里，偶尔玩玩还成，要真当成职业，他会被打到屁股开花。

家里的弓箭是老爸用私房钱给买的，很便宜，射程很近，十五米开外就不好使了，瞄得也不是很准，基本都是靠感觉射。

他一直想攒钱买把新的，磅数高一点儿的，可以射得更远，但看看这价钱，今年肯定是没希望了。

“哥哥，你在看什么呀？”身后传来一个稚嫩的声音。

宋仰回过头，看见一个扎着双马尾，穿着吊带裙的小孩儿，她的个子很矮，瘦瘦的，像根萝卜条。她大概刚上小学。

估计是哪个工作人员带过来的。

因为休息区那边有个粉色的卡通书包和一大一小的两个水瓶。

宋仰趴在透明的玻璃展柜上说：“我在看弓箭啊。你觉得哪个颜色好看？”

小朋友也趴在展柜上，鼻子被玻璃压得扁扁的。

“我家有好多好多弓箭呢，这些都没有我家的好看。”她用一种略带炫耀的口吻说。

小孩儿吹牛是常事，宋仰也没当回事，指着一堆箭羽说：“那你知道这羽毛是干什么用的吗？”

“是粘在箭的尾巴上，保持平衡和方向用的。”

“嚯！”宋仰惊讶地低头看向她，“谁告诉你的啊？”

“我外公啊。”

两人聊得正起劲，宋仰背后又响起一个男人的声音：“初之，拼音都写完了吗？”

这声音低沉耳熟，宋仰转过身。

李浔真人比电视上看见的还要高，身材和退役前没什么变化，宽肩长腿，黄金比例，穿着短款带帽夹克，头发很随性地往后一抓，皮肤保养得也很不错，看起来清爽又干净。

如果不知道他的年纪，别人会以为他是大学生。

“我早就写好了。”叫初之的小朋友一把抱住李浔的大腿，“我想上厕所。”

“大的小的？”李浔从兜里翻出一包纸递给她。

“小的。”

“那就自己去啊。”

“厕所的灯坏了，很黑，我一个人不敢。”

“那我也不能陪你上女厕所啊！我找个姐姐带你过去，你先憋一憋。”

“快一点儿，我有点儿憋不住了。”

“早干吗去了？”

“就是看见你以后，忽然就想尿尿了。”

“……”

宋仰扑哧一笑，看见李浔弯下腰，一把将小孩儿轻轻松松抱到怀里，他的动作又快又娴熟，还能空出一只手提水瓶，像是长期带小孩儿才练出来的本事。

整个过程中，李浔的视线都没离开过小朋友，自然也就没关注到宋仰，所以当他转身看见一个差点儿碰到他下巴的脑袋时，吓得后退了一步。

“老师您好！”

李浔拧水瓶的动作顿了顿，环顾四周，发现没其他人，然后用一种打量异类的目光打量起宋仰来：“叫我啊？”

宋仰点点头，从背包的侧袋里抽出一张合影：“您还记得这个吗？十年前，您在 N 市参加过全国比赛，当时我在观众席！”

李浔甩了甩手，又在裤子上擦了一下才接过照片。

宋仰紧张地吞了吞口水，观察起李浔的表情，发现他先是拧了拧眉毛，过了几秒，又缓慢地舒展开了，嘴角还微微翘起，像是想起了什么。

宋仰一脸期待，而李浔只是指着照片上的小孩儿说：“这是你啊？”

宋仰点头如捣蒜。

李浔用一种惊诧的口吻“哦”了一声，然后把照片举到宋仰的耳边进行面部对比：“原来你是个男孩儿啊！”

宋仰瞳孔一震，头顶是电闪雷鸣。

这个“哦”是怎么回事！这副不可置信中透着点儿失望的表情又是怎么回事！他的性别好像很出人意料一样！

宋仰在心底咆哮，不过面上没有表现出来，并且有些期待地问：“您想起来了吗？我当时是和我爸妈一起看比赛的，就坐在第一排。您还送了我一支箭，黑色的，我到现在还留着呢！”

李浔点点头，很轻地“啊”了一声说：“有点儿印象，不过我一直以为你是个女孩儿。”

宋仰的小拳头握紧了：“其实我一直都是男孩儿……”

“废话，你要是中途变的就有点儿吓人了。”

宋仰忍不住笑出了声：“您能给我签个名吗？”

李浔没说什么，从前台的笔筒里随便抽了支笔，在照片背面签上大名。

大概问他要签名的人挺多，字体一看就是设计过的，线条流畅，很有艺术感。

宋仰颤抖着接过，夹回课本里。

见李浔开始整理箭支，他又迈着激动的步伐跟上去：“我是看您的比赛长大的！您一会儿要射的话我能近距离观摩观摩吗？”

李浔转过头，露出一个尴尬又不失礼貌的微笑："谢谢，我不射。"

宋仰一看时间，还很早。

"为什么不射了啊？那您下次什么时候射，我过来观摩观摩。"

正巧初之小朋友从厕所出来，李浔把弓箭锁到柜子里说："因为我要回家做饭了。"

宋仰看看孩子，又看看李浔，无限怅然地说："真没想到，您孩子都这么大了，都上小学了吧？"

初之仰着脖子说："他是我舅舅，不是我爸爸。"

初之又说："我舅舅连女朋友都没有呢！给他介绍的对象他都不满意，很挑剔，我外公说他再这样下去可能要孤独终老了。哥哥，你知道孤独终老是什么意思吗？"

李浔被一口水呛得满脸通红，一把捂住初之的小嘴巴："不用交代得这么清楚！"

宋仰实在没忍住，笑得肩膀都抖了。

等李浔和初之小朋友走后，他才转身离开。

去车库的路上，李初之看见有个姑娘正在舔冰激凌，拽了拽李浔的衣角，喊了声"舅舅"，然后努努嘴，用眼神示意。

李浔勾了勾嘴角："我是不是跟你说过，穿了外套就不能再吃冰激凌了？"

李初之："可是我不冷。"

"你忘记你去年吃冰激凌吃到住院的事情了？好了伤疤就忘

了疼？”

“我听不懂你说的话。”李初之小嘴一撇，呆愣愣地看向那姑娘的背影。

李浔拉开车门：“上来。”

李初之别开脸：“我不。”

“李初之，我数到三，要是不上来，等你过生日的时候就没蛋糕吃了。”

还没等李浔开始数，李初之就蹦到车上。李浔揉了一把她的小脑袋，关上车门。

路上有点儿堵，李浔点开音乐，小家伙切了一首动画片的片尾曲。

过了一会儿，她低下头，几根手指绞在一块儿。

李浔很快就注意到她的情绪不怎么高，问：“今天晚饭想吃什么？牛柳怎么样？”

李初之直接越过了他的那个问题：“今年我妈妈会回来陪我过生日吗？”

李浔差点儿闯了个红灯。

他一脚急刹，沉默了好一会儿才说：“妈妈比较忙。我和外公陪你一起过好不好？你还可以叫上班里的同学。你和潇潇不是最好的朋友吗，你要不要问问潇潇有没有空？”

“可是我已经好久好久没有见到妈妈了，我想她了。”李初之说到这儿，低下头，仿佛受了天大的委屈，眼泪顷刻间就下来了。

李浔只好找地方靠边停车，安慰痛哭流涕的小朋友。

李初之的妈妈，也就是李浔的亲姐姐李沨，工作时经人介绍，认识了一个长得还不错的男人，但男方家庭背景并不好，父母都爱赌钱，李浔的老爸自然不同意他们交往。

当时李沨大概是被对方的颜值迷晕了，和家里闹得不可开交，直接跟那个男人跑了，失联了大半年，后来一通电话打回家，说是怀孕了。

这生米都煮成熟饭了，家里人再怎么别扭，也只好同意了这门婚事；可男方那边反倒不同意了，一会儿嫌弃李沨是农村户口，一会儿又嫌弃她家里没房，还是单亲家庭。

后来他们一了解才知道，原来对方是和别的女人好上了。

李沨一气之下就去了医院。但她当时已经怀孕六个月了，医生不建议打胎，又给她看了看孩子在肚子里活动的样子，李初之就这么被留下来了。

李初之一出生就没见过父亲，李浔又常在外地训练，只有李沨和老爸两个人轮流带。

李初之上大班那年，李沨留了封信就离家出走了，警方在海边发现了她遗留的衣物。

李浔也不知道该如何向一个八岁的小朋友解释这件事情，而随着年龄的增长，李初之似乎也意识到了什么，变得有些敏感，不那么好哄了。

李浔最终还是掉了个头，买了个杧果味的甜筒。

“吃完就不准哭了啊，你看你那眼睛肿得跟什么一样。”

李初之一边打着哭嗝，一边点点头，声音闷闷的：“我知道了，我已经不想妈妈了。”

李浔被她给逗笑了。

这么一闹，他们回到小区又晚了整整半个小时。

李浔走出电梯，闻到一点儿饭菜的焦味，似乎是从自己家飘出来的。他着急忙慌地开门，并且很大声地喊了声“老爸”。

屋内的人没有应声，他更焦急了，推门的动作很猛。李初之被吓到了，面部表情有些呆滞。

李国涛推着轮椅从厨房出来：“回来了啊，今天怎么这么晚？”

“箭馆有点儿事情耽误了，”李浔闻着味走进厨房，看见一锅烧煳了的红烧鸡翅，麻溜地围上围裙，说，“以后做饭的事情我来弄就行了。你那腿又不方便，别老瞎折腾。我在外边闻到焦味，还以为家里着火了，吓我一大跳。”

李国涛没说什么，冲初之笑笑，张开双臂：“过来，外公抱抱。”

李初之扑进他怀里蹭了蹭，把还剩下几口的冰激凌喂过去：“舅舅给我买的，可好吃了，杧果味的。”

李国涛象征性地咬了一小口脆皮，露出一个惊喜的表情，扭脸又说：“这都快过中秋了，你怎么还给她买这么凉的，她肠胃又不好。”

“她自己贪吃，不给买就哭，满大街的人都看过来了，不知道的还以为我欺负她了。”

李浔正要把一锅鸡翅给倒了，李国涛惊道：“你倒掉干什么，又不是不能吃。”

“焦了的不健康。”李浔说。

“再不健康还能怎么着？”李国涛推着轮椅过去想阻拦，“你们重新再弄一锅，这些我来吃。”

李浔二话不说就给倒了，气得李国涛猛拍大腿：“臭小子，你穷讲究。”

李初之有样学样地跟着念叨，被李浔弹了个大脑嘣儿。

李浔切菜的速度很快，炒菜还会颠勺，李初之跟条小尾巴一样黏在他身后。

大碗生鲜入锅，油锅“刺啦”的一声冒出一团火焰，李初之吓得一把抱住李浔的大腿，等火灭了，她又夸：“舅舅你好厉害，我还想再看一次。”

弄下一道菜的时候，李浔又给她表演了一次，并且交代：“我不在家的时候你不准玩火，知道吗？”

李初之乖顺地点点头。

晚餐吃到一半，李国涛想起了什么，说：“今天房东来过一次。”

李浔愣了愣：“房租不是交了半年的吗？”

“不是房租的事情，”李国涛叹了口气，“她说她准备送孩子出国留学了，一年下来也得好几十万，所以想把这套老房子卖了。”

李浔已经习惯了这种变幻莫测的生活，淡定地“哦”了一声：

“急吗？”

“她说尽快，房子她已经叫人挂到网上了，之后可能有人要来看房。”

李初之吐掉了一嘴虾皮：“什么是出国留学啊？”

李国涛：“就是到国外学习啊，可以认识好多好多外国朋友。”

李初之：“哦，我知道了，就像舅舅以前那样吗？”

李国涛看了一眼儿子，见他没有露出什么不愉快的表情才说：“差不多吧。”

“那是不是很久很久都不能回来？”

“对，因为太远了，不方便。”

“那房东阿姨为什么要送孩子出国留学啊，她的孩子一定会很想念她，就像我很想舅舅一样。”

李浔勾了勾唇角，把剥好的一小碟虾仁推到李初之面前。

有时候他觉得带小孩儿简直是比雨天训练更折磨人，但有时候又觉得，一切都很值得。

上天的安排都有用意，自己的选择是对的，他每晚都会这样安慰自己。

吃过饭，李国涛在李浔的帮助下来到阳台，使用多功能行走架进行下肢训练。

他的偏瘫属于中风后遗症，是去年的事情。他晕倒在公园里，还好及时被跳舞的大妈发现，叫了救护车。

刚醒来那会儿他半身都属于麻痹状态，就连说话都说不利索，今年才有所好转。

因为这件事情，李浔错过了集训，错过了世锦赛选拔，后来干脆退出国家队回来照顾他和李初之。

“舅舅，我想看动画片！”李初之在多次尝试解锁无果后，呼叫救援。

李浔避开她的视线输入密码。李初之现在越来越聪明了，学会解锁和找视频，要是没人看着，她能不吃不喝看一整天。

“看完两集就回房睡觉。”李浔说。

李初之一把抱住平板电脑，端正坐姿：“我知道了。”

李浔正在手机上搜索房源信息，忽然弹出一条消息。

是陌生号码发来的，就两个字：

您好。

他直接忽略。

过了一会儿，消息又来了：

我是傍晚问您要签名的那个，我叫宋仰。想问问您什么时候可以再安排新课程，我想预约。

李浔回想起宋仰白天说话时面红耳赤的样子，饶有兴致地挑挑眉：

你想预约哪种？带班和带一个人的价位不一样。

宋仰收到消息时，整个人从床上蹦起来，等心率平稳下去后，颤抖着输入：

如果是一对一的话，要多少钱啊？

没多久，李浔就回复了：

每学期两万，一共三十六堂课。

“抢钱啊这是！”宋仰搓了搓脑袋，一头短发顿时成了鸟窝，输入：

我暂时没有那么多钱，能只上一节课吗？

消息发出去以后他就后悔了，这又不是菜场挑大白菜，还论斤卖。可短信没有撤回功能，他只能独自尴尬着，等待回音。

短短两分钟，宋仰解锁了手机几十次，但一直没有消息进来。

李浔会不会觉得自己是在耍他，所以不想搭理自己了？

宋仰啃着指甲盖，绞尽脑汁地想办法补救，正当他准备输入新内容时，消息来了：

你是冲我来的还是冲课程?

过了不大一会儿，消息来了：

课……

李浔收到这条消息的时候发自内心地笑了。

这看似意料之外，又好像在掌控之中。

于是他顺着宋仰的意思推荐了单次的计时体验课，价格便宜，馆内会安排教练进行简单的讲解。

当晚，他没再收到宋仰的回信。

家里的事情太多了，李浔扭头就忘记了这茬，直到中秋那天，他又一次在箭馆门口撞见了宋仰。

准确来说，是看见。

宋仰正在路边发传单。他身穿浅绿色的连帽卫衣，头上戴了一顶米黄色的棒球帽。这配色，但凡肤色黑一点儿或黄一点儿都撑不住，但搭在宋仰身上又是另一种味道。

他的皮肤很白，步伐轻快，边走边蹦，像一株朝气蓬勃的小幼苗。大概是因为他长得还不赖，路过的小女生都会顺手接过他发的传单。

李浔捡起掉在地上的一张单页，才知道是箭馆的传单。

宋仰正给一对夫妻讲解课程，没注意到他。

“外边那个，新来的？”李浔到前台倒水，顺嘴问了一句。

“对啊，前天晚上就来了，发两个小时就走。今天中秋人多，他一早就来了。”

“他多大了？不上学啊？”李浔问。

“走读生啊，说是家里条件不好来挣学费的，老板就让他发发传单什么的。”前台的小姑娘从抽屉里翻出一袋零食递过去，眼神期待，“吃吗？”

李浔挑了一根初之应该会喜欢的卡通图案的棒棒糖：“谢了。”

小姑娘抿嘴笑笑：“吃完再来拿，别客气。”

宋仰虽然是临时工，但任务不光是发传单那么简单，学员多的时候，还要帮教练拔箭。

在箭馆流传着这样一句话：射箭一时爽，拔箭火葬场。有些有钱的客户，自带高磅数的复合弓，箭馆的射程近，一箭下去几乎把草靶打穿，教练拔箭的表情跟拔河一样。

宋仰被安排到二楼，东侧那间是VIP专用的练习室，西侧是李浔管辖的特训区。两片区域只有一墙之隔，还是玻璃墙，中间开了道门方便大家通过。

今天学校放假，许多小朋友被家长送来上课，准备十月份的一场青少年射箭赛。

宋仰闲着没事儿就坐在边上看隔壁练箭。李浔的教学花样多变，有时候抛气球，有时候给大家制造噪声。只怪玻璃墙的隔音效果太好，宋仰听不清李浔说话的声音，只能从他的眼神和神态判断他是生气还是高兴。

他大部分时候和他射箭时一样，面无表情。

“哎，过来拔下箭。”有个穿黑 T 恤的男人喊了一声，宋仰立刻回神起身。

这个男人是店里的老客户了，这次带了两个朋友一起来玩，每人手上都有一把弓和一套箭，每轮都是等全部的人射完才叫他。这次宋仰看见矮个儿的那个人箭囊里还有几支箭，就问：“您还射不射？要不射完我一起拔？”

没等“小矮子”应声，“黑 T 恤”就不耐烦地说：“让你拔就拔，哪儿那么多废话。”

宋仰撇了撇嘴，忍气吞声地走向箭靶。

这帮人用的都是高磅数复合弓，箭支卡得很紧，他一脚踩在墙上，手脚并用地使劲。

身后先是一阵窃窃私语，后又传来怪异的笑声，久久没有平静，宋仰有种很不舒服的感觉——他们应该在笑他拔箭的姿势。

宋仰没有回头，把腿放下，换了个不那么别扭的姿势。

他双手握住三支箭，正准备发力，忽然听见背后有人喊：“你干什么呢？把弓放下！”

是熟悉的声音，宋仰转过身，发现李浔竟然从隔壁跑过来了。

“没看到对面还有人吗？你这个动作是很危险的。”李浔这话是对客人说的，没有刚才那么大声，宋仰听不太清，就继续干活了。

“黑 T 恤”上下打量了李浔一番，好似不屑地嗤笑了一下，没说什么，又将箭尾嵌进箭扣处，做了个预备射箭的姿势——而宋仰此时还在给边上的靶子拔箭。

李浔一把夺过他的箭支，几乎是咆哮起来："跟你说话听不懂啊？"

宋仰都被他的这一嗓子吓了一大跳。

边上的"小矮子"插了一嘴："你这人怎么说话呢，凶什么啊，我们又没干什么。"

"还没干什么，"李浔看了一眼"黑T恤"，又指指对面的墙壁，"你眼睛长脸上是装饰用的吗？上面的字看不懂？"

箭不指人，统一拔箭。

大红色的横幅，不可能有人看不到，李浔怀疑这帮人就是仗着客人的身份故意过来找刺激的。

果不其然，"黑T恤"冷笑一声说："我都练了好多年了，别说他在给我朋友的靶子拔箭了，哪怕他就站在我这条箭道上，我也能保证越过他射中靶子。不信，你让他站着我试试。"

"你能保证？你的保证有个屁用！"李浔的情绪被他给点着了，"这里是靶场，不是你们闹着玩的地方！既然来了就遵守我们这里的规矩，尊重我们的员工！来这里的每一位客人，教练都会提醒。就算你眼睛不好，也有耳朵吧？还是说你脑子不好使？"

"黑T恤"怒目圆睁："你知道我是谁吗？"

"我管你是谁！"李浔丝毫不怵，并且再次拔高声音，"你要真有本事就自己整个靶场，射什么都无所谓。别在这儿跟我叽叽歪歪，再敢指着人我就报警了。”

“你怎么说话呢！”一个满臂文身的壮汉指着李浔，“你叫什么名字，我要跟你们老板投诉你！”

李浔没搭理他，远远地喊：“宋仰，你拔个箭拔半天，办事有没有点儿效率！”

宋仰已经看呆了，原以为他们会打起来，都做好劝架的准备了，忽然被点名，有些不知所措。

“我……我这个……”宋仰指着箭靶，磕磕巴巴地说，“有点儿难拔，射得太往里了。”

李浔走过去。只见他一手握箭，一手按靶，用力时，小臂暴起青色的血管。

宋仰凑过去，很小声地问：“你不怕他们真的投诉你啊？会不会扣工资？”

“不知道，没试过。”李浔面无表情。

宋仰虽然是第一次打工，但也感觉得到那几个人不是善茬儿，有些紧张地说：“你放心，我会替你跟领导解释清楚的，要是扣工资的话，就算我头上吧……”

李浔很轻地笑了一声，没说什么，不过嘴角弯弯的，并不像是嘲讽。

宋仰：“你别不把我的话当回事，我是认真的。”

李浔饶有兴致地抬眼，见宋仰的眼神坦率而真诚，像小动物。

“你别多想了，”李浔轻飘飘地说，“我不是因为你才说他的。”

“那你在隔壁好好的过来干吗啊？”

李浔噎住。

宋仰看他的眼神就仿佛在问：你是不是偷偷瞅这边儿来着？

“……”

“你们戳那儿干吗？”“小矮子”吼了一声，“赶紧的啊！”

第二章

拜偶像为师

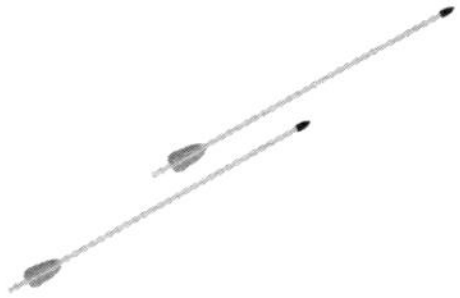

两人手里各有一打箭，李浔摊开手掌当台面，供宋仰按颜色分类。

他们回去时，“黑 T 恤”看着李浔，没好气地哼了一声：“你是这儿的教练？”

“嗯。”李浔又恢复了一贯的冷漠，“投诉信扔意见箱就行，我姓李。”

“黑 T 恤”伸手拦住他：“咱们赌一把怎么样？一人三支箭，你要是输了，就主动离职。”

宋仰被这人的厚脸皮程度给惊到了：“凭什么啊？他又没做错什么。”

李浔转头发现玻璃墙上趴着一排学生，全眼巴巴地望着这边。他拉下外套的拉链，问：“那我要是赢了呢？”

“黑T恤”耸耸肩：“大不了我不来了呗。”

李浔微微皱了皱眉：“这样有点儿不公平啊。”

“黑T恤”笑了：“怎么，你不敢了啊？教练自己都没准头，有资格教学生吗？”他这后半句拔高了嗓音，很显然是说给对面那帮学生听的。

他的几个狐朋狗友也在帮腔。

宋仰哪能让对面的人占了上风，挺了挺胸，仗着身高优势碾压他们：“你们知道什么！我是看他的比赛长大的，他在奥运会上拿奖的时候……”

李浔把外套往宋仰脑门上一挂，看着“黑T恤”，皮笑肉不笑地说：“我是说，这样对你很不公平。”

“黑T恤”的脸拉得跟马一样长。

狠话都放出去了，不比显然不像话，“黑T恤”又是换弓又是调瞄准器，准备姿势很到位。

反观李浔，随手拿了把挂在墙上的传统弓。这种弓是古代军队骑射用的，弓片有一定弹性，造型简单也十分轻便。

宋仰从没用过这玩意儿。

因为它看起来一点儿都不酷，别说平衡器了，连瞄准器都没有，除了弓把就是一根细弦，新手全凭感觉射。

尤其是李浔的这把，灰扑扑的，一看就很久没有用过了，握把处竟然还绕着草绳，看起来相当复古，扔马路上都未必会有人捡。

“你就用这个？”“黑T恤”露出一个不可置信的眼神，“要是没有弓我可以借你一把。”

李浔没接茬，冲远处抬了抬下巴：“你先吧。”

“黑 T 恤”还是有点儿水准的，他的前两支箭都命中十环。拿起第三支箭时，他露出一个势在必得的笑容。

宋仰瞅了瞅李浔，他的面色平静，很专注地盯着箭靶，似乎没有被对方的挑衅干扰。

想想也是，一个射箭国际级运动健将，经历过那么多大场面，状态肯定很好。

况且这只是二十米射程，他期待着李浔吊打对方的场景，还掏出手机准备录像。

“黑 T 恤”的第三支箭依旧命中十环。他的那些狐朋狗友鼓掌欢呼，顺便对李浔冷嘲热讽一番。

宋仰无意识地握了握拳，攥紧李浔的外套：“加油啊！”

隔壁的学生也都跑到这边为他加油鼓劲。

李浔戴上护指，从腰后的箭囊里抽了支箭，食指和中指搭箭，弯成一个小钩子。

宋仰凝视着那双冷淡的眉眼，心脏提到了嗓子眼。虽说李浔看起来挺自信的，但反曲弓和传统弓根本就不是一个概念，像奥运之类的大赛，规定只能用反曲弓，运动员平时练的也都是反曲弓，李浔再怎么厉害，也不可能把传统弓练到出神入化的境界吧？

稳妥起见，宋仰拦住他说：“要不然就换把好点儿的弓吧，我下楼给你拿！”

“不用。”

宋仰只好让到一边。

李浔的动作看起来相当随意，他快速举弓，靠弦，好像连瞄准这一步都没有做到位，箭已经出去了。

“啪”一声，李浔打了一个靠左下角的三环。

宋仰蒙了，这水平，自己闭着眼都能打出来。

学员们也都失望地叹着气。

“黑T恤”扑哧一声笑了出来。“三环！”他指着靶子，转头看向那帮学生，“你们教练还真厉害啊，射了个三环！”

宋仰咬了咬后槽牙，已经替李浔尴尬到脚趾抓地了。他就知道传统弓根本不行！

“哎，”“黑T恤”看向宋仰，嘲讽道，“你刚刚说他参加过什么比赛来着？吹牛大赛吗？”

宋仰气得脸都红了：“这不公平！你那弓什么配置，他这把什么配置？”

他正给李浔找台阶，不料李浔冲他使了个眼色，说：“去隔壁拿个气球。”

“拿气球干吗啊？”宋仰的语气有点儿冲，因为他对这个环数也有些失望。

就算童年滤镜再厚，败了就是败了，而且还是败在装蒜上，他觉得特不值，说不定换把弓就不会是这样的局面了。

“让你拿就拿。”李浔说，“你随便挑一个，然后往我那靶子上扔。”

宋仰虽然没明白怎么回事，但还是照做了。他跑到李浔的靶子边，手往半空一抬："就这样扔吗？"

李浔说："你用力往上抛，注意要抛一条直线，别抛歪了，抛完就跑，跑得越远越好。"

宋仰大致理解了他的意思。

气球以箭靶的圆心为起始点，被宋仰高高抛起，触碰了一下天花板，还没等降落回原点，人已经跑到安全范围内了。

"哇——"

身后传来众人的惊叹，宋仰回头，惊诧地瞪圆了双眼。

李浔射出的第二支箭在靠右下角的三环上，与第一支箭呈完全对称状态，不偏不倚地将那颗气球托住了！

"T 恤男"也觉得很震惊，不可置信地望向李浔："有点儿水平啊。"

何止是有点儿。这已经不是靠运气可以达到的水准了，是分毫不差的精准度！

宋仰就好像一条被扔回海里的鱼，瞬间活过来了，眉飞色舞地点评："瞧瞧这角度，这技术，还是对称的！"

"闪开。"李浔远远地吼道。

宋仰往边上蹦了蹦，只见李浔又像第一次那样，很随性地抬弓，勾弦，看似毫无准度地射出——因为气球是有颜色的，就算想瞄，也看不见靶心。

"嘭！"暗红的气球在宋仰的眼前炸成碎片，第三支箭稳稳地刺中圆心。

宋仰脖子后仰，眼瞪如铜铃，维持着一个受惊的姿势。

大家先是探着身子确认环数，随即爆发出欢呼声，经久不息，就连保洁阿姨都好奇地往里瞅了瞅。

“黑 T 恤”面如菜色，盯着李浔一言不发。

“小矮子”询问李浔到底什么来头，李浔连个多余的眼神都没给对方，将那把土里土气的传统弓挂回墙上，然后告诉宋仰：“箭准不准，靠的是人，而不是弓。”

“还……还收徒弟吗？”宋仰为他解下后腰的箭囊，晶亮的瞳仁里写满期待。

“哪种徒弟？”李浔的唇角勾了勾，戏谑道，“一日为师终身为父的那种？”

比起拜师学艺，更让宋仰在意的是李浔当初为什么退役。

射箭有别于田径、游泳等依靠爆发力的运动项目，它有一段还算漫长的黄金期，只要体能和心理状态跟得上，三十多岁照样能参加大赛，更何况李浔才二十九岁。

离开国家队这么长时间，李浔的体格和竞技状态依然维持在相当优秀的水平，这显然不是一个“翻开人生新篇章”的状态。

宋仰回想起他每一次勾箭、搭箭、放箭，他的眼底还是会迸射出在竞技场才有的光芒。

午休时，李浔开车回家了，宋仰和前台的小姐姐张欢挤在角落的小圆桌上吃饭。

“我听说你要拜李浔为师啊，成功了吗？”张欢问。

宋仰丧气地摇摇头。白叫了一声师父，李浔赏了他一根棒棒糖就走了，毫无人性。

张欢哈哈大笑：“他就是这样的啦，跟谁都不热络，很难讨好。我之前想跟他学射箭，他还说我不适合练呢。”

“为啥啊？”宋仰抬起头。

张欢耸耸肩：“他大概猜到我想追他吧。”

宋仰的一口饭差点儿从鼻孔里喷出来，灌了几口水说：“你喜欢李浔啊？”

张欢很大方地说：“他长得帅，养眼嘛。你都不知道，他来应聘的那天，我一抬眼，真的就当场愣住，心脏狂跳，脸也挺热的，后来就完全不敢对视了。”

“那你看过他以前的比赛视频吗？”宋仰换了个话题。

“看了啊。我也是后来才知道他是退役运动员，挺可惜的。”张欢说。

“确实可惜。”宋仰问，“那你知道他为什么退役吗？”

“这我哪里知道啊。不过我知道运动员很辛苦，又挣不了多少钱，都是靠着一腔热血续着梦，除了那些在世界赛事上拿过奖的能赚点儿代言费，其他的不都销声匿迹了吗？要么带后辈，要么转行。我还在新闻上看到过以前的世界冠军上街乞讨呢，很惨的。李浔也都快三十岁了，换我的话，我也想换一份安稳点儿的工作。”

宋仰忽然想起前几天初之说的那番话了——李浔会被家长催婚，也会去相亲。

卸下弓箭，他也过着和普通人一样的琐碎生活。

只是，宋仰心目中的那个神射手，应该是热血沸腾地过着更灿烂的生活才对。

下午一点多，宋仰被外卖的电话吵醒，是他订的果茶到了。怕影响果茶的口感，他特意备注了一点半之后送，因为前台说，如果李浔中午回家吃饭，都是一点半以后才会回来。

今天也不例外，快两点的时候，李浔才姗姗来迟，身后还跟了条小尾巴。

李初之小朋友穿着条背带小黑裙，上身是灯笼袖的衬衣，领口飘逸的丝带系了个蝴蝶结，看起来特洋气。

宋仰抱着传单飞奔过去，像一只热情洋溢的大型犬。

“师父，喝水果茶吗？我多点了一杯放冰箱了，在你的三明治边上。”

“谢谢，我不渴。”

李初之的小耳朵可尖了，仰头问：“什么果茶啊？好喝吗？”

李浔气得就差当场翻白眼了。宋仰嘿嘿一笑，低头道：“可好喝了，里面有好多好多水果。”

“舅舅，我好想喝果茶！”

李浔："……"

宋仰贴心地替小朋友插上吸管，交代道："抱好了啊，叉子在袋子里，你喝完了要是撕不开可以叫我，里面的杧果还是挺好吃的。"

李初之点点头："谢谢，哥哥你好像天使。"

宋仰被逗得哈哈大笑，第一次发现原来小朋友也有这么可爱的。

李浔问："多少钱？我转给你。"

宋仰摆摆手："不用不用，又没几个钱。"

李浔就跟没听见似的，点开二维码递过去："你加我。"

宋仰以为李浔个性冷漠，因为不喜欢和人亲近，所以习惯性偿还人情，好划分出一道泾渭分明的线，然而他不知道的是，李浔只是想起了前台小姐姐一早说的那句话："说是家里条件不好来挣学费的，老板就让他发发传单什么的。"

一整个下午，宋仰的情绪都不怎么高。他好几次点开和李浔的聊天界面，上面只有一个"转账"和"已领取"的提示。

李浔的朋友圈设置了三天可见，什么都没有，不过他把李浔的个性签名背了下来。

后来我没能成为小时候想要成为的那种人，但他们说这很正常。

隔着屏幕宋仰都能感觉到李浔的怅然若失。

如果人的状态能用颜色来表示，曾经的李浔是天空和草坪的颜色，现在就是大海的颜色，深沉忧郁。

成年人拥有很多选择，但那些选择似乎都不是他们想要的。

“哥哥！”

宋仰被软软糯糯的声音喊回了神，蹲下问：“怎么了？”

“这道题目我不会。”李初之用笔头戳了戳习题本，上面的印刷痕迹都快被橡皮擦没了。

找规律填数字，宋仰掐指一算就算出来了，不过他并没有直接把答案告诉李初之，而是耐心地讲解解题思路，李初之又缠着他教其他题目。

俩人蹲在树荫下，像两只刚找着食物的野生动物，气氛异常和谐。

小孩子的为什么总是太多，宋仰讲得都口渴了，支使李初之进去拿瓶水。他的原意是让她去前台拿矿泉水的，岂料这小东西抱着李浔的水瓶就回来了。

或许是懒得再跑一趟，又或许是因为脸皮薄儿，不好意思到前台要水，李初之竟然一脸无所谓地说：“你放心喝吧，我舅舅不会生气的。”

他不生气才怪。

宋仰晃了晃透明的玻璃瓶。

李浔的水瓶也很符合他的个人特色，深蓝色，极简的运动风，杯底有两片柠檬。

李初之迫不及待地为他揭开盖子：“没了我可以再倒，不会被舅舅发现的。”

宋仰就跟爱小题大做的小学生一样，“嘁”了一声，扭捏道：“我才不要跟你舅舅用同一个杯子喝水呢。”

李初之问：“为什么啊？”

宋仰抓了抓脑后勺，也不知道该如何解释。

“就……我和你舅舅不熟悉，你舅舅喝过的东西，我再喝，就很不好。”

“噢，”李初之若有所思地转了转小眼珠，“那我经常用潇潇的杯子喝水。”

“潇潇是男的女的啊？”宋仰问。

“女生啊，她是我最好的朋友。”

“哦，是好朋友那就没关系了。”

李初之又问：“那用同一个杯子喝水不好吗？”

“嗯……”宋仰挠挠腮帮子，摆出深沉脸，“反正不太健康。”

李初之急忙解释说：“我舅舅挺健康的，他身体很好，从来不生病，你别怕！”

“……”

救命啊！

李浔平常到底是怎么跟小孩子沟通这种问题的啊！

“你舅舅平常最爱喝什么饮料？可乐吗？”宋仰赶紧换了个话题。

李初之摆摆手：“他不喝带泡泡的。他很喜欢喝酸梅汁，但是这边很难买到。”

“是吗？”

三天后，李浔拉开家里的冰箱，发现多了两瓶罐装的酸梅饮品，有些惊喜。这玩意儿是他夏天的最爱，这边的超市买不到，他已经快一年没喝了。

他随手开了一瓶，问老爸：“这是谁给的啊？”

李国涛说：“小初带回来的，说是学校发的，估计是记得你爱喝，就给你带回来了。”

起初李浔也没怀疑什么，还给李初之买了软糖当奖励，可当学校连续发了一周不同品牌不同款式的酸梅汁后，他就觉得不对劲了。

某天开饭前，他特意把李初之叫到冰箱前问：“今天学校又发酸梅汁了？”

李浔的长相不像宋仰那么有亲和力，还老喜欢皱眉，不笑的时候浑身都透着股寒意。

李初之点点头，心虚地撇开眼，以写作业为由，想要逃避这个话题。

“那我可得打电话告诉你们老师，你不爱喝酸梅汁，明天开始发酸奶。”

李浔刚掏出手机，李初之就不打自招，把宋仰卖了个彻彻底底，甚至还添油加醋了一番。

宋仰的原话分明是“喝点儿甜的心情会变好”，到了李初之这儿就变成了“他就是想让你开心一些”。

酸梅汁的回甘在口腔流淌，李浔挑了挑眉，状似不经意地问："他怎么会知道我喜欢喝这个？"

李初之嘻嘻一笑。

·

当晚十一点多，宋仰刚赶完作业准备睡觉，收到一条信息，来自"x"——李浔的微信号，顿时睡意全无，从床上坐了起来。

不过比起李浔会主动发消息这件事情，他更愿意相信李浔的微信被盗了。

抱着这种不太美妙的心态，他点了点图标。上面写道：

谢谢你的水。

宋仰咧了咧嘴：

你怎么知道是我送的？

宋仰第一次看到属于李浔的"正在输入"，不知道为什么，他脑海里总是浮现出一张不苟言笑的脸，甚至怀疑李浔的下一句会是"总共多少钱"。

你还指望一个八岁小孩替你守住秘密？

那你喝了吗？味道怎么样？

还行。你以后别送了。

宋仰有气无力地回了个“噢”，以为聊天会就此终止，没想到对方又在输入。

他一定是要问多少钱。

那头忽然停顿了一下，又继续输入，似乎在酝酿什么，反反复复，过程无比漫长。

宋仰头一次觉得微信的这个功能简直是深夜的凌迟。

你这周末还过来发传单吗？

宋仰愣住。

发啊。

那你晚点儿走，等我下课。

干啥啊？

你说呢。

李浔并不知道自己轻飘飘的三个字会给小朋友的心灵带去多大震撼，锁屏不到五分钟就睡着了。

而宋仰兴奋得几乎一夜没睡。

隔天宋仰在课堂上走神了。他一会儿想着凑钱买弓箭，一会儿盘算报名费，一会儿又想着买好的弓箭要藏在哪里，甚至还偷偷摸摸拿出手机看李浔有没有发新消息。

就连一向偏袒他的数学老师也看不下去了，神情不太愉悦地点了他的名。

宋仰的文化课成绩还可以，他最擅长的就是数学，能稳定在班级前三，平日里打个瞌睡传个字条老师睁一只眼闭一眼就过去了，这是他一整年来第一次被点名上黑板答题。

全班同学都跟听到了什么不得了的大新闻一样，扭头看向他的位置。

宋仰揉了揉鼻尖，快速地跑上讲台，快速解题，然后飞奔回座位。

题肯定是做对了，但老师那两道锐利的目光仍然锁定在宋仰身上，并且一言不发。

这种情形很常见，接下来会发生什么，大家都有预感。

全班鸦雀无声，一种山雨欲来风满楼的恐怖氛围在课堂上弥漫开来。

“上课开小差，考试也没见你拿满分啊。别以为在班上成绩看得过去就了不起了，你去看看人家一班的排名表，前十名的成绩跟你拉开了多少距离？考了个 140 分就开始沾沾自喜了是吧，高考的时候一分之差甩开多少人？你心里要有数。眼光要放长远一点儿，不要老是自以为是……”

老师说的时候，宋仰满脑子只有一个念头，就是千万别收手机，千万别。

“课桌里的东西拿出来。”老师敲了敲他的桌子。

“……”

东西一到手，老师更愤怒了，像个慷慨激昂的战士，狠狠地敲了几下桌子：“同学们！你们高三了啊！高三了！竟然还有人把手机带到课堂上来！”

宋仰这个人最大的优点就是心态好，手机被没收这种于其他同学来说是天塌了一样的事情，在他这里也就等同闹钟被没收了。他唯一有些担心的就是李浔会不会给自己发消息，会不会因为自己没回消息李浔就改变主意之类的。

他的同桌就常常因为他没有及时回复消息闹别扭。

不过成年男人和小女生肯定是不一样的。他努力安慰自己。

好不容易熬到周五，宋仰挑灯赶作业。

老师常说时间就是财富，他得把财富留给重要的人。

凌晨四点，还剩三张试卷，但脑子已经不好使了，他短暂地睡了三个小时，然后起床洗漱。

爸妈都没在家，餐桌上留了一点儿现金和一张字条，他们说是去探望一个生病住院的亲戚，要晚点儿回来，让他把刚更新的英语网课听完，再多做一份家庭作业。

宋仰的爸爸是经贸大学的副教授，兼任考试网的主讲老师，妈妈在一家医药公司做财务总监，俩人在学习方面对他要求比较严格。

这英语网课有很多题目穿插在课程中间，必须一边听课一边答，所有成绩都将被保留下来。

老妈会定期审查，审查结果关乎他的零花钱，所以他不能瞎填，听课听得那叫一个心急如焚、如坐针毡。

十点多，终于迎来老师的结束语，他将卷子往包里一塞，成了脱缰的野马。

他到箭馆的时候，李浔正在给一个新来的客户讲解弓箭的使用方法。那是一个三十来岁的女人，穿着有点儿紧身的黑色运动短袖，前凸后翘，皮肤也保养得很好，有种职场精英的味道。

那个女人看李浔的次数比看靶还多，一切溢于言表。

不过李浔看起来很镇定，极少抬头看人，一直绷着脸，好像来上课的都是欠他钱的人。

宋仰就站在外边，向路过的人递上传单，有意无意地往里瞟一瞟。

那女人先发现了他，随后是李浔。

某一刻，两人的目光透过窗户交会。

宋仰看见李浔笑了。

那不是擦肩而过时礼貌的微笑，也不是聊天时敷衍的微笑，而是相隔老远，心照不宣的笑容，温和得像风一样。

头顶的树叶哗哗响，好像上天在鼓掌。

李浔的最后一堂课结束时间是晚上八点半，宋仰下班后留在员工休息室写作业，让前台的小姐姐在八点二十的时候喊他一声。

他有点儿担心李浔忘记这茬儿，就像他放学着急回家总忘记拿东西一样。

不过事实没他想的那么糟糕。

李浔非但没忘记约定，还很体贴地问他坐什么交通工具来的，晚点儿回去方不方便。

地铁是十点半停运，只有不到两小时的时间，估计玩不了几把，宋仰没说实话。

“我家离得挺近，打车回去也行。你什么时候回去我就什么时候回去。”

“那行。”李浔一边倒水一边问，“你以前玩过吗？”

宋仰说：“我爸前两年给我买了把入门级的反曲弓，家里地方不够大，就偶尔回乡下玩玩，没正式学过。”

“那我先带你了解一下最基础的部分。”李浔拎着水瓶往器械区走。他的步伐又大又快，宋仰跟他在一起，不自觉地就加快了脚步。

“过来挑一把喜欢的。”李浔单手撑在玻璃柜上，指尖轻轻敲了敲。

存储柜也分等级，有些带锁，有些连玻璃都没安装。

李浔的柜子是带锁的，里面挂着各种拆解后的竞技弓和配件，光箭把就有五种不同颜色的，还有很多帅气的碳箭，宋仰看得两眼放光。

“我可以随便拿吗？”

李浔很轻地嗯了一下，点头示意。

这些弓箭肯定都不是全新的，箭杆和弓片上的品牌标语都有些脱落了，但主人将它们擦拭得很干净，尤其是金属色的弓把，在灯光下熠熠生辉。

宋仰挑了把纯黑色的，刚上手就感觉比家里那把要重很多。

常用的弓都是 25 英寸，他手上这把是根据李浔的身高、臂展特殊定制的，27 英寸，拉起来略微有些费劲。

弓把是铝质的，只有握手的位置是木质的，手感很舒适；弓片是改进过的，采用了交叉 UD 碳纤维技术。

当然了，这些都是李浔科普的。

“弓片有枫木芯和泡沫碳芯可以选。泡沫芯拉感比较柔和，不容易受到天气影响；木芯爆发力强，速度快。泰坦 EX 的弓把和天启的我都用过，天启的主要技术特点就是弓弦的张力，可以通过对中心线调节插槽内的摇杆滑块调节，感受拉感的变化。”

李浔在谈论这些理论知识时，可以称得上眉飞色舞，有点儿像刚买到新玩具的小朋友，迫不及待地和朋友分享。

宋仰不知道李浔平常跟那些女客户是不是也这么交流，如果对方真的能听下去，那恐怕全是看在颜值的分儿上。

最后，李浔把瞄准器、蝴蝶箭台、平衡杆、响片一一安装上去，使了个眼色。

“走吧，带你去楼上感受感受。”

说着两个人就朝楼上走去，一个迈开大步往前走，一个屁颠屁颠地跟着。

二楼已经没人了，空空旷旷，就连脚步声都有回音，两人都不说话的时候，李浔沉缓的呼吸声很像某种沉睡中的动物。

“射箭的站姿一般分为square stance，open stance，close stance，也就是侧立式、暴露式和隐蔽式。”

宋仰拣了个重点，嘴角带笑，眼神不太单纯地重复：“暴露式？”

“对，暴露式。”李浔一本正经地说，“你先把衣服脱了。”

宋仰反射性地揪住自己的衣领，一副紧张的样子：“为什么？我从来没见你在赛场上脱衣服！”

李浔说：“因为我没用暴露式啊，你既然点到了就给你讲解讲解。”

宋仰梗着脖子：“那我也不要暴露式，我选侧立式！”

李浔的腮帮子动了动。

这个表情宋仰很熟悉，就是憋笑快憋不住了。

他反应过来了。

他就知道，李浔一定是耍人玩的！

李浔将身上的护具一一取下递给他，大概是看他琢磨老半天都戴不好，直接上手替他系上，讲解护具不同的用处。

皮质的护指带着李浔皮肤的温度，热热的。

宋仰不动声色地偷瞄，发现李浔的眉尾处还藏着一颗不起眼的小痣。

绑护臂的时候，李浔留意到宋仰的手指在发抖，就连呼吸也是。

他抬眼问：“你抖什么？”

宋仰别开视线，支支吾吾：“你的弓太沉了，突然放下就有点儿抖。”

“是吗？”李浔小幅度地弯了弯嘴角，不过宋仰并没有看见。

“站立的时候躯干要直，双肩放松。”

宋仰的身体绷成一根弦：“然后呢？”

李浔一勾手，箭支在他指缝里转了一圈，然后用箭尾戳了戳宋仰的膝盖窝：“膝关节不要弯曲……你放轻松一点儿，我又不吃人。”

李浔的声音就在耳边立体环绕，宋仰很难不紧张，搓了搓冒汗的掌心说：“再然后呢？”

“然后搭箭，如果是远距离射程的话，需要用箭杆将信号片压下去，距离短的话就先不用管它。”李浔的手指搭在蝴蝶箭台上，耐心细致地比画，“箭杆要置于箭台，箭尾卡进箭扣。然后你还要注意，箭羽也是有主副之分的，一片主羽两片副羽。”

“这么讲究？”宋仰以前都没发现区区三片箭羽有什么分别。

“那当然了。”李浔捏住箭杆，轻轻转动，“一般来说，颜色有别于其他两片的就是主羽，主羽片得和弓弦呈直角，这样才能保证羽片不打到弓身。”

宋仰观察箭羽的同时，也不可避免地扫了一眼李浔的手指，又细又长，指甲修得很干净，指头带着圆润的弧度。

“推弓分低推、高推、深推、浅推，每样都有它们的优缺点……”

宋仰转过头：“那你一般用哪种？”

“高推。”

“那我也用高推。”

李浔看着宋仰："手腕力量弱的选手不适合用这个方法，你刚开始玩，我先教你低推。"

男生都不愿意承认自己弱，宋仰撇了撇嘴，不情不愿地应了一声。

"以后再教你高推。"

一听见"以后"两字，宋仰又眉飞色舞起来。

"推弓的时候，手指屈肌是不用发力的，弓把与手掌的接触面要尽可能地小。"李浔的指尖在自己的掌心画了个圈，"这块位置抵着点儿弓把就行。当你完成放箭动作之后，你的弓会自然地下垂，形成一个很漂亮的收尾动作，而不是直挺挺地立在你手里。"

宋仰点点头。

李浔和他面对面站立，略微抬高他的手腕，然后点点他下巴："举弓高度要与你的下颌持平。你用哪只手勾弦就用哪一侧的眼睛瞄准，另一只眼闭着。"

"那为什么我看你比赛的时候从来都不闭眼？"

"你看得倒挺仔细，"李浔用手指比画了一个小圈，"七十米的时候，靶子都成马赛克了，你能瞄什么？"

"那你们怎么射啊？"宋仰开玩笑道，"靠和靶子的心电感应吗？"

李浔"嗞"了一声："我先给你纠正一下，我们一般都会用'放'代替'射'这个字。"

"那为什么世界级比赛不叫放箭运动要叫射箭运动？"

“……”

宋仰用和李初之一样无辜的眼神击溃了他，虽然他知道宋仰并不无辜。

“射程远的靠肌肉记忆和感觉，也要靠信号片的提示。”李浔看着他说，“抬手高度多少，应该对准哪个位置瞄，练久了就有感觉了。韩国有一个很厉害的运动员，视力只有 0.1，照样拿冠军。”

宋仰的嘴巴微张，他以前也听说过那个运动员，但没想到这么厉害。

“他是你偶像吗？”

“当然不是。我们国家也有视力只有 0.1 的神射手，拿过射击项目的奥运冠军，现在是国家射击队的总教练。”

李浔说这话时的眼神、口吻都透着股自豪劲儿，好像连认识这样的人都是一件非常光荣的事情。宋仰酸不溜丢地问：“那他是你的偶像吗？”

李浔不明白小朋友在意的点为什么这么奇怪，强调重点：“我想告诉你的是，百步穿杨靠的不是眼睛，而是感觉，运动员必须达到‘眼中无靶，心中有靶’的境界。”

“听起来好像武侠小说。”

李浔笑了笑：“如果你真的喜欢射箭，总有一天会明白我说的这些。”

有了李浔的分步讲解，宋仰才意识到自己以前连最基础的握弓姿势都有问题。

其实他之前也旁听过箭馆其他教练的讲解，但他们并不会讲得这么细致，好像客人能射到靶子，开心掏钱就行了，其他的都与他们无关，有些甚至还会被客户问得支支吾吾。

一个人的形象气质都是可以通过后天努力去改进的，但过去的烙印难以磨灭。一个人过去经历了什么，学到了什么，那些东西都根深蒂固地储存在他的脑海中，或许磨炼了他的意志，又或许壮大了他的胆魄，最终形成独一无二的人格。

李浔和这里的每个人都不一样，他从容冷静，严谨专业，对这个项目的历史了如指掌，对国家队的未来抱有无限期待，身上有一股专业运动员的气场。

他一开口讲课，就能感觉到他的初衷不是挣钱，而是让更多的人了解和喜欢这项运动。

学推弓、拉弓、瞄准这些东西简单吗？

简单。

小学生都学得会，培训一周也能教人射箭了。

但专业的运动员不是的，他们长期苦练，灵魂与弓箭交融，还能和七十米开外的靶心来个“心电感应”，知道什么时候该拉，什么时候该放，这些最宝贵的经验不是稍加培训就能得来的。

那是十几年的青春和汗水。

所以今天，他站在这里，才会显得如此与众不同。

这就是为什么过了十年，大家的生活都变了，自己还是会被他身上自带的那股气场吸引。

窗外起风了，薄薄的纱帘像波浪一样飘动，李浔将窗户关上。

宋仰放松呼吸，按照李浔刚教的方法，搭箭抬弓。李浔回身时，提醒道：“撒放速度尽量快点儿，瞄准就放，否则你的肌肉承受不了。”

宋仰皱了皱眉。

李浔的弓很重，瞄准器的红心随着肌肉的牵拉，小幅度地颤抖着。

他在瞅准靶心的一瞬间，松了力。

他只打了八环。

李浔略微眯了眯眼，确认环数后笑了：“可以啊。”

很多新手第一轮是脱靶的。

宋仰似乎对这个成绩并不是很满意，再次抽箭拉弓，眉心微蹙，动作又快又猛，眼神有一股寒意，和他刚才面红耳赤的形象相差甚远。

如果硬要形容，大概就是一只白色的小奶狗摇身一变，成了一匹雪狼。

李浔有点儿口渴，退到一旁坐下，拧开水瓶，视线停留在宋仰身上。

第三支箭出去，弓把很自然地垂落，九环。

他马上又放出第四支，第五支……

小家伙动作连贯又流畅，搭箭的动作也越来越帅气，全程都没有和他搭话，甚至连个眼神都没给，专注得很。

李浔挺愉快地喝了口水。

宋仰是他教过的学员中，唯一的只听一遍就可以把所有细节和技巧都掌握并且运用到实践里的小孩。

这不光靠记忆力，也得依靠身体的协调性。

总的来说，这小家伙很聪明。

剩下十多支箭，成绩都控制在九环和十环之间，最差的一支也是压线九环，这显然不是一个新手的水准。

“你练多久了？”李浔问。

“我也忘了。”宋仰走向对面的箭靶，边走边说，“我都是断断续续地练，偶尔回乡下才能玩，上一次摸弓还是刚放暑假的时候。”

“那挺厉害的。”李浔看着他，发自内心地评价。

新手的肌耐力、控制力和平衡力都是很差的，尤其是很长时间不锻炼，一抬弓就开始抖，抬臂时间越长抖动幅度越大，压根瞄不准。

一般来说，职业运动员的瞄准时间在二秒到四秒之间，超过这个时间成绩不会太好，只有很少数的例外，因为他们的控制力和对精准度的把握都异于常人。

宋仰每一轮的瞄靶时间足足有七八秒。

他还能射准，还是好久没练过的，还一次比一次精准，这就有点儿恐怖了。

“真的挺厉害的。”李浔不自觉地又重复了一遍。

被偶像夸了，宋仰乐成萨摩耶，屁颠屁颠地跑过去问：“要不要我下楼再帮你续一杯？”

“不用。”李浔把水瓶放回桌上，抬眼示意，“你继续。”

“我包里有酸梅汁……”

李浔犹豫了两秒：“那就来点儿吧。”

宋仰嘿嘿笑。

他们练得太投入，丝毫没感觉时间在流逝，直到前台姑娘上来问李浔要不要回去了，宋仰的心才咯噔一下。

他忘记跟家里人打声招呼了。

“师父，你手机借我一下，我给我爸打个电话。”

李浔边掏边问：“你手机没电了？”

宋仰不太好意思地说：“被老师没收了。”

“啊，这么惨啊！”前台姑娘八卦道，“是上课打游戏，还是给女朋友发消息了？”

宋仰小声嘟哝：“我还没有女朋友呢。”

电话通了。

宋仰都准备好迎接一顿痛骂，没想到爸妈还在路上。他脑袋瓜一转，立刻改口说自己在外边吃消夜，要晚点儿回去，爸妈也没多说什么，要他注意安全。

今晚的天气不好，风很大，看起来要下雨的样子，楼下的人都已经走光了。

锁门后，三人挥手道别，朝着不同的方向走。

宋仰没有手机，只能在路口等出租车，暗暗祈祷在打到车之前别下雨。

路灯将他的身影拉得很长，在万家灯火的映衬下，稍显落寞。

马路对面有一辆出租车正朝这边驶来，但路中央有隔离栏，宋仰伸手挥了半天，对方疾驰而过。

第二辆出租车虽然亮着空车的灯，但里面有人，司机看见他以后把灯灭了。

他后悔今天没多带件外套，夜晚的风还是挺冷的，手臂上起了一层鸡皮疙瘩。

马路对面的商铺也打烊了，只有写字楼里还亮着几盏灯。

忽然，从远处传来一阵声响，是车轮压过凹凸不平的路面发出来的。

有车驶出地下车库。

这个时间点，应该不会有别人了。

他禁不住回头看了一眼。

浓浓夜色下，那辆朝南行驶的 SUV（运动型多用途汽车）忽然转了个一百八十度的弯，往反方向驶过来。

路灯并不足以照亮驾驶座那人的眉眼，但宋仰有种预感，他是看着自己的，就像宋仰白天总能发现被人偷看了一样。

车子开过隔离带，转弯，司机躲在灯光后，不动声色，却照得宋仰无所遁形。车速越来越慢，最后在他跟前停下。

副驾驶座一侧的车窗缓缓降下。

李浔并没有问他家住哪里，准备怎么回去，只是略微探身，很果断地说了句："上来吧，我送你回去。"

宋仰有些犹豫。

因为他白天撒了个谎。

他家住得很远，开车起码半小时，一来一回，李浔回家就很晚了。

他想婉拒这份好意，不过对方并没有给他这个机会。

李浔借着手长的优势，一把推开副驾驶一侧的门说："快上来啊，这边有监控，不能乱停车。"

第三章

就这么突然成邻居了

宋仰抱着书包钻进车里，一屁股下去感觉不太对劲，好像坐到了什么东西，又立马弹起来，重重地撞在门框上，“哎哟”一声。

李浔一听他撞门的动静就感同身受地皱起眉毛，肯定很疼，小声地骂了句“笨蛋”，不过那语调听起来更像哄小孩儿。

车座上有只小玩偶，李初之为了它的生命安全着想，下车前，总是贴心地为它系上安全带。

李浔随手把小玩偶往后座一扔，问：“撞疼没？”

宋仰还惦记着违规停车要罚款的事情，捂着脑袋说：“你先发动车吧。”

过了监控区，李浔将车里的阅读灯打开并靠边停了车，问：“没事吧？”

宋仰摇摇头，但他能感觉到那块地方要肿起来了。李浔歪了歪头，宋仰的皮肤偏白，碰一下就红了。他额头有一坨高原红，搞笑得像个卡通人物。

李浔忍不住闷笑。

“你那边的储物盒里应该有活血的喷雾，喷一下就好了。哦对了，”他把手机导航递过去，“地址输一下。”

五秒后。

“你爸是不是开飞机的啊？！”李浔简直不敢相信自己的眼睛，指尖跟教棍一样，猛戳屏幕，“你管二十公里叫‘挺近的’？”

“哎……也不算远吧。”宋仰抱住脑袋，识趣地道，“我还是下去自己打车吧。”

咔，车门被锁上了。

“算了吧，”李浔不咸不淡地说，“看在那些酸梅汁的分儿上。”

宋仰乖乖扣好安全带，然后打开储物盒找喷雾，里头稀里哗啦地掉出来一堆零食和牛奶。

看起来都是小朋友会吃的。

“肚子饿的话可以随便拿，反正初之也不记得自己有多少零食。”李浔说。

宋仰想起李初之给他送水那回——“没了我可以再倒，不会被舅舅发现的”。

他叹气感慨：“你俩说话还真是一个风格。”

“啊？”李浔没太明白。

“没什么。”宋仰把东西捡起来搁在大腿上，“初之的爸妈很忙吗？我经常看到你带她。”

“她没有爸妈。”

这回轮到宋仰“啊”了。

李浔解释说：“初之的妈妈就是我姐，当初是未婚怀孕，孩子生下来以后精神方面出现了一点儿问题。虽然我们带她看病吃药了，但抑郁的情况时常复发，初之快上小学的时候，她自杀了。”

宋仰怔了许久，又问：“那初之的爸爸知道她的存在吗？”

“或许知道吧。我姐刚怀孕那会儿还没有和那男的分手，后来发现对方劈腿才决定去医院做流产，但当时初之已经六个月了，她不忍心。”李浔露出一个不太愉悦的、类似嘲讽的笑容，“不过那男的从来没见过初之，初之出生那年，他在外地和别的女人结婚了。我想他大概是这世上最不希望初之出生的人。”

“啊……”

宋仰的生活圈子太简单也太安逸了，活了十多年，接触到的最震撼的事情就是亲戚患癌症去世，所以当他了解到李初之的家庭背景后，第一反应不是同情，而是震惊。

他很难理解现实生活中竟然有这么不负责任的男人。

“初之知道她爸妈的事情吗？”

“她今年才上二年级，拼音都写不明白呢，能懂什么？况且这种事情，单纯站在我的角度去说，太片面，我也不想给她留下一个自己被父母抛弃的印象。我想等她长大一点儿、勇敢一点儿的时候，再告诉她，她的出生并不是意外，而是我们的期待。”

路灯下，李浔的侧脸忽明忽暗。

此时此刻，对着这个人，宋仰的心底忽然萌生出一种很特殊的感觉，是崇拜也是钦佩，但又远比这复杂许多。

他有些羡慕初之，有这么优秀的舅舅在努力保护着她。

“那现在初之就归你爸妈抚养了吧。”宋仰伸长脖子，照着后视镜往脑门上一通喷，嘴上还努力安慰，“其实我觉得也挺好的，白捡一个这么漂亮的小朋友，我都羡慕你！”

李浔：“我爸妈离异了。”

手里的喷雾差点儿喷到眼睛里。

怎么回事？！

他还指着今晚这半个小时增进一下师徒感情呢，怎么一问一个雷？！

宋仰颤颤巍巍地转过头：“不好意思啊。”虽然他很想问那你现在是跟你爸啊还是跟你妈啊，还是跟爷爷奶奶，家里几口人，经济方面有没有困难，退役和家庭有关系吗……但理智将他这股该死的好奇心压了下去。

“其实也不算什么大事。”李浔风轻云淡地说，“我爸妈离婚的时候我才上幼儿园，不懂事，长大后就更没什么感觉了，只是偶尔会担心一下我爸的晚年生活。他一直没再婚，老了都没个伴儿。”

“这样啊……”宋仰算是听明白了，“你妈妈改嫁了。”

“嗯，嫁的还是个老外。她老人家现在可是外国人，生的都是混血。”

他字里行间，满满的都是嘲讽意味，眉目神情，传递出来的都是不悦的情绪。

要说父母离异对李浔的心理真的没造成任何影响吗？

恐怕不是。

要不然他也不会那么担心初之受伤了。

宋仰也不知道该怎么安慰他，拆了一根棒棒糖递过去。

李浔笑了一声，直接用嘴接着了。很浓郁的蜜桃果香，和他印象里的棒棒糖完全不是一个味儿。

也难怪初之每次都缠着他要买这个。

“确实挺好吃的，你也可以拆一根……”李浔转头，发现宋仰已经在贼头贼脑地偷吃初之的果蔬小饼干了。

他大概是饿急了，嘴巴塞得圆鼓鼓的，像一只仓鼠。

“后座有水，你自己拿。”李浔说。

“这饼干哪儿买的？下次我再……”后边的话还没出来，饼干屑满天飞，宋仰赶紧闭嘴，可是已经来不及了。

“哎！”李浔抹了一把脸，又甩甩胳膊，“你这吃相怎么跟李初之一个德行？你也开始换牙了？嘴里漏风？”

宋仰边笑边道歉，拍了拍李浔的袖子，又拍拍他的裤腿。

刚踏进车里时，宋仰还是有些拘谨的，因为李浔看起来不像是个会闲聊的对象，他以为他们会听一路歌或者相声之类的，没想到连播放器都没打开，就已经到小区门口了。

仿佛过去的不是半小时，而是五分钟，只是不知道司机有没有类似的感受。

雨势已经很大了，李浔翻找一番，把车里唯一的一把雨伞留给了小朋友。

宋仰推门前停顿了一下："那你一会儿回去怎么办？我进去也就一点点路，跑快点儿就行了。"

李浔说："我直接从车库上楼，用不着伞。"

宋仰感恩戴德地接过，目送车子驶出小区才转身回家。

家里的大金毛都快睡着了，听见动静，登时甩着尾巴起身迎接他。

"怎么吃到这么晚啊？"老爸老妈一起从厨房走出来。

老妈问："你刚才跟谁一起回来的？"

宋仰的心颤了颤。

他们家离小区门口很近，厨房的位置能看清外面的一切。

他也不知道为什么，明明屁事儿都没有，莫名就有种被"监视"的感觉。

他心虚地别开脸，撸撸狗毛："就一个朋友啊。"

宋景山凭借着几十年的教学经验，一眼就看穿这里头有鬼："你哪个朋友会开车？"

宋仰的临场发挥能力也不错："洛洛他表哥啊，我们今晚一起吃消夜来着。"

"你手机呢？怎么后来打你电话都关机了？"老妈问。

"没电了就关机了呗……"瞎话编多了容易漏，宋仰边说边往楼上跑，“我先去洗澡了啊。”

李慧瑛一嗓子吼住他：“兔崽子，还撒谎，你给我下来！”

宋仰一问才知道，原来手机的事情，老师早在没收那天就已经告诉他家里人了。

宋仰他们班主任就是数学老师，和李慧瑛是中学同学，还是广场舞舞伴，那晚她们相约双人舞池，在一首浪漫的华尔兹下，谈起了家长里短。

“一天到晚，盯着大腿也不知道在傻笑什么，我一看就知道在玩手机。果不其然！然后我就让他交上来了。”孙老师无限担忧地描述起宋仰在课堂上开小差时候的表情，仿佛玩手机的是她自己的孩子，“慧瑛，我得提醒你，虽然小仰现阶段的成绩不错，但是别人家的孩子都在屁股后边追着呢！火烧眉毛的一年了，可不能松懈下来的。”

“这我肯定知道的。”

“你们家宋仰吧，脑子是聪明的，要是肯好好努力一把，再提升个二三十分我觉得是没问题的，就是这心思没用在正途上。别的任课老师也跟我反映过这个事情，他上课老发呆，传字条。你紧张，他又不紧张，我给他手机没收了，他一下课还拿着扫帚在走廊打仗呢。哎哟，那个嗓门，我在办公室里都听见他嚷嚷。”

李慧瑛越听越心慌：“他平常在家还挺安分的，不知道在学校里怎么就这样了……”

“孩子都快十八岁了，还能怎么了？”孙老师唇角一勾，露出了一个你懂我也懂的表情，撞了撞李慧瑛的肩膀，“爱出风头了呗。你当年都在追老宋了。”

“瞎说，分明是他追的我。”

这些女人的闺中密语自然是不好透露给孩子的，李慧瑛一抬手，抖得跟得了帕金森病一样：“你小子是不是谈女朋友了？”

这屎盆子把宋仰给砸蒙了：“我哪有啊……”

宋景山在边上唱白脸：“谈恋爱也不是什么大事情，只要不影响学习就行，想当年我跟你妈……”他的五官疼得扭成了一团。

宋仰嘿嘿笑：“老爸，你跟我妈当年是不是也早恋啊？”

“哎！”李慧瑛捕捉到了不得了的重点，眼瞪如铜铃，“你没谈恋爱为什么要用‘也’啊？”

宋仰被她搞得很无语：“我真的没有啊。”

“你还骗人！你是我生的我还不知道你！”李慧瑛的嗓门老高。

宋仰仿佛嚼了个黄连，苦不堪言：“我可算知道当年窦娥是怎么冤死的了。”

“你手机都带到课堂上去了，还冤！”

“带课堂也未必是谈恋爱啊！”宋仰的嗓门比老妈还高，“我就不能看个天气，看个时间？”

“少来！我又不是没进过你们班，黑板上头就有个钟！”

“那钟都停了好久了，又没人换电池。”

“下课有铃你看什么时间？好几个老师都说你上课开小差、老发呆，你想什么呢你？”

母子俩你一言我一语，吵得火热，只有宋景山手捧茶壶，笑得一脸悠然："不就是看了看手机嘛，成绩稳定就好了。"

宋仰小声附和："就是。"

"别人家孩子都在恶补，他不进步就是退步！"李慧瑛的矛头掉转，"哎，我发现你这个人是不是带大学生带多了，忘记自己儿子还在上高中啊？教学方式能一样吗？学校那可是明令禁止学生上课带手机的，他都违反校规了！"

宋景山闭嘴了。

矛头又掉转回来了。

宋仰："那我不也在做题吗，我保证月考名次不掉下去还不行吗？你老这么逼着我，我万一抑郁了怎么办？我们学校就有抑郁症闹自杀的。"

"你还抑郁，家里的狗都没你会来事儿。"

"嘁。"

宋仰的小嘴怎么都撬不开，这场批斗大会并没持续多久就结束了。

宋景山打着哈欠说要睡觉了，李慧瑛踹了他一脚，从抽屉里掏出一部手机，递给宋仰："你以后就用我这部旧手机跟我们联络，有什么事情记得提前打电话。"

宋仰接过手机。

他认为这玩意儿已经不能用"旧"这个字来形容了，而是"文物"。

那是他上小学时，老妈用过的一部翻盖手机，时尚俏丽的亮粉色，传说中的音乐手机，仅支持2G网络。

宋仰掀开盖子，瞎点一通，忽然传出了刀郎嘶哑的声音：

如果说没有闻到残留手中你的香水

我绝对不会辗转反侧难以入睡

宋仰吓得眉目扭曲，赶紧合上。

就想着你的美

闻着你的香味

在冰与火的情欲中挣扎徘徊

…………

音乐还在放。

“这玩意儿怎么关掉啊？”

“你自己研究。”

这是当年老爸老妈的定情之歌，两位老同志此时互看对方一眼，情意绵绵。

宋仰说：“那我的手机呢？你总得让我存几个手机号吧……”

“哈！我就知道，我就知道！”李慧瑛的手臂像箭一样指着他，“是要偷偷联络哪个小女生吧？是要偷偷干什么吧？”

宋仰趁她抖成帕金森病状之前拔腿就跑："我不要了。"

嘴上说着不要，哪能真不要。宋仰洗过澡，又跟个谍报员一样鬼鬼祟祟地溜到老爸的书房。

宋老师有个很好的习惯，就是从不把手机带进卧室。

宋仰从他手机的通话记录里翻出了一串数字，噼里啪啦地输进手机。

另外一边，李浔刚在小区外边找到车位。他们租的这个房子在很老的居民小区，压根没什么地下车库。

他锁好车，在门卫老大爷同情的目光下冲过雨幕，朝楼里飞奔。

手机弹出消息：

师父，你到家了吗？

李浔身上没纸巾，只好用衣袖擦了擦手机屏幕，边走楼梯边回复：

到了。

这是我的临时手机号，手机是我妈的，文物级别，没法下微信，就只能发短信了。

从头发上滚落的雨水不停地滴在屏幕上，李浔用衣摆使劲抹了一把，画面才再次清晰。他看完笑了笑，想说“你赶紧睡吧”，消息又来了。

但是我发现它好像可以用QQ。你有QQ号吗？我加你一下。

李浔推门，老爸和初之都已经睡了，他轻手轻脚地摸到房间。

他都不记得有多少年没有用过QQ了，现下载了一个，但密码和密保都忘了，费半天劲都登不上去，得通过好友验证才行。

加不了，太久没登了，要好友验证才行。

那就验证呗。

你还让不让我洗澡睡觉了？

啊？你还没洗啊，那你先洗。

洗完我也不验证，你别等了，赶紧睡。

好吧，那晚安。

李浔脱下湿透的衣服，进浴室冲了个澡。他的头发很短，草草擦几下就干得差不多了。

书桌上有一沓小本子，是李初之的作业。为了能顺利拿到老师奖励的小红花，他每晚都得帮李初之检查一遍。

这些事情原本是可以由老爸代劳的，但李国涛年轻时就没怎么读过书，初中都没毕业就辍学了，一口普通话都很塑料，更别说指导小孩儿读拼音了。

李浔给她改完作业，回到床上，已经十二点多了。

睡意还没上来，他给好久没联络的老同学发消息，让帮忙验证一下。

他和同学闲聊了好一会儿，重新登录 QQ 已经是半小时后的事情了。他把宋仰发来的 QQ 号复制，添加。

不到三分钟，验证通过。

师父！你怎么还没睡啊？

高涨的情绪都快从屏幕里溢出来了。

窗外雨声未停，打在玻璃窗上像舒适的白噪声，李浔放下手机，好似无奈，又眉眼带笑地骂了一声：“小鬼头。”

隔天，宋仰醒得有点儿晚，睁眼的第一件事就是翻开手机看消息。

小企鹅闪了闪。

他兴冲冲地点开，又耷拉着眉眼合上。

全是同学群里的消息，由于 2G 网络限制，收到的消息全是——“抱歉，您的客户端不方便查看此消息”。

他有种与世隔绝的感觉。

宋仰洗漱下楼，看见宋老师正在搞直播。这是网校为了方便学生提问，新推出的一个功能。不光如此，宋景山还经常在微博搞免费直播，积累了近百万的粉丝，常被同事笑称“经贸老网红”。

今年的注册会计师考试时间又快到了，宋老师在家也不消停。

宋仰对此习以为常，只不过平常老爸都是在书房直播的，今天不知道为什么搬到了客厅，有些怪异。

他往尿尿的盆里添了点儿水，然后到冰箱里翻了一袋切片面包塞进包里，准备在地铁上吃。

“你又要上哪儿去啊？”宋景山叫住了他。

宋仰没想到老爸会在直播时间分神，愣了愣，扔出一个老借口：“去图书馆。”

“你怎么一天到晚野外头去。你妈吩咐了，你今天不准出去。”宋景山说。

“为什么？”

“没有为什么。家里没你写作业的地方吗？老跑图书馆。”

宋仰算是明白过来了，老爸蹲外边就是为了堵他的，就因为老妈怀疑他谈恋爱这事儿。

于是他装作一副妥协上楼的模样，趁老爸一个不注意，撒腿就跑。

可他没想到老爸竟然会暂停直播追上来。

宋景山一把拽住他的书包带：“你这要去哪儿啊？跑这么猛！”

宋仰一个踉跄，转回身，满脸堆笑：“今天玩真的了啊，老爸？

您老不直播了吗？”

“你妈不允许你出门。”宋景山边拽着他往回走，边说，“今天就乖乖在家待着，哪儿也不准去，别耽误我上课。”

宋仰扒住院里的一棵桂花树，死活不松手：“你们这是限制我的人身自由，这是违法的，我要是一纸诉状告上去你们就完蛋了。”

宋景山被儿子这套破理论给逗乐了，手还是没松：“今天我要是放你出去，我才完蛋了。”

“为啥？”

“你妈得扣我一个月粮饷。”

宋仰扑哧一笑，乐得眼睛弯弯的，没大没小地钩住宋景山脖子：“老爸，要不然咱俩结盟吧，你告诉我老妈几点回来，我肯定提前到家，不妨碍你拿生活费，另外我还一个月多给你加五百块怎么样？”

“你当我搞情报工作的啊？”宋景山一掌推在他后腰上，“赶紧给我进屋写卷子去。你妈给你买的必考题今天刚到货，趁热乎，我都没舍得拆。”

“……”

就这样，宋仰丢了箭馆的工作。不过对他而言，丢工作的事情不值一提，刚热乎起来的师徒关系就此破灭才是重点。

他回屋，攥着那个2G网的手机，慷慨激昂地给李浔发消息，删删减减凑了篇小论文出来，说明原委，连同被怀疑恋爱的事情也一起交代了，最后无奈表达歉意，说雨伞恐怕得要寄过去了。

他想李浔应该会给他分析分析这种情况该怎么处理，毕竟李浔是他认识的、为数不多的、看起来很有智慧的成年人。就算没有这些，李浔大概也会有一些安慰性质的话语，比方说，没关系，以后再教你之类的。

由于“文物”没有后台登录功能，必须掀开盖子才知道有没有信息进来，半小时里，他拿起放下无数次，盖子都快被他给折断了。

终于，界面上的小企鹅闪了闪。

上面只有一个字：

嗯。

李浔连一点儿多余的关心都没有赏给他。

让人感觉，他好像只读完最后一行字就回复了。

宋仰合上手机，瘫在床上发呆。

今天的气温不高，天色也不是很好，远处有黑压压的云层在往这边飘过来，看起来又要下雨。

床是上小学时候买的，长度只有一米九，他手长腿长，完全伸直的时候总是踢到床尾的一块木板，只好带着枕头一起往床头那边顶了顶。

不知道是天气还是其他什么原因，胸口有点儿闷，导致他本就不佳的心情更糟糕了。

他还以为通过昨晚的相处，李浔会拿他当朋友的……

也许是因为自己对李浔随口一提的“以后”二字，抱有太大期待了。

他想，自己的出现或离开，对李浔而言或许无足轻重，就像路边闻见的一阵桂花香，什么都不会留下。

而此时，李浔正在医院里“度劫”。

李初之一早上不知道吃了什么玩意儿就开始闹肚子，上吐下泻，哭到打嗝。

周末，医院里都是人，李浔带着她排队挂号，还碰上插队的老太太，好不容易拿到号，孩子肚子疼，他又拉人带她去女厕所，还得买纸巾、买水、找门诊室，忙得晕头转向。

他在门诊室里看到消息，正巧医生又问他孩子一早吃了什么，匆忙间，他只来得及回个“嗯”就把手机收起来了。

李初之一听见医生说要打针，又哭了，小嗓子一号，整栋楼都知道她恐针。

李浔拿棒棒糖和小鱼肠哄她都不管用，最后医生给开了些药片才消停。

开车回去的路上，他总觉得有什么事情要处理，但是想不起来，一到家，发现房东太太带了几个人来看房，脑子嗡的一声，又投入到新的忙碌中。

“真的是很不好意思啊，打扰到你们了。”房东太太满怀歉意地看向他们，手里还拎着一堆水果，“都是果园里现摘的，很新鲜，你们尝尝。”

“谢谢。”李国涛推着轮椅让到一边，“你们随便看，就是这两天没怎么收拾，稍微有点儿乱。”

房东太太领进来一家三口，在屋里转悠。

李浔这阵有点儿忙，要不是房东带人过来，都忘记要找房子的事情了。

好在房东太太是个热心的人，对他们家的特殊情况也了解，托一个中介朋友问过房源。她把手机里的一堆资料翻出来递给李浔说：“这是我托中介问的一些房子，你要是在图片上看不清楚，可以到现场去看看的。或者你有什么其他的要求也可以跟我说。”

家里有女孩子和残障人士，李浔对住房的要求还是挺高的。

房子要有阳台，保证光线充裕，起码三间卧室，浴室厨房干净卫生，离初之的学校近，有无障碍通道。

最后他补充：“最好便宜一点儿。”

李浔在上岭区这边住了好些年，房东都没有涨房租，还维持着七八年前的房价，这冷不丁地一看，才发现外头同样的房子价格都快翻倍了。

房东太太说：“峭山区那边有一套稍微便宜点儿的，房子也大。”

李浔正准备输入地址，意外发现这个小区名和昨晚的历史搜索记录对上了：郁青小区。

宋仰家住的地方。

房东太太热络地介绍：“你别看这地方稍微有点儿远，环境是很不错的，周围超市、医院都有，出去拐个弯就是地铁口，上哪儿都挺方便的，最重要的是这个户主我认识。她是我儿子的中学老师，为人很热情。你想想，你家初之以后有什么不懂的地方，还可以问问老师，多好。”

“老师年纪大吗？男的女的？”

“女的，四十多，跟我差不多。她丈夫走得早，就一个人住，也影响不了你们什么。”

李浔看了看房子的照片，这是个小别墅，一层户主自用，一层租掉。

这样也好，楼上楼下有个照应，万一老爸磕着碰着或者又突发什么情况，会有人及时发现。女户主对初之也没什么威胁，很安全。

那几个来看房的对这里很满意，临走前还询问他们大概多久能搬走。

李浔没有让房东太太为难，说：“我们会尽快。”

两场大雨带走了最后一丝暑气，彻底降温了。

周六是重阳节，宋景山委派儿子去老街买点儿新鲜热乎的重阳糕。

李慧瑛在厨房喊：“多买一点儿，给孙老师家送点儿过去。”

宋仰比了个数钱的手势。

宋景山从兜里摸出四个钢镚儿，宋仰嫌弃地道：“这都不够我买瓶水呢。”

“你要买神仙水啊，三块五还不够？”

“唉……”宋仰喟然长叹，“某些人，表面上是个百万粉丝的网红，背地里连张整钱都没有。”

李慧瑛在厨房里咯咯笑。

宋仰买完糕点回去，看见停靠在路边的一辆搬家车，有个搬货的工人跟另外一个说：“你倒是悠着点儿啊，都是保价的东西。”

宋仰好奇地瞅了一眼，登时倒退回去细看。

从车上递下来的是一个大纸箱，里面全是竞技弓的弓把和弓片，满满当当，各种款式都有。东西太重，工人抱起来都有些费劲，不多会儿就满头大汗。

除此之外，车厢里还有一大箱箭支，由于纸箱的高度不够，密密麻麻的箭羽冒出个头。

其中一款黑金色的相当眼熟，宋仰的心跳了跳。

它们和他床头的那支箭是同款。

整整十年，哪怕只给他看一个箭尾他都不会认错。

“哎，”搬货的工人冲他喊了一声，“不要乱碰啊，碰坏我可赔不起。”

“没关系。”

宋仰背后响起属于另外一个人的声音。

路旁的香樟郁郁葱葱，将阳光滤得细腻又温柔。

宋仰转回身，难以置信地瞪大了眼睛，嘴角也不自觉勾起来：“师父，你怎么在这儿？”

李浔冲着车厢抬了抬下巴：“这你都看不出来？”

宋仰看见工人搬运一张乳胶床垫，还有一些家用电器。

他当然看得出来，只是不敢相信，小心脏很猛烈地跳动着，兴奋得无以复加。

“你们在这边买房啦？”

李浔接过工人递下来的一箱东西，坦言道：“租的。这地段我哪买得起？！”

“在哪儿啊？在哪儿啊？我可以去参观参观吗？我可以帮你搬东西！”宋仰高兴起来根本就藏不住。他的眼尾弯曲，笑出两个小小的酒窝，就连瞳仁都是亮晶晶的，好像在灯光下泛光的玻璃珠。

李浔被他的这个笑容感染，心情无端地变好，手里的东西也没刚才那么沉了。

“十二幢，就在前边。”

宋仰对小区里的楼号没什么概念，拎着东西跟在李浔身后，越走越觉得不对劲，这怎么好像……

正在院里逗小孩儿的那位听见脚步声，也看向门外，画面定格了一瞬，孙老师惊喜地道：“小仰怎么过来了？午饭吃了没有？”

“还没。我妈让我送点儿东西过来。”宋仰递上一袋热乎的糕点，扬起好学生的礼貌微笑，“重阳节快乐。”

李浔露出一个疑惑的表情。宋仰小声介绍：“这是我们班主任。”

“你们认识啊？”孙老师问。

“嗯，我们在……”李浔半张着嘴，“箭”字顶在喉咙口还没来得及出来就被人狠狠地踩了一脚。

“图书馆一起看书认识的。”宋仰火速补了下半段，又在背后扯扯李浔的衣服，暗示他别捅破。

“那这也太巧了。”孙老师一拍手，热情洋溢地招呼，“正巧小浔他们一家今天刚搬进来。一起吃顿饭吧，我蒸了锅大闸蟹，估计吃不完，回头你再带点儿回去给你爸妈尝尝。”

要是换作平时，宋仰肯定会用家里人等着回去吃饭这样的理由婉拒，赶紧跑回去，但今天不一样了。

他适时地露出左右为难的神色：“我妈估计不同意……”

“啧，来我这儿吃饭有啥不同意的？”孙老师如他所料地掏出手机，“我来给她打电话。”

宋仰从读中学开始就常被老妈安排到孙老师家补习，对里面的陈设布局了如指掌：一楼有厨房、会客厅和两间卧室，孙老师就住在下边；二楼也有两间卧室和一间书房。

宋仰进屋，看见一个坐在轮椅上的中年男人，几乎一眼就看出那是李浔的父亲。

他们父子的脸型和眉眼都太像了，李浔青出于蓝，拥有比父亲更加英挺的鼻梁，还有修长矫健的四肢；他甚至能在男人的脸上看到李浔二十年以后的样子，绝对比大多数的中年男人有气质，起码不秃头。

“叔叔好。”宋仰实在没什么准备，把老爸让他买的重阳糕全孝敬过去，顺便做了个自我介绍，“我是您儿子的朋友，过来蹭顿饭。”

李国涛诧异地接过礼物，经过短暂的反应后，笑起来，双手握住宋仰的手：“谢谢，我还是头一回见他带朋友回来。”

宋仰能感觉到他的手在发抖，不知道是激动还是其他什么原因。

李浔听见了，不冷不热地补充：“他脸皮厚，自己硬要跟过来的。”

宋仰听到这话，以为李浔嫌他烦人。

在李国涛那里又是另一番意味——他儿子性格比较冷淡，从来不开没有分寸的玩笑，只有关系好到一定程度才会这么逗人玩。

二人交谈间，宋仰得知李国涛原先是当过兵的，退役后开始做小生意，后来因为中风才导致偏瘫，不过现在已经好很多了，医生说只要坚持做康复治疗，还是有机会重新站起来的。

“小浔！你过来帮我看看这个番茄酱是不是过期了？我眼镜在楼上没拿下来。”孙老师在厨房喊了一声。

“他出去搬东西了，我来看吧。”李国涛缓慢地移动轮椅。

他动作不是很利索，又要避开客厅里堆放的一些纸箱，看着挺费劲的样子，宋仰正准备过去帮忙，李初之跑进来了。

她就像小鸡投奔母鸡那么自然地举起手上的草莓小发带，对宋仰说：“哥哥，我的头发松了，我不会扎。”

“呃……”宋仰哪会这活儿，但小朋友的要求不好拒绝，他还是接过了那根软萌小发带研究起来。

李初之的头发不算长，散落下来刚好到肩胛骨的位置，但因为编过辫子又盘起来过，头发就跟炸开了一样，还有静电，让宋仰无从下手。

他让李初之坐在沙发上，自己站在沙发后边，用手指当梳子，一点儿一点儿地理顺。李初之脑袋小小的，半垂着，看着像件艺术品那么脆弱，宋仰的动作温柔得不能再温柔。

好不容易理顺了，他不敢太用力地握住，下一秒，李初之做了个令他大惊失色的动作。

“哥哥，”她忽然转头，展示着手腕上的另一根发带，“这个要先绑上去才可以绑小草莓。”

宋仰的空心拳还停在半空中，头发丝儿一根不剩全溜走了。他咬牙切齿地按住那颗小脑袋，动作很像扣篮球：“不要动啊你！”

在一旁欣赏了半天的李浔忍俊不禁，走过去，在宋仰耳后扔下四个字：“笨手笨脚。”

宋仰给李浔让了点儿位置：“你行你来。”

李浔眉尾一挑，熟练地将小草莓戴在手腕上，一只手握住头发，右手随意地扒拉了几下，李初之的头发打结了。随着他不太温柔的动作，小脑袋摇来晃去，但始终没有喊疼。

宋仰心疼地说：“你温柔一点儿嘛。”

李浔笑了一声，说：“手伸过来。”

“啊？”

李浔指指自己握住的地方，又重复了一遍。宋仰犹豫了一下，还是把手伸过去了，用大拇指和食指弯成一个圈，握住李浔打理好的那堆头发。

李浔松手后，又把发带递到他手中：“绕两个圈就行了。”

宋仰笨拙地比画了两下，怎么都觉着不对劲：“怎么绕啊？”

李浔伸手，从另一侧包裹住头发。宋仰担心头发会松掉就没敢放手，李浔连同宋仰的骨节一起握住。

宋仰不吃力：“我可以……可以松了吗？”

李浔笑着说：“你不松手我也没法绑啊。”

“噢。”宋仰抽出手来。

随后，他听见李浔问：“就这么简单，学会了吗？”

学会就怪了！

但他还是呆滞地点点头：“学会了……”

接下来，宋仰又看着李浔给李初之编小辫子，细长的手指在发丝间来回绕。

这双手用来推弓射箭，拥有紧实的肌肉，每一次爆发都能点燃全场，而在做着这样的事情时，又是另一种完全不同的感受，像微风拂过枝丫，像浪花轻触贝壳。

为了方便李浔的父亲走动，孙老师将楼下其中一间客房让出来当作李国涛的卧室，李浔和李初之则住二楼。

还要一会儿才开饭，李浔说：“上楼帮我整理一下东西。”

“好啊！”宋仰咧着嘴，屁颠屁颠地跟上去，像是被人邀请上楼捡钱的。

很多大件儿是昨晚就运过来的，李初之的房间已经收拾干净了，粉蓝色的床单被罩，随处可见玩偶玩具，窗户上悬着玻璃制的小风铃还有星星灯，到处都透着暖意。

相比较之下，李浔的房间就单调多了，只有一张木床和一个衣柜，墙角斜放着一面试衣镜。那应该是孙老师的孩子留下的，上边还有明星贴纸。

飘窗向阳，做成了日式榻榻米，中间架着一张原木色的折叠桌。

李浔拉开纱帘，细腻的阳光铺洒进来。宋仰坐在飘窗窗台上，头顶的几根头发丝儿都被照成了酒红色。

李浔从箱子里抽出四件套，甩了甩："套被罩会吗？"

宋仰在另一侧接住："我还没笨到那程度吧？"

"谁说得准呢。"李浔笑了笑，用力一甩，床罩飞起来，将宋仰整个人都包裹住了。

宋仰咯咯乐了好一会儿，拿下被套说："洗得真干净。"

套好被罩，李浔支使他干点儿力所能及的活，自己下楼搬东西上来，宋仰便帮李浔收拾衣服。

李浔的衣服几乎全是运动装，就连羽绒服都是运动品牌，鞋子的尺码很大……

宋仰一块儿搁抽屉里了。

"李初之！你三天不打上房揭瓦了是不是？！"楼下传来一阵李浔的声音，还有初之稚嫩的笑声。宋仰正想下楼看看什么情况，门外又响起急促的脚步声，由远及近，从台阶上来了。

宋仰回过头，看见李浔空着手冲进来，还顺手把门给关上了。

"初之怎么了？"

李浔低头抖了抖衣服，又扯扯裤子：“她用阿姨浇花的水管滋我一身水，怎么说都不听。”说罢，他抬手把衣服脱了。

不得不说，不同项目的运动员锻炼的核心部位都是不一样的，李浔的核心显然都在腰腹和手臂，常年拉弓的动作令他手臂肌肉线条变得流畅又紧实。

“给我扔件衣服过来。”李浔边说边解皮带扣。

宋仰随手找了件帽衫扔过去：“就穿这个吧。”

“谢了。”李浔麻利地换上干爽的衣服。

少年的美好，被充沛的阳光照得无所遁形。

第四章

师父变舅舅

宋景山发现自己儿子最近遛狗遛得很勤快，每天早上天不亮就出门了，还带着早点回来，一周几乎不重样。他在早点的包装袋上看到地址，有家小笼包的馆子离家足足三千米。

更可怕的是，他竟然连双休日都能坚持早起，这就相当离谱了。

周六这天，宋景山特意起了个大早，在书房里等着，听见儿子洗漱完还跟人通了个电话。

“今天有点儿风，还是在外边吗？要不然开个包间吧，我来掏钱。”

“那行，野战就野战，我都听你的。”

听见脚步声下楼，宋景山赶紧跟了上去。

宋仰今天穿了件米色的卫衣，外搭是港风的棒球夹克，一身休闲装备洋溢着年少的青春气，但一想到他穿这一身是要准备脱掉的，宋景山就觉得浑身刺挠。

宋景山贴着墙往外移动，和儿子保持着不易被察觉的距离。他看见宋仰牵着尿尿出门，嘴里还哼着歌，看起来相当愉悦。

此刻是早晨五点，天还没有亮，风吹过树叶都有声音，小区有地灯，宋景山不敢跟太近。

门口停着辆黑色的SUV，看不清车牌，宋仰拉开后座的车门，先是把尿尿送上去，接着自己上了副驾驶位置。

人证物证确凿，罪名成立。

宋景山在车子发动前的那一霎冲过去，拍了拍副驾驶的玻璃窗，宋仰被吓得浑身一震。

“老爸？”他按下车窗，惊讶道，“你怎么来了？”

宋景山往里头瞅了瞅，除了驾驶座上的男人，没别人了，他看看尿尿那对灵动的大眼珠，再看看儿子诧异的神色，也茫然了。

他装作若无其事的样子，问：“你这一大早，上哪儿遛狗去啊？”

宋仰将手里的狗绳撒了，扔到后座去：“浔哥带我去体育公园，那边有跑道，空气质量也好，我俩一起跑步。”

“哦……跑步啊。”宋景山松了口气。

他常听儿子提到李浔，也知道李浔就租住在孙老师家，但还没见过真人，他对李浔的面容印象始终停留在儿子床头柜的那张合影上，这冷不丁冒出来一个快三十岁的大男人，他都没反应过来。

李浔的皮肤晒黑了些，两腮的轮廓没有上学那会儿圆润了，和宋仰一比显得十分成熟。

“你们经常一起跑步？”宋景山问。

“对，偶尔也打球。”宋仰瞪着一对澄澈的眼睛，“老妈给我那破手机我都不会下载歌，一个人晨跑太无聊了。”

宋景山看向李浔，在李浔的眼中得到了相同的答案。

宋老师反倒内疚起来，自己刚才竟然那么去揣测一个天真的少年，实在该罚。

他从兜里摸出仅剩的一点儿零花钱，把锅往媳妇儿脑门上一扣：“你妈让你带点儿小笼包回来，上次那个挺好吃的。”

通过前边的一连串提问，宋仰对老爸此次行动的目的心知肚明，但还是很给面子地装起了傻：“谢大爷赏赐。”

宋景山笑骂一声，揉了揉宋仰的脑袋。

一晃十年过去，一个长大一个退役，还碰巧成了朋友，不免让人有些触动。他跟李浔打了个招呼，然后叮嘱宋仰：“回来别忘记背单词。”

看见宋仰从兜里掏出一本迷你单词册，宋景山就更放心地回家了。

朝雾弥漫，剔透的露水从叶尖上滚落，深秋已过，天有些凉了，一股股寒气直往车里钻。

宋仰把车窗关上，叹了口气：“我爸妈很爱瞎操心，他们看我这一大早就出门，所以来考察。”

李浔勾了勾唇角。

宋仰不说话了，垂下脑袋抠手指。李浔像抓篮球一样按住他脑袋，往右一拧："小朋友，安全带。"

去箭馆一趟来回太远了，李浔在家附近找到一处空地练箭，还是免费的。

这边原先是个湿地公园，但因为地理位置很偏，又没什么让人眼前一亮的特色，二十块钱门票都没人进去，开了不到三年，售票窗口挂满蜘蛛网，已经不能算是景点了。

李浔将车子开进公园，随便停在角落。

这个地方虽偏，但景致不错，亭台回廊，林荫环绕，杂草与野花并肩生长。

一种植物，哪怕是不起眼的小植物以极强的生命力向外延伸出去时，也是很美妙的风景。

这里就是。

由于无人修剪喷药，路边不知名的野花开得遍地都是，给这个萧瑟的季节装点出一抹不一样的味道。

只要不下雨，宋仰就天天跟着李浔在公园里慢跑热身。

回廊走到尽头，是一个望不到头的月亮湖，岸边的芦苇比人还高，湖水还算干净，能看见拇指大的小鱼在湖里欢快游动吐泡泡。

短暂的热身后，他们来到一处荒废的码头。木板经历风吹日晒，漆面斑驳。每当有人走过，都会发出怪异的声响，宋仰把尿尿绑在码头的桩子上。

这地方最大的好处就是有个游船售票厅，木质的，有两米多高，像堵墙一样挡着，箭飞不出去，就算不小心射偏，老木头也伤不了合金箭头。

这里没灯，李浔自带了 LED（发光二极管）的灯串，拳头大的小圆球，串成八米多长，足够点亮黑夜。

宋仰将箭靶竖在门口，然后跑到二十米开外的乘船处与李浔会合。

李浔正在组装一把猎弓，胡桃木色的弓把、黑色弓片，弓弦上绑着两小撮减震兔毛。

猎弓的造型很简单，和李浔之前在箭馆随手拿的那把传统弓差不多，不带反曲弧度。

它算不上竞技弓，世界级比赛上并不会出现它的身影，但它的爆发力和瞄准器定位并不输竞技弓。

宋仰试着拉了一下弓弦，相当费劲，像提好几十千克的重物。他最近几乎天天握弓，对磅数的感觉也比以前敏感很多。

“有四十八磅吧？”

李浔冲他竖起大拇指：“刚好四十八磅。如果距离足够的话，这玩意儿都能射死一头大象。”

宋仰听后，把尿尿挪到了一个更安全的位置。

四十八磅相当于二十二千克的重量，光拉到撒放位置还不算完，需要定格瞄准，没有一定臂力挺不下来。李浔带它是想自己玩的，给宋仰准备的其实是一把三十多磅的反曲弓，但宋仰对这把猎弓爱不释手，还问了很多关于猎弓的瞄准与撒放的技巧。

哪怕是退役之前，李浔也没有碰到过这么能聊的对象。他看宋仰的时候，更像是看到了十多年前的自己。

一支箭嗖地出去，随着一声闷响，宋仰在原地又跳又叫：“十环！师父你看！我射到十环了！”

在某一瞬间，李浔想起自己刚进队时，主教练曾说过的一句话——其实不只人挑弓，弓也挑人，你们都是被弓箭召唤出来的。

他曾经觉得这话跟传销头目推销保健品差不多，虚得很，但现在忽然理解了这话更深层次的含义。

这世上就是有人一辈子都不会碰到这根弦，而有的人第一次触碰，就能和它成为最默契的搭档。

一切机缘，妙不可言。

靶子就带了一个，李浔让给小朋友玩，自己从售票口搬了把椅子出来，坐在湖边撸狗赏日出。

尿尿跟他混熟了，敢凑过去舔他手里的奶油面包。

李浔嘴里还有口面包，含糊不清地问：“尿尿可以吃奶油吗？”

等箭射出去，宋仰才垂下手说：“一点点没关系，它不能吃太甜的东西。”

尿尿仿佛能听懂人话，把脑袋钻到李浔的胸前蹭了蹭。李浔将手臂抬高，扯下一点儿面包喂过去。

只见一截粉色的舌头将东西卷进嘴里，连嚼都没嚼就直接咽下去了，哈喇子流一地。

李浔被它逗乐了，又掰下一点儿喂它。

朝阳从地平线上升起，从淡粉一点点扩散，变得耀眼，变得浓烈，湖面的水波泛着光亮，像散落了一地的星光，整个就是一幅壮丽的印象派画卷。

李浔靠在椅子里，用手机放歌，身后时不时传来小朋友兴高采烈的呼喊声。

弓箭手都需要一颗沉得下来的心，他的曲库里大多是轻音乐，悠扬的曲调在芦苇丛里穿梭。

“差不多就可以了，当心明天胳膊抬不起来。”李浔说。

“渴死我了。”宋仰不知道放了多少支箭，此时就如同一个泄了气的皮球，缓缓朝李浔走来，“师父，你车上还有矿泉水吗？”

“忘拿了。”李浔被初升的阳光照得有些慵懒，用一根手指勾起自己的水瓶，递过去，煞有介事地提醒，“你要嫌弃的话可以用瓶盖喝。”

宋仰嘴角的小酒窝不受控地冒出来了，他双手接过，怪不好意思地说：“我怎么会嫌弃呢。”

“是吗？”

李浔斜睨着他，看他傻笑了一会儿，拧开瓶盖，然后嗅嗅柠檬水的味道。这动作莫名让人联想到小动物，只有宠物才会在吃之前凑近了嗅嗅食物的味道，再选择吃或不吃。

宋仰表现出无所谓的态度，并没有把水倒进盖子，而是直接凑在瓶口，仰起脖颈，喉结上下滚动。

或许是天色太好，微风吹得人心情愉快，李浔忍不住使坏，补了下半段：“那我怎么听初之说你说和我用同一个杯子喝水不健康。”

“噗——”柠檬水喷了尿尿一脸。

也不是。

初之乱说的。

我主要是怕你介意。

那会儿我跟你还没这么熟……

这些理由听起来都怪怪的。

宋仰浑身的毛孔都在这一瞬间打开了，哗哗哗往外冒热气，整个就是一个通了电的热得快。

李浔这问题无论怎么接都不合适，要是接不上就更显得非同寻常了。

宋仰急中生智，把注意力转移到尿尿身上，掏纸巾给它擦了擦。

李浔倒也不在意他的回复，只是看他跟一只狗道歉就忍不住想笑。

过了一会儿，他又勾起水瓶问：“还喝不喝了？”

宋仰摇摇头。

李浔灌了一口柠檬水，留下“热得快”待在原地，自己起身练箭去了。

初升的朝阳照亮了地平线，远处的高架桥上车流穿梭，距离喝水事件已经过去一个小时了，李浔也将成套的弓箭收进箭盒里，而宋仰还在思考人生。

他蹲在地上，一手托腮一手撸狗，从头发丝儿到脚趾盖都冒着一股天真的傻气。

一双大手在眼前晃了晃："想什么呢？"

宋仰的三魂六魄回笼，转头发现李浔已经把东西都收拾好了，手上拎着个箭盒。

"要走了啊？"

"嗯，我还要送初之去少年宫学画画。"

"之前怎么没听你提过啊？"宋仰起身时，跟被电击似的僵在原地。

他蹲太久腿麻了，站不起来。

"前几天刚报的。"李浔见状，放下箭盒，伸手将他扶起来，"班上有同学带了幅水墨画到学校，被老师表扬了，奖励了好几朵小红花，还贴在黑板报上展示，她就吵着要去学。"

"她好乖啊。我妈小时候也给我报过各种艺术课，想陶冶陶冶我的情操，往艺术这方面发展，但我经常装病逃课出去跟朋友堆泥巴玩水枪，被我妈抓住一顿狂揍。"宋仰的右腿麻得不能沾地，提在半空中，拿李浔的手腕当扶手稳了稳身子。

李浔稳住他，然后十分自然地调侃："你们家尿尿刚才撒尿也这个姿势。"

宋仰："……"

李慧瑛女士打电话过来催小笼包，他们只好加快速度赶回去。李浔提着两个笨重的箭盒，宋仰抱着彩灯和箭靶，尿尿也没闲着，后背捆着箭囊吭哧吭哧地给他们开路。

汤包馆的店面离公园很近，不到十分钟就到了。这家门店大概是老字号了，门脸虽然不大，但排队的人很多，老远就能闻见蟹肉的鲜香。

宋仰解开安全带，李浔抢在他之前说："我去吧，你在这儿等着，背会儿单词。"

宋仰从兜里找出老爸给的早点资金，李浔也没收，说："我有阵子没喝到酸梅汁了。"

话都说到这份儿上了，宋仰哪能听不懂，美滋滋地将钱收起来。

遥想两个多月前，他连一杯果茶都送不出去，如今不仅成了李浔的徒弟，还能被师父关心，这简直比参加世界级比赛还让人高兴。

他将车窗降下，念念有词地背英语。

宋仰等了大约二十分钟，见李浔提着两大兜小笼包出来，宋仰又将车窗升上去。

李浔把东西往副驾递："你先趁热吃点儿吧，回去凉了就没那么好吃了。那个醋包好像掉底下去了，你自己翻翻。"

"嗯。"宋仰抽了纸巾垫在腿上，揭开餐盒，里边是虾仁和蟹黄的双拼口味。

他上次尝这家卖的汤包的时候说过这两种味道最好吃，但他没想到李浔会记得。

宋仰夹起汤包，李浔放慢了一点儿车速，很平稳地开过减速带。

“哦对了，有个事儿得跟你说一下，”李浔转头看了他一眼，“下周开始我就不能每天陪你练箭了。”

宋仰不解地道：“为什么啊？”

李浔语调平静：“我换了份工作，工作日住职工宿舍，周五晚上才能回来。”

“啊？”宋仰听到这个，简直比老爸老妈去国外出差还着急，“你换什么工作了啊？很远吗？”

“也不是很远，T 大你知道吗？”

“那当然了！我是本地人好吧！”

T 大，国家重点大学，有不少政府扶持的特色王牌专业，位于 N 市的最东边，离家两个多小时的车程。宋仰的老妈就是 T 大经济管理学院毕业的。不过那会儿学校还没现在这么出名。

宋仰还没有机会进去参观，只知道 T 大有好几个校区，景色极好，是全省最好的大学之一。

“你要跑去当老师了？”说实在的，宋仰很难想象他夹着教案进教室的画面，好强烈的违和感……总觉得他站在讲台上会掏出一把弓说，你们知道枫木芯和泡沫碳芯的弓片有什么区别吗。

李浔：“那你肯定不知道，学校去年新建了一个射箭培训馆，在招专业教练。”

果然。

这就很贴合形象了。

宋仰的双眼被点亮：“你怎么知道的？”

“我高中的一个舍友，现在在 T 大做讲师。”

李浔之所以能获取这一线情报其实还得感谢宋仰，要不是因为宋仰那天晚上非得要加他 QQ，他也不会去联络以前的老同学。

李浔的同学带的就是体育系，闲聊时说起这事儿，李浔就问了问教练岗的任职条件。

在确认学历、经历、证书等各方面要求都达标后，李浔投了简历，没多久就收到了回复。

在学校任职肯定要比箭馆轻松一些，也稳定，带的都是校队精英、国之栋梁，宋仰觉得这是件好事，就继续啃汤包了。

“不过你去那么远的地方上班，初之谁接送啊？”

“孙老师说她可以代劳，我每个月多给她一点儿伙食费。”

“那不错，”宋仰厚着脸皮问，“那你周末回来会带我练箭吗？”

“看情况，有时间的话给你打电话。”

宋仰帮李浔收拾屋子的时候看过他的学位证书，读的并不是体育相关专业，而是金融学专业的硕士，还考了教师资格证。就凭这样的资历，完全可以挑一个更好的、更有晋升空间的岗位，结果换来换去，还是和射箭有关。

能看得出来，他对这个行业有很特殊的感情。

宋仰合上餐盒，擦擦嘴，将视线小心翼翼地投过去：“我能冒昧地问你一个问题吗？”

"嗯。"

"你既然这么喜欢射箭，又这么厉害，当初为什么要退役啊？"宋仰说到这儿停顿了一下，确认对方没有任何不愉快的情绪后，才继续说，"是因为要照顾家里人吗？"

这个问题很多人问过，李浔的答案都是"嗯"，但只有他自己知道，这不是全部的原因，要不然早就回去了。

从十三岁到二十八岁，过去整整十五年，他都和弓箭为伴，没有其他爱好，从加入国家队的那一年开始，就彻底开始了职业生涯。

他喜欢射箭，也不否认人这一生能踏入自己喜欢的行业是最幸福的事情，但一旦将爱好转为一种职业，并且以它为经济来源，就要承担压力和风险了。

只有出了成绩才会被人记得，只有不停拿奖才能填上欲望的沟壑，这样的生活也挺枯燥的。

梦想始于幻想。

无论什么事情，只有在最开始，一切都懵懵懂懂的时候才最具魅力。

当他发现这个项目冷门到连训练经费都长期不足，当他所在的团队在国际比赛上受到极不公正的待遇，当和他同期踏入国家队的队友一个接一个地退役，当他发现自己攒了几年的收入只够付家人的医药费，当教练告诉他一个十八岁的新人将会代替他上世锦赛之后，他对这行的爱，就没当初那么狂热了。

哪有那么多无限可能，他们也只是被命运牵绊着。

整整三年，他都没有再打破过自己的纪录，彻底陷入了尴尬的瓶颈期，世界排名也一直在往下掉，他知道自己的心态出现了很大的问题。

情绪调控能力下降、焦虑、注意力无法长时间集中，这些对射箭运动员来说都是致命的。

他不是回不去，只是无法面对那个寸步难行的自己。

如今，秘密被第二个人知道，李浔忽然感觉轻松了许多。他云淡风轻地说："不过我也不后悔，过去这十五年虽然不够辉煌，但对我来说已经足够精彩。"

宋仰听完这段复杂的经历，对李浔的印象有些改观。他现在才知道原来大家眼中光芒万丈的神射手也会有不为人知的烦恼和无奈，但这并不是扣分项，反而让眼前这个人多了点儿人间烟火气，变得不那么遥不可及。

随后他做了一件胆大包天，甚至有悖常理的事情——他抬起手，就像撸尿尿那样，顺了顺李浔的头发。

李浔差点儿就闯了个红灯。

寸头手感很不错。宋仰有些遗憾地说："要是我再早出生几年就好了。"

"怎么了？"

"那我就可以去现场看你比赛了啊。"宋仰叹了口气，"要是知道上次是你最后一次参赛，我肯定把所有零花钱都拿出来买票去现场。"

李浔心底也是五味杂陈："我又没拿冠军，有什么可看的。"

"你不懂……"

十年前的那一眼、那一笑、那一支箭，给李浔蒙上了一层厚厚的滤镜，从那以后，李浔就有别于赛场上所有的运动员了。

李浔的出现对他来说就是最精彩的看点。

每一支箭都燃着国家队的希望，可是他再也看不到了。

宋仰像是一只受伤的动物，伤感地说："我以前总以为你会一直比下去，比到我长大，甚至还妄想过跟你同台竞技呢。我查到 IWS（室内世界系列赛）是允许业余选手报名的，和国家队运动员一起比赛。"

李浔很意外："你这么了解行情？"

宋仰点点头说："我也喜欢射箭。"

在红绿灯路口，李浔鼓励他说："那你继续努力，以后有机会上场，我肯定去看你比赛。"他也上手搓宋仰的头发，手法就没那么温柔了，搓完以后宋仰的头发都奓了。

"这可是你说的。"

汤包吃多了有些口渴，李浔的水瓶已经空了，宋仰拉开副驾驶座的储物盒，想在初之的零食库里找点儿牛奶解渴，却没想到滚出来一瓶矿泉水。

"你不是说没带吗？"

李浔对此也很震惊，他真不记得那瓶水是什么时候放进去的，可当他说完“我不知道，那好像是初之放进去的”之后，宋仰却用一种别有深意的眼神看着他，搞得他百口莫辩，所以干脆不辩了。

宋仰觉得自己被耍了，左手掐住李浔的腮帮子，戳起两个汤包塞进去堵住他的嘴。

李浔的两腮被撑得鼓鼓的，没法说话，只有爽朗的笑声回荡在车厢里。

李浔上班后，宋仰就很少往孙老师家里跑了，不过晨跑的习惯维持得很好，他每天起床都会在QQ上找李浔打卡。

他们各自掐表，看谁先跑完五千米。

这次月考成绩有小幅度上升，老妈遵守诺言，把手机还给了他。

宋仰下载了一个可以实时分享运动地图的APP（应用程序），并且强制要求李浔下载，和他互加好友。在这个APP上，可以看到对方的路线图和正在听的歌曲，宋仰将歌曲存进自己的曲库单。

这些旋律与静谧的清晨密不可分，以至于后来他再听见相同的旋律，第一时间想起来的不是演奏者，而是晨跑的场景。

这些旋律点亮了他枯燥的高三生活。

转眼就到了新年。

一年到头，就这几天最热闹，家家户户各地串门。宋仰家里亲戚多，饭局从除夕排到正月初七，家里几乎天天都有亲戚上门，而李浔家恰恰相反。

李浔出生在一个很偏远的小镇，远到宋仰连这个小镇所在的市区都没听说过。据李浔的描述，这地方环境不错，依山傍水，但就是没什么人气，镇上的主要经济收入都来源于农业和畜牧业。

通俗点儿说就是卖菜和卖禽类，那个时候，各家有各家的穷法。

李国涛从部队退役后，拿着攒下来的钱开了家面馆，经人介绍，认识了从外地读书归来的蒋鸢。

那时候的蒋鸢二十四岁，年轻漂亮，是个游泳运动员，因为腿部动了手术，不得不在家休养。游泳项目是吃青春饭的，在亲朋好友的不断劝说下，她放弃了梦想，回归现实。

蒋鸢虽然结了婚，但她的心并没有沉下来，她和李国涛之间的矛盾在婚后逐渐显现出来。生下李浔没多久，她就去外地工作了，没多久认识了一个外国籍的篮球教练，自此，挣脱了命运的桎梏，远走高飞。

那年李浔五岁，什么都不懂，爸妈离婚的那天他和姐姐一起在街口陪爷爷卖猪肉。

宋仰想象了一下李浔卖猪肉的画面，觉得既吓人又好笑。

李国涛在这件事上受了刺激，带着俩孩子来到 N 市打拼，看李浔在射箭项目上有点儿小天赋，就花钱培养。等李浔经济独立后，他又开了家饭馆，打算把生意做大做强，谁承想摔了一下，半条命没了，投进去二十多万元装修费连声都没听着。

“我已经挺多年没回老家了。”李浔坐在公园的长亭里，望向不远处的码头，灯似乎快没电了，忽明忽暗的。

宋仰安静地听他说话，风吹过树梢，有沙沙的声响。

这个季节，湿地公园里格外冷，李浔说话时，嘴里冒着一层白气。

“爷爷奶奶一走，就没人站在门口迎接了。”

宋仰脊背一挺，打破伤感的气氛：“那以后你就来我们家吃年夜饭啊，我拉横幅，放鞭炮欢迎你！我家大门常打开，开放怀抱等你……”

后边的词大概是都忘了，宋仰用啦啦啦代替，李浔被他跑调的歌声逗笑了：“你快闭嘴吧，不知道的还以为谁家杀猪呢。”

宋仰嘿嘿乐。

兜里的闹钟在响，李浔关掉闹钟：“不扯了，我要上班去了。”

宋仰惊讶地道：“我们都没开学呢，你上什么班？”

“三月初有场室内赛，学校第一次报名参赛，非常重视，有几个学生要提前回来训练，领队派我盯着点儿。”李浔起身拍拍裤子，收拾东西。

宋仰试探着问：“那我能跟去看看吗？我还没参观过 T 大呢。”

参观学校倒不是什么问题，李浔问：“你寒假作业都完成了？”

宋仰短暂地犹豫了一下，点点头。李浔一眼看穿，拒绝了他。

宋仰皱着眉，拖长了声音央求：“师父——”

李浔本来不吃这套，可最后还是被他可怜兮兮的样子磨得无可奈何。

两小时后，他们抵达 T 大的南校区，这边是建立得最早也是最主要的一个校区，很多重点学院集中在此。

校门青砖白柱，气势恢宏，进门第一眼，就是一座高耸的石像，四季常青的圆柏连成一片，向远处一直延伸，将主干道一分为二。

年前绑在树上的灯笼和横幅都还没来得及撤下，红红火火，年味颇浓。

宋仰像进了大观园，趴在车玻璃上感慨："这里真的好大。"

李浔从中控台下边翻出一张手绘地图来，递给他："放你下去自己逛呢还是跟我去体育部？"

宋仰是路痴，选择了后者。

车子快速穿过一片又一片的绿荫，来到一座方方正正的建筑物前，门口横七竖八地停靠着一排破旧的、疑似被主人遗弃的自行车。

宋仰透过落地玻璃，能看见里面有个巨大的游泳池，水面很静，也很清澈，像嵌着一面镜子。

李浔刷卡进门，向他介绍："这里是学校游泳队的训练馆。"

大冬天的，宋仰看见水都打哆嗦，赶紧离开。

箭馆在三楼，装修风格比较简约，只是用木帘将这边划分成几个区域。

让人惊喜的是，这边拥有五十米的箭道。这射程放在室内是很少见的，要知道李浔之前上班的地方，最长的也就三十米。

角落的弓箭架上放着好几把不同颜色的弓，但是没有人，李浔皱着眉头，低声骂道："我就知道这帮小浑蛋不自觉。"

宋仰见他在手机群里发消息，语气不善，再加上戏份充足的眉毛，活像是个上门催债的。

不出三分钟，走廊响起一串轻重不一的脚步声，宋仰知道李浔口中的“小浑蛋”们来了。

根据签到卡上显示的，射箭队有十多名队员，不过此刻只有五个人，其他人应该都还没回来。

这几个人高矮胖瘦都有，其中两个还戴着眼镜，都不是容易让人记住的长相，即使站在比他们年长了近十岁的男人旁边，也毫无优势可言。

一连串的“教练”称呼过后，有人发现了坐在小矮凳上的宋仰。

“这是谁啊？新来的？”一个叫吴家年的队员问。

李浔指指弓把，示意他们赶紧训练，随口道：“家里一小孩儿，大老远跑过来欣赏欣赏你们的飒爽英姿。好好练，别给我丢脸。”

“看着也不小了啊，”吴家年边绑护具边问，“你几岁了？”

宋仰老实道：“十八。”

吴家年：“还在读高中吧？”

宋仰点点头。

队里很少有新鲜面孔，吴家年饶有兴致地低下头说：“那你得叫我声哥哥了。”

宋仰低哑地喊了一声，吴家年拍拍他的肩膀：“乖小孩。”

李浔“啧”了一声，板着个脸，抬高嗓门：“聊个没完了是吧？要练练，不练就趁早滚回去，以后也别在我跟前晃悠。”

吴家年嘴角一撇，投入训练，其他人拿东西时虽然都会看一眼宋仰，但都没再和他搭话。

严格意义上来说，这是宋仰第一次看李浔带队训练，和在湿地公园的那种小打小闹还是有区别的。李浔的教学风格属于严肃、严谨的类型，话不多，但狠，骂人不带脏字，但能戳到人骨子里去。

孙胖的一支箭射了个八环，李浔一个冷哼就把全场气氛给冻住了，就连毫无关系的宋仰都不敢发出声音。

宋仰能看得出来，大家怕他，同时又很尊敬他——李浔的杯子空了，吴家年会主动给他接水，长着一身膘的孙胖在李浔跟前也是轻声细语。

午餐时间，李浔帮宋仰一起叫了份外卖。

箭馆的另一侧是个巨大的人工湖，岸边杨柳低垂，遍地绿植，早晨的霜都化了，地上有些湿。

宋仰坐在岸边的石凳上，和小草一样沐浴在阳光下。

李浔大马金刀地坐在他对面，给他递了瓶热饮："后悔跟过来了吧？是不是有点儿无聊？"

"不是，我就是觉得这边很美。"

李浔顺着他的目光，看见对岸有一片盛放的山茶花。

学校里树木品类很多，一年四季都不缺好看的风景，李浔平时都没怎么在意。

"那就加把劲考进来，天天都能欣赏。"

宋仰兴致不高地垂下头，扒拉一块鸡排。

在此之前，老爸老妈已经对他的未来做了一些规划，目标是省里比较有名的医科大学，将来工作稳定体面，是家里全票通过的最优选择。

唯一要克服的就是恐针这个毛病，不过老爸说多练练就好了，肯定没问题。

过去的十多年里，他的生活按部就班，和李浔一起偷偷练箭已经是他做过最叛逆的事情了。

更换人生方向这种事情，他是不敢想的。

李浔此时还不知道他的人生规划，只觉得这孩子是缺乏一点儿自信和动力，便指着桌上的手绘地图，绘声绘色地描述着校园里那些令人神往的角落。

宋仰停下筷子，安静聆听。

其实哪怕李浔什么都不说，他也会喜欢上这里，就像他发自内心地喜欢射箭，喜欢看比赛，喜欢湿地公园里的微风，喜欢那些悠扬的旋律，喜欢酸酸甜甜的酸梅汁。

“怎么样？”李浔的视线从远处的图书馆收回来，看着他问，“有没有一点儿小心动？”

阳光下，李浔的瞳色变浅了一些，充盈着极为罕见的热情，宋仰在他的瞳孔里看到了自己。

李浔没有移开视线，宋仰低下头，对着鸡排说：“有。”

宋仰曾认为，人生大事，必须深思熟虑，把未来一切有可能发生的情况都像扑克牌一样摊在一起，权衡利弊，而今天他才知道，原来一个人做出某个决定，也可能是因为一个肯定的眼神。

开学后，宋仰的学习任务更繁重了，高三的所有班级都有冲刺任务，就连走读生也要在学校自习到九点半才可以回家。

除了周末晨跑，李浔几乎见不到宋仰，至于那个午后聊到的话题，也早就被李浔抛之脑后，因为他也太忙了。

七月份有一场全国性质的运动会，射箭队人手不足，经费也不足，就他一个人瞻前顾后地给队员规划集训任务，不光是练体能，还要关心他们的心理状态。由于这次比赛是在外地举办，还碰上水土不服、上吐下泻的队员，他天天都像旋转的陀螺，累得沾床就睡。

好不容易等比赛落下帷幕，已经七月中旬了。

他后知后觉地关心起宋仰的高考成绩。

宋仰发给他一张图片，录取通知书都已经到了。通知书上赫然印着 T 大的校徽。

那一刻，被挤压到角落的某些记忆才重新开启。

神奇的是，他竟然能想起那个午后的阳光有点儿热，他们吃的是两份味道不错的鸡排便当，对岸是开得正盛的山茶花。

唯独不知道这份通知书与他也有千丝万缕的关联。

李浔送上来自成年人最真挚的祝福——一个红包，且破天荒地输入封面标题——恭喜你啊小朋友。

宋仰收下红包，又说：

我已经不是小朋友了，现在是成年人。

李浔笑着回：

好吧，这位成年人打算出去旅旅游放松一下吗？

他马上就收到了宋仰的回复：

我就是你可有可无的网友.jpg

你都没看我朋友圈，我已经游完回来了。

李浔的微信好友太杂，朋友圈又没什么有质量的内容，就关闭了朋友圈功能。他点进宋仰的动态才知道他和家人一起出去旅游，昨天下午坐飞机刚回来。

宋仰的朋友圈设置的是全部可见，这在李浔的好友里是十分罕见的。

宋仰的动态不多，但能看得出他是学过一点儿摄影的，构图和色彩的明暗看着自然舒适，甚至还会剪一些卡点的小视频。

这技术在李浔眼中称得上是一门才艺。

还有一些格格不入的照片是来自宋老师之手，拍摄角度千奇百怪，就是没有正常的。

不过小家伙还是挺上镜的，家人随手一拍的死亡角度都没能拉低他的颜值。

有一张是在晚上抓拍的，他们在江边一家露天的火锅店吃火锅，夜幕下，宋仰的眼睛亮晶晶的。

要是能把身后抢镜的保安大叔P（用软件处理图片）掉就更好了。

动态还没刷完，消息又来了：

我爸妈说要在这周末弄个升学宴，在祥兴酒店。你有空过来一起吃饭吗？可以跟我坐一桌，嘿嘿。

李浔能从字里行间感受到一股热情，但升学宴邀请的都是亲戚，他过去多尴尬。于是他委婉地拒绝了小朋友的好意。

谁承想，家里有个“不要脸的”又跑过去蹭饭了，且在他不知情的情况下，认了李慧瑛女士当干妈，认了宋老师当干爸。

真是吓死人了。

这事要从宋仰高三开学以后说起，李浔回了学校，把接送小孩儿的事情交给了孙老师，可孙老师也经常值班，只好委托给最信得过的广场舞舞伴。

李慧瑛第一眼看到这小姑娘就喜欢到心坎儿里去了。

漂亮就不说了，关键是嘴巴甜，见人第一面就夸李女士笑起来好温柔。

李慧瑛这辈子可从来没听人这么夸过自己，她家宋仰小时候可是老叫她“巫婆”。

这么一对比，她简直想把宋仰扔给李浔叫舅舅，然后把李初之换过来。

“认亲仪式”是在五月份，李慧瑛生日这天，宋仰上晚自习还没回家，老两口也没想着过生日，就下了碗面条，没想到李初之来敲门。

李初之在几天前就从孙老师那边听到了一点儿风声，费了好大劲才叠出一束不怎么美观的康乃馨送过来，里边还有手绘贺卡，歪歪扭扭地写着一段拼音加汉字：“祝漂亮阿姨生日快乐。”

这份突如其来的礼物把李慧瑛给感动坏了，当即带着小孩儿买蛋糕过生日，还问李初之有没有什么愿望。

李初之便老老实实地说：“想要一个妈妈，因为班上别的小朋友都有妈妈接送。”

这话把李慧瑛戳得眼泪都下来了，当场宣布——这娃我认了。

升学宴这天，李初之作为一个有后台的特邀嘉宾，被李慧瑛牵到酒店，好吃好喝地伺候，就坐在宋仰的旁边。

每当别人问起她是谁，李慧瑛总是笑盈盈地说：“我家小女儿啦。漂不漂亮？”

李国涛则以茶代酒，在边上和宋景山推杯换盏。趁着宋景山喝迷糊的时候，他搂着宋景山的脖子说：“景山，论辈分，你应该喊我爸。”

宋景山：“……”

下午，李浔坐高铁从外地赶回来，到家已经六点多了，不过家里空无一人，打电话给老爸，得知他们还在酒店吃饭。

大概是太高兴了，老爸在电话里胡言乱语：“小浔，我跟你说个事啊，我今天又多了个儿子！”

李浔正在走楼梯，差点儿一脚踩空：“您老啥时候留的种，怎么现在才认亲？”

老爸在那头嘿嘿笑：“初之认慧瑛做干妈了，以后你就喊慧瑛姐姐，宋仰就是你小外甥！哎，小仰，你过来。”

那头传来宋仰的声音：“咋了？”

“来，跟你舅舅通电话。”

李浔：“……”

第五章

收到了一份礼物

祥兴酒店比李浔想象中要大很多，好在酒店门口的广告屏上滚动着字幕，李浔顺着提示来到三楼宴会厅。他想赶紧把老爸和初之接回去，省得喝多了给人添麻烦。

他一推门，无数双眼睛齐刷刷地看向他。边上有宾客很小声地问旁边的人:“这是谁啊？”

“不知道。”

“个子倒挺高的。”

“哎！小浔来了！”李慧瑛女士那双锐眼最先发现他，又是挥手又是喊，“这边这边！”

宋仰也起身挥挥手。

很显然，小家伙今天花心思打扮了，弄了个韩风三七分，刘海抓得很有层次感，露出一点儿前额。

造型虽然成熟，但一笑起来就露馅儿了，大概是喝了点酒的缘故，他看起来格外兴奋，面颊也是红扑扑的。不知道是谁在他的白衬衣上别了朵娇艳的大红花。

李浔在一片注目礼中走过去。

“还以为你真不来了呢，”宋仰拉开一把椅子把他请进去，“还好提前给你留了个位置。”

李浔向几个长辈打招呼后入了座。

这个位置上的筷子和湿巾的塑封还没有拆开，酒杯也是干净的，但碗和盘子已经添满了菜。

从冷菜到热菜，都是他爱吃的，很多菜的餐盘已经被收走了，这些是特意留下来的，就像小时候被长辈关照一样，但凡有肉的，都留下了最好的部位。

李浔看着它们，胸腔涌过一阵暖意。

“这些是谁给我留的？”他问。

李国涛说：“小仰怕你吃不惯高铁上的东西，就留了些，挑的都是你爱吃的。”

李浔转头看向宋仰：“那我要是不来呢？”

“那就不来呗，又没什么关系。”宋仰耸耸肩，一副轻描淡写的样子，“看能打包的打包，不能打包的就算了。”

李浔有些好奇，如果今晚来的不是自己，宋仰也会献上百分百的诚意留下这些东西吗？

宋仰是性格天生如此还是只对他比较特殊？

他又有些庆幸自己没有错过这份诚意。

这家酒店的饭菜都很合他的胃口，再加上他一晚上都空着肚子赶路，着实饿坏了，三两下就把碗里的海鲜和肉食给扫光了。

他夹起盘里的最后一块糖醋排骨，脆骨被他咬得嘎嘣响。

宋仰轻轻撞了撞他胳膊，几乎贴到他耳边喊："师父。"

李浔嘴里还叼着块骨头在啃，嗯了一声，含糊不清地说："怎么了？"

宋仰的双臂撑在膝盖上，坐姿十分乖巧："你觉得我今天有什么不一样的地方吗？"

李浔勾勾嘴角："哪儿不一样了？"

宋仰啧了一声，挺直脊背："你别光顾着吃啊，仔细看看。"

李浔装模作样地打量了他一番，在他殷切的目光下，违心地摇摇头："看不出来。"

"舅舅你真笨！这都看不出来，我都看出来了！"李初之得意地指指宋仰的脑袋，"哥哥换发型了！"

"噢……"李浔忍着笑意，祭出影帝级别的演技，"换发型了啊。"

李慧瑛笑笑说："怎么样，还挺好看的吧？他一早就跑去蹲在人家理发店门口，人家老板都还没起床呢，他硬是打电话把人给叫起来了，弄了一上午。"

难怪这么帅气。

李浔吐掉骨头，很坦诚地夸赞道："挺好看的。"

宋仰在一旁唉声叹气："好看什么啊好看，你都没看出来。"

李浔用狂吃东西的方式来掩盖快要抑制不住上翘的嘴角。

李初之抓着宋仰的胳膊捧场道："哥哥我看出来了！我今天第一眼看到你的时候就发现了！"

宋仰刮了刮她鼻梁："还是你最聪明。"

李初之蹭在他怀里嘿嘿笑："你今天超级帅，这里所有人都没有你帅。"

宋仰捏捏她的脸，把她抱到自己的腿上坐着，心说这男女生之间的差距还是挺大的。

李浔剥着蟹壳，饶有兴致地凑进来问："你这个所有人里也包括我吗？"

李初之没想到舅舅会提问，游移不定地看看俩人，思索该如何应对。

单论长相来说，她觉得舅舅和哥哥不是一个类型，帅得各有千秋，但她更喜欢哥哥的长相，很温柔，总是笑嘻嘻的，最关键的是，哥哥脾气很好，从来不会生气，也不会限制她的零食自由。

可如果她说实话，舅舅也许会不开心。

最后，她抬起头，自信满满地迎着俩人的目光："谁给我买星黛露谁就最帅！"

"星什么露？"宋仰掏出手机，"你喜欢什么样子的？"

"星黛露。"李浔笑着说，"迪士尼里的一只兔子。"

宋仰刚点进网购页面，李浔一把按住他的手腕阻止道："你还真给她买啊，她床上都堆满了，每次给她换床单都麻烦得要死。"

宋仰已经搜到了李初之喜欢的玩偶，价格在他的承受范围之内。

说实在的，李初之这种求而不得的心情他十分理解。小时候他喜欢什么玩具，老妈也不给买，所以他希望李初之的童年可以少一点儿遗憾，便说："多一个也无妨吧，这个好像也不是很大，而且很可爱。"

李初之兴奋地抱住宋仰。李浔冷脸说："不准买。"

师父发号施令，宋仰不敢不从，"啊"了一声。李初之鼓起小脸，狠狠地瞪着李浔，奈何李浔理都不理她。她只好挤过去，在他耳边哼了一声，郑重其事地宣布："我不喜欢你了。"

李浔无所谓地剥着蟹："那既然不喜欢了，要不然今晚你就跟你最喜欢的哥哥回家吧，以后就住他家，让他给你买买买。"

李初之的小眼珠转了转。

虽然去宋仰家里是值得高兴的事情，可她更依赖李浔，最后还是若无其事地蹭过去说："那等我生日的时候你可以给我买一只星黛露吗？"

宋仰看见李浔擦擦手，不紧不慢地说"看你表现吧"，似乎对初之的所有反应都了如指掌。

李浔的食量很大，不声不响吃掉了两碗米饭，又吃下一个杧果味的点心。

宋仰有些后悔，早知道上甜品时就应该给李浔多留一个的，他看起来很喜欢吃这个小甜品，两口就没了。

宴会结束，有不少宾客来到主桌给宋仰送上礼物和祝福，还顺便问一下边上的小妹妹是谁家的，很可爱。

李浔看见李慧瑛眉飞色舞地向大家介绍她的“新女儿”，倒也没太纠结辈分的事情，反正宋仰喊他舅舅他也不吃亏。

宋景山今天高兴，喝得太多，趴在桌上睡着了。宋仰和老妈一起扶着他往外走，但喝醉的人实在是太沉了，还没到门口老妈就喊腰疼。

“快快快，在边上休息一会儿。”李慧瑛说。

李浔走过去，握住宋景山的胳膊往肩上一绕，弯腰将他背起：“车停哪儿了？”

他的动作过于迅猛，李慧瑛还没从惊讶中回过神来，宋仰先说：“在地下车库，我们坐电梯下去吧。”

李浔将老爸和初之送到家后，拨通了宋仰的电话，当时宋仰正在洗漱，二十分钟后才回拨过去。

“怎么了？有什么东西落下了？”

“不是。”李浔问，“你要睡了吗？”

李浔很少主动打电话，宋仰有种很不错的预感，便坐起来说：“还没，我很晚上床。”

“那你出来一趟，我在小区的公园里等你。”

宋仰快跑出院门时忽然想起自己穿的是睡衣套装，衣服是姥姥买的，深蓝色，还有小熊图案，看起来十分幼稚，一点儿也不符合他成年男人的形象。

他又飞奔回卧室，换上崭新的短袖和裤子。衣服第一次穿在身上，显得挺括又精神。

李慧瑛在书房里弄数据，听见急匆匆的脚步声，扯着嗓子喊：“跑慢点儿，楼梯都要给你震塌了，着急忙慌地干什么去啊？”

“舅舅喊我有点儿事情。”

李慧瑛先是“哦”了一声，推了推眼镜，后知后觉地反应过来：“你哪来的舅舅？是李浔吗？”

宋仰已经跑远了。

小区里有三个公园，一大两小，其中一个离孙老师家比较近，一个离宋仰家比较近。

他们事先没有约好地方，可宋仰想碰碰运气，来到离自己家门口最近的那个小公园。

暑气没有白天那么浓烈，但还是有点儿闷，树上的知了没完没了地叫唤，偶尔有野猫从灌木丛蹿出去的动静。

这会儿已经很晚了，公园里没有人，宋仰正准备往另外的公园走去，瞥见滑梯那边似乎多了一点儿阴影。

他不确定地走过去，那片阴影越来越大，随后他笑了。

“你果然在这儿。”

李浔从滑梯上站起来，拍拍裤子。滑梯的踏板上放着一个长长的盒子，用漂亮的礼物纸包裹着，束了个墨绿色的蝴蝶结。

这一看就是提前准备好的礼物。

宋仰的喜悦难以抑制，冲上眉梢。

他以为李浔会说“这是我给你买的礼物”或是“祝贺你考取理想的大学”之类的话，已经酝酿好一箩筐的致谢词，结果对方只是嗯了一声，然后把盒子递给他，而这个词，只是提醒他赶紧接着，好像里面装的是某种脏东西，想提早脱手。

东西有点儿沉，宋仰靠到耳边晃了晃，只有很轻微的摩擦声。他凭尺寸判断：“是箭吗？”

“这都被你猜到了，真没意思。”李浔斜靠在滑梯上。

“嘿嘿，那我就当不知道，我现在拆开。”宋仰解开了丝带。

李浔按住了他：“回去再拆吧。”

“为什么？现在拆和回去拆有什么区别？”

李浔：“里头我写了几个字，你带回去看。”

宋仰扑哧乐出声来，又有些期待地问：“是不是很煽情？不好意思了？”

李浔望向寂静的夜空，好久没留意天上的星星了，没有小时候那么多了，倒是有架闪着灯的飞机飞过。

宋仰抱着礼物靠在他边上，顺着他的目光望过去。

“今晚的星星好多啊。”宋仰忍不住感慨。

“是吗？”李浔仰着头，双臂反撑在一块台阶上，“我怎么觉得稀稀拉拉的。”

“平常都没有这么多的，我以前经常数，只有十来颗，今天都数不完。”宋仰说。

“那咱俩的以前很不一样，我见过比这更多的。”李浔比画了一个小圈，“而且肉眼望过去，每一颗都有这么大。”

宋仰的眼睛睁得大大的：“真的吗？”

“那当然。”李浔说，“我还见过流星雨。”

“哇，在哪儿见的啊，你们老家吗？”

“不是，在高原集训的时候，我们练得很晚，九点多的时候，忽然有一颗流星划过，像天上的一颗星星掉了。”李浔边说，边抬手比画了流星划过的样子，“然后一颗接一颗地往下掉。”

宋仰还没去过高原地带，听得两眼放光：“那你许愿了吗？”

“那当然。”

这三个字从李浔嘴里蹦出来，宋仰还挺意外：“你看起来不太像是会信这种的人……”

“小屁孩，”李浔起身拍拍手，“你看不出来的事儿多着呢。”

宋仰皱皱眉：“都说了我成年了！”

“在我这儿还是小屁孩。”李浔往回走，回了一下头，“不早了，你也赶紧回去休息吧。”

李浔还没走远，宋仰就迫不及待地扯开了那个蝴蝶结，实在等不及回家了。

可他又怕滑梯上比较脏，于是坐在公园的长椅上，把礼物放在腿上。

头顶的路灯刚巧照亮他所在的小角落，宋仰搓搓手，满心欢喜地揭开纸盒。是个纯黑色的抗震手提箱，他不由自主地哇了一声。

手提箱里躺着一套全新的竞技反曲弓，钴蓝色的弓把泛着金属光泽，弓片是黑色的，盒子另一侧的海绵垫里卡着一组海蓝色的碳箭，和弓把的颜色很搭。

全新的弓箭就好像刚拆塑封的电脑，有股很奇异但不会让人讨厌的味道。

宋仰嘴角上翘，用指尖轻轻抚摸它们。

此刻它们比陈列在博物馆的艺术品更珍贵，比沾着露水的玫瑰花更娇嫩，他都不敢太用力地把它们取出来，只是这么静静地欣赏着。

光看看他都觉得很满足。

树上飘下来一片枯叶，他伸手拂掉，随后惊喜地发现这些箭的箭杆上居然全印着他名字的缩写！

这套反曲弓是定制的！

他抬起头，大口吸收天地灵气，试图让自己冷静下来，可小心脏还是怦怦直跳，大脑自作主张地搞起了盛大的烟火晚会。

控制不住就不控制了，他抱着礼物傻笑了好一会儿。要不是条件不允许，他现在放的就是真烟花了。

他好想大吼一声宣泄宣泄，可周围都是住户，他只好起身在公园里小跑两圈，对着一只野猫说："我收到了一份礼物！"

野猫瞪着圆溜溜的眼珠，一动不动地盯着他，在逃跑和继续翻"野味"的选项中反复横跳。它纵横公园这么多年，头一回碰到这种人。

当宋仰走过来告诉它"这件事情要从十年前的一场比赛开始说

起”时，它忍无可忍，放弃了“野味”。

宋仰啧了一声，冲着猫屁股喊：“我还没说完呢，你这猫真没礼貌！”

他实在抑制不住心中的这份喜悦，取出一支箭来，在月光下虔诚地亲吻了好几下。

殊不知，另外一位成年男子在走出五十米后又折返，偷偷躲在一片灌木丛后欣赏着这一切，笑得腮帮子都酸了还不敢发出声音，硬是把下唇给咬破了，还被蚊子咬出一腿包。

抱着礼物回到家，宋仰才猛地想起一件事情来——他还没看到李浔说的那几个字。

他原先以为是贺卡之类的东西，不小心掉在半路上，沿原路找回去，可整整找了快一个小时都没看见，哭丧着脸给李浔发消息。

李浔却说，掉了就掉了呗，反正也没几个字。

宋仰为这事儿憋屈得睡不着，死活逼着李浔再写一张，可李浔怎么都不答应。

直到很多天后，宋仰在网上订购的配件一一到货，取出弓把，发现在握手处刻着一行不起眼的小字：“梦想不死，一起做幸福的事。”

入伏后，天逐渐炎热，八点钟的太阳就已经能称得上毒辣了，晒得人头晕。

李浔把晨跑和练箭的时间提前了一个小时，从四点半开始，练到七点半收工，吃过晚餐再加练几个小时。

这些是他对自己在假期的时间规划，并没有指望宋仰能按时按点地训练，毕竟宋仰不是专业运动员，没必要这么严苛地对待，玩得开心就成，但宋仰的毅力再一次出乎他的意料。

高三假期，原本是小朋友们最放松最惬意的一段时光，但宋仰却保持着和李浔一样的生活作息，每天定四点的闹钟爬起来，一捧凉水把自己弄醒，然后去狗窝把尿尿拽出来。

他们踏着月光出门，迎着阳光回家。

到家后，李浔要送初之去少年宫学画画，然后帮老爸做手工活——孙老师帮李国涛找了一份还算稳定的工作，打磨木质餐具。

有家小企业专门做出口生意，对东西质量要求极高，最后两个步骤是雕刻纹路、打磨抛光。机器做出来的东西千篇一律，毫无质感，就需要人工来弄。

宋仰知道后就过来一起帮忙。

李国涛年轻时候做过一阵木雕，手巧，用工具刀在筷子的尾端刻上设计好的图案，李浔和宋仰负责打磨和抛光的部分。

这听起来挺简单，但实际操作很复杂，最先运过来的木料都是机器上下来的，有些甚至还带着刺，需要用粗糙的砂纸进行最基础的打磨，然后进行雕刻。

打磨的砂纸由 200 目到 3000 目不等，目数越高代表着磨料越精细，光打磨就需要七次循环，越磨越精细，直至木料光滑得像玻璃为止。

宋仰打磨完第一双筷子的时候成就感满满，贴了点儿成本价把它给买下来了，李浔为此取笑他一番。

“你这样的人肯定特受保险公司欢迎。”

“为什么？”

“好骗啊，进去被人一通洗脑，自己先买一份。”

“你不觉得这很有纪念意义吗？这是我们一起努力打磨出来的第一份成品！而且它市场价要三百多呢，一百多很便宜了。”

饶是他把所有重点都加上重音，李浔依然是不开窍地扫兴：“一百多就买双筷子，还是木头的，反正这事儿我干不出来。”他也煞有介事地加重音：“正常人都干不出来。”

宋仰气鼓鼓地哼了一声，埋头干活。

这时候李国涛就开始对儿子指指点点：“你自己不给他买也就算了，还在这儿唠叨个不停，烦不烦人。”

“我……”李浔指指自己的鼻梁，不可置信地瞪大双眼，“噢！我给他省钱我还错了？”

“人家老爸老妈都没说什么，你啥身份啊，就限制人家购物自由。”

宋仰有些期待地望过去，李浔一拍桌子，理直气壮地说：“我是他舅舅啊！”

哦。

真是好尊贵的身份。

李国涛十多个小时才能完成的工作，三个人一起，到下午三点多就完成了。

眼看着账户里的钱从三位数变成四位数，李国涛心情万分复杂，既高兴又怅然。

之前的重病导致创业中断，家里的钱如滔滔江水一样滚出去，他总觉得自己就是个累赘，遗书都写过好几个版本了，要不是李浔孝顺，他恐怕撑不到现在。

现在情况不一样了，他再努力一把，初之的学费还是没什么问题的，儿子或许……

某天晚上，他拄着拐杖来到李浔房间——通过一年多的康复治疗，他已经能勉强站起来了，只是走不了太长的路。

李浔刚洗好澡，头发上还挂着毛巾："这么晚还没睡？"

李国涛一坐下，单刀直入地问："这阵子王教练跟你联络过吗？"

王教练是李浔在国家队的主教练，李浔当时以回家照顾家人为由离开队伍，并没有直接宣布退役，如果按照公司的说法那就算是停薪留职。王教练私下联络过他几次，问他什么时候可以归队。这事儿李浔一直瞒着老爸，但不知道老爸是怎么发现的。

或许是打电话听见的，又或许是王教练私下也联络过老爸。

这事情总不会无缘无故地被提起，李浔笑着问他："怎么了？"

李国涛说："你真不打算回去了？"

李浔犹豫了一会儿，摇摇头："现在也挺好的。"

李国涛扶着膝盖磨蹭了一会儿："老爸现在能走路，也有收入了，你不用太操心，接送初之上下学的事情也可以交给我。"

“是不是教练跟你说什么了？”李浔问。

“倒也没有，他就是关心关心我身体情况。”李国涛低下头，“我就是怕耽误了你。”积压在心底已久的苦闷和一口气一起吐出来，他整个人都轻快很多。

“爸，你别这么想，我真没事儿。”李浔钩着他的脖子拍了拍，“不同的身份做不同的事，对我来说都是一种享受。”

“我怕你将来后悔。”李国涛的瞳孔泛着柔和的光，深沉又平缓地说，“我还记得我中风晕倒前的那半分钟里，脑海忽然飞快地闪过我这一生最遗憾的事情，很后悔没能完成它。”

“什么？”

“陈年旧事不值得提。”李国涛顺顺他的头发，“但是你还年轻，还有机会。”

那晚，李浔凝望月光，久久没能入眠，某个念头像海浪一样拍打着他，不过隔天醒来，一切又恢复平静。他继续送初之上学，帮老爸做手工。

他看起来是下定决心了，李国涛便不再提起这事。

立秋刚过，宋仰便开始筹备开学事宜。今年 T 大的新生入学时间是八月十五号，紧接着就是漫长的军训。

马上就要开启美好的大学生活了，他可不能晒黑，于是网购了一箩筐防晒用品，光各种类型的喷雾和驱蚊用品就装满了一个包。

在开学前的那个晚上，他整理出满满两大箱东西，还有三个包。

第二天一早，李浔见到他的第一句话就是："你要进山啊？"

宋仰把行李箱拖到他的车旁边，拍了拍说："这个里边是衣服，黑色的里边是裤子和鞋子，包里是一些证书证件、生活必需品，还有电脑什么的……有点儿沉，你先把后备厢打开！"

报名这天原本是宋景山送他的，但碰巧有个朋友的儿子要办婚礼，就把儿子拜托给了"小舅舅"。

李浔把东西一样一样地搬进后备厢，扭头发现宋仰又不见了。过了一会儿，他又拎着一个巨大的收纳袋出来了。

李浔："……"

宋仰把东西放进后座，笑眯眯地说："这里边是吃的。我本来还担心放不下，还好你车的后备厢够大。"

李浔很是无语："你是去上课还是去野炊？"

"这两者不冲突啊，白天军训完，晚上就得补充补充能量，还可以和同学建立友谊。"宋仰有些费劲地从一个小包里掏出手机，点开备忘录，"你帮我看看还缺什么。"

备忘录分成刚需、生活、休闲、搭配、最爱、学习日常等几个大类。

刚需里边就是些必带的文件资料，没什么问题，李浔继续往下滑，找到生活用品那栏。

"你连遮光床帐都买好了啊？"

"啊，"宋仰低下头，挺不好意思地说，"总得保留一点儿私密空间嘛。"

李浔："你考虑得还挺周全。"

宋仰抿唇笑笑："还行还行，你继续看。"

李浔思索片刻，认真地说道："你那笔记本我觉得不用带了。军训期间管理比较松，而且跟同学也没那么熟，这段时间是丢东西的高峰期。"

宋仰面露难色："那我万一要用怎么办？我听说图书馆里的电脑都要靠抢的，我怕抢不到，要不然去网吧？"

李浔想了想："你可以用我的。"

"那太好了。"

两个小时后，他们抵达学校。

这次回来，T 大和去年是完全不同的光景。校门口的长街上被私家车占满，十几名保安站岗，拉出隔离带，还竖立了禁止停车、禁止入内的警示牌。

大门的一侧停了好几辆校园公交，乌泱泱的人蜂拥而至，大部分是第一次来 N 市的学生，家长们帮忙拖着行李，挥汗如雨，但不管怎么样，脸上还是洋溢着愉悦的笑容。

李浔还是头一回带人报名，没经验，又不想走太远的路，只好开车绕过，从西北门进入。

这边是他们教职工的住宅区，在系统登记过的车牌号都能进。

李浔的车子停在一处绿荫下，宋仰解下安全带说："后备厢的行李先放你这儿，我去报完名再找你。"

接连好几天都没有下雨了，今天的气温很高，李浔有些担忧地问：“你能找得到接待处吗？”他抬手往南指了指：“要穿过体育馆、图书馆，还有科技楼，然后往西，有个综合楼……”

“应该没什么问题。”宋仰从包里翻出棒球帽和墨镜戴上，一推门，就被一股热浪吹得两眼发黑，浑身的毛孔都在瞬间被打开了，“真热啊——”

他又退回车里掏了瓶水才冲李浔挥挥手：“走了啊。”

周围有不少新生带着家长，成群结队，有说有笑地路过，李浔下了车，看见宋仰还站在一个转角的位置，低头看手机，大概是在看地图导航。

阳光太烈，他一只手遮着屏幕，走了不出十步，又倒退回来，身体跟随手机转了半个圈，然后又转回去，抓抓后脑勺。

这动作既蠢又可爱，一看就是不分南北的路痴被地图上的小箭头给搞蒙了。

李浔还擅自在脑海里给他这个蠢萌的样子配了音：“哎，这地图为什么不对呢？”

他笑着扣上帽子，右手甩了甩钥匙扣，状似不经意地路过。宋仰立刻两眼放光地拽住他说：“师父师父，你帮我看看，体育场往哪边走来着？这个地图好像不太对……”

当然是地图不对。

李浔在心底嘲笑完，背着手走过去：“哪儿不对劲啊？”

宋仰憋屈道：“这儿也不对劲，那儿也不对劲。”

烈日炎炎，李浔还真像个随行参观的家长，领着宋仰到接待处核对身份信息，然后到专业所在的经管学院报到。

他们一路参观，李浔一路介绍，不厌其烦。

中午，他们来到离宿舍最近的食堂吃东西。宋仰从包里摸出饭卡，双手奉上，饱含深情地说："它的第一次，就献给你吧。"

李浔从他手里抽走饭卡，又塞回他的裤兜里："还是算了，我怕它承受不了。"

"它可以承受！"

"不，它不行。"

周围有一堆排队的同学齐刷刷地将目光移过来，仿佛看一出舞台剧。

最后还是李浔请的客，四碗排骨面，他自己吃三碗，宋仰吃了一碗就打嗝了，边玩手机边等他。

等到第三碗的时候，宋仰抬头问："师父，你从小饭量就这么大吗？你家不会就是这么被你给吃垮的吧？"

"干得多吃得多，小孩子懂什么。"

T 大的学生公寓有四个郁青小区那么大，成一个"凹"字形，旁边围绕着超市、图书馆和田径体育场、篮球场、网球场。

往南是游泳馆和箭馆，然后是经管学院。体育部与经管学院不算远，步行十分钟就能到。

宋仰好不容易才摸清楚四周的环境，之后便跟着李浔去车里取行李。

他们来得晚，宿舍楼下聚集的人已经不多了，有学生挥着泪跟家长拥抱告别。

宋仰拖着行李箱，大步流星地往电梯方向走过去，李浔则跟在他身后。

新来的宿管阿姨做事严谨，眼尖地发现了“可疑人物”，招了招手说：“哎，那位家长，进去的话要来这边登记一下。”

宋仰回头看看“家长”说：“要不然就别送了，我一会儿再跑一趟就行了。”

李浔二话不说，进屋登记。

除了简单的姓名、宿舍号和联络电话，还有“与学生关系”一栏，笔尖稍稍一顿，李浔臭不要脸地填写：父亲。

阿姨惊讶地上下打量着他：“你孩子都这么大了啊？”

李浔揉揉鼻尖，找了个还算像样的理由：“继父。”

“噢……”阿姨若有所思地点点头，夸赞道，“像你这么负责的继……家长可不多了。”

宋仰自然是不知道李浔如此无耻的举动，只是觉得宿管阿姨看李浔的眼神有点儿复杂，和刚才不太一样了，似是疑惑，又带点儿同情，总之奇奇怪怪。

宋仰的宿舍在六楼，四人间。他是最晚到的一个，有两个戴眼镜的男生正坐在一起看什么东西，另一个瘦瘦的、头发带着点儿自然卷的男生则躺在床上玩手机。

房间里收拾得还算干净，有股水果的清香，他发现大家的桌上都有一盒切好的水果，只不过其他人的都吃得差不多了。

宋仰腼腆地站在门口，冲大家打招呼。

三个人友好地微笑着，异口同声：“嘿，欢迎欢迎。”

宋仰顿时松了口气，大家看起来都很好相处。

一个戴眼镜的小男生最先介绍自己。

“我叫俞乐。”他的头发略长，在后脑勺绑了个小鬏鬏，很像小艺术家。

边上那个戴眼镜的叫姜洛，个子很高，说话自带东北口音，一开口就知道性格很不错。他主动帮宋仰把行李箱拖到靠窗的位置。

从床上蹦下来的那个叫周俊霖，桌上的水果就是他特意从老家带过来现切的。

“你尝尝看，味道肯定跟你在这边吃到的不一样。”

宋仰受宠若惊，连声道谢，庆幸自己临走前多带了一包零食，还可以和大家一起分分。

李浔进屋后并没有向大家介绍自己，一帮人就默认他们是兄弟关系，没多问什么，只是客套地关心了一下宋仰。

在得知他是本地人之后，这帮人就起哄要他带着观光 N 市。宋仰打包票同意，几个男生很快热络起来。

忽然有人敲了敲门。

李浔拉开一道缝，发现是宿管阿姨，便把门打开了。

阿姨举着手，单刀直入："宋仰爸爸，你看看这是你车钥匙不？落我桌上了。"

宿舍三个人齐齐将震惊的目光投过去，异口同声："爸爸？！"

宋仰刚嚼了一半的水果全喷了出来，咳个不停，脸也呛红了，根本没法说话。

他正指望着李浔能解释解释，谁承想对方拿着钥匙，准备溜之大吉："我先走了孩子们。"

大家配合地道："叔叔慢走……"

宋仰好不容易喘上气，从包里翻出一瓶矿泉水猛灌。

俞乐和姜洛面面相觑，都从对方的眼神里读到一个信息——宋仰和他爸长得似乎不太像啊。

虽然感觉这事儿离谱，但大伙各有各的脑洞。

比方说重组家庭，又可能是什么不方便透露的收养关系，于是就把这份离谱变成了靠谱。

最后，俞乐拍拍宋仰的后背，露出羡慕的眼神："你爸可真年轻。"

姜洛："还很英俊。"

他和偶像扯上关系并且被夸赞了是好事，但是这关系还是要解释解释……

这时，周俊霖眯起眼睛，轻抚着胸口的位置，感慨道："你爸的身材可真有料。"

宋仰咳得更凶猛了。

晚上的迎新会结束后，他们拖着疲惫的身子回宿舍，轮流洗漱。

T 大的宿舍条件还是挺不错的，每个宿舍都有一个公共阳台和洗衣机。上届住这儿的学长留了几盆仙人球，并且在花盆上写了字。

“祝学弟们学业有成，勇攀高峰。”

几盆仙人球经过一个酷暑的折磨，依旧生机盎然，甚至还冒出了一丢丢小花苞。

宋仰洗完澡出去，看见俞乐和姜洛都撅着个屁股挤在周俊霖的书桌前嘀嘀咕咕。

他擦了擦头发，走过去问：“你们干吗呢？”

俞乐的桌上放着一台平板电脑，相册里是萧敬腾的照片，平板电脑前边摆着一些水果。

姜洛手里握着三支笔，一脸高深莫测地压低声音说：“求雨。”

俞乐：“你也赶紧找点儿供品过来，人多力量大！”

宋仰：“……”

明天就是军训，天气预报有高温预警，大家十分虔诚地膜拜老萧，并且高歌一曲，只有宋仰早早地爬上了床。

他觉得这三个室友脑瓜子不正常，而另外三个人也认为他不正常，毕竟正常人谁会抱着一支箭睡觉啊？！

那支箭是李浔送给他的，这是唯一他没有写进备忘录也不会忘记的东西。

宋仰临睡前将它放在枕头边，还很贴心地盖上一条小枕巾。

忙碌了一天，他还没来得及听见室友的呼噜声便跌进梦乡。

因为要军训，李浔没有约他一起晨跑，于是宋仰定了个六点多的闹钟。

不过时间还没到，他就被舍友的哀叹给吵醒了。

“怎么还是大晴天啊——”

接着，姜洛从床帘里伸出头来：“是不是咱们给的供品不够多，所以没显灵啊？”

宋仰：“……”

一个敢说一个还真敢听，俞乐同学把昨晚没吃完的红薯都拿出来摆在桌上，不停念叨：“求活菩萨显显灵！下回您要吃什么尽管托梦给我。”

宋仰：“……”

就这智商也不知道是怎么考进T大的。

第一天上午是一场军训动员大会，下午才切入正题，教官教大家唱军歌、站军姿、踢正步。

烈日如火，蝉鸣聒噪，教官破了音的口令声和学生气势磅礴的嘶吼声飘向校园的各个角落。

李浔在箭馆就能隐隐约约听到几声鬼吼，推门出去时，吼声震天，唤醒了他对大学时代的记忆。

他拎着个水瓶，鬼使神差地“路过”操场，发现有不少老师也坐在看台那边把新生训练当余兴节目欣赏，那股不自然的劲儿顿时就消失了。

偌大的操场上排满了不那么整齐的方正队，绿油油的一片。天很热，新生双颊绯红，大气都不敢喘一下。

全校新生他就认识一个，视线不自觉地在方阵队里扫视，想看看小家伙练得怎么样了。

以宋仰的耐力，军训任务应该不在话下。

系主任看见李浔，拍拍边上的位置。李浔便走过去，还以为主任想要关心关心射箭组的情况，结果王主任像个卖票的黄牛，神神秘秘地从怀里掏出来一个望远镜，问："要吗？"

李浔犹豫了一下，还是接了。

他在不远处的绿荫下看见了一支正在休息的大部队，有个小脑袋甚是眼熟。

真奇怪，明明今天所有人穿的都是一样的迷彩服，他真就一眼认出了宋仰的背影。

他的衣袖高高挽起，露出一截手臂，坐姿也没有其他男生那么随性，十分乖巧地抱住小腿，像团小蘑菇。他的头发不长不短，也没染过，在队伍中不算最惹眼的，但是光滑柔亮，一下就和不修边幅的男生拉开距离。

大概是太热了，他把帽子甩了甩给自己扇风，立刻就有人递上小风扇。

宋仰摆摆手拒绝了。

肉眼可见，在他四周围坐着的，百分之八十是女同学，还有躲在角落里偷偷拍照的。

不可否认，宋仰确实比他们刚认识那会儿帅气很多。

一是年纪到了，长开了，也知道收拾自己了；二是不间断的锻炼让他的体形看起来和大部分同龄男生不同。

蓝天白云之下，满满的都是少年气。

耳畔飘过王主任幽幽的感慨："年轻真好啊。"

李浔望着那一排排秧苗般挺拔的队伍，点点头："确实。"

他们像一颗颗种子，往泥里一头扎下去，等待着来年抽枝发芽，绽放出绚烂的花。

王主任又说："到了咱们这把岁数，身体机能都退化了，想不服老都不行。"

这点李浔就不同意了，纠正道："您是四开头，我这三开头，咱俩就不是一辈人，代沟大着呢。"他特意用了个"您"字以示尊敬，好和眼前的这把"老骨头"区分开来。

但没什么用，"老骨头"硬要给自己整点儿心理安慰，把李浔和年轻人也划分出一道泾渭分明的线来，不甚明显地损道："昨晚迎新会我唱了首以前特别火的《海阔天空》，发现好多小朋友连 Beyond（乐队名称）都没听过。"

李浔扶着望远镜，硬是把自己往年轻人那边划拉："是吗？Beyond 是什么？我也没听过。"

王主任气得吹胡子瞪眼。

忽然，迷彩队伍中有人注意到了看台的位置，朝这边指指。

宋仰回过头，在视线对上的那一霎，李浔立马把烫手的"偷窥罪证”扔给主任。

是俞乐最先发现看台上手持望远镜的“可疑人物”。

虽然宋仰昨天郑重向舍友们介绍过李浔，又半带炫耀地挑明了他们之间的师徒、邻居、舅甥等微妙关系，不过这帮人还是更喜欢父子这个版本。

这帮人认出李浔，便和小学生一样，小题大做地嚷嚷：“哎，小绵羊，你家大绵羊看你来啦！”

第六章

被田径队教练选中

接连好几天的军训，宋仰都没见到李浔的身影。

到了周五晚上，宋仰主动给李浔发消息问他这几天在忙什么。

李浔说不忙，就是处理一些杂七杂八的小事。

那怎么好久没看见你了，我今天又看到几个老师坐在看台那边，但是没看见你。

太热了，不想去。

宋仰小脸一垮，瘫倒在床。

“我的天！老姜你可以啊！上哪儿弄来的这个宝贝？”俞乐的咆哮声将他的思绪拽回宿舍。

宋仰探出头去，看见他们三个人围坐在姜洛的位置上，俞乐手里捏着一块白白的、长条状的东西。

姜洛的脚上只穿着一只鞋，露出憨憨的笑容，伸手去抓："你赶紧还我，一会儿让人看到了不好。"

俞乐把胳膊高高抬起，借着天花板上的灯，对一片卫生棉进行深入的研究。

俞乐："还挺软的。"

宋仰终于看清了他手里的东西，瞳孔一震，结巴道："老姜你……你……还用这？！"不过他很快反应过来，"你犯痔疮了？"

"当然不是！"

事情是这样的：学校军训鞋的材质偏硬，没什么弹性，几天折腾下来，大家伙儿的脚上都磨出了大大小小的水泡。

姜洛听其他班的同学说，用这玩意儿垫在脚底下有一定的缓解作用，于是买了一包偷偷试了试，效果还不错，就想介绍给他们一起用。

俞乐把东西贴在掌心里："哎，你说这玩意儿女生是怎么用的呢？贴皮肤上吗？撕下来会不会很疼啊？"

四个人都很蒙。

没人知道。

姜洛买的是小包的卫生棉，还剩下三片，他们几个人不够分。

俞乐掐指一算，拍拍姜洛的肩膀："反正还要用，老姜你再去超市买几包，我们把钱转给你。"

姜洛这包是深更半夜溜出去买的，要大规模"批发"可太丢人了。

他捂住仅剩的那点儿库存，猛摇头：“我不干，要买你们自己买！”

俞乐看看周俊霖，又看看宋仰：“要不然你俩……”

宋仰立刻打断他的妄想：“我不去，我宁可脱层皮也不用这玩意儿！”

然而，等到夜深时，宋仰还是鬼鬼祟祟地攥着一个黑色的购物袋出门了——他就洗个澡的工夫，周俊霖把他床头的箭藏起来了！他翻遍了整个寝室都没有找到，周俊霖威胁说要用那玩意儿换，否则就再也见不到那箭了。

可恶。

人果然不能有软肋。

宋仰戴着口罩和鸭舌帽，将帽檐压得很低，进门后左顾右盼。超市收银的阿姨见了他，两眼直勾勾地盯着监控，见他走向女性日用品陈列柜，大概就知道怎么回事儿了。

少年人对这方面的了解尚且为零，宋仰拿着一包卫生棉研究半天，没看明白。

这咋还分日夜？

有啥区别吗？

有两个女生手挽手走过来了，宋仰猛地转身佯装看洗发水。

他听见她们说某个牌子很便宜又舒服，就记住了，等她们离开后，他一股脑儿地将这个牌子的卫生巾塞进购物篮，然后用一些零食盖在上边去收银台排队。

还好这会儿购物的人已经不多了，他前后都是两个男生。

抬眼的一刹那，他看见路灯下有道熟悉的身影正朝这边走过来，心里咯噔一下。

要不怎么说“精心打扮无人看，素面朝天遇故人”，这话还是有一定道理的。

白天在操场上见不到的人，在超市，在这个无比尴尬的时刻偏偏碰见了。

宋仰转过身，恨不得跟鸵鸟一样把头埋进购物篮里，可已经来不及了，李浔光看个后脑勺就把他认出来了。

“宋仰。”他走过去，用指尖捅捅宋仰的后背。

宋仰把购物篮递给阿姨，皮笑肉不笑地转回头：“嘿，师父，这么巧啊，你也来买东西。”

“废话，难道我来上厕所吗？”李浔的脑袋歪了歪，看向收银台，“你又在给我采购酸梅汁了？”

“哗啦——”阿姨把购物篮里的东西全倒了出来。

李浔看见大包小包的卫生棉，愣住了，嘴角的笑容略微有那么一点儿僵硬。

宋仰唰一下从脸红到脖子根，赶紧解释：“这些不是我用的！”

废话。

李浔拍拍他的肩膀说：“不错啊小伙子，这么快就交到女朋友了。”

他的面色平淡如常，看起来更像是由衷的夸赞。

宋仰垂下视线，小声嘟哝：“我都没打算找女朋友的。”

阿姨装东西的声音有点儿大，李浔没怎么听清，好奇地凑过去问:“你说什么女朋友？”

宋仰耷拉着眉眼说:“放心，我会比你晚一步找女朋友的。”

“是吗？”

其实宋仰这话听起来更像是晚辈对长辈的某种安慰——你比我老这么多都没找对象呢，我先等等你吧。

于是李浔半开玩笑地说:“那我要是一辈子都不找呢？”

宋仰扶着他的肩膀，挺用力地捏了捏:“那你最好说到做到。”

结好账，他们坐在路边的长椅上喝东西，路灯照亮了他们所在的角落。

“事情就是这样了，”宋仰苦笑着拍拍购物袋，“他们说要拿这个才可以换回来。”

一口冰镇的酸梅汁入喉，又酸又甜，李浔满不在意地说：“一支箭而已，没了就没了呗。”

“什么叫一支箭而已啊！”宋仰一拍大腿，颇有气势地说，“那可是帮你在世锦赛上拿奖的箭！意义非凡！”

李浔发现这小家伙很喜欢给一些东西附上特殊意义，第一次看比赛、第一张合影、第一双筷子、第一支箭……

路边的茉莉花开得正盛，微风送来一阵香气。李浔靠在长椅上，不由得想起宋仰小时候趴在围栏上冲他微笑的画面。

已经十一年过去了。

他转过头盯着宋仰。

宋仰刚开始还拿余光看他，很快就垂下脑袋，整个人就像一颗快要歪倒的麦穗。

虽然宋仰老拿他当偶像，可他真没觉得自己有什么值得宋仰崇拜的。

论赛绩，他最好的只不过是一枚亚运会银牌，连世锦赛都没轮上；论态度，自己现在都不敢再跨出去接受失败。

人很容易根据对某个人的第一印象而错误地联想出这个人的全貌，宋仰所谓的偶像，大概就是他自己幻想出来的一个完美的李浔。

十一年前的宋仰才多大？

他比李初之还小，个头小小的，又瘦，只到自己大腿位置。

在宋仰眼里，自己可不就是无所不能的冠军嘛！

可事实是什么？

他不过就是个丢了初心半途而废的普通射箭运动员而已。

“你的脚还好吗？”李浔问。

“呃。”宋仰回过神，“还行吧，就是小脚趾边上磨了个水泡出来，有点儿疼。”

“戳破了没有？”

宋仰猛摇头：“我恐针，用创可贴贴了一下。”

难怪他刚才走路的姿势那么奇怪，李浔无语道：“那你明天准备怎么跑？”

宋仰宽心道：“明天再说吧，可能睡着睡着就破了吧？”

“那你在这儿等我一会儿。”

宋仰慢半拍地张了张嘴，“你去哪儿”几个字还没来得及说出来，李浔已经消失了。

裤兜里的手机振了振。

姜洛：呼叫小绵羊。你是不是又迷路了？这都半个多小时了，跑校外买也该回来了吧！

周俊霖：不知道怎么选就拍照片过来。

宋仰：我买好了，马上回。

俞乐：快点儿啊，一会儿就要熄灯了。

李浔从超市飞奔回来，气还没喘匀，一屁股坐下，左手的手背搭在膝盖上。

宋仰问：“你去哪里了？”

李浔没说话，只是勾了勾手。

“干吗？”宋仰有些疑惑，但还是把手伸过去。李浔盯着他的手背，看了两秒，然后扑哧笑出声来：“我让你把脚抬上来，我帮你把水泡弄破。”

“啊！”宋仰语无伦次，“我……我……那个……不用不用！真不用！等它自己破掉就好了！”

李浔从袋子里翻出医用消毒水和细针：“我都买好了，你现在不弄掉它，明天只会更大，到时候就更疼了。”

宋仰犹犹豫豫，不肯妥协。

“怎么？”李浔疑惑道，“你有脚气啊？”

宋仰：“当然不是！”

宋仰的双脚瘦瘦窄窄的，脚踝的骨头凸起得特别明显，由于皮肤白，脚背上的经脉清晰可见。

李浔一把就能握住他的脚踝：“你脚怎么这么瘦？”

宋仰的大脚趾翘了翘：“天生的啊。脚特别窄的话会影响练箭吗？”

“这倒不会，主要看你自己能不能长时间稳住，但如果手臂太细那绝对不行，没力气拉弓。”

“我之前听学长说选拔运动员的时候也要看身材。”宋仰捏了捏自己的手臂，“我这样的可以吗？”

李浔听出了他话里的意思：“你要进射箭队？”

宋仰点点头。

射箭运动员的选拔并没有太过严格的标准，不过只要是运动项目，就必定会有最适合它的天才运动员出现。

能拉开天才和普通人之间差距的，往往就在于先天优势。

比如说擅长短跑项目的运动员博尔特，跟腱细长有力，像两根长长的弹簧，能帮助他一次又一次地打破世界纪录；跳高项目有位获得过世界冠军的运动员索托马约尔，身高一米九四，小腿比大腿还长，能越过二米四的惊人高度；上届游泳项目的世界冠军菲尔普斯，有一双四十七号的大脚，就好像推力极强的脚蹼，臂展长达两米，且是条状肌肉，具有很好的舒展性，体重轻，阻力小。

射箭项目当然也会有绝对优势。

首先小臂一定要长，肌肉自然不紧绷，健美运动员那种夸张的肌肉根本无法发力；肩膀需要往下沉，直角肩的不行；最好是圆脸或者有稍微宽点儿的下颌，就像欧美人那样，因为弓弦拉到撒方位时，需要下颌作为支架。

“完了完了完了。”宋仰惊恐地捂住两腮，“我不是圆脸也不是方脸。”

宋仰边说边观察李浔的下巴，他的脸型也算不上多方，耳朵下边有斜斜的弧度。

“那咋办啊？”

“不知道啊。”李浔自嘲地笑笑，“可能就是因为我的脸不够圆，所以老拿银牌。”

“不是吧。”宋仰顿时感觉自己的一股仙气被抽走了，“你说现在的医疗水平能把人变成方脸吗？”

“……你还真敢想。”

“我觉得凭借着我这精致的五官，就算是方脸也完全——咝——”话音未落，一根细针扎进去挑破了他的水泡，宋仰倒抽一口凉气，盯着李浔的手说，“你怎么连个高能预警都不给？！”

李浔没吱声，低头给他抹了点儿消毒水，然后贴上创可贴，异常迅速，不让他有一丝一毫挣脱的机会。

宋仰的双臂搭在膝盖上，垫着下巴。

李浔的注意力全集中在他的伤口上，而宋仰的目光落在那个粉蓝色的创可贴上，嘟嘟囔囔："怎么是卡通图案的？"

"初之经常用这个，我觉得挺可爱的，而且是防水的。"

宋仰对李浔经常把他划拨到小朋友行列的这个行为很不满意。

"可我一个大男人，用这个颜色有点儿奇怪。"

"你哪里大了？"李浔弹了他一个大脑嘣，"给你买就不错了，还嫌东嫌西。"

他把创可贴和消毒水什么的一股脑儿往宋仰的购物袋里一塞："送你的军训礼物。"

宋仰："我会收好发朋友圈炫耀的。"

"我走了。"李浔起身道，"你早点儿休息，几天没见你都长黑眼圈了。"

"啊？不是吧？"宋仰震惊于自己的黑眼圈，等李浔走远了他才忽然想起一件事情，来不及穿鞋，把球鞋当拖鞋踩着，追了几步喊道，"那我军训结束以后可以去射箭队找你吗？"

"可以，不过能不能加入校队不是我一个人说了算，还要看领队的意思。"

宋仰不认识领队，也不在意他的选择，只是好奇李浔的想法，问："那你觉得我怎么样？"

李浔没有正面回复，留给他一个神神秘秘的微笑，似乎还带着几分期许。

"十月份校运会，你好好表现。"

宋仰提了口气，展现出充沛的肺活量："那你记得来看我的表现！"

漫长的军训结束后，大家也逐渐适应了新生活。宋仰的作息变得比较规律：早上五点起来晨跑锻炼，白天上课或者去图书馆，晚上一有时间就去箭馆练箭，在熄灯前睡觉。

由于他的空余时间都在夜晚，他实在没条件进行户外训练，所以周末常常蹭着李浔的车回家，去湿地公园。

他爸妈知道后也没怎么管他，只说不要影响学习就好。

他的生活毫无悬念地日复一日，终于迎来十月份的 T 大校运会。

运动会为期三天，今年正巧赶上百年校庆，比赛项目比往年多了几个，射箭也是今年才加进来的。

一碰到这种活动，李浔就忙得眼圈发黑。他和几位老师一起规划比赛流程，研究新赛制，因为选手的兼赛问题，时间改了又改，好不容易才通过。

好在一切准备都没有白费，运动会那几天的天气不错，气温很舒适。

宋仰报了三个项目——八百米、游泳和射箭，分别在三天进行。

他第一天原本是打算报三级跳的，可一听说李浔是径赛组裁判，就毫不犹豫地把田赛改成径赛，选了个还算有优势的长跑，毕竟和李浔坚持跑了一年了，应该不至于输得太惨。

开幕式那天盛况空前，操场上拉满红艳艳的横幅，几个主路段张灯结彩，有种要过年的氛围。

宋仰早早地来到田径场拉筋热身，呼吸新鲜空气。等到七点左右，操场上陆陆续续出现各学院队伍。

空气里浸着一股凉意，看台上人头攒动。

浓厚的氛围使人情绪高涨，平日里无法宣之于口的情绪，都在彩色烟雾礼炮升上高空的那一刻被点燃。

宋仰听见前座有人在调情。

男生捧着一桶爆米花问："要是我拿了冠军，你给我什么奖励？"

女生笑着说："那就给你吃点儿甜甜的。"

男生凑到她耳边，压低了声音问："是亲亲吗？"

女生臊得小脸通红，一套绵绵拳挥过去，男生笑得更欢了。

宋仰被一口狗粮噎住，白眼翻上天。

上午比的都是些短跑和跳跃类项目。今年校庆还有个特殊的彩蛋环节——学校邀请了一批从 T 大毕业的师哥师姐回来进行单独的表演赛。这些人现在都是在役的国家队运动员，上过电视，拥有很高的人气。

尤其是几个长得不错的师哥师姐，还上过综艺节目，他们到场时，看台上的人全乌泱乌泱地拥过去。

宋仰借了个望远镜向远处看，锁定一道黑漆漆的身影。

今天的温度不高，学校多数人穿着外套，而李浔只穿着黑色的短袖和运动裤，在观众堆里相当显眼。

宋仰朝田径赛场地飞奔过去。人潮汹涌，他循着那个高出一截的后脑勺，挤进包围圈。

此时跳高组的预赛已经结束，工作人员拿着麦克风说道："现在由我们的两位师哥给大家来个漂亮的好不好？"

李浔高举手臂，和观众一起鼓掌欢呼，胳膊放下去的一刹那，打到了什么东西。

"不好意思。"李浔笑了笑说，"你怎么也来了？"

宋仰从他的臂弯下钻出去："我看到你就过来了。你不是径赛裁判吗，怎么跑来看田赛了？"

李浔努努嘴，示意他看向起跑点："那边两根电线杆认识吗？"

宋仰顺着他的视线望过去，是准备给大家表演跳高的两位师哥，一个和李浔差不多高，另外一个大概有两米，他们都留着寸头，大概是因为穿着同款运动服的关系，看起来还挺像。

宋仰不常关注田径赛，只是隐约觉得眼熟，但叫不出名字。

"那个高个儿的是不是姓贺啊？"他问。

"嗯，贺琦年，今年联赛的冠军，边上那个叫盛星河，是不是挺帅？"

宋仰毫不犹豫："我觉得都没你帅。"

表演赛结束，就差不多到了用餐的时间，人都往食堂方向拥去。有些是吃饭，有些纯粹是想向国家队的师哥师姐们要签名，毕竟上过电视的体育明星可不是说见就能见到的，哪怕不认识都想凑个热闹。

李浔将铅球全收进筐里，挪到器材区，发现宋仰还站在边上，问：“你怎么不跟过去要个签名？”

宋仰想等他一起去吃饭，边收拾东西边说：“我跟他们又不熟。”

李浔想起了在箭馆的初次见面，打趣道：“你跟我不熟的时候不也要签名了？”

宋仰耷拉着眉眼说：“他们跟你又不一样。”

李浔追问道：“哪儿不一样啊？”

宋仰轻飘飘地说：“你明明知道还问。”

李浔搜肠刮肚：“也是，毕竟咱俩合过影，有缘分。”

宋仰无声叹气：“是啊。”

李浔见他揉了揉肚皮，说：“你是不是饿了？赶紧和同学一起吃饭去，我这还有事情要忙，别等我。”

“我还是等……”

李浔加重了语气：“听话，赶紧的。”

宋仰不情不愿地“噢”了一声。

男子八百米的比赛安排在下午进行，李浔作为裁判之一，早早地搬了把椅子坐在赛道边和几位工作人员一起核对选手信息。

在名单上扫到熟悉的名字，他惊喜地挑了挑眉梢。

太阳从厚厚的云层中冒出来，没过几秒，眼前豁然明亮。

这天气就好像他的心情一样，无端地变好了。

虽然他平时也要给学生上体育课，可眼熟和相熟是不同的概念：见到眼熟的同学顶多是看一眼，撑死了再道声加油，相熟就不一样了。

他认真翻看花名册，关心宋仰的对手都有哪些。

八百米的选手不多，一共分四组进行，名单顺序是按照名字的首字母排列的，宋仰排在最后一组，和他一起比的，有两个来自体育学院。

来自体育系的很多是特长生，实力不容小觑，校运会的各种纪录基本上都是体育生创造的。

其他选手都是什么美术学院、人文学院之类的学生。

他推测宋仰大概能拿个小组第三。

“师父！”

远处有人呼唤，李浔合上文件夹，抬头一看，正是宋仰。

小家伙不知什么时候换了套运动服，短裤都没过膝，脚上是一双短跑专用的钉鞋，直直地冲过来。

他从头到脚都是浅色系，跑起来就好像一只刚挣脱了缰绳的巨型萨摩耶。

而此时赛道上正有同学在进行热身跑，俩人差点儿撞上，李浔大声道：“你看着点儿路！”

宋仰来到李浔身边，背后有条看不见的尾巴晃了晃：“你是不是还没去吃饭？”

“嗯，我还不是很饿，一会儿再说。”

宋仰献宝似的，从身后变出一个塑料袋："吃饭要按点，饿久了很容易胃疼。"

李浔低头一瞅，里面装着拌面、酸梅汁，还有一大盒甜点。

"有长进啊，"他美滋滋地揭开拌面盒子，一点儿都没有吃人嘴软的态度，小声道，"都知道贿赂裁判了。"

宋仰每次见到李浔大口大口地往嘴里塞东西，就感觉浑身轻飘飘的，自豪感拉到满格。

李浔吃到一半，忽然抬起头："对了，八百米的规则你都知道吧？"

"就比谁跑得快呗，还能有什么规则。"

"嗯。"李浔擦擦嘴说，"只要不是跑第一道，过弯就得抢道，在一百米的位置，工作人员做了标记的，你一会儿可以过去瞅瞅。"

宋仰点点头："这我知道，我高中时候也跑过。"

李浔趁着现场的人还不多，起身松松筋骨，偷摸着交代起一些基础战术："前一百米是最重要的环节，你尽全力冲刺，确保自己抢到最靠前的位置，因为后期加速只会更耗体力。一百米抢道时一定要注意安全，不要推搡，如果你抽到靠外道，不要突然插入内道，因为你身后都是人，很容易被撞倒，要呈直线，逐渐向第一道靠近。"

他一边说，右手一边在空中比画，宋仰听得入神，连热身动作都放慢了一些。

"那果然还是内道的选手比较划算。"

"各有优缺点。"

很多人的直觉是中长跑第一道是最有利的，但其实内道在百米过弯时，很容易被抢道的选手包围，难以全力冲刺。就李浔的个人经验而言，中间道是安全系数最高的，因为可以顾及两侧选手，过弯的步频维持在正常速度就行。

不过他不想说太多，以防宋仰抽到内道就产生一种“我这条道不好”的心理暗示，很容易制造没必要的紧张感。

于是他聊起了过弯技巧。

“你要注意一点儿，最好不要在弯道超人，很危险；另外，过人时，应该用肩膀和半个身子抵住对方，一般这个时候对方会自动降速。”李浔侧了侧身贴向宋仰的右臂演示动作，然后转头看着他的眼睛说，“千万不要傻乎乎地用整个后背贴过去，很容易被对方的脚绊倒，那就两败俱伤了。”

“长见识了。”宋仰比画了一个 OK（可以）的手势。

广播里开始播报男子八百米的比赛时间，观赛的人越聚越多，吵吵闹闹。

参赛选手陆陆续续到场，李浔交代完最后的重点，坐在椅子上点名，在报到的学生后边打个钩。

过了一会儿，有个男生气喘吁吁地跑过来说：“教练！陈勋他鞋子跑开胶了，回宿舍换鞋去了，要等会儿过来。”

李浔眉心一皱：“要等多久？”

男生挠挠后脑勺，挺不好意思地说：“他不住校，宿舍有点儿远，还有十多分钟吧。”

八百米结束还有其他项目，时间耽误不起。

宋仰很快反应过来，解围道：“我准备好了，我可以先跑的，等他回来可以跑第四组。”

那个男生仿佛看到了救星，有些期待地看向李浔。

李浔点点头，做了简单的记录。

大学生的运动会不像中学那么严格，没有老师全程盯着，看台往往稀稀拉拉，大家要么在现场给同学加油鼓劲，要么往有帅哥美女的地方跑。

一圈又一圈的学生围过来，将李浔头顶的阳光遮得严严实实。

“好了，”李浔收起记录本，抬高了嗓门，“点到名字的同学按照抽签顺序，到赛道上准备。赛道周围的同学要么回到看台观赛，要么远离赛道，避免踩踏受伤。”

大家互相看看，虽然没有回看台，但都自觉退到草坪上。

宋仰站在跑道上活动筋骨，身子往边上一转，不自觉地看向围观的同学，里边除了他的几位舍友，还聚集着不少班上的同学，包括他们班的班长。

他们班长叫周游，人很漂亮，邻家小妹妹的类型，成绩好还很会画画，班上喜欢她的人不少。宋仰估计围观的男同学多半是冲着她来的。

周游站在最前排，挥动着小臂喊：“小绵羊！我们给你加油来了！”

接着，站在她边上的那群男生也怪腔怪调地重复了一遍。

人群中爆发出一阵笑声，其他学院的同学都交头接耳地问哪个是小绵羊。

宋仰听得面红耳赤，赶紧扭头装没看见。

却没想到另一个方向的李浔也指着他的鞋子说：“小绵羊，鞋带绑紧点儿。”

宋仰耳朵尖都热了：“你怎么也跟着叫啊？”

李浔：“这不挺可爱的吗？”

这个称呼让宋仰收获了不少关注。

李浔听见背后有女生在议论宋仰的小腿肌肉线条很漂亮，而且是八位选手当中唯一一个没什么腿毛的。

宋仰的腿毛确实很淡，如果只看皮肤，会怀疑是个女生的腿，和第二赛道的那个黑黢黢的体育生形成极为鲜明的反差。

八位选手以起跑姿势就位，周围的吵闹声明显降了好几个度。

砰——

发令枪响，所有人都以最快最猛的步伐冲出去，观众的嘶吼声立刻从四面八方响起。

年轻人朝气蓬勃，毫无顾忌地扯着嗓子，李浔只觉得鼓膜都震得生疼，往边上躲了躲，拿起望远镜观看。

百米线一过，选手们都往内道上拥。好多同学从看台上起立，有男朋友的小女生干脆蹦到男友后背上。李浔的手心捏着一把汗，脖子伸得跟长颈鹿一样。

肉眼可见，冲在最前边的是第二赛道的张瑞峰，不愧是体育生，双腿交叠的速度快如闪电；宋仰的爆发力也不弱，和第四道、第五道的选手并驾齐驱，都在抢第二的位置，三个人的速度都非常快，且一直维持着冲刺的速度。

一条直道过去，后边的几个人基本上已经被甩开。

运动员的身影绕场一周，离起跑点越来越近，两边的观众又一次振臂呐喊。

赛场上的比速度，赛场外的比气势，一波又一波的音浪把树上的鸟儿都给震飞了。

第二圈刚过弯道，宋仰就把紧咬着他的那两个同学甩开了足足两米远，一点儿一点儿地逼向第二赛道的张瑞峰，但是体能的迅速流失让他呼吸困难，四肢僵硬地摆动着，大脑一片空白。

张瑞峰慢不下来，他也提不了速，俩人始终维持着一米左右的距离。

他紧盯着张瑞峰的后脑勺，简直要在人后脑勺射出两个窟窿来。

他嗓子眼儿跑得快冒烟了。

还剩下最后一个弯道。

他知道自己必须要在这个地方超过去，否则到了直道就再也没机会反超了。

还剩下不到一个手臂的距离。

“宋仰！加油！”

跑道两侧的呼声整齐划一，冲上云霄，将氛围弄得热火朝天，原本在观看三级跳的学生也禁不住好奇，探头看向跑道。

宋仰的余光扫到几个激动到张牙舞爪的舍友，他们的嗓子已经哑了，但还是握着拳头喊：“超他超他！还差一点儿！”

宋仰的手肘碰到了张瑞峰的皮肤，对方立刻提速压制住他。

这滋味实在是太糟糕了。

宋仰的心脏不停地往下坠。

最后一道弯压过去，他们几乎肩并肩来到最后一条直道。

肉眼实在难分高下，李浔的心脏加速跳动，附近看台上的观众已经成片成片地站了起来。

还有最后五十米。

宋仰尽全力冲刺，听见了自己大口吸氧的声音，又看见有个女生从观赛区走向第二赛道的终点线。

那是张瑞峰的女朋友，个子很高，她在无数同学的注目礼下转过身，很大胆地冲男友张开双臂。

情侣忽然撒狗粮，人群里呼声高涨，张瑞峰几乎拼尽全力，超过宋仰半截手臂的距离。

就在这时，宋仰发现有个人站在一道终点线的边缘。

那个男人把名册卷成卷当喇叭，冲他招手。

虽然宋仰听不见他在喊什么，可身体好像忽然被注入一支强心剂，重新获得一股力量。

烈日下，他的皮肤不断收紧，再收紧，双腿交叠的速度越来越快。

他想要的终点就在眼前。

“哇——”

只见那只落后的小绵羊加速摆臂，略微低头，用前胸触线，反超张瑞峰一个手掌的距离！

观众先是一阵目瞪口呆，随后爆发出热烈的掌声。

非专业生跑过体育生，这是多么罕见的奇迹，现场就跟一锅煮开了的水，全沸腾了，就连李浔都觉得不可思议。

他的视线追随过去。

看见那只小绵羊低头又跑了十来米，逐渐放慢脚步，最后双腿一软，就这么瘫倒在地，胸口剧烈起伏。

宋仰闭上眼，听见了经久不息的呼声，闻到了烈日灼烧过的塑胶的味道。

嗓子眼已经不是干涩，而是发疼，他艰难地吞咽了一下，继续喘息。

不知道过了多久，他感觉阳光被一团阴影遮住了。

他的第一反应是李浔，立马睁眼，却发现是班上的同学和舍友。

周游递给他一瓶矿泉水说："辛苦了。"

"谢谢……"宋仰接过水，发现自己的声音沙哑得不像话，清了清嗓子才说，"我刚才跑了多少秒？"

姜洛神采飞扬："牛啊！一分五十二秒零一，你是小组第一。你没看到第二赛道那个体育生都蒙了，下去就被他们教练骂了。"

宋仰坐起来，看见不远处的张瑞峰和他的女友，俩人都没好脸色看着他，仿佛他不是拿了小组第一，而是刚下令要诛了他们九族。

角落里还冒出不怀好意的讽刺。

“下次记得，要在弯道上用胳膊挡着点儿别人的路。”

宋仰知道，他们口中的主角就是他。

当时的情况有点儿复杂，他想超了张瑞峰，可对方又不让，就形成一种用胳膊肘别着对手的错觉。

周游拍拍他的肩膀：“没事儿，你别在意他们。这行本来就是胜者为王，你赢了就是赢 了。”

“就是，”俞乐说，“让他们酸去吧，咱到边上休息。第二组要开跑了。”

宋仰坐在跑道边，抬手擦汗，又灌了几口水。

有个穿蓝色工作服的男人走过来，一屁股坐在宋仰边上。他愣了愣，往边上挪了挪。

“你叫宋仰？”男人问。

“对。”

“刚才跑得挺快啊。以前有没有人给你训练过？”

宋仰摇摇头，打量起这个中年男人，看起来四十多岁，皮肤很黑，但肌肉特别明显，脖子里还挂着个哨子，不太像是辅导员。

果不其然，对方微笑着自我介绍：“我叫章程，是田径队的教练。”

宋仰有些茫然地点了下头：“您好。”

田径在学校不算热门项目，短跑组的人不多，上学期又往国家队输送了两棵苗子，现在处于青黄不接的状态，急需要新鲜血液。

章程和他聊了些田径方面的事情，露出欣赏的目光，笑着说：“我刚才观察了全程，你的耐力不错，后程的爆发力很惊人，需要改进的地方就是起跑冲刺的那一瞬间，如果能好好训练调整，我相信你一定会有更大的突破。不知道你对短跑有没有兴趣，可以到我们队里来练练。”

宋仰抓了抓脑袋。

被夸赞是件值得高兴的事情，可实话实说，跑步不是他最感兴趣的运动，他只是勾勾嘴角道谢，并没有流露出太多的喜悦。

“咱们加个联系方式吧，如果你有兴趣的话可以来田径体育馆找我。”

盛情难却，宋仰下意识地摸摸裤兜，指指裁判席：“我手机搁那边了，我去那儿拿一下。”

没多久，第二组、第三组的比赛成绩也出来了。

姜洛兴奋地钩着宋仰的脖子说：“目前还没有人超过你！有个组的第一名和你就差零点零四秒，好惊险。”

宋仰添加了章程的微信。

姜洛低头八卦：“这人是谁啊？”

“田径组的一个教练，问我有没有兴趣加入校队。”

姜洛两眼放光：“哇，那很不错啊！你赶紧加入，以后就可以代表我们学校去省里比赛了！”

边上飘来一声莫名其妙的冷笑。

姜洛一看是张瑞峰，就知道是怎么回事了。

他特意提高几分音量，继续说：“教练真是慧眼识英雄啊，既然教练都这么主动邀请你加入了，说明你在这方面肯定有过人的天赋！

这个硬件条件好啊，比赛就赢一半。”

这牛皮吹到了李浔耳朵里，他一听就知道主角是谁，转身看着宋仰，问：“是章教练夸你了？”

“啊，”宋仰有些害羞地抓抓脑袋，“他就随便说了两句，还问我要不要加入田径队，不……”

“那挺好啊，”李浔也毫不吝啬地夸奖道，“我也觉得你跟腱细长，特适合练短跑项目，尤其是后半程的爆发力很惊人。章教练是从国家队一线退役下来的，眼光不会错的。”

宋仰的后半句“不过我没打算加入”卡在嗓子眼儿，噎住了。

他看着眼前这个男人，有些不知所措。

如果要问这世上有谁最清楚他喜欢什么、想要什么，那一定是李浔。

是李浔告诉他弓箭的种类，教他射箭的技巧，带他到湿地公园训练，送他珍贵的礼物。

他也明确地告诉过李浔，想要加入校射箭队。

他以为李浔至少还是有那么一点儿期待他的加入，可李浔此刻却能这么轻松愉快地说出这种话。

就好像他们的命运线从未相交过，只是看起来很靠近而已。

宋仰在原地茫然了很久。

发令枪响，第四组也开始起跑，周围的呼声热烈，可他感觉自己身处另外一个世界，听不清声音也感受不到氛围，只是呆滞地望着一个方向。

李浔独自坐在跑道边，喝了口水，又拧上盖子，用小臂垫着花名册，记录他们的比赛成绩。

宋仰迈着大步走过去。

他的身形高大，瞬间就遮住了大片阳光，在纸张上留下一道阴影。

李浔抬起头问：“怎么了？”

宋仰提了口气，憋着劲，从牙缝里挤出一个问题：“所以你很希望我去田径队吗？”

他的声音并不算响亮，但是跑道周围聚满了人，于是便有好奇的观众转过来看着他们。

李浔也能从他的表情和字里行间感受到一股不那么愉快的情绪，直起身，语重心长地道：“我只是以一个过来人的身份表达了我的看法，不论是我的看法还是章教练的看法，都只能作为你的一个参考，最终要不要去是你自己的选择。”

理是这么个理，但宋仰听完还是觉得浑身不舒服，眉心始终皱着。

“那你就不能表达点儿我想听的看法吗？你明知道我最喜欢的是射箭，我想加入射箭队，你这样一说，我就感觉……”

他迎着李浔的目光，怎么都没办法把完整的话说完，鼻尖越来越酸，声音也越来越轻。

“你好像并不期待我进射箭队，也并不喜欢我这个徒弟。”

第七章

只想加入射箭队

这话李浔真是不好接。

从主观角度出发，他当然是欢迎宋仰加入射箭队的，毕竟这孩子很聪明，又是真的很喜欢射箭，什么苦都愿意吃；可平心而论，宋仰的身体条件确实更适合径赛项目。

校运会的成绩就足以说明一切，一分五十二秒，那已经是一级运动员水准了，好好训练一下起跑加速，跑进一分五十秒之内想必只是时间问题。

可在射箭项目上，他就会遇到很多问题。

首先是外形，宋仰平肩脸又小，并不具备顶尖射箭运动员那些肉眼可见的优势；而且宋仰的性格看着活泼，内心还是敏感的，遇到一点儿事情还特容易紧张激动，面红耳赤，连呼吸都不稳。

他害羞时这样，紧张时这样，生气时也这样。这性格放在其他项目上都无所谓，可唯独射箭射击类的不行，在大赛上很容易被周围的环境干扰，导致发挥失常。

他也说不准宋仰在射箭这项目上有多少潜能，能有多大突破，只是觉得宋仰还有机会去选择一个更适合的项目去磨合，去挑战……

可很显然，忠言逆耳，宋仰听不进去。

李浔把名册递给同事，钩住宋仰的肩膀，走到一个没什么人的小角落。

“那你想听我说什么？欢迎你加入我们射箭队，还是让我夸你很有射箭天赋？”

宋仰低着头，沉默不语。

他刚才是有意添上那后半句的，目的无非就是想听李浔说两句好听的，可李浔这连珠炮一样的问题反而把他弄得更郁闷了。

他不知道该说什么，干脆一屁股坐在墙角，把脸埋进了臂弯。阳光透过枝丫，在他背后留下了细小的光斑，看起来就像丢了什么心爱之物的小屁孩儿，哪还有一点儿冠军的兴奋样。

李浔蹲到他跟前，揉了一把那还算软乎的“绵羊毛”。宋仰把脑袋埋得更低了。

“我不是非要你夸我什么，只是有些不明白而已。”

李浔难得拿出哄小外甥的态度，轻声细语地问：“你不明白什么？”

宋仰无声叹息。

他有很多想不通的事情。

可这千头万绪就只能他自己慢慢消化下去。

他尽可能地控制情绪，捡了个最无关紧要的话题切入："那天在公园里，你说让我在运动会上好好表现，我还以为你很期待我加入射箭队的，结果却鼓励我去章教练那边。"

李浔哑然失笑，摊了摊手，用肢体语言表达着自己的无奈："你成绩好，我鼓励一下你还不乐意了？还有，我什么时候说过我不期待你进射箭队了？我鼓励你练田径和期待你进射箭队这两桩事情看似相悖，但在根源上并不矛盾。你自己认可、开心才是最重要的。"

宋仰抬头，露出一对亮汪汪的瞳孔。他早已不知分寸为何物，擅自转换概念："那你是不是挺喜欢听我喊你'师父'的？"

李浔挠挠鼻梁。

"我那套弓箭白送你了是不是？真是小白眼狼。"

宋仰的注意力被这个新称呼短暂地吸引过去，这明明不是什么褒义词，可自己的心情就这么多云转晴了。

"那我也坦白告诉你吧，我就没打算加入田径队，我只喜欢射箭，也只想让你当我师父……"他瞅见李浔的眼神，又补了一句，"反正再也不想认别人当师父了。"

李浔捏了捏宋仰的肩膀，郑重其事地说："不管你最终的选择是什么，你的未来是否能越来越好，能否持续发光，这才是我真正关心和期待的事情，就这么简单。"

这番话充满真诚，直戳进宋仰的心坎。

宋仰鼓了鼓嘴巴，半张脸缩进臂弯，眼睛笑得弯弯的："你真好。"

这就好了？

李浔实在摸不透小朋友的脾气，明明前一秒还气鼓鼓地攥着拳头，下一秒就眉开眼笑。

不过实话实说，这种被信任的感觉还是让人很愉悦的。

射箭项目安排在第三天上午九点半。由于参赛人数不多，只安排了室内赛，分十米、二十米、三十米、五十米四个档位的射程。每人每轮射十支箭，成绩在前六名再进行总决赛。

这也是校运会的最后一个项目，结束后就是颁奖仪式。

李浔是这个比赛项目的负责人，忙忙碌碌一上午，点名时才看见宋仰。

小家伙坐在靠墙的椅子上，穿得有点儿多，帽衫加外套，裹得严严实实，目光有些呆滞地飘向窗外，也不知道在思考些什么。

李浔喊了三声，宋仰都没什么反应，直到边上的同学推了推他胳膊，他才回过神来，嘴角扯出一个很勉强的笑容。

李浔向几位大赛志愿者交代完秩序问题，走过去问道："你脸色怎么这么难看？是不是哪里不舒服？"

宋仰还没开口，站在边上的周俊霖就替他说了："应该是发烧了。"

"发烧？"李浔下意识摸了摸宋仰的前额，确实挺烫，面颊也红得不正常，"什么时候的事情？你昨天下午不还游泳吗？冻着了？吃药了没有？"

还不等宋仰接话，李浔又着急忙慌地架着他从座位上站起来："身体不舒服怎么不早说呢？这位同学，你赶紧带他去校医室看看什么情况。"

周俊霖瞅瞅一脸焦急的李浔，又瞅瞅毫无生气的宋仰，面露难色。

他早上发现宋仰发烧后的第一反应和李浔是一样的，可宋仰说什么也不去校医室，坚持要等比完赛再说，就吃了片退烧药对付。

"胡闹！"李浔的一嗓子把周围选手的视线都吸引过来了，"你去镜子里照照自己现在什么脸色，胳膊能拉得动弦？"

宋仰眼神坚定地一点头："我拉得动。"

"你确定？"李浔使劲捏了把他的胳膊，他没能挣开，肌肉的酸痛令他眉头紧皱。

"你赶紧忙你的去啊，别管我了！我说了可以就是可以。"

李浔一记眼神扫过四周，大家不约而同地扭头"忙碌"起来，叽叽喳喳聊各自的事情。

李浔压低了声音："我让你现在去校医室。"

宋仰像个被大人抢走玩具的小朋友，委屈地说："比完我立马就去啊，又耽误不了多久。"

在他们争执不下的时候，有人叫走了李浔。

宋仰转头看向周俊霖说："我真没事。你去帮我倒儿点热水吧，我有点儿渴。"

周俊霖拗不过他，依言照做。

宋仰拐到卫生间，将水流开到最大，弯腰捧了把水扑在面颊上给自己降温。

这一扑，浑身都打了个哆嗦。

他刚才的话说得很满，但身体状况确实有些糟糕，早上醒来只是觉得喉咙疼，这会儿连脑袋都有些昏昏沉沉，浑身骨头都跟散了架一样，又酸又痛。

他特别困，恨不得立马瞬移回被窝睡个天昏地暗。

可他不想，也不能错过这次比赛。

他之前特意找领队问过，要想加入校队，目前有两条路可以选：要么校运会上得个让人眼前一亮的成绩，要么就挑战七十米射程，十支箭的总环数控制在七十五环以上就可以破格进队。

就他目前的水平而言，后者的难度系数实在太高，他七十米的最高纪录就是一个压线的八环，所以只能破釜沉舟比这场了。

比赛马上就要开始了，李浔坐在裁判席宣读流程和规则，宋仰像躲教导主任一样，低眉敛目地从他背后绕过，和另外几位选手并排站到起点位置，整理装备。

规则是十五名选手同时放箭，射完十支箭由现场裁判统计分数，再同时往后退十米，进行第二轮，以此类推，直到五十米结束。

宋仰生怕李浔一时兴起来一句“九号位的选手，你先下去”，一直没敢抬头和他对视，就像逃避上司的目光一样，尽量让自己忙碌起来。

比赛是允许选手自带弓箭的，不过这里绝大部分人是硬被推上来凑人数的，用的都是学校提供的弓箭，颜色花里胡哨，款式普普通通。

宋仰听见身后有人在夸他的弓箭很特别。

换成平时他铁定要炫耀一把这套弓箭的来历，再聊聊他和师父不可不说的二三事，但他今天真的是毫无心情。

前两天的比赛就已经耗费了他大量元气，再加上生病，他连抬弓都觉得费劲。

裁判吹哨，比赛正式开始。选手就位抬弓，对面的墙上响起了嘭嘭嘭的撞击声。

现场大部分人的目光跟随飞出去的箭支，落在对面的靶子上，只有李浔不是。

他全程抱臂，直勾勾地盯着九号位。

宋仰看起来是真的很不舒服，脸色惨白，不知道是紧张还是口渴，不停舔嘴唇，持弓臂抖个不停，光瞄准就需要比别人多两倍的时间。

他是十五名选手中最晚完成任务的选手，当所有人都盯着他时，他似乎更紧张了，导致一支箭发挥失常，只拿到一个七环。

射一个七环需要用多少个十环去弥补?

并且还得看对手的状态。

这已经是主动变被动的事情了。

第一轮结束，十米区有打出九十九环的高手，也有闭错眼睛导致脱靶的“高手”。像李浔这种有经验的，只需要看一眼他们的瞄靶和放箭的动作就知道哪个是练过的，哪个是菜鸟。

以宋仰今天的身体状况肯定出不了好成绩。

从他放出第一支箭的时候李浔就已经预料到最后的结果。

不过就像是半道跑不动了的马拉松选手一样，爬也要爬到终点，宋仰坚持放完了最后一支箭。

宋仰四十支箭的总环数为三百三十，小组第六，擦边拿到一个决赛资格，但是十三位选手中垫底的那个。

中场休息时间。

宋仰披上外套，喝了点儿舍友递来的热水。

这会儿正是药效上来的时候，宋仰体内的病毒正在遭受群体攻击，不停冒汗和浑身发抖兼而有之，掌心总有种刚洗完手的潮湿感。

班长也看出他很不对劲，递上纸巾问：“你头上好多汗啊，没事儿吧？”

宋仰摇摇头，起身道：“我先去洗把脸。”

他的所有感官都因为药效强制进入休眠状态。他穿过长长的走廊，走进卫生间的全程都没发现有人跟在他身后。

李浔虽然见他一副半死不活的样子，但又控制不住嘴损：“尿频啊？这么会儿工夫都进来好几趟了。”

不过发烧令宋仰的思维变得异常迟缓，只是小声解释了一下：“我进来洗脸的。”

洗到一半，他抬起湿漉漉的脑袋，迟钝地补充：“刚才也是进来洗脸的。”

“鞋带开了。”李浔提醒道。

宋仰低头看了一眼，甩甩手，蹲下重新打了个蝴蝶结，又顺便把右脚的也绑紧了些。

卫生间里没有其他人，李浔单手插兜，态度有些软化：“你说你这又是何必呢，想进射箭队也不是就一种方式，我陪你多练练七十米……”

他话音未落，只见宋仰刚站起的身体像一株迎着风浪的麦穗，摇摇晃晃地挣扎了两下，单手扶着墙壁，一副大脑缺氧的样子。

李浔暗道不妙，三步并两步地冲过去。宋仰的身体失控地往墙上倒去，缓缓滑下，跪倒在地，眼看着就要砸向地砖，李浔一把圈住了他。

宋仰是在李浔的肩上苏醒过来的，完全不记得自己是怎么晕倒，又是怎么趴到李浔肩上的，只感觉胸口很闷，呼吸不那么顺畅，膝盖还有点儿疼。

在意识逐渐恢复的过程中，他隐约听见李浔在跟人通电话，语速不算快，但不知道是因为跑得太急还是紧张，语气听起来有些急躁。

“嗯，你帮我盯着点儿，我送个小朋友去趟医院。”

“发高烧，上个厕所就晕过去了。”

宋仰很想纠正一下，自己不是去上厕所的，就是去洗把脸。

另外，他也不是晕过去，大概只是因为早饭吃太少，有点儿低血糖而已，此刻已经完全清醒。

场馆内没有电梯，李浔一声不响地背着他下楼。

宋仰的四肢软趴趴地垂着，来回晃动，还纠结着要不要回去比赛。

可当李浔偏过头的瞬间，他还是下意识地闭上双眼，维持刚醒来时那个半死不活的状态。

出了训练馆，眼前豁然一亮，宋仰总有种要现原形的预感，把脸埋得更低了。

李浔背着他走向停车位，忽然回过头问："现在感觉如何？"

宋仰心虚地道："你怎么知道我醒了？"

李浔没有直接回答。为了避免小朋友尴尬，他违心地道："我就是诈诈你。怎么样，现在头还晕不晕？能自己走路了吗？"

宋仰不情不愿地点了下头："可以的，你放我下来吧。"

李浔将他放下，拉开车门，微微偏了一下头："走吧，我带你上医院吊两瓶点滴，到晚上保准你又活蹦乱跳了。"

这消息简直就是晴天霹雳。

"我不去医院。"他猛摇头，身体自然地后撤了两步，"我早上已经吃过退烧药了……要不然这样，我现在就回去睡一觉，你先上去忙你的吧。"

本来李浔只是顺口一说，还不确定要不要打点滴，就宋仰这个反应让他想起来一件事。

小家伙怕打针。

他饶有兴致地一挑眉，笑了起来："不好意思，我现在不忙了。"他的指尖戳在了宋仰的胸口上，又指指副驾，"我数到三。"

宋仰认命地坐进去："那能只开药不打针吗？"

李浔心说那我还带你去医院做什么，不过他勾了勾嘴角说："看医生的意思吧。"

三甲医院常年人满为患，别说人工挂号，就连自动挂号机前边都排起了长龙。

宋仰三番五次地暗示："师父，你不觉得这边排队太慢了吗？而且我现在感觉自己的状态好多了。"

"好个鬼，你嘴唇皮干得都快裂开了。"李浔抽出凭条，看了一眼门诊楼层的位置。

这边他也是第一次来，拉住一个保安问方向。保安大叔很热心地将他们带到门诊楼下。

李浔点头道了声谢，把扭扭捏捏的小家伙推进电梯。

宋仰本来只是身体难受而已，现在一想到要打点滴，又凭空生出几分恐惧，垂着脑袋不吭声。早知道是这个结果，他就不硬撑了。

现在倒好，比赛没比完，他还要打点滴。

"早上没吃什么东西吧？"李浔抬手看了一眼时间，已经快十一点了，"你肚子饿不饿？"

宋仰摇了摇头："现在没什么胃口。"

“你看，你刚才还说状态好多了。”

医院的温度比外边低一些，尤其是进了电梯，宋仰感到浑身发冷，双手揣进衣兜。

李浔走出电梯就问护士：“请问一下，这边哪里有热水？”

小护士指向走廊尽头，柔声道：“走到头就有，不过要自带杯子的。”

李浔噢了一声，扶着宋仰往门诊大厅走。

护士望着那两道背影，犹豫了一下，起身道：“我这边有一次性的纸杯，你要不要？”

坐在她边上的另一位护士因此而好奇地抬了抬头，瞬间就明白了她为什么这么主动。

李浔要了两个杯子，倒上热水，小心翼翼地递给宋仰：“当心烫，你先焐焐手再喝。”

水冒着热气，宋仰的身体跟着指尖一起发热。

门诊室外坐满了无精打采的病人，睡觉的睡觉，玩手机的玩手机，状态都和宋仰差不多，像一株株蔫了的植物。

一个大叔估计是在等什么人，横躺在座椅上，一人霸占了四个空位，且毫无负担地打着手游，胳膊上文着花里胡哨的文身。在他旁边站着一对上了年纪、头发花白的老夫妻，一个靠墙站着，一个拄着拐。

李浔走过去碰了那胖大叔一下：“起来，一个人占这么多空位，像话吗？”

他的语气很不客气，附近的一些人惊讶地探过头，就连宋仰都瞪大了双眼。

不过接下来并没有发生什么喜闻乐见的场景，那胖大叔扫过李浔的肌肉，不情不愿地从椅子上坐起来，然后慢吞吞地挪到最边上的座位，继续打游戏。

两位老人互相搀扶着一起入座，还剩下一个空位，李浔努努嘴，示意宋仰坐下。

宋仰尽量地把屁股往边上挪了挪："你要不要一起？"

李浔低头瞅了一眼那巴掌大的空位，开玩笑道："你以为我屁股和李初之一样大啊。"

刚才还在油嘴滑舌的小家伙垂下了脑袋，不吭声了。

等了快半个小时，终于轮到他们。

李浔带初之看病已经看出经验来了，在医生还没开口之前就主动说明症状。

医生点点头，又问："除了头晕、四肢发冷，还有什么其他症状没有？"

宋仰："早上有点儿拉肚子，吐过一回，后来吃了点儿药就没吐了。"

"吃什么药了？"

"呃……"宋仰哪里想得起全名，"叫什么乙什么酚……"

"现在肚子疼不疼？"

"一阵一阵的，没早上那么严重。"宋仰惶恐不安地加上一句，"医生，能不打点滴就不要打点滴啊，我有点儿害怕。”

医生是个面相和善的中年男人，抬头打量了一下宋仰，笑了起来：“这么大个头还怕打针啊？”

宋仰战战兢兢，厚着脸皮说：“遗传。”

李浔幸灾乐祸地笑出声：“你是我见过的第二个这么恐针的人。”

宋仰的注意力跑偏：“还有一个是谁啊？”

“初之啊。”

“啊……”宋仰感同身受地可怜起她来，“那她怎么打针的啊？你哄着吗？”

“她在地上打着滚儿哭，我可哄不了。”

“那就不打了？”

“嗯，就吃点儿药，慢慢恢复。”

听他这么一说，宋仰略微松了口气。

可是他不知道，有一部分医生和理发师有一个共同的特征——很有自己的想法。

例如眼前的这位医生，为了能让病人尽快恢复，自动屏蔽掉宋仰恐针这件事情，把李浔当成病人家属，交代起细节来：“他这个情况有点儿复杂，也可能是胃肠道细菌感染引发的高烧，得对症下药。你先带他去做个血常规给我看下好吧，就在三楼靠南边，一会我再给他开药。”

“好的。”李浔说罢，轻轻推了推宋仰的后背，将他带离诊室。

宋仰虽然很少来医院，但凭直觉就猜到这个血常规肯定不简单。

他一路上探头探脑地问李浔："一会儿是不是要抽血啊？抽手指还是胳膊啊？你做过吗？疼不疼啊？"

他问得胆战心惊，小心翼翼，眼神像遇到危险的小动物。

李浔被他这种很极端的反差给萌坏了，适时地露出一个温柔的眯眼笑，哄骗道："现在的医学技术都很发达了，指尖抽个血怎么可能会疼？"

"那好吧。"

抽血的地方倒没什么人，宋仰一屁股坐在凳子上，吝啬地递出一根食指："姐姐好，我抽血。"

护士笑了笑，让他先把外套脱掉。

"脱……脱外套？！"宋仰反应过来，戒备地捂住外套，拿一种求饶的眼神望向李浔，"你刚不是说抽手指吗？怎么要抽胳膊啊？"

"我刚才也不知道啊。"李浔"无辜"地耸耸肩，倒是非常熟练地哄道，"不过你看护士姐姐长得这么温柔，扎针肯定也很温柔，没什么感觉的。"

"可是我……"

"来，我帮你脱。"

宋仰鼓起小脸，揪着拉链头，从头发丝儿到脚指头都是大写的拒绝，不过最后还是栽在了李浔手里，任由他脱了外套，将衣袖高高挽起。

护士刚在他胳膊上捆上压脉带，宋仰的手指便不受控地发抖，幅度还不小，就像拿久了重物。

“握下拳头。”护士连续提醒了两次，宋仰才握住拳头，把脸转向另一侧。

碘伏冰冰凉凉，宋仰浑身一抖，护士和李浔对视一眼，无奈地笑笑，没有立刻扎上去，而是让他稍微放松一点儿。

空气里都是消毒水的味道。

哪里放松得了，宋仰在煎熬的过程中，抖成了筛子，还问护士姐姐好了没有。

李浔走过去，将外套罩在他脑袋上，一只手扣着他后脑勺。

针尖刺入皮肤，他没感觉到疼痛。

“也没那么恐怖对吧？”

李浔从护士手里接过棉签，压在针眼处止血。

宋仰牛头不对马嘴地来了句：“你衣服上的味道还挺好闻的。”

“噢——”李浔恍然大悟，顺口道，“下楼那会儿你也闻到了我身上的味道是吗？”

“对啊。”宋仰答完，又过了几秒，后知后觉地反应过来，“那你当时怎么没放我下来？”

李浔被他问愣了。

“光明正大地不上班啊，而且这场比赛的选手实力悬殊，前三名没什么悬念。”

宋仰并不相信他的这个理由，不过注意力还是被后半段内容吸引过去。

“这场比赛你觉得谁会是冠军？”宋仰突然问。

李浔替他披上外套，两人坐在楼道里等报告单出来。

“你还记得第一轮射出九十九环的那个男生吗？”

宋仰摇摇头，当时他的最后一箭只拿到七环，心理落差巨大，蒙了很久，连志愿者们什么时候拔箭都没在意。

李浔继续说：“他叫于慎微，也是大一新生。我记得他的五十米的成绩是八十一环，基本都在黄圈内，和吴家年打成平手，就是不知道七十米成绩怎样。不过我留意过，他的整套动作非常标准，瞄准利落干脆，神态也很从容，肯定是有过比赛经验的。”

宋仰有些意外地转过头，李浔平常都是以“那个穿黑衣服的”或者“那根电线杆”之类的形容词代替学生的名字，除非是见过三次以上，并且怒刷过存在感的学生才能被他记住。

而他今天不光记住了学生的名字，就连对方的年级和成绩都记得那么牢。

果然做教练的只会记住高分的运动员。

“他会被选进校队对吗？”

李浔坦白地道：“如果他感兴趣的话。”

没有对比就没有伤害，宋仰深深地叹了口气：“他练得这么好，怎么可能不感兴趣？”

“那不一定，就像你拒绝章教练那样，他也可能拒绝加入射箭队。”李浔说。

宋仰扔掉了棉签，愁眉不展：“那我还有机会申请加入射箭队吗？”

“你先别想这么多了，”李浔拍拍他后背，安慰道，“把身体养好再说。”

“养什么养啊，又不是坐月子，我只不过是发个烧而已，明天就好了……”宋仰敏感地问，“是不是没名额了啊？等老队员退役我才能加入对吗？”

李浔笑了笑：“这又不是职场晋升，非得熬走老队员才行。体育竞技只看实力不论资历，只不过全国大赛的名额就那么几个，校队的队员也要经过筛选才能参与，能去的都是顶尖的。你觉得你的成绩能超过吴家年他们吗？进来当个替补，还不如去跑步。”

宋仰沉默不语，因为李浔说的是实话。

他确实把一切想得过于美好了，以为只要加入校队就能走和李浔一样的路，去各地比赛。

可他忘记李浔是从十三岁时就接触射箭的，在他这个年纪已经参加全国大赛了。

体育竞技里，最不缺的就是肯花时间、花力气打磨自己的人。

吴家年也好，于慎微也罢，他们肯定都花了比别人更多的时间在射箭上才能有今天这样的成绩。

自己要拿什么跟他们比呢？

宋仰受了点儿刺激，忽然加快步伐。李浔追上去调侃道：“怎么了，又不想听我说话了是不是？还是又有什么弄不明白的了？”

宋仰听出了一点儿嘲笑的意思，不过这次他没有像前天那样钻牛角尖，而是抬高下巴，郑重其事地宣布：“我要赶快恢复，回去继续练箭，总有一天我会超过他们的。”

李浔愣了愣，这句话就好像一把钥匙，开启了一个尘封已久的记忆黑匣。

当时他还是 N 市省队的队员。

一次全国大奖赛，主教练推荐了另外一名和他成绩不相上下的选手，理由是那位选手的心态沉稳，不急不躁，且训练的时间更长。

他也不甘示弱地冲教练吼出了同样的话——总有一天我会超过他的。

这种无所畏惧的士气，如此熟悉，又如此遥远。

“你真那么喜欢射箭？”李浔问。

“那当然了。”宋仰回答得很果断。

“为什么？”

宋仰挠挠后颈，有些不好意思：“小时候是因为看见你夺冠，就觉得很帅，想成为跟你一样的人。”

李浔闻言笑了起来：“那这么说，是看在我颜值的分儿上啊？那我当初要练田径，你是不是就爱上跑步了？”

“或许吧。”宋仰实话实说，“偶像本来就是像灯塔一样的存在，给我指明了一个方向。不过后来练着练着，我发现射箭真的很有意思，它能带给我很多快乐，每次沉浸在练习中，就感觉不到时间流逝了。”

李浔淡笑，回想起十多年前，射箭也曾给他带来很多快乐，但不知道从什么时候开始，射箭带来的痛苦就多过快乐了。

宋仰问："那你呢？你当初是怎么喜欢上射箭的？"

李浔说："上街看到打气球的，觉得挺好玩，我爸就给我买了把玩具弓，后来的情况跟你差不多，练着练着就放不下了。"

阳光透过玻璃照进来，李浔眯了眯眼，想念那段糊里糊涂的青葱岁月，那时候真的什么都没有，可浑身都是劲。

没过多久，报告单出来了，李浔下楼拿了药水又跑回三楼。

一共是三袋药水，两大一小。护士说医院现在没有多余病床，要么在输液大厅里挂，要么就等病房空出来，要再过一小时左右。

"那就大厅吧。"宋仰说。

正是换季的时候，大厅里坐满了病患和家属，咳嗽声、外放声、电话声充斥在这个密集的空间里，一进去就有种难以形容的压抑感。

宋仰坐下后，发现李浔人不见了，伸长脖子四处张望。护士从推车里取出压脉带，提醒他把外套脱掉。

宋仰一见到这玩意儿就反射性哆嗦："能不能等一下啊？"

这位护士远没有刚才那位那么温柔，神情严肃，拿出教导主任一样的语气问："挂个水而已，你还要等什么？"

宋仰不情不愿地脱下外套，透过落地窗，瞥见一道人影正朝这边飞奔而来。

李浔呼哧呼哧喘着气，见护士还没动手，便自动化成一道人墙挡在两人中间，用手里的东西吸引小朋友的注意。

"可爱吗？"

宋仰抬头，看见他食指上挂着一个带盖的透明玻璃杯，杯盖上做了个胡萝卜的造型。

“挺可爱的。”宋仰猜道，“是初之的吧？”

“不是。”李浔扭转杯子，将正面对着他。

杯身的硅胶隔热圈上印着一只卡通小绵羊。

宋仰一脸惊喜地接过：“这哪儿来的啊？”

李浔笑笑说：“楼下就有个小超市。我用热水烫过了，等水凉点儿可以直接喝。”

“谢谢……”宋仰攥着小杯子傻笑不停，都没注意护士是什么时候离开的。

“送你了。多喝点儿热水，没了我再帮你去倒。你现在肚子饿不饿？”

李浔下楼买了两份午餐，一份是给宋仰的白粥，一份是自己的。

宋仰的鼻子都快贴到他碗里了。

“你这个红烧肉闻着好香啊……”

“你不是胃口不好吗？”李浔夹起一块肥瘦均匀的五花肉，特意在宋仰的鼻尖前停顿了一秒，在他张嘴的刹那转了个弯，放进自己嘴里。

宋仰吃了口淡淡的稀粥，一脸幽怨地瞪着他。

李浔从麻辣香锅里夹出几根香菜就往宋仰碗里送：“这个口味够独特吧，赏你了。”

宋仰护住自己的小碗：“我不爱吃这个。”

“啧，怎么还挑食了？”

宋仰学着尿尿发怒的样子龇了龇牙，逗得李浔哈哈笑。

饭还没吃完，李浔接到主任的电话，要回学校一趟。他临走前给宋仰的小杯子里换上热水，又在小朋友期待的目光下，把剩下的饭菜通通收走，一根肉丝都没留。

“快好了给我打电话。”李浔像个老父亲，一遍又一遍地交代，“别老低头玩手机，多睡一会儿听到没有？”

宋仰乖顺地点点头，把椅背放低一些，摆出一个让他放心的姿势：“你快去忙吧。”

其实药效已经上来有一段时间了，因为李浔一直在边上，他才强忍着没有哈欠连天。目送李浔出门，他便把外套往脑门上一盖，杂乱的交谈声逐渐变成了催眠的白噪声。

宋仰这一觉睡得挺沉，醒来时肚子不疼了，四肢也恢复了一点儿力气。

他抬头，发现原来的那袋药水已经被换过了。

边上的人忽然开口：“你醒了啊？”

是吴家年。

宋仰呆了两秒：“你怎么来了？”虽然他常在射箭队蹭李浔的课，但还没和他们熟到要来医院探病的地步。

吴家年耸耸肩，拿一种无奈的口吻说：“教练的命令呗，队里就我一个人有驾照，他就让我过来接你。”

“他不来了啊？”宋仰又补了一句，“你们比得怎么样了啊？你拿冠军了吗？”

吴家年点点头：“不过是险胜。今年有个新生挺厉害，决赛总分就跟我差一环，估计会跟你一起被招进校队。”

宋仰知道他说的人是谁，耷拉下脑袋：“我又没比完，肯定进不了校队。”

吴家年顶了一下他胳膊，坏笑着揭穿：“你不是认识教练吗？”

宋仰听出了他话里那点儿意思，半纠正半询问：“认识教练怎么了？校队招新的事情不是要等领队确认了才算数吗？”

“嗐，教练不都帮你说情了嘛，进不进来还不就是一句话的事情。”

宋仰不可置信地指指自己的鼻子：“你是说，教练在领队跟前替我说好话了？”

见他的表情不像是在开玩笑，吴家年抻着脖子，遮了一下嘴巴，犹豫道：“你真不知道啊？”

“我真不知道！”

毕竟某人临走前还说什么“进来当个替补还不如去跑步”，宋仰的胃口完全被吊起来了：“教练说我什么了？”

吴家年转身继续玩手机：“没什么，你不知道就算了。”

“哎，你这人……”宋仰一顿好说歹说，还拿一个星期的晚饭作为诱饵，才勉强从吴家年口中探得一点儿“机密”。

当时吴家年去主任办公室，打算问问省运会的事情，刚巧赶上李浔和吴领队在里边聊事情。

他没好意思打断领导们的谈话，在走廊里站了一会儿，就听见李浔说：

“他最大的优势不在于身形条件，而是聪明、踏实、肯坚持，从他接触射箭到现在只不过一年多时间，训练时长远不如队里的队员，但成绩真差不了多少，运动会上发挥失常是因为高烧三十八度多。他的基础动作都是我教的，他用一个月时间，练出了其他人三个月，甚至半年都不一定能达到的水平，已经很难得了。

“而且一个人有多大潜能谁也预料不到，就像霍尔姆，在 2004 年以前，有谁敢相信一个身高只有一米八一的运动员能拿男子跳高的奥运金牌呢？”

主任提醒他：“我承认你说的这些有一定道理，可这世上不可能人人都是霍尔姆。选人的大方向不可能改变，真正能走到最后的，肯定都是拥有绝对性优势的那批人。”

领队也说：“你看看国家队里那些射箭运动员，哪个脸盘子跟宋仰一样小的？胳膊也没几两肉，四十磅的弓他能拉几次？都像你这么挑人，那还要前辈几十年的研究数据做什么，哪个合你眼缘挑哪个不就行了。”

李浔运了口气：“我练一年多的时候也拉不动那么高磅数的弓，我也曾是许多教练看一眼就淘汰的选手，但当时有人告诉我，这一行贵在坚持，熬到最后才有可能找到出路，后来那个人成了我的教练，把我送进省队，之后又把我送进国家队。但如果他当初就告诉我‘你这样的身材不适合练射箭’，我肯定就放弃了。教练的一句话在运动员看来，是具有权威性的，有可能会影响他们的一生，所以我才不敢轻易地下结论。在我看来，外形不是绝对优势，强大的内心才是。”

主任捧着茶杯，和领队面面相觑。

李浔继续说：“如果想要这项运动更好地传承下去，应该从角落去挖掘那些真正热爱它的人，努力培养他们，而不是急着去否定他们的能力。是不是金子，咱们起码得挖出来看一眼，不是吗？”

吴家年没能把这些话原封不动背下来，只说了个大概，但足以让宋仰感激落泪了。

这条路只要有一个人愿意相信他、支持他就足够了。

这感觉就好像有人往身体里注射了一支兴奋剂，浑身都是使不完的劲，他有点儿坐不住了，稍微拨快了点滴速度。

接下来的一个小时，吴家年被迫听他讲述那段连野猫都不愿意听的追星故事，情节老套，毫无亮点，催人入眠。

在宋仰继续喋喋不休时，吴家年忍无可忍，起身喊道：“护士，这边要结束了，过来拔个针！”

宋仰抬头看了一眼：“急什么啊，这不是还有一点儿吗，真浪费，教练说滴完了才可以走。”

“闭嘴！”吴家年手指像枪杆子一样指着他鼻尖狠狠点了两下，“我不想再听见那两个字！”

“教练吗？”

“啊！”吴家年崩溃地抓头长啸。

他们回宿舍的路上，宋仰的微信响了一下，是李浔发来的一条语音。

他没有转成文字，而是靠近耳边听。

李浔在手机里的嗓音比现实还要低一些，不疾不徐地说：“入队申请表我发你邮箱了，你尽快填完然后发给我。从下周开始，你跟着师哥们一起好好训练。还有，别忘记你今天在医院说的话。”

宋仰低吼一声，猛拍大腿，把吴家年吓得耸了耸肩，差点儿开进路边的灌木丛里。

“激动什么啊？教练让你进队训练了？”

“啊！”宋仰咧着嘴巴点点头，像一头准备接住食物的大型犬，“他说让我下周开始跟你们一起训练。你以后就是我名正言顺的师哥了！”

这次比赛，射箭队一共招了三名新成员。

一个叫阿洪，来自大草原，从爷爷奶奶那辈就精通骑射，后来跟着父母来到N市生活。他的个子很高，体形健硕，体重将近九十千克。

报到那天，宋仰和他并肩走楼梯，隐隐感觉地面在发颤。

他身上就拥有优秀射箭运动员的特征——手臂粗壮，腮部很平，脖子长，溜肩，力大无穷。

宋仰一米八五的个子跟他坐在一起都显得小鸟依人。

另一个是校运会亚军于慎微。他出身于体育世家，父亲是击剑运动员，母亲是射箭运动员，后来这俩人退役从商，把事业搞得风生水起，投资了好几家俱乐部。

家里人有意往体育方向培养孩子，于慎微十岁出头就开始练箭，已经参加过不少青少年射箭赛。

宋仰所学专业也和大家迥然不同。

“经济与金融啊，听起来好像很高级。”阿洪问，“那你以后是准备炒股还是卖保险？我可以找你投资吗？”

围坐着的都是体育生，宋仰本想好好向他们解释一下自己的专业，可发现大家都扎堆笑了起来，而且那种笑还带出了一点儿微妙的嘲讽的意思，仿佛是在笑他的格格不入，笑保险推销这类行业，他忽然又觉得没有解释的必要。

大家都看得出来他是个特例，心里有不服。

宋仰就是在这个瞬间感知到，自己不可能完完全全地融入他们。

他不想输给他们，更不想让当初为他说话的那个人失望，起身拍拍屁股，把笑声置之脑后，继续练箭了。

为了最高效地兼顾学业和训练，宋仰专门抽时间和李浔一起研究课表，制订出一张全新的计划表来保证每周的训练任务。这张表几乎压榨掉了他所有的课外休息时间。

他每天天不亮就出门，夜深了才回宿舍。

除了上课和熄灯前几分钟，他的舍友们基本看不见他人，就连午饭都凑不到一起了。

宋仰还买了辆二手自行车，到了吃饭时间就赶往教职工食堂和李浔碰面。

一般情况下教职工食堂是不让学生进去用餐的，所以宋仰第一次进去时，躲在李浔身后探头探脑，菜也不敢多点，看见眼熟的教授恨不得钻进李浔的衣兜里，端着餐盘的手瑟瑟发抖，不过几次之后那脸皮就跟城墙厚了。

并且他凭借着那副人见人爱的好皮囊，成功和食堂的阿姨们搞好了关系，顿顿多出好几两肉。

天气转凉了，李浔帮他占好了一个可以晒到阳光的位置，用湿巾擦干净桌面。

“师父！”宋仰两眼放光地从窗口位置快步走过来，“今天有牛排！”

“你悠着点儿，一会儿汤又洒一身。”李浔起身接过餐盘。

“不会的，我现在手可稳了。”

今天他们来得早，饭菜很丰盛，不光有肉还有餐后甜点，宋仰那盘子里的水果摞得跟座小山似的。

李浔惊叹：“你还真把食堂当成自助吃了啊！今天又认哪个阿姨当干妈了？”

宋仰转过头，冲窗口的阿姨挤出一个萨摩耶式的招牌笑容。李浔一口气叉走他盘里的好几块哈密瓜，啃得嘎嘣响。

食堂的阿姨已经相中宋仰很久了，她女儿今年读大四，也是T大的学生，她就是为了女儿才来这边工作的。

在他们老家，女孩子二十多都是要嫁人生娃的，她着急得很，本来是想物色个老师的，但无意间发现个不错的学生。

几次盛饭，她旁敲侧击地打听出了宋仰的家底，书香世家出来的孩子，阳光帅气又聪明，关键练体育的身体素质都很好，值得入手。

宋仰当然是不知道这些的，所以当阿姨凑过来说“女大三抱金砖，你跟我女儿正合适，不如加个微信聊一聊”的时候，面条差点儿从鼻孔里呛出来。

“我……我……我……我……”

宋仰不知所措地戳着餐盘，正想找个什么理由婉拒时，对面的人抢在他前头说：“阿姨，他已经有对象了。”

“是吗？”阿姨一脸失落地打量起宋仰，“哎呀，我真没看出来……我都没看到过你和姑娘一起吃饭。”

“啊，我那个……”宋仰实在是不会撒谎，绞尽脑汁，面红耳赤地挤出一句，“她跟我不在一个学校。”

“哦，这样啊。”阿姨及时止损，转头看向李浔，热情地道，“小伙子，我看你也没有对象吧，能接受比自己小多少岁的姑娘啊？阿姨给你介绍介绍。”

李浔淡定又熟练地开口：“我家孩子都会打酱油了。”

阿姨离开后，宋仰冲李浔竖起两根大拇指：“师父，你真厉害，下回教教我怎么样才能做到撒谎不脸红吧。”

这小家伙怎么总能夸得人浑身别扭呢。

李浔继续把盘里的牛排和鱼虾往宋仰那边送："想增肌，你就得多吃点儿蛋白质含量高的东西。"

宋仰感觉胃里的食物已经快堵到嗓子眼了。

"可我刚才已经吃了两块了啊……"

"那就把面条留着，把肉吃了。"李浔又从塑料袋里抽出一罐七百五十毫升装的牛奶往桌上一放，"还有这个，你今天的任务。"

宋仰看到包装就先打了个响亮的饱嗝。

俩人对视一眼，同时笑出声来。

第八章

第一场正式比赛

有了国家队专业运动员的投喂和健身指导，宋仰三个月下来成功增重十斤，听起来并不是很夸张的数字，但对于一个易瘦体质的人来说，真的很不容易。

宋仰遗传了李慧瑛女士的优良基因，修长消瘦，一运动就哗哗哗冒汗，吃得多消耗得也多，喝牛奶还老拉肚子，第一个月下来非但没胖反而瘦了两斤，李浔只好重新为他制订食谱。

以牛肉、鸡胸肉为主，鸡蛋、三文鱼为辅，剩下的就是各种蔬菜、谷物和豆制品，每天变着法给小家伙加餐。

几个月下来，最明显的是胳膊壮了，宋仰在李浔的陪同下，天天举铁、卧推、甩大绳，臂围比之前整整粗了一圈，还练出了像模像样的腹肌。

有天晚上洗过澡，宋仰心血来潮，对着镜子比画一个大力水手的动作。他横看竖看，又凑近了看，觉得自己这身材简直绝了，而且皮肤也变好了，自从不吃油炸和辛辣食物，好久都没冒小痘痘了。

“完美啊。”他咧嘴拍拍自己的小肚皮，心满意足地吹头发。

房间热气腾腾，镜面很快又冒出一层水汽，他用吹风机对着吹干镜面，再次被自己帅到，扯了条浴巾遮着下半身，搔首弄姿地十连拍。

“你好了没有啊？！”门口有人喊了一声。

宋仰吓得浑身一抖，手机从指缝里漏出去，来了个好几个凌空翻转。眼看着就要掉进马桶了，他龇牙咧嘴地接住，捂在胸口摸摸，松了口气。

快到期末考了，他洗过澡，埋头复习。

宋仰支着腮帮子转笔，刚做了两道题，又心不在焉地摸出手机，从刚才那一堆照片里挑了张自认为最性感的发了个朋友圈。

冬天的衣服很厚，平日里他的同学们从没在意过他的身材变化，这冷不丁来张腹肌照，在寒冬腊月里点亮了众人的双眼。

宋仰十五分钟后再次打开微信，看到 99+ 的消息，惊得眼瞪如铜铃。

老爸竖了几个大拇指，老妈说他上网盗图，有不少留下舔屏表情包的，还有个高中时认识的妹子罕见地评论：小羊崽，你这样是会被大灰狼吃掉的。

宋仰咯咯笑半天，回复：我吃大灰狼还差不多。

一月中旬，忙碌的考试周结束，大部队逐批返乡，学校宿舍楼瞬间变得门可罗雀。

街道挂起了大红灯笼，年味渐浓，不过包括宋仰在内的一些校队运动员还没回家。

两天后，他们要参加一场省里举办的射箭友谊赛，有四十多所大学共同参与，地点在N市冠军联盟俱乐部。

李浔攥着一份文件负手在队伍里来回走动，交代比赛事宜。

“咱们队主要是参加男子反曲弓个人赛和团体赛。个人为单轮全能赛，室内场地有所限制，所以射程分别为十五米、二十五米、三十米和五十米，一共一百四十四支箭，总排名靠前的四十八位再进入淘汰赛。团赛三人一组，射程五十米，使用垂直排列的靶纸，每人每轮放两支箭，一共四轮，全队共放二十四支箭，还是一样，总环数靠前的十六支队伍参加决赛。

“参加个人赛的选手也可以报名团赛，一会儿我们抽签决定团赛队伍，大家有什么意见吗？”

“没有——”

友谊赛是学生自愿参加的，承办方给的奖励不多，好些同学觉得没含金量就回老家了，剩下来的十个人只能分成三组，多余的那位就只报个人赛。

李浔说：“我去准备几张条，你们先热身，一会儿我带你们去室外练。”

大家点头应声，宋仰跟出去洗手。

回来时，他听见师哥们在讨论比赛的事情，并且提到了他的名字。

他下意识地停住脚步，站在门口。

“拜托拜托，”阿洪双掌合十朝天拜了拜，“千万别让我抽到和他一组。”

于慎微嗤笑一声：“那如果可以选择的话，和他一组比赛和不参赛，你选哪个？”

阿洪毫不犹豫地说：“那我还是退赛吧，反正比不比都一样了，估计连淘汰赛都进不去。”

于慎微的笑声更放肆了。

吴家年忍不住插嘴道：“他练的时间不如你们长而已，没必要这么说人家，况且他最近成绩也上去了不少。”

“我只是陈述个事实好吧。”于慎微耸耸肩，“他远程发挥大家也都看到了，特不稳定，还有打出三环的，真是吓死人了。练得不够就应该有自知之明，趁早退赛，别拖累别人。”

“就是，他一个学金融的，以后肯定也不可能走体育这条路。真不知道他脑子里装什么了，非得霸占一个名额不可。”

宋仰的呼吸滞住，好像忽然不会走路了一样，僵在原地，双拳微微发颤，越握越紧，自己却没什么感觉。

比起生气，他更多的还是无奈。

原来那些让他引以为傲的进步在别人眼里根本不值一提。

生气可以发泄，而无奈就是无奈，只能沉默地消化。

后脑勺忽然被一只大手揉了一把。

他缓缓转过头，目光有些呆滞，在“教练”二字脱口而出之前，李浔比了个噤声的手势。

宋仰还没有从刚才的打击里缓过劲来，看起来失魂落魄。李浔拍拍他肩膀，压低了声音：“你跟我过来。”

俩人的脚步声一轻一重，穿过走廊，来到尽头的洗手间。李浔将小家伙推进门，反手把门带上了。

宋仰提了口气：“师父，团赛我还是……”

“还是不参加了对不对？”李浔抢先道。

宋仰垂下目光，知道李浔多半是听见了。他盯着洗手台上一滴绿油油的洗手液，感觉嗓子眼发苦，鼻尖也酸酸涩涩的。

“我现在的成绩只会拖累他们……”

“所以呢？”李浔抱起胳膊，声色俱厉，“他们不希望你比你就不比了？那要是今天换成你的对手觉得你太差，说没必要比了，你肯定输，你也准备向赛委会申请退赛吗？”

宋仰闻言抬头，站在他眼前的人面容冷峻，眉心皱出好几条纹路。虽然训练时李浔经常摆出一张臭脸，但至少对他的态度一直称得上温柔，就算他犯了错也不会太计较。

这是他第一次看见李浔眼底的不悦，立刻低头道歉：“对不起……”

“你不应该跟我说对不起，而是你自己。”李浔的食指狠狠地在他胸口点了两下，声音低沉严肃，“别人轻飘飘的一句话就把你给打击坏了是吧？你对得起这几个月拼死拼活换来的这几斤肉吗？”

宋仰被他戳得身形一动，像根迎风的麦秆，后撤了两步，然后背着手又站回去，一副任打任骂的姿态。

李浔抬高了嗓门："说话啊，哑巴了？别人说你一句不行你就认了？"

宋仰握在身后的手指不自觉发力，攥得指甲发白，再次道歉："我错了师父……"

他看起来很紧张，尾音都有些发颤。李浔怀疑他只是因为恐惧而道歉，还没有意识到问题所在，又接着说：

"你学射箭的时间本来就比他们短一些，还不抓紧机会去试一试，你还想等什么？下一次就是三月份的省运会，不出意外的话，校队名额只有三个，你想挤进去参加吗？再下一场是大学生运动会，你又准备拿多高的名次？你知道为什么高考之前必须要有模拟考，奥运会之前非得弄个模拟对抗赛吗？"

宋仰低头不语。

他越是沉默，李浔越是咬牙切齿："因为经验都是一次一次的教训换来的！只有比了你才知道自己和别人的差距在哪里。你这次上去提心吊胆，觉得拖累别人，不想去了，那么下次还是会这样，下下次还会！这世上永远不缺比你厉害的高手，也没有那么多机会给你浪费！"

全是无力反驳的话，宋仰小嘴一撇，两眼通红。

从两个月前，李浔就告诉他有这场比赛，他们一起吃饭、加训。李浔为他换了一套又一套的训练方案，陪着他起早贪黑，甚至放弃周末休息时间，而他却未曾感恩，还因为别人的一句话就想着弃权。

李浔生气也是应该的，自己简直罪该万死。

“对不起！”宋仰深鞠一躬，“我以后再也不会说这么愚蠢的话了……”

看他这个样子，李浔也不忍心再责备他，舒了口气，语气缓和下来：

“作为一名射箭运动员，你首先要改进的一点就是性格。不管在任何时候，你都要学会沉住气，不能那么轻易地就被别人影响。

“在赛场上，你可能会遭遇对手的讥讽、队友的叹息、裁判不那么公正的待遇，还会听见观众的嘘声，甚至是谩骂声，而你只要站在场上，就必须屏蔽掉那些干扰信息，拿出该有的态度。”

宋仰揉了揉发酸的鼻尖，捣蒜般点头。

“还有最重要的一点……”李浔抬手搭在他的肩上，很用力地捏了捏，“永远相信自己，相信你手里的弓箭。”

宋仰抬眸看他。窗外的阳光照亮了他们的眉眼，宋仰的眼底流露出几分期待：“那你相信我能超过他们吗？”

“那当然。”李浔回得果断，“你和他们又不一样。”

“哪儿不一样啊？”

李浔勾勾唇角，有种少年人的意气风发。

“他们是领队看中的人，而你，是我看中的。”

他说完这话，还以为宋仰会感激涕零地掉“珍珠”，没想到小家伙只是低下头，一言不发，嘴角还有点儿上翘的趋势，紧接着两腮发红。

李浔一记神掌拍在他胳膊上："刚说完要冷静冷静再冷静，不就是夸你一句嘛，你老脸红个什么劲？上了赛场可不能这样，一天到晚顶着两坨高原红，让对手看了像什么话……"

他扔下一堆嫌弃的话走了出去。

宋仰的嘴唇终于能够肆无忌惮地咧开，用几不可闻的声音说："因为我激动啊……"

N 市冠军联盟俱乐部距离 T 大三十多千米，有高速可以走，不算太远，学校给射箭队安排了辆校车，当天来回。

领队定的出发时间是早上六点。宋仰定了个五点十五分的闹钟，不过闹钟还没响他就已经醒了。第一次比赛，他很是兴奋。

宿舍里的人已经走光了，床铺和桌面都空荡荡的，他不再需要蹑手蹑脚地洗漱，也不需要把浴室门关上，将水流调至最小。

他蹦下床，放了首劲爆的摇滚歌曲，摇头晃脑地找衣服，到了副歌部分，他还高举双臂，跟随节奏扭了扭屁股。

可就在音乐声停下来的一刹那，他被一股强烈的孤独感包围了。

他们寝室的窗户正对着体育馆和操场，以前在这个点望出去，是连成线的路灯，像一条蜿蜒的巨龙，而今天黑黢黢的，什么都看不清。

学校放假了。

就是这个画面，让他忽然产生了一种很别扭的感觉。

在射箭队那群人眼中，他属于经管学院的学生，是格格不入的异类，未来不一定会走体育这条路；可回到班里，他又成了校队的一员，要放弃休息时间，为学校争荣誉。

他的未来，就像外边的天色一样，迷雾重重。

他深吸一口气，鼓鼓的腮帮子瘪下去，好像要将体内的恐惧与不快统统吐出去。

他洗漱完，手机闹钟响了，他关了闹钟，收拾随身行李，临出门前又折回来，把相机往脖子上一挂。

清早冷冽的空气顺着鼻腔灌进五脏，刺激得他哆嗦了一下，浑身的皮肤都收紧了，整个人瞬间清醒。

训练馆门口的灯亮着，此刻已经聚了不少人，正蹲在石阶上，毫无形象地吞着早点。大家身穿校队队服，红艳艳的上衣配一条黑色运动裤，腿边还有五花八门的手提箱，远看就像一排快递小哥。

吴家年第一个发现他，远远地就哟了一声，笑道："这哪里来的小导游啊，这么专业。"

李浔正跟拔河一样撕扯着一块煮老了的大排，闻声回头，眉毛不自觉抬了一下。

宋仰今天穿了一套大伙都没见过的新衣服——红黑色的羊绒毛衣有些宽松，领口处露出一小截挺括的衬衣领，裤腿修身，衬得他的两条腿又长又直，头上戴着顶暗红色的鸭舌帽，看起来惹眼又活泼。

他在这帮"快递员"里独树一帜，称得上艳惊四座。

李浔手上力度没控制住，大排掉进汤里。好在他反应迅猛，把碗往外一伸，昨天刚洗干净的队服才幸免于难。

惊艳归惊艳，他没忘记重点，擦了擦嘴说："你队服呢？今天的比赛必须统一着装，赶紧回屋给我换了去。"

宋仰得意地拍拍身后的双肩包："我都带着了，到那边我换上就是了。"

李浔抬手在空中点了点，对上少年人真诚热烈的目光，又收起食指，把一堆警告的话语悉数咽了回去。

"赶紧吃早饭！"

"遵命！"宋仰屁颠屁颠地挤到他旁边，"哇，还有汤包……"

刚才因为没换衣服而被遣返回宿舍的吴家年愤愤地嚼着一块牛肉干，拿眼神当激光扫描仪，在教练身上来回扫过，等待对方的合理解释。

哪料教练脸皮厚如城墙，居然若无其事地把这事儿给圆了回来。

"他带着呢，一会儿就换，你下次要乐意，也可以带着……"

除宋仰的全队队员，在这一刻奇迹般统一阵线，抬起手指隔空点李浔，抖成筛子，就公然偏心一事进行不动声色的批评与抗议。

宋仰一脸茫然地看着李浔，小声问："他们干吗啊？"

李浔在吴家年张口解释之前大声地清了清嗓子，罕见地板起脸："没你事儿，赶紧吃你的。一天到晚懒懒散散，穿得花里胡哨，你是去比赛还是去走秀？你一会儿到车上必须深刻地反思一下为什么全队就你最后一个到。"

然而这顿从天而降的批评被小笼包的香味熏得毫无威力可言，更像是在哄那堆呆如木鸡的“快递员”。

宋仰的腮帮子撑得像仓鼠，闭着嘴巴发音：“嗯嗯嗯嗯？”

大家一脸困惑，等待他把东西咽下去，只有李浔从腿边的塑料袋里翻了包醋丢给他。

“是要这个吧？”

宋仰笑得眼睛弯弯的，冲他竖起一个大拇指。

一小时后，校车抵达俱乐部射箭场，等待俱乐部的工作人员接应。

宋仰趴在窗户上，观察正在集合的那些队伍，他们的队服上也都印有学校的校徽和校名，有一大半来自专业体校。

他以前从李浔那里听说体校的专业运动员身上有种独特的气质，看一眼就能分辨出来。当时他听完并不能想象那是种什么样的气质，今天算是见识到了。

大概是长期在户外暴晒的缘故，这些运动员的皮肤大多偏黑，体形匀称健硕，状态轻松自然，一下车就积极地开始热身了，眼神就透着一股胜券在握的傲气，还有一点也如李浔所言，那些专业体校选拔出来的射箭运动员，全是腮部很平的方脸。

如果说李浔当初没告诉他这个选人标准，他肯定不会留意到这个细节，可一旦知道了，他就真的没办法不在意这件事情。

宋仰对着玻璃揉了揉自己的腮帮子，长叹一口气。

为什么他偏偏遗传了老妈的小脸基因呢？

“想什么呢？”李浔拍了一下他的胳膊，“下车集合了。”

宋仰回过神，赶紧提着箱子跟上去。

在他们隔壁的是辆运货的面包车，一般是坐八个人的，可一开门，竟然钻出来十多个人，还都是大男人。

站他旁边的吴家年也看见了这一幕，震惊地感慨：“我的天啊。怎么塞进去的啊？”

宋仰乐得不行，原本紧张的情绪得到了一丝缓解。

这里的一切对他而言都太新奇了。工作人员同领队核对信息的时候，他的眼神到处乱飘。

他看见体育场上空飘扬的五星红旗，又留意到一块指示牌上有个小箭头，指向省队训练基地。

他惊讶地戳了戳李浔，指向远处的一座训练馆：“那是你以前训练的地方吗？”

“对啊。”李浔勾勾唇角，“你怎么知道的？”

宋仰戳戳胸口的位置：“小时候那张合影上边，你衣服的这个位置有省队的标志。”

“看得可够仔细的。”

“那是。”宋仰拿起脖子上的相机，对着远处的建筑物拍了好几张照片，又趁着李浔不注意，将镜头对准了他的侧脸。

骄阳刚从地平线上冒出了个头，像一团大火球，周围的云层被染成了浅浅的橙红色，镜头中央那个人正仰着脖颈喝水。

宋仰正准备按下快门，一个脑袋忽然钻进画面。

吴家年冲他嘿嘿笑道：“给我也来一张吧。”

“哎，你等会儿……”宋仰使劲拨开他，可还是晚了一步，李浔已经拧上盖子随队动身了。

宋仰气得腮帮子都鼓起来了，吴家年拿过他手里的相机：“你想拍什么？我可以帮你拍啊。”

宋仰一掌拍在他脸上，狠狠地往边上一推，加快步伐挤到了李浔边上。

这次的比赛为期四天，个人赛两天半，团体赛一天半，因为参赛人员众多，所以赛程安排得十分紧凑，从上午九点开始一直比到晚上九点。

宋仰一路上还看见不少运动员提着大包小包的行李，估计是要入住酒店的。

“师父，是不是省队的比赛我们也得住外边啊？”

“看情况，如果赛场特别远的话就住酒店。”李浔拍拍他的肩膀，“不过你放心，只要条件允许，学校都会尽量安排校车当天来回的。”

“我觉得偶尔住一次外边也挺好的……”宋仰手上摆弄着相机。

李浔关心道：“你这会儿的状态怎么样？紧张吗？”

“还行，有一点点。”

“正常发挥就行，主要是积累比赛经验。”

宋仰有些期待地看向他：“那……如果我个人赛拿奖了，你会给我什么奖励吗？”

“你想要什么奖励？”

宋仰来之前就想过这个问题了，很果断地说：“过年的时候，你到我家吃饭吧。”

李浔的嘴角翘了起来：“这难道不是给我的奖励吗？”

宋仰说：“你能来我家吃饭就是让我高兴的事情啊。”

“好。”李浔点头道，“我还可以给你们做一道我最拿手的菜。”

“真的吗？”宋仰两眼放光，“你会做什么啊？

进场后，运动员们排队进行器材审核。射箭运动有别于其他项目的地方就是需要选手们自备器材。当然，大家也可以使用赛委会提供的弓箭，但人与器材需要长时间磨合，除非发生特殊情况，正常情况下都是自备器材。

比赛不带弓给人造成的心理阴影就等同于上学没带书包，会接收到无数诧异和嘲笑的目光。

每到这种时刻，宋仰就会在心里感激李浔，要不然他真的连最基本的器材都没有。

这次比赛除了男子个人赛外，还有女子个人赛和团体混合赛。

T 大校队曾经也有过三位女队员，不过出于一些私人原因先后退出，后来就再也没有女生加入了。

他们许久没有和兴趣相投的女生接触，队伍里不可避免地冒出了一些声音。

“快看，那边有个美女。”

说到底他们都是一帮二十岁左右的毛头小子，一听这话不由自主地转过头去，脖子伸得跟长颈鹿似的。

“哪儿呢哪儿呢？”

“就那边，穿灰色卫衣那个。”

宋仰个子高，没有像他们那么夸张地伸脖子，但也确实好奇地偏过了脑袋。

女生和他们年纪相仿，鼻梁比普通人的要高一些，蓬松微卷的马尾随着她轻盈的步伐来回晃动，有种异域风情的美丽。

于慎微直接上前跟小美女打了个招呼。

“嘿，咱们是不是在哪见过？”

抛开自命清高的性格不说，于慎微的长相还是不错的，鼻梁上时时刻刻架着副细边的金丝眼镜，看起来很斯文。那姑娘似乎就喜欢这一款，听完这么土的开场白竟然没有掉头就走。

宋仰在边上看戏，无意间发现这姑娘居然也是个小脸盘。

就是不知道她的成绩怎么样，要是成绩好，岂不是就能推翻那套小脸不适合射箭的理论了？

他正看得入神，忽然有只手在他眼前打了个响指。

宋仰回过神。

“见到美女就走不动了啊？”李浔抱臂看他。

“没有，我就是随便瞅瞅。”

“随便瞅瞅？”李浔小声重复了一遍，瞟向他身后的箭囊，“你箭怎么就那么点儿了？”

宋仰低头一看，瞳孔倏然放大。

“怎么回事？！”他像小狗咬尾巴一样原地转了两圈，急得心惊肉跳，“我箭呢？进来的时候明明还是满的！”

难道是有人箭不够用偷拿了他的？

可箭杆上都有他名字的缩写，就算偷了也很快会被发现，除非是藏起来偷偷用。

那可是李浔送给他的第一套箭，平常训练他都没怎么舍得用。他像个丢了玩具的小孩，眼眶一下就红了。

李浔眉梢一挑，凉飕飕地说：“谁让你光顾着看美女了，它们肯定是不高兴了，然后自己长腿跑了。”

宋仰抬眸看他。

开赛之前丢了箭，这么要命的事情，李浔居然还能保持着八风不动的淡定说起风凉话来，这实在太反常了。

宋仰磨磨后槽牙，以迅雷不及掩耳之势蹿到李浔身后，果不其然，数十支箭都乖乖地卡在李浔的皮带和裤子的缝隙里。

“你想吓死我啊！”宋仰一掌拍在他胳膊上，拔出箭支，又拿小眼神瞪他。

“瞪我干什么？我这是让你长点儿记性。”李浔狠狠点了点他的眉心，教育道，“弓箭是射箭运动员的命根子，你连命根子都敢弄丢，还比什么赛？你知道在赛场上，因为器材出现问题导致无法参赛的选手有多少吗？”

宋仰惊讶道：“真有人敢偷东西吗？”

“那当然。有些人为了赢，无所不用其极，赛场如战场，比你想象中残酷得多，也现实得多，只有你想不到，没有敌人不敢用的手段。”

“我知道了，师父。”宋仰乖顺地认了错，给李浔捏捏胳膊。

第一场比的是反曲弓个人全能赛，射程分别为十五米、二十五米、三十米和五十米，每个位置放三十六箭，一共一百四十四支。每射出十二支箭，现场的裁判统一计分拔箭，直到最后一支箭结束，按总环数排名。

规则和校运会差不多，不同的是靶子的直径变小了，而且每位选手的靶子上贴有四张靶纸，十五米射第一张，二十五米射第二张，以此类推。

如果箭支射中规定区域以外的靶纸，哪怕是十环也视为脱靶，这就给比赛增加了一定难度。

这次参赛的运动员总人数加起来近三百人，场馆最多能容纳六十名选手同时射箭，所以个人赛被分成了五组进行，男生三组，女生两组。

宋仰抽到的是 1 组 C5 号靶位，和他同组的有于慎微和吴家年，分别在 A1 和 E8 号靶位。

裁判吹哨，他们一起走向起射线就位。

宋仰搭箭前回头看了一眼，发现李浔站在自己身后时，嘿嘿一笑。

这点倒不是李浔有意偏心了。事实上教练员的站位是有讲究的，像这种小比赛，吴家年和于慎微已经参加过很多次了，发挥失常的可能性很低，但宋仰是第一次，李浔的任务是帮助他调整心态，进入状态。

李浔抬了抬眉，提醒道："瞄靶注意一下，射左上角那张。"

宋仰比了个OK的手势。

第一轮十二支箭，发射时间为二百四十秒，也就是说，平均每支箭的发射时间为二十秒。

指示灯亮起，运动员们同时搭箭拉弦，气势磅礴，有点儿像武侠小说里的场面。

最快的十秒不到就已经架上第二支箭。

宋仰的前几支箭发挥得不错，但是瞄靶时间比其他运动员要长一些，从搭箭到收尾要用十六秒左右，非常危险。

李浔嘴上夸他动作漂亮，为的是帮助他放稳心态，其实心里是有些着急的，时刻关注着对面的倒计时牌。

因为超时即视为脱靶，计零环，属于重大失误。

不过所有运动员站在同一起射线上，即使李浔不说，宋仰的余光也能接收到他们抬弓搭箭的画面。这就好比考试时看见了提前交卷的同学，情绪不由自主地被带偏，他总觉得自己慢了许多。

这是平常训练不曾带给他的紧迫感。

所有运动都脱离不了两个关键因素：体能与心态。

思绪一旦被干扰，结局总是不尽如人意。

宋仰的第七支箭打偏了一点儿，他倒抽一口凉气，只有八环。

他下意识地扫过边上几位运动员的靶子，大家的箭都在黄圈内，不是十环就是九环。

李浔经验老到，仅凭一个眼神就察觉出宋仰的情绪有异样，脑内拉响警报，立刻安抚道：“没事的，不着急，时间充裕，下一把按照你自己的节奏来。”

宋仰反手勾出箭支，调整呼吸，搭箭抬弓，这次瞄准时间比刚才延长了几秒。

咚一声闷响，李浔探头确认环数，鼓起掌来：“漂亮！”

得到夸赞的小绵羊信心备增，渐入佳境，后程发挥稳定。两轮结束后，进入短暂的休息时间，选手们放下弓箭，原地放松。

李浔比裁判更早估算出总分，宋仰应该是六百五十五环，因为有三支箭疑似压线，无法判定准确环数。

按照比赛规则，凡是压线箭支，以高值计分，但具体压没压线还得靠裁判评判，不过就算没压线，就目前的状况而言，宋仰也发挥出了该有的水准。

不，宋仰应该算是超常发挥了，因为平时他们训练时只有中心一张靶纸。

李浔说：“应该是六百五十五环。”

“这成绩还行吗？”宋仰问。

“太行了，”李浔笑着拍拍他的肩膀，鼓励道，“相信自己，你的成绩真不差，只要没有什么脱靶超时之类的失误，进四十八肯定是没什么问题的。”

他的话令宋仰紧绷的神经放松下来，之后三十米的成绩还算稳定，射出了平时训练里中上等的水准，环数三百一十五，合计九百七十。

李浔从兜里摸出一本小册子，上边记录了宋仰在学校进行全能训练时的全部成绩。

如果他没有记错的话……宋仰的前三轮最好成绩是在九百六十五环左右。

对，没错！

李浔合上小册子，负手而立，嘴角露出一个愉悦的笑容，说不定宋仰今天能破自己的纪录。

大部分运动员的纪录是在赛场上打破的。

裁判哨声响起，选手们各自归位，一百多支箭下来，大家脸上多多少少流露出几分疲态，只有宋仰依旧神采飞扬。

在他抬弓前，李浔小声提醒道：“注意了啊，是第四个靶，别打顺手了瞄错靶啊。”

“好。”

这边刚提醒完，宋仰旁边的那个男生就啊了一声，转过头冲教练吐吐舌头：“怎么办啊？”

他射到第三张靶面上去了。

“什么怎么办，接着射啊！”他身后的教练低吼一声。

李浔望过去，那男生看起来也是第一次比赛，心理素质不够好，一支脱靶的箭和教练严厉的态度轻而易举地将他击垮，第二支箭只拿了个五环。

别看这只是上百支箭里的其中一支，牵一发而动全身，再要弥补已经是难如登天的事情了。

李浔只瞄了一眼就将注意力放回宋仰身上，可没过几秒，他边上的教练忽然吼了一句：“你到底在搞什么东西？”

那个被骂的男生愣怔地垂下双臂。

饶是注意力再集中的运动员，也很难不将目光投过去，就是小小地转移了那么一瞬的注意力，宋仰搭箭时没勾好弓弦，持弓臂还没来得及抬起来时，箭已经射出去了。

那一瞬，他吓得头皮发麻，脑海里就飘过两个大写加粗的字——“完了”。

箭支掉落在两米开外的地方，箭头刚巧压在了一条黄线上。

李浔从业以来没碰到这种情况，也惊得愣住了。

按照规则箭支掉落在三米线以内，应视为起射失误，不计分，允许重新再射。可宋仰的那支箭实在是掉得太巧了，大半在线外，小半在线内。

师徒俩大眼瞪小眼。

宋仰正准备走过去捡起时，李浔喊道：“先别管它，你先射下一支！”

他这么一说，宋仰就不能确定那支箭到底算不算分了，小心脏咚咚直跳，几乎要蹦出嗓子眼。

他一边自责一边懊恼。

李浔作为旁观者，更容易冷静下来，宋仰刚才那一支箭不仅没放出去，还耽误掉好一会儿工夫，而且他瞄靶本来就慢，一不小心就会超时。

他对宋仰说："没关系的，我来解决，你注意时限！"

然后他直奔裁判区找人判定。

好在是学校之间的友谊赛，不涉及什么利益纠纷，裁判粗略地瞅了一眼便说："没问题的，你让他用别的箭射就行了，那支回头再捡。"

李浔争分夺秒将原话传达，此时倒计时只剩下 15 秒，宋仰手里还剩最后一支箭。

李浔皱起眉，他以前之所以不刻意去调整宋仰的瞄靶时间是因为他坚信每个人的习惯不同，在奥运赛场上偶尔也会遇到在最后一秒把箭支发射出去的运动员，只要能在规定时间内，用最高水准射完所有箭支就是最佳竞技状态。

但从宋仰今天的表现看来，这样是有问题的。

哪怕是万分之一的意外概率，都有可能前功尽弃。

倒计时只剩两秒。

而宋仰还在瞄靶。

很多人认为运动员在射箭时，视线会对焦在靶面上，其实不然，专业运动员的视野是"箭实靶虚"。

除了箭头，一切事物都是虚的。

所以宋仰在集中注意力的时候是看不清倒计时的，全凭感觉。

此刻他在等待信号片降落——信号片是需要运动员提前按好的，当运动员拉起弓弦，调整到一定角度时，它才会响，信号片响起才意味着到达了最佳发射角度。在大赛上，必须等到信号片响起才可放箭。

快快快快快快……

李浔急得脑仁疼，可又不能大声喊出来，只能无声地念了一遍又一遍。

就这么一场芝麻大的比赛竟然让他紧张得一头汗，心跳都快停了，他可算是知道为什么古时候太监总是比皇帝急了。

宋仰又是全场最后一个“交作业”的，无数双眼睛像探照灯似的望过去——

“嗒！”

信号片降落，几乎在同一时间，黑色的箭支砸中靶面。

倒计时结束。

李浔长长地舒了口气。

当年他自己射最后一支箭都没这么紧张过。

裁判拔箭后，又开启新的一轮，好在之后宋仰都没出什么问题，只是因为肌耐力不够，胳膊一直抖，最后几支箭发挥得并不好，还是有打出六环的情况。

他的总分为一千二百四十九环，和个人历史成绩相比提高了一环。

这比李浔预料中的还差了一截。

一组比赛结束，李浔找了个位置坐下，记录宋仰在比赛上遇到的一些问题：

1. 注意力不集中，易受干扰。

2. 对比赛规则了解得不够细致。（选手在比赛中途不可捡箭，浪费时间。）

3. 瞄靶时间过长。

4. 肌耐力不够。

5. 易紧张。

李浔转了转笔，写下最后一条：

6. 赛前凑热闹！看美女！小色坯！

“师父！你在写什么呢？”

身后飘来热情的少年音。

“啪！”

李浔飞快地合上小册子，转移话题：“你不去洗手间？”

“我尿不出。”宋仰趴在他的椅背上，“你在记分吗？给我瞧瞧。”

李浔强行转话题：“渴不渴，要喝点儿水吗？那边有饮水机。”

“啊。”宋仰猛地一拍大腿，“我说一早上出门为什么总觉得少拿了什么东西，水杯放桌上了……算了，等中午吃饭再说吧。”

李浔弯腰，从地上拿起自己的水杯：“喝不喝？”

宋仰受宠若惊，双手接过。天冷了，李浔换了个磨砂黑的保温杯，隐约能看见里头有个小小的茶包，闻起来居然是水蜜桃的味道。

他尝了一口，口感比想象中要更淡一些，基本没什么茶味，就是闻着香而已，如果他没猜错的话应该是蜜桃乌龙。

“这个水闻起来香香的。”宋仰说。

几小时后，排名赛结束，宋仰的成绩位列四十七，幸运地挤进下一轮淘汰赛。T 大校队报名男子个人赛的一共四个，被淘汰掉一个阿洪。谁也不知道他为什么会射出三个五环，简直是一场灾难。

吴家年和于慎微的排名分别为第三和第四，第一是体校的一名研究生，不过他们的分数并没有相差多少。

淘汰赛为一对一 PK 模式，为了比赛的观赏度，一般不会让强强选手在一开始对阵。

所以第一名的和第十六名 PK（对决），第十七名和第三十六名 PK，第三十七名和第四十八名 PK，第二名和第十五名 PK，以此类推。

淘汰赛环节就简单多了——两名运动员轮流射出六支箭，总环数高者获胜，射程为五十米。

场地宽阔，四面都有观众席，但射箭这种项目远距离看没什么意思，大家几乎都是席地而坐，围成一个圆弧，像块被咬了一大口的蛋糕。

和宋仰对阵的是北城体校的张琛。他的排名靠前，神态轻松地和教练员聊着天，其间看了看宋仰，微微一笑，表面看是礼貌友好，实则是势在必得的挑衅。

宋仰搓了搓手里的箭支，一言不发。

李浔是过来人，自然什么都懂。他还记得自己第一次参赛时，排名十六，对阵的刚好是第一名。他们的排名赛总环数相差三十环，那差距像五指山一样压得他喘不过气，他觉得结果显而易见，上去就是丢个人而已，准备期间，状态很差。

不过当时他的教练说了一句话，让他豁然开朗，如今他又把这话原封不动地送给宋仰。

“别管他，跟你自己比，能拿出最好的状态你就已经战胜自己了。”

宋仰点头一笑。

按照比赛规则，排名靠后的人将率先射出第一箭。

这一箭至关重要，成绩好，能赢回一点儿自信，可万一不尽如人意，多半会一路被对手碾压。

裁判吹哨后，全场安静下来，只剩下角落的交谈声。

李浔双手抱臂，不动声色地站在宋仰右后侧，同他一起屏息凝神。

指示灯亮起，宋仰抬臂拉弦，眯起双眼，咬紧了腮帮。

就是这个小小的细节，把李浔拽回去年的夏天，在他工作的箭馆，那个执着的少年千方百计地在他跟前刷存在感，就为了上一节课。

当时他也站在这个位置，这个角度，盯着宋仰瞄靶。

真神奇，明明已经过去一年多，那画面依然清晰如昨。

信号片降落，离弦的箭支像划破夜空的一道闪电，吸引着全部人的注意力。

“砰”的一声，箭头落入黄色区域。

那是一个显而易见的十环。

“漂亮！”李浔吼了一声，掌声响亮。

观赛区里也变得闹哄哄的，有加油呐喊的，也有偷着打赌的。

宋仰垂下双臂，单手扶在平衡杆上。相比排名赛，在淘汰赛上他反而没那么紧张，因为他知道李浔就在身后，哪也去不了，一转身就可以看到。

他们相视一笑。

这一切都是那么地不可思议。如果说十年前有人告诉宋仰，你未来能成为李浔的徒弟，你们会并肩站在赛场上，宋仰是死都不会相信的。

而现在，他的偶像，真就站在身后为他加油鼓劲。

紧接着是张琛抬弓拉弦。宋仰的一个十环不可避免地给他造成了一点儿压力，不过他还是很流畅地完成动作，第一支箭九环。

“加油加油，放轻松。”他的教练在身后鼓励道。

张琛看了看宋仰，从容一笑。

从这一笑中，李浔可以判断张琛的状态还是极好的，说明这九环是他平时训练里中上等的成绩，另外他也不相信自己会输给宋仰。

宋仰的第二支箭是八环，也是不错的成绩。

之所以说不错是因为在他平时的训练中，有百分之三十左右都是八环以下的成绩。

刚才在排名赛上，宋仰五十米的大部分成绩是八环以下，不过这也跟当时的肌肉状态有关，全能赛的后程宋仰的劲就不够使了。

张琛的教练年纪有点儿大了，性子比较沉稳，甚至有些淡漠，不管张琛成绩如何，他嘴角都挂着云淡风轻的微笑。

张琛也是一样。

后面的两支箭，他的表现十分精彩，反超宋仰一环。

等到宋仰放箭时，观众区冒出了不太和谐的声音："再来一个八环……"

"这小子不行的，他抬弓动作明显紧了。"

李浔面无表情地回头，眼神扫过他们，沉默不语。那些人里有认识他的，也有不认识他的，可都像是见了教导主任似的，敛起笑意。

那个角落鸦雀无声。

俩人的第五支箭打了个平手，都是八环，可张琛的总环数还是领先一环。

宋仰压力倍增。

这一箭要是输了，明天就没机会站在这里了，奖励自然也就没了。

场馆灯火通明，所有人的目光都聚焦到宋仰身上。明明是冬天，宋仰的额角却亮晶晶的。

他闭了闭眼，调整呼吸，周围的声音越来越轻，也越来越远，他竟然清晰地听见了自己心跳的声音。

好像有只动物住在他的心房，每一跳都那么剧烈。

十环十环十环……他一遍又一遍在心里默念。

视线聚焦于箭头，周围的一切都变得模糊不清。

李浔半眯起眼睛，看似稳如泰山，实则替宋仰捏着一把汗。怪不得当初他出国打比赛，他的主教练在开赛前总要在嘴里含一颗速效救心丸。

他所站的这个位置不同于观众席，前边的人获得进步，代表着他训练有方，而前边的人要是失败，他就得跟着深刻反思。

到底是哪里出了问题？

是不是训练方向出了错？

教练的荣誉来自运动员所取得的成就，而运动员的未来依靠教练的指导，他们的命运紧密相连，彼此缠绕，就如同此时此刻绷紧的那根弦。

如果仔细看，会发现它是由两根双色的细线缠绕而成的。

“砰——”柔韧的弓弦将箭支送了出去，正中黄圈。

工作人员喊道：“十环！”

宋仰攥紧双拳，原地蹦了蹦。

李浔顿时松了一口大气，鼓起掌来："好样的。"

这样一来，除非对方也打中十环才能赢了这局。按照张琛之前的成绩来看，概率不高，因为他还没打出过十环。

宋仰笑了笑，后退两步，和李浔并肩站到一起。

到了这个时候，张琛的教练才似乎有了些许紧迫感，他下意识地摸了一下裤兜，李浔猜想他大概是有很大的烟瘾。

所有人的目光都在最后一支箭上。

张琛最后的瞄靶时间明显比之前长了好几秒，蓝色的箭支"嗖"一下出去。

箭支离靶心有点儿距离，似乎是砸中了红区，对面的屏幕挺大的，但不够高清，看不清有没有压线。

压线的话肯定算九环，俩人打平再来一箭；要是没压线，宋仰就赢了。

师哥们攥紧双拳，就像等着开奖的彩民，没皮没脸地念叨："八八八……"

"八环。"工作人员报了个分数。

领队带头鼓掌恭喜，队友们激动地站起来吹哨："哇哦，牛！"

李浔偏了一下头，正想提醒他们少在这儿拉仇恨，旁边那个上蹿下跳的小朋友忽然一头撞进他怀里。

宋仰的体形高大，李浔在毫无防备的情况下差点儿被他撞翻。

"师父我赢了！我赢了！哈哈哈哈！"宋仰又笑又跳，猛拍李浔后背，眉飞色舞地道，"我明天又可以来了！"

李浔的两条胳膊有些僵硬地停在半空，有些不知所措。

他的个性冷淡，从小就喜欢独来独往，哪怕是打团体赛赢了，顶多也就是和队友击个掌庆祝，从来没有这样被人拥抱过。此时此刻，他像是站在服饰店门口的男模，任凭摆布。

李浔一抬眼，对面刚好是席地而坐的选手，他感觉有几百双诧异的目光在盯着他们。

他头皮发麻，正准备推开小朋友，忽然听见某只没吃到葡萄的“狐狸”说：“至于吗，不就是一场淘汰赛嘛，不知道的还以为拿了冠军呢。”

宋仰的笑容瞬间凝固了。

李浔那两条停在半空、无处安放的胳膊轻轻放了下去。他抚摸着宋仰的后背，在宋仰耳边小声说：“你最棒了。”

宋仰眉心的愁云散去，嘿嘿一笑，有些不舍地松开手臂。

第一到第十六名的淘汰赛安排在最后，吴家年和于慎微的水平摆在那，毫无意外地晋级。

比赛结束时，天已经完全黑透了，大家商量着回去之后要上哪儿吃夜宵。

司机大叔在车里都打上盹了，领队在外边敲了好几下门他才慢吞吞地坐起来。

大家都喜欢挑双人座，一个座位坐人，一个座位放东西，不过宋仰没有，他看到李浔边上的位置空着，快步走了过去。

李浔原本是打算睡一会儿的，看到他坐下，摘下了刚戴上的耳机。

“我相机你帮我拿了吧？”宋仰问。

李浔点点头：“嗯，在我包里。”

宋仰的两条大长腿夹住手提箱，从外套兜里找出一包卤味鸭舌：“吃吗？”

李浔摇了摇头：“我不爱吃鸭。”

宋仰又换了包吸吸果冻。

“小孩子才吃果冻。”

“大人也可以吃果冻啊。”宋仰拧开盖子，“你尝尝看，这个桃子味的超好吃。”

李浔的眉宇间写满拒绝。

前座的孙胖一听见“好吃”两字，就敏锐地回过身，趴在椅背上，把一对细缝一样的眼睛撑成月牙：“啥好东西？你咋不问问我爱不爱吃呢？成天就知道贿赂教练！”

“鸭舌啊。”宋仰把袋子递过去，“你给我留两根。”

“知道知道。”

“你每次都知道，每次都不给我留。”

卤味的香气很快飘到前座，几条胳膊跟要饭似的往后一伸，那包小小的鸭舌几经辗转，最终不出所料地一去不复返了。

车子缓缓启动，在如墨的夜色中穿行，两旁的路灯亮着，如果不是当空的那轮弯月，还真分不清是凌晨还是深夜。

摇摇晃晃的车厢很催眠，大伙一个接一个地睡着了，车里聊天的声音越来越小，到最后彻底安静。

李浔感觉有些困了，正想调整坐姿睡一觉，发现边上的小家伙也歪着脑袋睡着了。

流光溢彩的霓虹灯光照进车厢，宋仰的脸颊忽明忽暗。

宋仰累了一天，像个幼儿园小朋友一样，果冻嘬到一半就睡着了，还捏在手里。李浔笑了笑，缓慢地将他腿边的手提箱搬开，放到后座，又一点儿一点儿地抽走他手里的果冻。

第九章

奖励没了

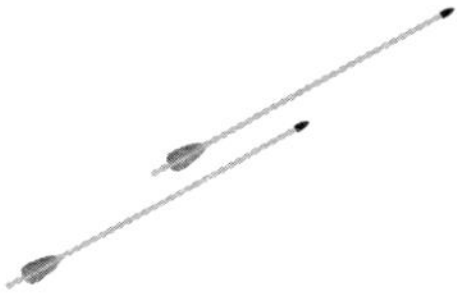

第二天的比赛从上午八点开始，队伍五点多就出发了，到达箭馆后，吴家年提着一大袋早点分发给大家。

孙胖接过塑料袋一瞅，失望地道：“就包子和豆浆啊？”他掰开包子，发现还是素的。

吴家年靠过去，压低声音：“昨天是教练埋单，今天领队埋单。”

大家相互传递了个心知肚明的眼神，闭了嘴。

校队出去参加比赛，费用都是由学校报销的，但这笔费用仅维持在饿不死的程度，只有李浔舍得贴钱给他们开小灶。

袋子传到宋仰手里，只剩下一个酸菜馅和一个豆腐馅的包子。他掰开尝了一点儿，都不是他喜欢的口味。他伸长脖子问：“师父，你的什么馅？”

李浔一口咬掉小半个，发现还是白面部分，含糊不清地说：

“没馅。”

“……”

过了一会儿，李浔忽然撞了撞宋仰的胳膊。宋仰转头，扫了一眼他手中的包子，扑哧乐出声来。

李浔足足咬了三口才发现那包子是肉馅的，只有指甲盖那么大一块肉。

“是肉馅的。你要不要跟我换？”李浔问。

宋仰矜持道：“你这都咬一大半了。”

李浔很无奈：“那我不咬一大半能发现它是肉馅儿吗？”

他竟然无法反驳。

“到底要不要？不要我吃了啊。”

“要要要！”宋仰把自己那两个包子递过去，“你自己挑，我刚才都用手掰的，不脏。”

李浔咬下一口酸菜包，五官都变得生动起来，猛嘬两口豆浆，面目狰狞地把嘴里的东西咽下去，吐槽道：“我估计屎的味道也不过如此了。”

宋仰笑得差点儿被一口包子噎住。

男子个人淘汰赛安排在上午十点。时间充裕，宋仰吃过早点在操场简单热了个身，又到乒乓球馆和师哥们来了几局，直到九点才进去登记领号牌。

“今天还紧张吗？”李浔关心道，“应该没昨天那么紧张了吧？”

宋仰点点头。

通过一天的比赛，他已经非常熟悉这片赛场的布局，今早下校车时，甚至还有种莫名的亲切感。

“不紧张就行。一会儿和你对阵的是N大的刘浩天，排名赛里排四十二的那位。我查了一下他淘汰赛的成绩，他水平不如你，你稳在八环以上就行。”

他们边说边来到场地，观察对手。

刘浩天的体形偏瘦，颧骨突出，有点儿营养不良的样子，蜷缩在角落里，双手捧着个玻璃杯焐手，和昨天张琛的状态完全不同。

看到他，宋仰顿觉信心满满。

很快，比赛开始，宋仰起身就位，他的队友们扯着嗓子为他加油助威。

刘浩天慢吞吞地从位置上起来，好像没什么力气似的，勾了好几次才把箭尾卡在弓弦上。

台下一些选手窃窃私语：“他的状态好像不太对啊。”

宋仰和李浔专注比赛，没留意他，直到刘浩天的第一支箭出去，才露出惊讶的表情。

宋仰回头和李浔交换一个眼神——六环？！

淘汰赛上除了意外脱靶，就没出现过七环以下的成绩。

刘浩天的教练也察觉出不对劲，上前关切地问道：“你怎么回事？”

短短几分钟时间，刘浩天的唇色已经白得没有一点儿血色。他一手捂着胃部，痛苦地拧起眉：“肚子有点儿疼。”

“还能比吗？不能比就算了。”

刘浩天点头说可以，强撑着射完六支箭，结局自然是惨上加惨，最后一箭还拿了个三环。

宋仰不费吹灰之力就进了十二名。

一下场，队友们纷纷过去恭喜他。

吴家年笑着说：“可以啊小绵羊！你这运气也太好了！”

于慎微依旧保持着嘴损的个人风格，嘲笑道：“靠运气赢的有什么意思，你上全运会也准备靠运气，可能吗？”

吴家年白了他一眼：“你这人就不能好好说话？”

于慎微耸耸肩：“我这人只爱说实话。”

一小时后，剩下的几组也都比完了。李浔去工作人员那边查询了下午的对阵表，和宋仰一组的还是N大的学生，而吴家年和于慎微对阵的都是体校生。

就在李浔转身要离开时，看见一个挂着工牌的女生风风火火地跑过来：“王教，N大的张锋说要弃权。”

“弃权？！”王教问，“为啥弃权？”

“身体不舒服，好像胃疼还是什么的，挺严重的，我看到他的时候面色煞白，特恐怖，他们教练直接把他送医院去了。”

“又是胃疼？刚才比赛的时候是不是也有一个胃不舒服的？”

“好像是的，反正也是肚子不舒服。”

“天气冷了，都不注意保暖，肯定冻出毛病来了。”

“不知道啥情况……”女生还呼哧呼哧喘着气，指着宋仰的名字，问道，“那这个是直接晋级还是怎么着？”

李浔目瞪口呆地听他们说完，看向显示器，王教在宋仰的名字上框了一下，系统提示进入下一轮决赛。

他还没来得及感慨宋仰这锦鲤运，手机响了起来。

“教练你在哪儿呢？”吴家年连“喂”都省略了，喊道，“你快点儿过来一下。”

“就在门口这边。怎么了？”

“孙胖说他肚子疼！还有周旭也是。孙胖疼得满地打滚呢……哎哎哎，胖子！胖子！你别别……”

电话断了。

又是肚子疼！

李浔头皮发麻，忽然冒出一种不好的预感。

他拔腿跑回观赛区，见一堆人围成一个圈，七嘴八舌地议论着。

“赶紧打电话叫救护车吧？”

“有水没有？他刚才不是要喝水吗？”

“啊！”随着众人一声惊叫，圈子瞬间扩散，好些围观的都露出一脸嫌恶的眼神，捂嘴走开了。

孙胖吐了一地，直到李浔走过去时，他还撑在地板上呕吐。

污物散发出难闻的气味，李浔不自觉皱了皱眉。

如果要准确一点儿形容，那已经不能算吐了，是喷，孙胖像喝多了似的，跪在地上，腰背半弓着，每抽搐一下，就有一堆臭烘烘的水状物喷出来，现场混乱不堪。

他的衣服、裤子、双臂都沾满污秽，大伙都离得远远的，只有领队半跪在地上，一手扶着他的腋下，抬头问：“有没有人给张纸巾？”

他问起这个，倒是有很多学生摸摸口袋，主动递上纸巾。

李浔赶忙蹲下帮忙，扶着孙胖的另一侧手臂：“怎么样？还能站起来吗？”

孙胖擦完嘴，一屁股坐在地上，好像跑完了十公里一样，大口喘息。他的状况和刘浩天的情况几乎一模一样，也是疼得直不起腰，没多久开始上吐下泻。

“你吃什么东西了啊？”吴家年给他递上温水。

孙胖摇摇头，此刻他胃里的东西已经吐空了，但能感觉到肠胃还在抽搐。他气若游丝地道：“没吃什么，我吃的都是和你们一样的。”

吴家年问：“会不会是包子有问题？”

这事关食品安全问题，领队吓一跳，立马跳出来否认：“不可能的。我也吃了我怎么没事，大家不是都吃了吗？”

李浔一挥手：“先别管这么多了！赶紧送医院看看是不是肠胃炎。孙小军，你还能走路吗？”

“你扶我一把……”

孙胖话音刚落，李浔听见宋仰紧张的声音：“师父，还有周旭，他的情况也不太好！”

李浔循声望过去，见周旭整个人几乎挂在宋仰身上，唇色惨白干裂，一副虚脱了的样子。

“赶紧赶紧，叫救护车！大家让一让！”

不一会儿，救护车来了，孙胖和周旭一前一后被搀扶上车。

宋仰钻进车里坐下，李浔拍了拍他的手臂说：“你先专心比赛，人我来照顾就行。”

“可是你……”

“听话！”

宋仰被瞪了一眼，撇撇嘴，乖乖下车。

比赛还得继续，李浔让领队也留下，把不参加比赛的阿洪叫上，他们一人扶着一个病患，在摇摇晃晃的车厢里讨论起病因。

午饭都还没来得及吃，那就只能是早上吃的东西出了问题。

阿洪说：“会不会是豆浆不新鲜啊？我那杯就稀得很，没什么味道，我没喝。”

李浔的眉心微蹙：“豆浆我也喝了，宋仰也喝了，都没出什么问题。”

“那真奇怪。”

距离箭馆最近的是家二甲医院，急诊室床位已经满了。在等待医生问诊的时间，孙胖又吐了一回，这回吐出来的全是酸水；周旭倒是没吐，但蹲在厕所出不来。

阿洪急得像个陀螺，一会儿拍拍厕所门，一会儿又跑出去问：“怎么办啊教练？他会不会出事？”

李浔出去比赛时也遇到过类似的情况，一般不是肠胃有炎症就是水土不服。相比一个二十岁的毛头小子，他就显得镇定许多。

“放心，咱们这都已经到医院了，不会有事的。你在这边等着，我去陪孙小军量血压，等他出来了来急诊室找我们。”

“好。”

二十多分钟后，值班室的医生终于忙完过来。孙胖被抽了两管血，又去做 B 超（B 型超声诊断）。他虚得走不动道，李浔租了个轮椅，推着他上下楼。一套流程下来两个多小时，孙胖冻得瑟瑟发抖，李浔累得挥汗如雨。

报告出来，医生指着单子说：“他们俩的情况非常相似，这三个指数偏低这么多，肠道还有大量积液，是有炎症了。”

“是吃了不干净的东西还是？”

“嗯，今天上午也送来一个情况类似的……”医生扫到李浔胸前挂着的工作牌，“你们是不是一起的啊？运动员？”

“对，就在体育馆那边比赛。”

医生边打病历边说：“我估计是食物中毒，毒性发作有快有慢，你们最好相互通知一下，有问题的要尽早送过来，晚了很危险。”

如果是食物中毒就说得通了，为什么几个人会先后出现同样的问题。

医生开了些消炎的药水，李浔下楼配药，又给他们一人找了个床位吊水，中间还发生了一件极无语的事情。

孙胖的轮椅放在过道里，被人顺走拿去用，调监控才找回来。

他们忙完已经是吃晚饭的时间了。

微信有六十多条新信息，李浔一一翻下去，发现有一半是宋仰发的。

师父！我要上场了！

我对阵的居然是于慎微！为什么要让我们自相残杀？！

师父，我只拿了第四。

对方取消视频通话。

师父！我来找你了，你们在哪家医院？

对方取消视频通话。

哦，我知道了，我刚问了领队。

对方取消视频通话。

是 N 市分院吧？司机咋说没这个医院……无语。

对方取消语音通话。

好吧，是我听错了，是 N 市三院。

李浔边看边笑，消息还没读完，视频通话提示音再次响起。

宋仰全副武装出现在屏幕里，背后是医院门口的保安室，他的头上有一层雪。李浔一瞅外面，才惊觉居然下雪了。

宋仰鼻尖通红，原地蹦了蹦说：“师父，我到了。你在哪儿呢？”

“我在……”李浔想起宋仰是个路痴，起身道，“我下来接你，你先到保安室里边待一会儿，别冻感冒了。”

“嗯。”宋仰吸吸鼻子，挂断通话。

绒毛般的雪花簌簌往下掉，街道两侧的绿植披上了一层薄雪，在路灯下泛着温柔的银光。

地面湿漉漉的，雪花刚飘下来就融化了。李浔从远处飞奔而来，踩得小水洼积水四溅。

李浔没来得及抖落头顶的雪花，就问：“你怎么样？肚子没什么问题吧？”

“我能有什么问题。医生怎么说？”

李浔说：“推测是食物中毒，还说毒性发作有快有慢，所以我担心还有人会发作。队里其他人怎么样？”

“都没事啊。”

“那就好。”

他们边说边往住院部走。宋仰缓缓拉下外套的拉链，掏出来两个大红薯。他买的时候让老板里三层外三层裹得严严实实，这一路过来用体温暖着，到现在还是烫的。

“你还没吃晚饭吧？”他把红薯递给李浔，“这个很甜。”

“谢谢。”李浔确实没来得及吃晚饭，看见食物就自动分泌唾液。

红薯的个头有两个拳头那么大，掰开后是饱和度很高的橙黄色，甜香四溢，已经烤出了焦香的糖浆，从外壳的最顶端顺着细缝一路往下流，摸起来有些黏手，这样的红薯是烤得最好的。

这香味让他想起了小时候。

他们家有一小片红薯地，到了季节就得到地里挖红薯，爷爷挑个头最大的留下来，剩下的卖掉。

奶奶做饭时，会把红薯埋进灶台底下的柴火堆里，等开饭的时候，红薯就可以吃了，他和姐姐经常因为红薯大小不一样而吵架。

吃红薯的第一口总是会被烫到，李浔咝了一声，仰头吸了两口凉气。

“味道怎么样？”宋仰眼神期待。

“很好吃。”李浔掰下一半，“你要不要来点儿？”

“我来的路上吃过了。”宋仰说。

“那你拿着焐手吧。”

他们走进住院部大楼，瞬间感受到一股带着消毒水味的暖意。宋仰把帽子摘下，和李浔聊了聊比赛的事情，又问：“孙胖他们在输液吗？”

“嗯，好几袋，不知道要输到什么时候。”李浔想起这事儿就头疼，“一会儿你和领队他们早点儿回去吧，明天还有比赛，好好休息。”

“那你呢？”

“我肯定得在这边陪着啊，俩病秧子现在都下不了床。”

“那你晚上怎么回去？”

“看情况，如果太晚的话我就不回去了，看有没有空床位凑合一晚。”

“那我也在这儿陪他们吧。”

观察室的病房是三人一间，周旭和孙胖的床位相邻。最里边的床位也躺着人，还有家属陪床。宋仰在床底下找了个方凳出来，趴在周旭的病床上，问他想不想吃什么。

周旭说没胃口。

孙胖在睡觉，他们轻声聊着比赛的事情。

“你第一次比赛，能拿第四已经很不错了啊。”周旭说。

宋仰无声叹息，拿第四就好像考试得五十九分，说出来丢人，想起来惋惜，屁用没有。

点滴的流速很慢，从他们躺进来到现在只输掉半袋，还有一大袋和两小袋。

宋仰估算大约到十点才能输完，下楼租了个充电宝充电。

八点多，个人赛的总决赛也结束了，病房里又来了一拨人，不过因为太过喧闹被护士长赶了出去。大伙坐在底楼的楼道里，七嘴八舌地分析病因，绕来绕去还是绕回了一早的包子上面。

因为在孙胖他们之后，又有人出现上吐下泻的情况。吴家年去问了几个拉肚子的学生，早上都吃了哪家店的东西。

“后来还有谁出问题？”于慎微问。

“是体校的，不过他们学校近，直接带回去了。”

“肯定是东西不新鲜了。”

李浔没有过多参与讨论，属于实干派，直接上网搜食品药品监管局的电话进行投诉。

吴家年问：“这玩意儿投诉有用吗？”

“我没试过，但肯定会有解决的办法。”

李浔和电话里的人说了半天，说清楚事情原委，对方留下他的联络方式，说会尽快派人进行抽样检查，后续会再联络他。

明天还得比赛，领队带着一大帮毛头小子出了门。

领队上车清点人数时，发现漏了一只“猴”——三小时前，宋仰就留下过夜一事征询了李浔的意见，但被无情驳回。

于是他决定另辟蹊径，从领队这边入手。

刚才大伙说要回学校时，他躲在医院楼下的一根梁柱后，看他们陆续上了车才掐准时间拨通领队电话，避重就轻地说：“输液得有人看着才行，我和教练轮流休息。我已经帮他订好房间了，今晚就住医院附近，你们先走吧。”

外边的天色已暗，领队没再打电话确认这件事情，毕竟宋仰在人前就是乖学生的样子，谁也不会想到好学生也会忽悠人，并且像模像样，看不出什么破绽。

车尾掉转驶出视野，宋仰攥了攥拳头。

接下来就是要攻破李浔这边了。

李浔肯定没有领队那么好对付。他在楼下打了几局游戏，又点了份外卖，估计校车已经上高速了，才把食物的保温锡纸扔掉毁尸灭迹，然后提着塑料袋上楼。

李浔一见到他就惊了。

“你怎么还没走？”

“我去买粥了。这周围有很多饭店，我跑了很远，领队他们挺急的，我就让他们先走，反正你也在这边，我就当陪你们了。”

宋仰知道自己有撒谎就脸红的毛病，所以刚才在楼下对着镜子演练了好几遍。

事情有因有果，还有时间线串联，再加上宋仰“登峰造极”的演技，成功把李浔忽悠了过去。

“那行，正巧我也饿了，有多的吗？”

“有啊，我要了三份呢。”

孙胖已经醒了，一听见吃的，耳朵动了动：“是什么粥啊？”

周旭一脸无语：“你还有胃口吃东西啊？”

孙胖：“胃口当然是没有了，但我胃里的东西都吐空了，不吃点儿垫巴垫巴，我肠胃受不了，我估计我都饿瘦了。”

宋仰：“……”

最后一袋盐水挂完，护士进来给他们量了量体温。俩人都体温偏高，不过护士说这是正常情况，明天起来再吃点儿药就没事了。

李浔问她：“这边有没有家属可以睡觉的地方？简易一点儿的也行。”

小护士神色为难：“不好意思啊，这个没有的。这边床位有限，要么挤一挤，要么回去好了呀！他们两个肚子不疼就没什么大问题了，不用时时刻刻盯着的。你们是本地人吗？”

“家住得有点儿远。”李浔道了声谢，转头询问宋仰的意思，“要不我们就近开个房间？”

宋仰看似遗憾地叹了口气：“那好吧，也只能这样了。”

李浔坐在凳子上，滑动页面，宋仰的胳膊肘搭在他肩膀上指指点点。

附近评分比较高的酒店此时都差不多满了，所以他们也没有很挑，很快选择了一个比较合适的。

酒店离医院不到一千米，他们直接跑步过去。

雪已经停了，路边的黄杨树上还残留着一些积雪，路面积水泛着光，像是刚下过一场大雨，空气里混杂着一股湿润的泥土气息。

俩人手长脚长，没多大一会儿就到了。

房间的格局和图片上的一样，进屋后左手边是浴室，右手边是衣柜，往前是床和电视柜，还有一个小阳台。

这房间比宋仰想象中还要小一点儿，但装修得十分舒适，墙纸是墨绿色的，花色有点儿英伦田园风，床头还摆着香薰蜡烛，一进屋就能闻见椰奶的香气。

宋仰和房间里的一切拍照合影，九宫格一个连一个。

李浔冲完热水澡出来，吹干头发，一转头发现他还绷着个小脸在修图。

“怎么还在弄？”李浔走上前，抽走他的手机，催促道，“赶紧去洗澡，你明天还想不想爬起来了？”

他顺便扫了一眼手机屏幕，宋仰的九宫格 C 位（核心位置）是他坐在镜子前吹头发的背影，但因为光线不足，拍得模模糊糊。

这条朋友圈还屏蔽了“家人”“亲戚”这两个分组。

“怎么搞得这么神秘？”

宋仰抓抓脑袋，有些不好意思：“我家里人还不知道我加入校队的事情，我和他们说我是和高中同学一起出去旅游了。”

“那你别放我的照片不就好了？”

宋仰没再说什么，起身走进了浴室。

李浔继续浏览网页，微信响起视频通话的提示音，来电人是“老爸”，不过屏幕中央出现的是李初之肉乎乎的小脸。

“你怎么还没睡？”李浔问。

小丫头其实是刚睡醒，头发散乱地披在肩膀上，脸颊被房间里的暖气吹得红扑扑的。她噘着嘴，一脸委屈：“我做了个噩梦，所以睡不着。”

“你做什么噩梦了？”

李初之奶声奶气地抱怨：“我梦见你不要我了。”

最近李初之经常做类似的梦，李浔心里发酸。他大约能猜到是什么原因，因为他小时候也有一段时间常做这样的噩梦，不是梦见老爸不要他了，就是爷爷奶奶不要他了。

现在想来，那段时间正是他对离异这件事情初步了解的阶段，懵懵懂懂地获取了一些信息，又不知道该怎么解决，时时刻刻担心身边的人会一个接一个地离开。

李浔用温和的语调安抚她：“梦和现实是相反的。放心吧，我不可能不要你。”

李初之问：“那你怎么还不回家啊？孙老师都放假了。”

李浔：“我前几天不是跟你说过吗，还要带学生去比赛，过几天就回去了，你忘记了？”

正巧这时候宋仰从浴室里边出来，问：“你在和谁聊天呢？”

李浔把镜头往浴室门口方位一扭：“你妹。”

宋仰走过来，李浔将手机向他那边挪过去，说：“初之要跟你聊天，她做噩梦了，你哄哄她。”

他们轮流给初之讲了一个童话故事，李初之是睡着了，他们却异常清醒，和天花板上的吊灯干瞪眼。

房间的隔音效果一般，偶尔能听见走廊里有人走动的声音，以及窗外汽车驶过的动静。

树影张牙舞爪地在窗前晃动。

宋仰轻声说：“师父……”

“嗯？”

“你也还没睡着啊？”

“嗯。”李浔转过头，“你也择床吗？”

“大概吧。”宋仰又问，“你平常睡不着的时候会干吗？”

李浔沉默了一会儿，笑出了声：“不能说。”

第二天一早，李浔先起床，轻轻拍了拍还在熟睡的宋仰，叫醒他道：“起床洗漱一下，我去楼下买点儿吃的，一会儿先去病房看看胖子他们的情况，等时间差不多了再去箭馆。”

宋仰揉着眼睛，小声说“好”，又想起重要的事情。

“那我今天和谁一组？”

之前抽签，宋仰和孙胖还有阿洪一起，团赛必须是三人一组的，孙胖现在病倒，他们组缺一个人。周旭、于慎微、吴家年的那个小组也是三缺一，他们得再组合一下。

“你比较想跟谁一组？”李浔问。

宋仰到现在还清楚地记得赛前在走廊里听见的那段对话，毫不犹豫地说：“当然是吴家年了。”

宋仰在回答这个问题前就有预感，李浔是想拿他的意见作为参考的，果不其然，到赛场后，领队把他分进了吴家年那组。

这也就意味着，阿洪没法比赛了。

三个新人，只有宋仰是走“特殊渠道”进校队的，阿洪对此心存芥蒂，对宋仰的态度一直不冷不热，这下更是鼻子不是鼻子眼不是眼，甚至公然表达起自己的不满。

在经过宋仰的弓箭架时，阿洪低头摆弄手机，“一不小心”踢翻了他的弓箭架，东西稀里哗啦掉一地，阿洪头也不回地走了。

宋仰看着散落一地的东西，又看看那道背影，奓毛道：“你有毛病吧，路那么宽非得走这边？”

阿洪举了举手机，敷衍道：“我在看消息，没看见。”

“你现在看见了，不得道个歉吗？”

“我又不是有意的，你靠墙搁着我不就碰不到了吗？”

他这是典型的强词夺理，宋仰从小到大第一次见到这种奇葩，气成河豚。

若是换成其他东西，他压根不会在意，可那是李浔送的，是他视如珍宝的礼物，每次练完都会用酒精棉细细擦拭的宝贝。

被人这么一踹又一踩，弄脏了不说，其中一支箭尾的卡扣裂开，不能用了。

他急火攻心，罕见地骂了句脏话，引来了周围好几道目光。

男子团体排名赛就快要开始了，场馆内聚满了各个学校的队员。吴家年顺着他们的目光看过去，是宋仰涨成猪肝色的小脸，还有若无其事玩手机的阿洪。

“怎么回事？”吴家年走过去问。

宋仰擦了擦箭支，委屈坏了：“他把我的箭踩坏了。”

“我还以为什么大事呢。”吴家年拍拍他的肩膀，“没事儿，哥这儿有的是备用的，你尽管拿去用，送你了。”

宋仰瞋目切齿：“但我要一个道歉。三岁小孩都知道弄坏别人东西要道歉吧！”

“是是是……”吴家年冲阿洪一挥手，“你过来，跟他道个歉，这事儿就算完了，大家……”

他话音未落，阿洪以高分贝的嗓音压了过去：“什么叫这就算完了，就因为他家条件好，成天请这个请那个的，所以你们都护着他是吗？你们是牛吗，还护犊子？”

吴家年和宋仰都被他给吼愣了。其他学校的同学也都放慢手里的动作，一副看热闹的神情。

这桩小事已经上升到另外一个层面，吴家年气得瞳孔放大：“你什么意思？什么叫我护着他？你弄坏他东西不该赔礼道歉？”

“那他霸占名额的时候跟我道过歉吗？”

吴家年吼出了学长的气势："什么霸占不霸占的，难不难听？不都是一个队的吗，谁上不是上？"

阿洪很不服气，额头都暴出了青筋："你轮得到比赛当然可以在这儿说风凉话了，可我呢？都是一个组的，凭什么他能上我不能上？"

宋仰终于知道阿洪这莫名其妙的情绪是从哪儿来的，于是重重地运了口气，试图让自己冷静下来。

"上不上都是教练的安排，这次没你下次或许就轮到你了。你跟我的箭置什么气，它们招你惹你了？"他本来还想说你自己排名赛打成什么样自己心里没点儿数吗，但教养还是在最后一刻拽住了他。

可就是听见"教练"两字，阿洪跟个点着的炮仗似的炸开了："别以为我不知道你和教练那点儿破事儿！"

这话一出，满座皆惊，拿出了看热搜头条的劲头盯着他们，想搜刮点儿有趣的八卦出来。

就连宋仰这个当事人也被他吼得小心尖一颤："什……什么破事儿？我和教练……我们清清白白！"

"清白？"阿洪冷笑一声，"你敢说你当初是凭着自己的实力打进校队的？还不是仗着和教练那层关系。今天的比赛也是。当初是谁说要抽签安排团体赛队伍的，现在又用一句话把我给筛下来了，还有公平可言吗？"

宋仰一时哑口无言，哪里会知道李浔当初的一番好意会成为被人诟病的依据，胸腔好像被什么东西堵住了似的，难以喘息。

阿洪又继续扯着嗓子说：“你昨晚为什么不和我们一起走？”

众队友好奇的目光齐刷刷转向宋仰。

被戳中了某根神经，宋仰再次被问卡壳了。

阿洪的指尖化身枪杆子，戳着宋仰的胸口，自问自答：“因为你得跟教练搞好关系。”

“你怕不是得了妄想症。”

“我妄想？你天天师父长舅舅短的，最爱搞特殊，跟条哈巴狗一样。怎么着，下次省运会你是不是也打算借着教练的脸面混个参赛名额？要我说，那种人就不配当教练。”

宋仰握紧双拳，深深地吸了口气。

李浔是他不容触碰的底线。

之前被压制住的滔天怒火被这根“引线”点燃，他的血压嗖地飙高，如同冷水泼进热油锅，整个人都要炸了。

随着一声惊叫，一圈围观群众吓得退开三尺远，一个个瞠目结舌。

谁也没能想到，就吵个架而已，真的会有人动手。

新仇旧怨叠加在一起，阿洪骂了一声，起身就用手抓住宋仰的双臂，狠狠地往墙上撞了过去。阿洪的体形本就健硕，再加上飙升的肾上腺素，整个人就像头野蛮的水牛，而宋仰和他相比起来脆弱不堪。

他们的身高没差几厘米，宋仰被抵在墙上，胳膊被勒紧，身体也被控制住了，只能不停地挣扎着。

他越是挣扎，对面的人面部表情越残暴，好像真的不准备继续相处下去一样，到后来，他被钳制得无法动弹，连视野都变得模糊不清。

他抬腿踢在对方的大腿上，又试着用膝盖去顶，可身体的力量仿佛被抽空，一点儿劲都使不上来。如果不是周围有很多同学，他都怀疑今天会倒在这里。

“疯了吗你！赶紧撒开！”吴家年费半天劲都没能掰开那几根粗壮的手指，队友们从四面八方围过来将人拉开。

“松开手！真出事了怎么办？”

最后还是一句“领队来了”比较有威慑力，所有人都消停下来，面面相觑。宋仰捂着脖子咳嗽，恶狠狠地瞪着罪魁祸首。

“吼什么吼，吼什么吼！”领队抬高了嗓门，“精力多得用不完是吧，比赛怎么不见你们这么中气十足？丢不丢人？谁跟我说说，这到底怎么回事？！”

“他先打我的！”

“他踩我箭！”

俩人同时脱口而出，领队一个字都没听清楚。

“你俩出来给我好好解释解释。”

“可是……”宋仰声音嘶哑，清了清嗓子才说，“马上就要轮到我们组了。”

“比什么比，你眼里还有比赛吗？”

领队愤愤地扔下一句“全给我出来”，大步流星往外走。宋仰心里咯噔一下，有种不太妙的预感，犹豫了好一会儿，跟了上去。

果不其然，预感应验，事情解释清楚后，领队非但没允许他们回去，还罚他们去操场跑圈，最后一个团赛名额让给了郭健——第一轮抽签时就被筛掉的那位队员。

中午，李浔带着两个病秧子来到场馆时，宋仰还在操场呼哧呼哧地跑步。李浔问了问领队是什么原因，得到的回答让他哭笑不得。

“就这点儿破事他俩怎么能掐起来呢？宋仰的脾气还是不错的。”

“年轻人什么都敢说什么都敢做，就是容易奓毛。”领队坐回观众席里，“你也真是的，连石头剪刀布的过程都省略了，这不明摆着偏袒宋仰吗？”

李浔嗤笑道：“个人赛的成绩还不足以当个理由吗？宋仰第四他第几？连个淘汰赛都没打进去，还有脸要资格？”

“理是这么个理，可你当时不是没跟那臭小子说吗？他脑子一根筋，觉得名额定下来了你又给我换了，总觉得不平衡，况且这次有省队的教练过来挑人，我估计他是急于表现呢。”

李浔不屑一顾：“就他那德行还想进省队？”

“烈狗也是要人驯的。”领队放下茶杯，叹息道，“生活里总会遇到爱钻牛角尖的人，并不是每个人都能通情达理地接受一切。之后你还得注意着点儿，避免落人口实。”

李浔应了一声，走到窗口，从他的这个位置刚好能看见砖红色的塑胶跑道。

宋仰不知道跑了多少圈，就像植物大战僵尸里边的僵尸，机械地往前挪，羽绒服和帽衫都扔在草坪上，剩下件打底的卫衣，裤腿挽得高高的。

在后边的人快要追上他时，他又突然加快步伐，还回头挑衅，冒着股天真的傻气。

李浔看着看着就乐了。

几分钟后，吴领队看见他往外走去，扯着嗓子喊："你去哪儿啊？比赛不看了啊？"

"下楼看看，马上回来。"

宋仰虽然没什么力气，但跑得还算认真，并且对自己的所言所行进行深刻反思，结果就是——自己并没有错。

他还白白弄丢了一个参赛名额，也不知道李浔回来会不会责备他。

远远地传来李浔的声音，他还以为自己跑出幻觉来了，回身一看，确实是真人，手里还拎着两瓶矿泉水。他前一秒的惆怅荡然无存，眉飞色舞起来。

"师父，你怎么来了？"

李浔问："领队让你们跑多少圈啊？"

"五十。"

"现在跑多少圈了？"

"二十六还是二十七……我忘了。"宋仰接过他扔过来的矿泉水，"我就从二十五开始好了。"

“那你俩加起来不就满了吗？”

宋仰撇了撇嘴，虽然这个想法是极好的，但他宁可继续跑二十五圈，不过另外一个可不这么想。

“那教练我可以上去了吗？”

李浔一个眼神，阿洪就知道可以撤了。

“谢谢教练。”他拎起地上的外套，慢悠悠地往场馆门口走去。

宋仰瞪了一眼他的背影。

真虚伪……

明明两个多小时前还骂李浔不配当教练来着。

他没有跟着上楼，而是闷声不响地瘫坐在球场上晒太阳。

今天的阳光极好，天色一碧如洗，耳畔吹来的是柔和的风，除了草坪，其他地方都已经晒得很干了。他把衣服铺在身下，胸口微微起伏。

他听见从场馆传来热烈的掌声，一定是有人拿到十环。这声音明明离他这么近，可总感觉那么遥远。

没轮上比赛远比输了比赛更难受。

忽然，眼前出现一包蜜桃味的吸吸冻。

他没控制好嘴角上扬的弧度，伸手接过：“谢谢师父……我还以为你过来要骂我呢。”

“我为什么要骂你？”

宋仰坐起来，叹了口气：“我没控制好情绪，动手打了他，你给我的名额，就这么没了。”

李浔纠正道："这名额是你自己凭实力换来的，不是我想给就给的；至于你跟人动手这事儿，确实挺让我意外，领队跟我通电话的时候我还以为他在跟我开玩笑。"

宋仰低下头，沉默不语。

李浔很是好奇："他说什么了你这么不能忍？"

宋仰的记性还不错，再加上刚才跑步的时候一直在回忆这件事情，可以完整复述阿洪的原话，可想想还是算了，他不想这件事情再给李浔添堵，于是用一句"我就是气我自己骂不过阿洪"给敷衍过去了。

李浔差点儿乐出声，当然不信事情会这么简单，但也没多问，揉了揉宋仰的后脑勺说："走了，进去看师哥们比赛了，学点儿经验。"

"可是我还没跑完五十圈……"

李浔笑着拽过他后颈，使劲往前一推："就你这老实劲儿，难怪被人欺负。"

宋仰抱着一堆衣服，就跟被押送刑场的犯人似的，耷拉着脑袋，后边的人推一下，他才走两步。

"怎么，还不开心？"

宋仰点点头，委屈巴巴："我的奖励没了。"

"没了就没了呗。我看过了，拿第一名也没多少钱，就是什么礼品券，还得去一些指定的商场和超市消费。"

宋仰转过头："我是说你给的奖励没了……"

李浔早就忘记这茬了，被小朋友明澈的目光瞪了一会儿，沉睡的记忆才缓缓苏醒。

好像是有这么回事，可似乎也不是什么重要的奖品，因为他绞尽脑汁也记不起自己答应过什么了。

“我当时说奖励你什么来着？”

宋仰小心翼翼地问：“年纪大了都会这样吗？”

啪！

脑袋接住一记巴掌。

“嗷。”宋仰抱住后脑揉了揉，“我会变成傻子的。”

“你还用得着变吗？”说完李浔大步流星地走了。

他怎么还拐着弯骂人呢！

宋仰对着他的背影愣了一会儿，拔腿追上去：“你是生气了吗，师父？我刚才开玩笑的，我没有嫌你记性不好的意思。”

李浔心里发笑，自己还不至于因为这点儿小事而生气。

他翻了一个白眼，忍无可忍：“白痴。”

这场友谊赛，T大校队可以说出尽风头，这支近两年才组建的、不被看好的团队，成绩斐然。于慎微在个人决赛以一环的优势赢了某体大的学生，拿了冠军，吴家年季军，宋仰第四；后来的团赛也同样精彩，吴家年、于慎微、郭健这组搭档对阵的是上届冠军队伍，其中有两个是省队的队员。

开局他们被体院的碾压，但不得不说，于慎微的发挥太稳了，百分之八十的箭命中红心，给队友喂了一颗又一颗定心丸；吴家年和郭健在半程找回状态，经过一场鏖战，后来居上，最终以六比四的比分险胜对方，又是一个出人意料的冠军。

收获颇丰，大家揣着一肚子的喜悦回学校。不过有个人并不高兴，在路上还尖酸刻薄地评价：“还好团体赛队伍又换了换，要不然冠军可不一定是谁家的了，你们可得感谢我。”阿洪这话虽然是对吴家年他们说的，但针对的人是谁，大家心知肚明。

宋仰翻了个白眼，没理他，戴上眼罩和耳机睡觉。

傍晚五点多，他们到达学校，比原先预估的时间早了好几个小时。李浔决定提前回家，宋仰要搭他的顺风车，火烧眉毛似的冲回宿舍整理行李。

他这个人比较注重在偶像面前的形象，衣服讲究色系搭配，一周内不能重样，所以快递收得多，每次回家都大包小包。

李浔把车停在学生宿舍楼下等宋仰。空调暖风吹来，没几分钟就哈欠连天，他把座位调低了补觉，不知道过了多久，驾驶座的玻璃窗被拍响。

宋仰隔着玻璃，劈头盖脸就是一句：“你怎么开着空调睡觉呢！窗户也不开开，睡着了很危险的！你驾照怎么拿的？！”

李浔刚回笼的三魂六魄差点儿被他一嗓子给吼没了，一时间没反应过来。他揉了揉僵硬的肩颈，待宋仰上车后才说：“我考试那会儿可没有这个题目。”

宋仰系上安全带，继续叨叨：“这是题目的事儿吗？我这个没驾照的都知道不能这么睡觉，你还老司机呢，一点儿常识都没有。”

李浔无言反驳。车子开出去一小段，他才后知后觉，当初那个一口一个“您”的小兔崽子现在居然敢凶他了。

二月初，李浔带着初之和李国涛去云南旅游，而宋仰要和家人一起走亲访友。

李浔不在的这段时间，宋仰连着五天都是在亲朋好友家度过的，收到一笔不小的压岁钱，大部分来自干爹干妈。他和李初之有个共同的、讨人喜欢的地方就是嘴甜，爸妈的朋友都喜欢逗他，光干爹干妈就认了一箩筐，红包从小收到大。

未成年前，这笔钱都是爸妈保管的，上大学后他就可以任意支配了。

他欢天喜地地给李浔和初之准备新年礼物。

第十章

新年礼物

年初六那天，李浔回 N 市了 。

这趟云南之旅，上有老下有小，着实把李浔累得够呛。到家已经累瘫了，他无暇顾及乱糟糟的行李，简单冲了个澡就钻进被窝，连手机消息都懒得看就合上了眼。

不料睡意刚上来，房门被拍响。

“谁啊？”李浔皱起眉。

“是我啊，可以进来吗？”

少年的嗓音热情又清脆，李浔的火气灭了三成。

一周多没见，宋仰又换上了让人眼前一亮的新造型。与在校园里的运动风不同，他今天穿着件戗驳领的毛呢外套，内搭的毛衣很衬肤色，外套下摆到膝盖弯的位置，将身形拉得修长，衣领与口袋都带有滚边设计，整体造型看起来并不沉闷。

最让人无法忽视的还是发型，宋仰前额和耳后的头发剪短了许多，露出两截斜飞入鬓的剑眉，一对桃花眼笑起来神采奕奕。

一声“师父”，李浔那剩下的七成火气也跑得差不多了。

李浔呆了那么一瞬，看见跟在他屁股后边进来的李初之。小朋友的脖子上绕了条他从没见过的毛绒围巾，米白色，尾端有只卡通小兔子。

李浔转眼看向宋仰：“你送她的围巾吗？”

“对啊。可不可爱？”

“嗯，你的眼光一向都好。”他在夸围巾的同时也顺带把宋仰的新造型一起夸了，只是过于含蓄，宋仰没能听出来。

李初之扬了扬手里的雪莉玫，炫耀道：“哥哥还送了我这个。”

又是娃娃。

真要命。

李浔头疼地对宋仰说：“以后她的床头你来收拾。”

“那有什么问题！”宋仰颇为得意地从身后变出一个礼盒袋，“我也给你准备了礼物。”

李浔那张常年淡漠的脸上十分罕见地露出一个眉飞色舞的表情。

毫无疑问，东西是提前准备的，包装精美，左上角用绸缎带系了个蝴蝶结。

李初之的半截身子趴在他床沿上，期待地看他一点点揭开包装纸，然后惊讶地张大嘴巴：“哇，好漂亮。”

李浔又一次呆住，因为惊喜，嘴巴无意识地笑出一道缝。

浅色的枫木画框将一层又一层纸雕画牢牢固定，形成了一幅立体的印象派画卷。

透明的亚克力面板内，是个推弓拉弦的小人。他站在画面的最左端，正是要向远方放箭的造型，烈日当头，浮云层叠，脚下青草幽幽，在他的正前方是竖立着的箭靶与计时器，从各个角度飞过去的箭支都稳稳地插在箭靶中央。

画面下端是整排观众，最显眼的是一个小孩儿的背影，他高举双臂欢呼。仅一个毛茸茸的脑袋，李浔就已经看懂了这幅画的意义。

那是他们第一次见面，宋仰就坐在离他最近的位置。

他摸到画框一侧的开关，才发现它不光是纸雕画那么简单。他轻轻一推，藏在面板下的光源亮起柔暖的光。随着指尖的滑动，光源也由暗变亮，小人的下巴微微扬起，自信从容，栩栩如生。

年少时，他也收到过不少手工礼物，但这么有创意，这么精致的真是挺少见。

它完美得像件艺术品，他甚至都不敢用力捏它。

就连李初之都松开了毛绒玩具，伸手去抓他手里的礼物。李浔高高把手扬起，抬手挡住她："你别给碰坏了。"

李初之噘起小嘴："我就看一看嘛。"

"那就看一看，别上手，你那小手跟得了帕金森病一样，一会儿再给摔了。"李浔把东西递到她眼前，不到三秒——

"好了，看完了。"然后他立马撤走。

宋仰在边上直乐，李初之气成河豚，圆溜溜的眼睛瞪着李浔："小气鬼。”

李浔理都不理她，问宋仰：“这是你自己弄的吗？”他问的时候心里其实是有答案的，它的做工太复杂太精细了，不可能是宋仰弄的。

“对啊。”

宋仰的答案令他大为震惊。他低头反复端详，所有的纸张精雕细琢，光源分布均匀，肉眼根本找不到什么瑕疵。

“你怎么弄的啊？”

“原理还是很简单的。”宋仰坐在床沿，指着小夜灯耐心解释，“先在纸片上画好草图，一层一层雕刻好，再叠起来用面板封好，最后在背后接上光源装进画框就 OK（可以）了。就是雕刻这步比较难搞，我刚开始用的打印纸，发现根本不行，不够立体，容易折，还老划破，后来你猜我怎么着？”

“怎么着？”

“嘿嘿，我去文具店找了油画纸，立马成形，不过面板和 LED（发光二极管）灯是我在网上买的，后边的画框打磨了一下。说出来你肯定不信，这木头是我小学时候用的书桌抽屉上拆下来的，色调还挺搭……”

李浔抬眸看到宋仰的另一只手的食指上缠了一个创可贴。

“你的手指是因为雕这个划破的吗？”李浔问。

宋仰低头瞅了一眼：“这都被你发现了。其实也不是雕的时候弄破的，是因为纸张边缘比较锋利，我手太干了，一不小心就破了。”

他说着，又捏了捏创可贴的位置说，“无所谓啦，早就没感觉了。”

“你是第一次做吗？”李浔问。

“对啊。”

少年人的双眼在灯光下赤诚而坦荡。

“怎么想到送我这个？”

宋仰指指画面里的那个小人：“这个是你，这个是我，你没看出来吗？这是我们第一次见面的场景。”

他说话时神采飞扬。

“当然看出来了。你画画很厉害，初之的绘画课应该找你报名的。”

李初之也被这盏雕画小夜灯惊艳，想用手里的娃娃和他交换玩两天。

李浔油盐不进，软硬不吃，李初之哼了一声，被她那吝啬舅舅给气跑了。

宋仰能看出来他很珍惜这份礼物，嘴角止不住上扬，这么多天熬的夜都是值得的，无数次改稿也是正确的，一切都没有白费。

他靠过去说：“这个画框是胡桃木的，你可以滴两滴精油当扩香器用，保准你每晚都是美梦。”

“难怪一打开盒子就有股香味，你喷香水了？”

“是精油。好闻吗？”

“嗯，很清爽。”

“那我送你一瓶吧。”

李浔的视线扫过画框，笑而不语。

宋仰清清嗓子说：“那我先回去了，你好好休息。要是这几天家里没什么吃的就来我家吃饭，我家饭菜多到吃不完。”

李浔应了一声。等到宋仰离开后，他又拿起那份礼物。

他看得出来，宋仰在这个小东西上花费了很多心思和时间。

它的构思奇妙，独一无二。

从来没有哪个人会这么认真地为他准备礼物，感动之余他开始发愁回赠宋仰什么好。

第二天是年初七，已经不需要拜年了。

李浔难得睡了个懒觉，吃过早点，把从云南带回来的礼物分类处理，一份要寄给王教练和他爱人。虽然自己现在已经退出国家队了，但王教练多年的恩情重如泰山，每逢过节李浔都会寄点儿礼物过去孝敬孝敬他老人家。

一部分带给学校的同事和校队的那帮小朋友，还有一些留给平日里照顾他们家的街坊邻居，里边就包含宋仰一家。

李初之写不出作业，一手抱着寒假作业本，一手抓着铅笔橡皮去楼上找李浔求助，却看见他站在镜子前喷定型水。

这就很稀奇了。

她上一次在舅舅头上闻到这股味道是一年多以前，她还记得他当时要去面试。

她张着小嘴，被镜子里舅舅的新造型惊艳了。他穿着一套崭新的运动风羽绒服，头发吹得微卷，全部后拢，露出光洁的前额，灰色的衣服很衬肤色，看着比平时白。

“舅舅，你是要去上春晚吗？春晚都过了。”

李浔嘴角勾了勾：“你再猜猜。”

李初之转转眼珠，恍然大悟地噢了一声：“你是要去相亲！”

李浔刮了一下她的鼻梁：“去你干妈家送礼物。”

“那你为什么要打扮？”

李浔跟扣篮球似的按住她小脑门往门口一转：“真是咸吃萝卜淡操心，有管我这工夫，你那寒假作业老早就写完了。”

李浔提着东西和李初之一起上门，宋仰正在院里给狗梳毛。狗先发现他，叫唤一声，宋仰转身看见他，笑得灿烂。

“师父！你怎么来了？”

“给你们带了点儿礼物。”

“你今天看起来好帅。”

“我哪天不帅？”

这是李浔第一次来宋仰家。说来也巧，他每次接宋仰或是来接蹭饭的李初之，不是清早就是深夜，所以都只在院门口待一会儿，等人出来。

狗见了他，吐着舌头，绕着他大腿转悠，粗壮的尾巴就跟条鞭子似的，一下一下甩在他膝盖上。他的裤子是棉料的，狗毛蹭得他一腿都是。

李浔弯腰拍了拍，没拍掉。

宋仰说：“一会儿进去我帮你粘掉。”

“嗯。”李浔没再折腾那惨烈的裤腿。

新年伊始，宋仰家热闹得很。院里树枝丫上挂满小红灯笼和彩灯，星星点点，看着无比温馨。

院里的石桌边围坐着好些亲戚朋友，有和宋老师下棋的，有和李慧瑛打牌的，还有坐在门口晒太阳的老头老太太，手里捏着一把坚果在剥壳。不知道哪来的野猫躺在椅子下边睡大觉。

从他进门开始，这些人的视线就一刻不离地围绕着他们。李慧瑛大着嗓门和他们解释：“这就是我家小女儿，旁边这个是她的舅舅，是不是很帅？他们一家子颜值都高，他老爹也是很神气的。”

某亲戚同样大嗓门地笑：“你这是在给小仰找童养媳吧。”

“瞎说什么……”李慧瑛遮嘴笑起来，让初之进屋拿饮料，接着调侃道，“不过他们将来要是谈恋爱我也是无所谓的，初之我是百分百满意的。小浔，你说他俩定个娃娃亲怎么样？”

李浔吓得额角一跳。

或许是初之年纪太小的缘故，宋仰和李初之……怎么想都觉得像差着辈分。

宋仰见他脸色不对，立刻打圆场：“妈，您老能谨慎点儿发言不？我这都快到法定结婚年龄了，还娃娃亲呢？”

“没结婚的都是娃娃。”宋仰奶奶说，“初之这娃娃我也喜欢，要是能成我孙媳妇儿，我做梦都得笑醒。”

“拜托，”宋仰在腰上比画了一下，一脸嫌弃，“她才到我这儿，也没几两肉，在我眼里她就是根豆芽菜。”

“啧，”老妈往小腿上一比画，“你小时候还到我这儿呢。”

宋景山说：“女大十八变，你别看她现在不怎么样，以后肯定是亭亭玉立的漂亮姑娘。你妈就是，小时候跟猴一样，现在不也长得挺好……嘘……”

宋爷爷也说：“小仰我跟你说，就初之那么好的姑娘，要肯嫁给你都是你的福气，你还嫌弃人家。你俩这也算青梅竹马了，多有缘分，好好把握。”

“……”

饶是宋仰伶牙俐齿，也辩不过那么多张嘴。他喊了一声，一把握住李浔的手臂，将他拽进屋。

“都是一帮老传统的思想，你别把他们说的话放心上。”宋仰说。

在这点上李浔持反对意见。

“他们都能接受那么大的年龄差了，这思想已经够开放了。”

宋仰想想，笑了：“也对。”

他们在客厅翻找一圈，没找到粘毛器。

宋仰起身说：“好像在我卧室，你跟我上来吧。”

李浔本能地拒绝了，奈何一堆亲戚进屋跟他东拉西扯，他应了几声，逃命似的追上楼。

推门前，李浔以为自己会看见贴满动漫海报的墙壁和摆满手办的展示柜，以及其他一系列二次元衍生物品，那是他对当代大学生的刻板印象，但很意外，房间里的一切都与二次元无关。

墙上都是彩色便笺。

他走近细瞧，上面有英文单词、重点语法整理、数理化公式，还有许多已经被钩掉的待办事项。

例如英语阅读组合训练、必刷题、文言文解析、网课打卡、错题库分类、收藏夹整理、五十个单词……

字如其人，清秀整齐，非常耐看。

卧室不大，一览无遗，双人床的右侧紧贴墙壁，床头柜上摆放的唯一一张合影是和他一起照的。

再次拿起照片，李浔感慨万千。

他哪能想到呢?

十多年前的那个夏天，自己随手送出去的一支箭，像颗种子埋在土壤中，开花结果，换来了一个热情满满的小粉丝。

如今他还跑进了小粉丝的房间。

这概率一定小于连续一万支箭都射中十环。

可就是偏偏被他遇上了。

“终于找到了！”宋仰的脑袋从床底下钻出来，他把粘毛器外边的那层撕掉，蹲到李浔的跟前。

李浔放下照片，一低头，便是颗毛茸茸的脑袋。

宋仰拿着粘毛器从小腿一路往上滚，滚得非常细心，边滚边吐槽自家狗的毛又长又多。

李浔弯腰拿过粘毛器:“我自己来弄就行了。”

宋仰不肯："哎，马上就好了，你就别脏手了。"

"好吧。"

李浔无奈搓了搓额角，视线转向身侧的书桌。

桌上整齐地码着些高中必备课外读物，中央摊着一张墨绿色的切割垫，所有刀具与画笔都已经被收入一个透明的收纳盒。

他转过身，背对宋仰，拿起桌上的手机架细看，是只金毛的造型。它蹲坐在草坪上，微微翘起的尾巴支撑手机。他一捏就知道是黏土弄的，外边刷了层丙烯颜料，看起来有模有样。

他攥着小摆件问："这是你自己捏的吗？"

"对啊。"

"谁教你弄的？"

"没人教我，就自己捣鼓呗！你要是喜欢就拿去，我下次再捏。"

李浔把东西放回去："等你捏了再送吧。"

粘完李浔裤子上的狗毛，宋仰大功告成般轻松地说："去看电影吗？"

"就我们？"

"嗯，不然呢？"宋仰收起粘毛器，问，"你要带初之一起去吗？反正是喜剧片，她肯定也能看懂。"

"算了吧，都快开学了，她寒假作业到现在还没写完。"

"真可怜。"

"没办法。"

影院离家不远，他们决定走路过去。

今年是个难得的暖冬，除了比赛期间的那场小雪，之后就再也没有飘雪了。天上的云层很薄，像是被勺子刮了一层的冰激凌，层层叠叠，蔓延到地平线。

李浔闻到一股糖炒栗子的香味，扭过头，想问宋仰吃不吃，发现他正低头回消息。

备注是“班长”。

对方的头像是只卡通兔子，看起来是个女生。

宋仰回得很认真，似乎是有什么正事在讨论。李浔双手插兜，没有打扰，等到宋仰放下手机，栗子的香味已经离他们很远了。

到了影院，他们直奔四楼。宋仰去自动取票机前兑票，一转眼的工夫，看到李浔托着大桶爆米花朝他走来，右手拿着两瓶矿泉水。

宋仰伸手去接他手里的东西，问：“怎么不喝肥宅水？”

“什么是肥宅水？”

“……可乐。”

李浔说：“碳酸饮料对身体不好。”

宋仰撇撇嘴，有时候真觉得李浔和爸妈那一代人一样老派。

春节档人多，宋仰订票时就没几个座了，他们摸黑走到最后一排，弯腰挤到中央。

开场没几分钟，宋仰兜里的手机又在嗡嗡振动。

李浔扫了一眼，还是班长的消息，说是在外地旅游要买纪念品，还将好几个挂饰摆在一起拍了照片，问宋仰哪个颜色最好看。

她怎么问这么无聊的问题？

他伸手越过爆米花，一把攥住那部手机，将屏幕锁掉。

宋仰疑惑地看向他：“怎么了？”

李浔将手机抽走，塞进自己的衣兜里，压低声音说：“好好看电影，回家再还你。”

电影结束，他们在商场吃了顿午餐，闲逛的时候又给初之买了点儿文具和零食，最后停在了二楼的书店。免费阅读区的人已经坐满了，李浔点了两杯咖啡和甜品。

书店的装修与咖啡厅差不多，偏欧式，靠窗位置光线明亮，绿萝的藤蔓从置物架的顶端垂落。空气里弥漫着咖啡的香气，暖意融融。

宋仰靠在沙发里休息，把李初之的文具都玩了个遍；李浔靠在沙发里，很安静地翻着一本书。

这是不常见到的画面。他们相处的时间几乎都与弓箭为伴，就算不是练箭那也是跑步或健身，总之都是动态的，偶然看见这样一幕，宋仰忍不住拿手机拍下来。

他一摸兜，想起手机在李浔那儿，便越过桌子去摸李浔的衣兜。

“你干什么？”李浔用力按住衣兜里的东西，“说好了到家还你的。”

“我想拍照。”

“拍什么照？！来书店就是为了放下手机看书的，你拍照在朋友圈打个卡就算读书了？”

宋仰有些无奈：“我不拍书。”

李浔被他压制着，整个后背几乎贴倒在沙发里：“那你拍什么？”

“你管我呢。”

李浔的余光捕捉到一些路人的视线，伸手往宋仰胸口一推：“坐回去。”

这是命令式的口吻。

宋仰只好乖乖照做，目光仍然落在对面。

他俩对视一眼，谁都没说话。

宋仰跷起二郎腿，不动声色地将身后的靠枕搁在大腿上，翻起桌上的甜品饮料单。

李浔瞅了他一眼：“你午饭吃那么多还饿？”

“啊，”宋仰拿菜单扇风，“我就随便看看。你看你的书。”

李浔没回应，低头继续看手里的推理小说。

商场灯火通明，几乎感觉不到时间流逝，他们在书店待了很久，直到宋仰的家人打电话问他们什么时候回去才发现已经五点多了。

宋仰挂了电话说：“我妈说初之在我家，你要不然也上我家吃顿便饭吧。”

李浔一点头，给老爸打电话交待了几句，对宋仰说：“那我们去买点儿菜。”

宋仰犹豫了一瞬。虽说他一直都很期待李浔的手艺，但第一次登门过年，哪能真让偶像亲自动手，万一以后都不乐意去他家做客了怎么办?

他赶紧推辞道:“都这个点了，他们肯定都弄好了，别买了。”

“可我空着手过去，不太好。”

“你早上不是送礼物了吗? ”

“就一点儿甜品，谈不上礼物。”

“没关系，上我家你还客气什么。”宋仰将他手里的书放回原位，推着他的后背往外走。

他们到家时，太阳已经快落山了。霞光将庭院对半分割，桂花树的影子斜斜地拉长。

李初之小朋友正在院里发挥创意，把宋仰的狗那杂乱无比的脖颈毛梳顺了，扎起洋气的小脏辫儿。

金毛犬是出了名的好脾气，谁给顺毛就黏谁，弄疼了也不闹，侧躺在草坪上，圆溜溜的眼睛盯着她，像守护新的宝藏。

李慧瑛女士端着一盘水果往院里走:“宝贝儿，吃柚子了。”

宋仰还以为是喊自己，心说今天老妈怎么这么柔情似水，真是活见鬼，从院门口一路蹦跶进去。

而李慧瑛见他进门明显一愣:“你俩不是走回来的吗，这么快? ”

“腿长嘛。”

碗里都是剥好的柚子肉，晶莹剔透，汁水充足。宋仰伸手要抓，李慧瑛将碗护在怀里:“这是给初之的。里头还有大半个，你要吃自已剥去。”

宋仰惊呆了，半天憋出一句：“你……你简直重女轻男！”

李慧瑛理所当然地甩了一下新做的头发：“那又怎样？”

宋仰竟无言以对。

李浔偷着笑了笑。

白天在庭院里打牌聊天的亲戚朋友都走了，显得有些冷清，空气里浸着一股湿润的寒意。

李浔跟着宋仰进屋，还没来得及感慨一声“还是家里暖和”，就被宋仰的爷爷奶奶很热情地招呼坐下。

李浔一脸温顺地走过去。

出于礼貌，他必须得喊点儿什么。

可问题是他喊什么呢？

他的大脑在短短几步路里飞速运转，要是按初之的辈份，他得喊叔叔阿姨吧？可这么一叫……他抬眼看着老两口那快要飞出脸盘子的大褶子，瞬间感觉自己老了。

他咬咬牙，厚颜无耻地跟着宋仰喊爷爷奶奶。

宋仰头一回见到他这么拧巴的脸色，在角落偷笑。

与此同时，宋景山在厨房忙活晚餐——他在二十分钟前收到儿子的消息，说李浔要来，要他多准备几道菜，尤其是川味的，因为李浔爱吃辣。

餐桌上已经摆着不少刚出锅的热菜——松鼠鳜鱼、茄汁大虾、水煮牛肉、红烧肥肠、腊肉炒山药，光看着就让人食欲大增。

宋仰叼了块腊肉尝鲜，眉毛一抬：“好吃。师父，你过来尝尝这个！我同学给我寄的，他们老家自己晒的，好香。”

“不了，你吃吧。”

李浔十分矜持地坐在沙发上看电视，里边播的还是李初之找的动画片，由于爷爷奶奶都很认真地在看，他也没好意思换台。

手机也没电了。宋仰还在埋头猛吃。

实在是没事干，他只好剥柚子。

“我听小仰说，你以前是国家队的运动员啊？”爷爷问。

“对。”

爷爷给他沏上一杯热乎的龙井：“运动员好啊，身体素质肯定比一般人强。”

奶奶说：“这还用说吗，看着就结实。”她说完就上手捏了捏李浔的胳膊肉，“嚯，我都攥不动。”

“我是练射箭的，上肢的耐力和平衡练得比较多。”李浔接过茶杯，道了声谢。

爷爷顺口一问：“后来怎么不练了？是受伤了还是待遇不好？”

李浔搓了搓后颈肉，实在不知从何说起。

关于退役，个人与环境种种因素环环相扣，哪是三言两语就能解释清楚的。

“待遇还凑合，就是自己感觉练不下去了。”

奶奶温和一笑：“早点儿回来陪陪家人也挺好的。我有个朋友的孙儿也是运动员，天天在外头集训，一年到头都回不了几次家，家人都盼着。”

爷爷：“是不是老许家那孩子？上回老许跟我说他孙子今年二十六，我还以为三十六，长得也太老成了点儿。”

“天天在外头跑步，晒得跟煤球似的，能不老成吗？他家里人也劝他早点儿退役，别再费劲折腾了。有一年夏天我看见他，那胳膊、大腿上都是伤，韧带还开过刀。你说这老了该怎么办，都是后遗症。”

爷爷吹了吹杯子里漂浮的茶叶，不咸不淡地说：“他给自己定的目标太远了，像世界级的比赛那可都是精英中的精英，全国顶尖，就那么一两个，哪里轮得上他啊，到最后一样要被筛下来。”

李浔沉默不语，面色沉静地将一小瓣柚子放进嘴里，嚼了嚼，甜中带涩。

而就是这短暂的沉默，宋仰难过得有点儿想哭，嘴里的东西都变了滋味。

很多人无法理解运动员的梦想，却又要运动员接受他们的评价。

不知道是不是爷爷奶奶的话刺激到了李浔，晚饭时，宋仰留意到他吃得并不多，起码没平时多，倒是陪老爸和爷爷喝了不少酒。

李浔不是那种喝酒就上头的体质，两瓶红酒下去镇定自若，肤色都没什么变化，直到最后大家都起身时，他摇晃了一下，还伸手扶了下椅背，宋仰才意识到他大概不怎么清醒了。

李浔自己也蒙，按说他酒量没这么差。以前在队里，有好几个运动员都是北方的，特能喝，一到聚会必点二锅头，于是他也跟着练出了点儿酒量。

也许是今天菜吃少了，也许是这酒的后劲大，他眼前的事物都有重影了，但理智尚存。

“我想洗把脸，你们家卫生间……”

宋仰扭头看了看，楼下的卫生间亮着灯，应该是奶奶在里头，转身对李浔说：“我房间还有一个。”

楼上没人，宋仰走在前边摸索着开灯。李浔来到水池边，长长地舒了口气，弯下腰，一捧凉水冲淡了醉意，肌肉在瞬间收紧。

一只手给他递来洁面巾。

“谢谢。”他擦干净脸颊，揉面巾时，发现镜子里的宋仰一直盯着他。

他扔掉面巾转身，正想问有没有白开水，宋仰忽然开口：“你别难受，师父，我爷爷奶奶他们不了解。”

此时此刻，李浔的大脑嗡嗡响，酒精让他的反应变得异常迟缓。他静默分析了好几秒，才明白宋仰说的这个难受指的是什么，笑了笑说：“我没难受。”

“可你晚饭吃得很少，我感觉你很不开心。”宋仰轻声说，“你别把他们的话放心上。不管你走到哪一步都没关系的，你的过去令很多人感到骄傲，也有人因为你爱上这项运动，你已经做得很好了。”

李浔的眼尾弯了弯：“你在说你自己吗？”

“对啊。”宋仰摸着下巴，“而且我感觉你的能力真的没有问题，只是缺少一点儿时间和运气而已，赛场上压力太大所以过分紧张。

不是我王婆卖瓜，我们的射箭队迟早有一天会打破别人的垄断的。”

李浔顿时倍感温暖和欣慰。

窗外天色已晚，楼下初之在喊，他们没再深入讨论这个话题。

桌上的东西已经收拾得七七八八，老两口坐在客厅喝茶，宋景山在厨房刷碗。

李浔和几位长辈告别，牵着初之要回去，在公园边的路灯下，碰见了倒垃圾回来的李慧瑛。他们互相点头打了个招呼，李慧瑛忽然将他叫住。

也不知道怎么回事，李浔的心尖莫名打了个颤：“怎么了，阿姨？”

“有件事情，宋仰瞒了我们很久，我也是今天才知道，他进学校射箭队了是吗？”

李浔的大脑慢半拍地思索着，身体却已经给出答复——反射性地点了个头。

李浔隐约记得上回在酒店，宋仰说他还没有把进校队的事情告诉家人，但李慧瑛是怎么知道的呢？

宋仰自己承认的，还是因为其他原因被发现了？

还不等他想明白，李慧瑛又问：“他是什么时候进校队的？”

李浔说：“去年十月份。”

这个答案显然出乎李慧瑛的意料，她的双眼瞪得很大，声调不自觉拔高了些：“他平时是不是经常旷课去玩箭？”

“那倒没有。”李浔略微皱眉，“他只是抽空来校队训练，不是玩。寒假那次是代表学校去和省里其他学校打友谊赛，他成绩还不错的。”

事情已经败露，他只能尽可能地给宋仰挽回一点儿乖小孩形象，但似乎没有成功，李慧瑛看起来还是有些生气。

她双手扶腰，气呼呼地说：“他居然骗我们说和同学去厦门旅游，还买了一堆凤梨酥回来。肯定都是网上买的，还弄得有模有样，把全家都给忽悠过去了。我真没想到他都学会骗人了，还骗我们这么久！”

李浔摸摸鼻梁，不知如何作答。站在旁观者的角度来看，宋仰在这事儿上确实做得有些离谱。

李慧瑛不满地抱怨道：“难怪他一进大学那成绩就跟瀑布似的，飞流直下三千尺呢，总算让我找到原因了。你们那个校队应该不缺人吧？赶紧把他开了。好好的课不上，成天就想着射箭。”

李浔没想到她会这么说，一时间有点儿蒙。他从小就没有父母管束，自由惯了，头一回从家长嘴里听见这些强势果断的话语，哪怕和他本人没有什么关系，也有种被掐着脖子的窒息感。

夜里的风很凉，他握紧初之的小手塞进衣兜里，揉了揉后颈，半天只憋出一句不确定的疑问：“他成绩退步很大吗？”

“可不是。”李慧瑛叹了口气，“我太了解他了，他从小就不是个自律的孩子，需要别人定目标，逼着他，他才会去学那些东西。上了大学，他整个人松松散散的，状态都不对了，肯定只想着疯玩。”

李浔能理解她望子成龙的心态，温和一笑：“我会叮嘱他好好上课的。”

李慧瑛思维敏捷，一下便听出他这话里的漏洞，强调重点：“你是校队的教练，肯定可以管队内人员的来去吧？”

看来这个问题是躲不过去了，李浔点了点头，尽量替小朋友挽救：“但这是他自己喜欢的一项运动，目前在校队成绩也算不错，未来很有可能进省队。”

“进省队有什么用？哪怕他进国家队又能……”李慧瑛说到这里，意识到自己有些不尊重对面的人了，停顿一下，改口道，“他现在年纪小，玩心太重，不好好学习，越不让他干的事情他就越感兴趣。可你是过来人，你肯定是明白的，大学这几年多重要，一张学历就是一道门槛，多一张证书以后踏入社会就多点儿底气。他现在不踏踏实实学东西以后要干什么呢？”

“你知道他有门经济学才考了六十多吗？是全班垫底。我当时听到这个消息血压噌一下就上去了，全班垫底，打小就没有过的事情。就这事儿他还打算瞒我们呢，还好景山和他们专业课老师认识。”李慧瑛越说越气，都有些语无伦次，“这才大一啊，这样下去别说什么奖学金了，我看每门功课考及格都不是件容易的事情。”

李浔明白李慧瑛一部分的火源于宋仰对家人撒谎，另一部分源于宋仰成绩断崖式下滑。他估摸着成绩和训练这两者间多少有点儿联系，不好反驳，只好担任垃圾桶的角色，安静倾听。

也是在李慧瑛这段漫长的抱怨中，他知道了另外一件事情——宋仰高三那年填志愿，原本的计划是读医科大学，但临门一脚改填

T 大。

李浔并不是个自我意识旺盛的人，但还是忍不住想宋仰改志愿会不会是因为想射箭。但高考志愿这么严肃的事情，又不太可能因为个人喜好说改就改。

他想，宋仰应该是有自己的打算。

比如，害怕针头，无法克服恐惧，又或者是单纯想学金融，毕竟证券行业一直都是挺吃香的……

临别时，李慧瑛特意叮嘱道："要是可以，在学校里你多帮我盯着他点儿，玩可以，但要适可而止，至于比赛什么的，要是和学业有冲突，就尽量安排别人吧。"

李浔无奈地"嗯"了一声，算是允诺。

他牵着初之往回走，小丫头软乎乎的手掌攥紧了他的手指。

"舅舅，宋仰哥哥是不是不能去比赛了？他会不会怪我？"

"嗯？他为什么要怪你？"

"干妈问我平时有没有看见哥哥和女生出去玩，我说没有，他成天就知道练箭打比赛……"

小丫头年纪虽小，但对大人们的聊天内容也能理解个七七八八。她的手心冒汗，在边上担忧好半天，直到李浔告诉她不会，她才稍稍松口气。

李浔抬头仰望，今晚月色稀薄，看不见云雾也看不见星星。

过完年，就开学了。

宋仰的室友都是外地同学，他们带了一堆家乡特产回来。短短一个月没见，姜洛长胖了，脸蛋圆润了不少。

周俊霖换了个造型，头发染成了灰蓝色。

俞乐的身形没什么变化，不过装备换了——笔记本电脑、手机和平板电脑都换成了最新款，还有一副宋仰觊觎已久但始终没舍得下血本买的降噪耳机。

他试戴了一下，音效简直绝了。

“你这是收到多少压岁钱啊？这么豪！”

俞乐说：“我自己挣的啊，过年接了两个大单子，加上之前的尾款结清，一共拿到两万块。”

这话一出，三人目瞪口呆。

大家都知道俞乐经常在网站上更新些短漫，靠着人气接商稿和广告什么的，但没想到能挣这么多钱。

宋仰啧啧感慨：“厉害啊，你以后就是咱6021的首富了！”

俞乐哈哈大笑，边收拾东西边问：“你们呢，都干吗来着？有没有出去旅游？”

姜洛瘫在座椅上，长叹一口气：“别提了，哪儿都没去成，我爸妈逼着我学英语，准备考雅思来着。”

宋仰有些震惊：“这么早就要考了吗？”

姜洛说：“我记性不好，先学起来，等到大二再学怕来不及。”

宋仰明白过来，姜洛这么着急考雅思，是为了出国当交换生。

他们这个专业有个二加二的本科双学位项目，前两年留在本校，后两年出国学习，所以得提前考证。

宋仰对出国交换的兴致不高，不过看到大家都拼命学习新知识来充实自己，确实有点儿刺激到他了。

他回想过去这一学期，自己忙着练箭，忙着比赛，心思逐渐从学业上跑偏。

脑海一闪而过自己的期末成绩，强烈的挫败感一点点侵蚀着他。

他坐回椅子上，手掌盖住脸颊，缓缓搓了两下。

自己怎么就这么差呢？

丧归丧，日子还是得过。

之后几天，他照常上课，照常练箭，但是把晨练的时间缩短了。他找班长借了上学期的课堂笔记，把那些被扣分的知识点重新找出来重点学习。他一边跑步还一边背着单词。

周末这天，阳光充沛，气温回升，李浔带大伙到室外的射箭场练习。

这块原先是片田径场，从建校起就一直在这儿，又小又旧。后来学校操场扩建，田径场和三大球场地相连，这边便成了杂草丛生的“郊区”，被人遗忘，除了小野猫偶尔来打个卡、撒泡尿，基本上看不见活物。

李浔前年刚来学校，费了九牛二虎之力才把这破地方清理干净，又向学校申请搭建防护栏，重修器材室，才有了如今射箭队专属的室外射箭场。

他个人很喜欢这个地方。

绿树成荫，万籁俱寂，没有训练任务的时候，他会跑来这边消磨时间。

从起射线到靶子的距离是七十米，这是世界级射箭赛的标准射程。

一到场地，李浔望着对面那排箭靶就手痒。同学们热身，他自己先上手练了两把。

十支箭总环数九十二，围观的一帮人已经惊呼鼓掌了。

不过他自己高兴不起来，这还不是他的最高水准。

队员们上阵练习，他坐在一旁指导，记下环数。

他手上的一个小本子记录着队员们的成长轨迹——于慎微的进步最大，阿洪也不错，这个寒假估计没少练习。

至于宋仰的话……

他往前翻了好几页。

没退步也没进步，但就像很多老师总爱说的，在这行，没进步就是退步。

换人时，他抬头望向场地，偶然发现隔离网外边站着个身形高挑的女生，及腰的长发间点缀着几道青色的小辫。

他们对视一眼，他隐约记得自己在哪里见过她，走过去问她找谁。

周游露出羞怯的小表情，朝一个方向指了指。李浔顺着她的指尖望过去，对上了宋仰的视线。

“你怎么来了？”宋仰嘴角带笑，一路小跑过来，连手里的弓都没有放下。

“你不是说要跟我去图书馆吗？”

他们交谈之际，李浔留意到那个女生的裤兜外垂着个小挂饰，甚是眼熟……

这玩意儿和看电影那天宋仰手机上收到的那张照片重合了。

李浔：“你刚说什么？”

“我们学校和N大有场辩论赛，我想和宋仰一起去找资料。”

“哦，现在？”

“嗯。”周游的眼睛里藏着小心翼翼的试探，“可以吗？”

正经事能有什么回绝的理由，李浔拿出师长的气度，大方地拍了拍宋仰的肩膀：“去吧，好好比，给咱们学校长长脸。”

宋仰把手里的弓箭递给李浔：“那麻烦你帮我收一下。”说罢他和周游往图书馆方向走去。

李浔的目光在那两道背影上停留了好一会儿，俩人的身材修长，都是偏休闲风的打扮，一黑一白，靠得很近，大概是聊着什么有趣的事情，宋仰时不时地扭头笑笑。

李浔想起什么，喊了一声：“你什么时候回来啊？”

奈何人已远去，回应他的就只有箭头射中靶子的闷响声，衬得他这个问题如此多余。

吴家年也盯着那俩背影瞧了好一会儿，发表路人观点：“真是郎才女貌。”

KUWEI
酷威文化
图书 影视

弦风花月

陈隐 著

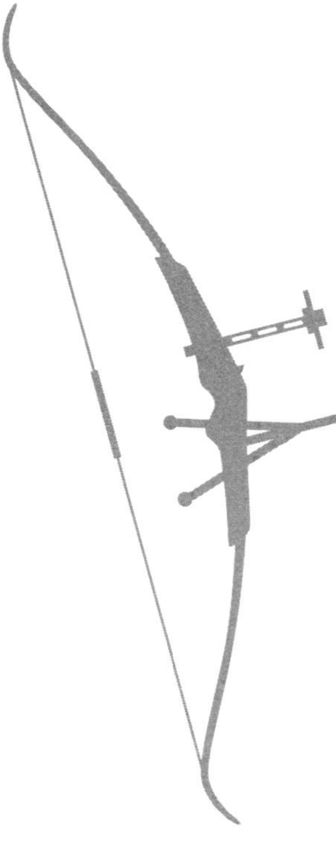

下册

天地出版社 | TIANDI PRESS

Contents
目录

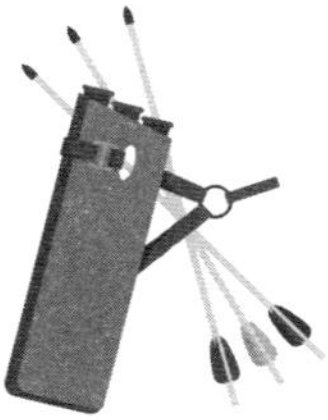

第十一章
该不该坚持下去

宋仰参加辩论赛这事儿真不是自愿的。他的休息时间本就不够充裕，而且对辩论也没多大热情。

他一方面是觉得找资料的过程烦琐，麻烦；另一方面觉得辩论赛双方站在台上辩驳的样子就跟吵架似的。他是个极易紧张脸红的人，一上台，看到乌泱泱的人头，大脑肯定要短路。但周游拜托他好几次，看在那些笔记的分儿上，他实在不好拒绝，只好硬着头皮上。

辩论赛的冠军团队，学校有额外的奖学金奖励，因此周游对这次活动格外重视，三天两头拉着宋仰讨论问题。

某天晚上的课程结束后，他们约在图书馆外的小亭子见面，因为那个点，图书馆里压根儿就抢不到位置。

宋仰坐下没几分钟，手机软件上弹出提醒——体能训练一小时。

那是李浔制订的计划表，每晚这个时间段，队员们要互相督促训练，今晚他不在，孙胖不知道要跟谁一起搭档。

周游撞了撞他胳膊：“你怎么老走神啊？”

宋仰将软件里剩下的一些提醒也都关了，收起手机说：“不好意思，你继续说，我听着呢。”

周游心细，关心地问道：“你是不是有其他的事情要忙？”

宋仰坦白：“嗯，平时这个时间我都在箭馆训练，都养成习惯了，不练的时候总有种罪恶感。不过没关系，比赛要紧。”

借着路灯的光，周游扫过他的前胸和手臂。天气逐渐转暖了，他只穿着件打底的衬衣和羊绒毛衣，隔着薄薄的面料，她能感觉到他隆起的肌肉轮廓有别于班上的其他男生。

“难怪感觉你一学期下来结实好多。”

宋仰低头笑笑。

周游问：“你之后有什么打算吗？”

“嗯？”宋仰抬眸，有些不解，“什么打算？你说辩论赛以后吗？”

“不是啊……就毕业以后，你打算继续读研还是出去找工作？”

宋仰迟疑了一会儿。从开学到现在，他都没考虑过这个问题，被她这么一说才恍惚想起来，这学期结束他们就要迎接新生了，而他对未来的规划尚不明确。

找工作吗？

那射箭就真的只能成为他业余生活里的一点儿调剂了。

没办法训练，也没机会参加比赛，他想到这里有些害怕。也正是有了这种恐惧感，让他忽然意识到原来自己的野心巨大。

止步于此，他不满足，未来一定会后悔。

“我想继续练射箭，像我师父那样，出去比赛。”

这个答案完全出乎周游的意料，她不假思索地道：“比赛会有很多奖金吗？”

“有啊，不过不多，有的小比赛还得倒贴钱，但如果是世界级的大赛，奖金就很可观了。”宋仰聊起这些，眼神都变得灵动起来，“不过更有意义的事情在于为国家拿奖，如果能拿到一枚世界级金牌，哪怕一分钱没有我都死而无憾。”

周游对体育赛事的了解仅来源于微博热搜，从没看过完整的比赛，也听不懂他列举的这些比赛有什么不同。在她的世界观里，体育比赛就只有几种熟悉的项目，比如跑步、游泳和各种球类运动。

她甚至到这一刻才知道，原来射箭是可以上世界级比赛的。她最后还问出了一个让内行人哭笑不得的问题——那要怎么报名？

不过关于射箭的一切，宋仰都乐意科普，翻开笔记本，耐心解释：“就是打比赛啊，等你拿了冠军自然有人会来找你的，不过有个循序渐进的过程，一般先从校队打到省队，再从省队打到国家队，到了国家队，那就是一线运动员，可以参加世界级别的比赛，和外国运动员对抗。韩国队在射箭项目上的实力就相当于我们国家的乒乓球队，常年搞冠军垄断。”

周游听明白了些，笑了笑：“听起来很像升级打怪兽。那进国家队是不是特别难啊？”

“难啊……”宋仰倚在亭子的木围栏上，长长地叹息，“当然难，全国选拔出二十来个人进入国家射箭队，而且不是每个人都有机会上大赛的。比赛是一环连一环，在全国射箭比赛上拿冠军，才能参加世锦赛；世锦赛上拿出好成绩，才有机会上奥运会的选拔赛。这就好比高校保送吧，你成绩好，国家自然会把你送出去比赛。”

他越想越觉得李浔当年挺不容易，能在千万人中冒出头，达成亚运会的成就。

这种自豪的情绪直接反应到脸上，他嘴角微微翘着。

夜晚的风有点儿凉，周游搓着小臂，小声感慨：“体育竞技听起来好残酷啊。”

“那当然。”宋仰留意到她胳膊上冒出来的鸡皮疙瘩，从包里拿出不穿的外套递给她。

周游好心相劝：“我觉得你拿到保研名额都比参加奥运会现实。”

宋仰比画一个剖腹自尽的动作：“你太扎心了。”

周游说：“我是说认真的。与其把时间花费在那么一件遥不可及的事情上，还不如做好眼前的任务，你总不想挂科重考吧？”

虽然话不怎么中听，但无法否认，都是事实。宋仰“嗯”了一声，敛起嘴角的笑意：“我知道的，谢谢关心。”

宋仰准备辩论赛这段时间，错过了队里的两桩大事。

一件是关于于慎微，他在友谊赛的突出表现被省队的教练看中，问他愿不愿意到省队基地集训。这就相当于他已经有一只脚踏进省队，连省运会的名额也预定了。

另一件事情是关于孙胖，他决定退出校队。

宋仰是从吴家年口中得知这两件事情的，前者让他体会了一把柠檬精的滋味，后者让他意难平。

“胖哥他为啥这么想不开啊？”宋仰问。

吴家年耸耸肩：“成绩不理想呗，家里人也不让练了，说是准备考公务员。”

宋仰对这个理由难以置信。

临走前，孙胖组织了一次聚餐活动，地点在学校旁边的聚合饭店。他特意选了周六这天，邀请了全队队员，但不凑巧的是，宋仰在此之前就已经答应了舍友的邀约——周六是周俊霖的生日。

左右权衡，宋仰还是决定陪周俊霖过生日，因为周俊霖脾气大，要是不给面子他得好几天不理自己。

孙胖体谅他的难处，不过后来还是把饭店包间号发给他，开玩笑说，要是来得及可以过来陪自己喝杯酒。

周六晚上，李浔领着一大帮人来到聚合饭店。这地方可以称得上大学城里排名前三的饭店。

偏中式复古的装修，服务生都穿着大红色的绣花旗袍，衬得身形婀娜，都化着精致的淡妆。

队里几个没见过世面的愣头青一个劲地盯着她们看，于慎微转头，凑到吴家年耳边小声点评：“这身材真好啊。”

“你斯文点儿。”

李浔抬脚踹在于慎微屁股上，于慎微一个踉跄，跪在楼梯上，狼狈起身，拍拍裤腿，讨好地笑了笑。

李浔：“……”

菜品都是提前订好的，人到齐，服务生便端着东西上来了。

李浔在桌上看到好几道宋仰平时特爱吃的菜，拍照发给小朋友。

真的不来了？小胖特意点了你爱吃的。

宋仰也发来正在吃饭的图片，照片中央是个淋面的水果蛋糕。

我也在吃饭，帮我给胖哥带声好。

李浔浅浅地笑了笑，收起手机。

因为明天休息，大家敞开了肚皮吃喝。一桌有好几个北方人，酒量大，孙胖点了三瓶红酒都不够，又问服务生要了一瓶。

李浔喝掉两杯，孙胖立刻又给他续上：“教练，这段时间多谢你照顾了。我敬你一杯，祝你以后事业顺顺利利，生活圆圆满满。”

“你也一样，”李浔和他碰了碰杯子，“祝你顺利考上公务员。”

孙胖张了张口，想说什么，但没有说，只是仰起脖颈，一口气喝光了杯里的红酒。

李浔留意到他泛红的眼圈，抬手捏捏他的肩膀，小声说：“没事，以后想练箭了随时回来。”

孙胖点点头，又给自己满上一小杯。

李浔无声叹息。体育竞技区别于很多领域，它需要依附太多因素，健康、能力、运气、家庭，这些都会影响运动员的心态，并不单靠一个“勤”字就能改变一切。

他当年就是这样目送队友一个接一个地离开。

这很残酷，也很现实，毕竟生活也是一样，处处是别离。

酒过三巡，大家醉态萌生，桌上的东西也消灭得差不多了。

“哦，对了，还有个事情。”孙胖从兜里掏出手机，点进相册翻了翻，拿给李浔看，“这是我学妹，你觉得怎么样？”

李浔经常在体育场见到她，第一反应就是：“她是打算进校队吗？以前练过没有？看着太瘦了点儿。”

孙胖差点儿吐血：“你这什么清奇的脑回路，我是问你她长相怎么样？”

李浔实事求是地评价：“还不错啊，看起来很斯文，应该挺温柔的，怎么，你女朋友？”

孙胖无言以对，边上的吴家年乐得眼睛都快没了：“瞧见没？我就说过，长得帅的脑子都不正常，这就是他没女朋友的致命原因。”

一帮人都笑了起来，李浔皱着眉，思索半天，还是摸不透原因，直到孙胖在微信上给他推送了一张名片，说：“她不是老来看我们训练吗？其实她不是看训练，而是对你比较感兴趣。你要是觉着她还行，就加上好友聊聊。”

李浔连微信都没点开：“还是别了吧。”

孙胖疑惑道：“为什么？你刚不是说她挺不错吗？”

李浔抿了口红酒，直截了当地说：“长的是不错，但问题是实在太小了，她得跟我差一辈吧？个子还小，牵出去像父女，我不喜欢。”

直到九点多，饭局才结束，大伙喝得晕晕乎乎，七倒八歪，李浔出门，撞见匆匆赶来的宋仰。

“你怎么这会儿才来？”

“我舍友他们太能闹，一直没放我走。”宋仰扶住孙胖，“怎么喝成这样？”

李浔叫了辆车，把孙胖塞进去，吴家年也跟进去。车里没位置了，李浔无奈地道：“那一会儿学校见。”

宋仰“嗯”了一声。

霓虹灯透过玻璃照进车厢，宋仰望向窗外，脸颊被光线分割得一半明一半暗。

孙胖看了他一会儿，抱住他的肩膀。

宋仰微微侧身，靠在他敦实的肚皮上，有点儿犯困：“胖哥，你是真想考公务员吗？”

孙胖被点到痛处，苦笑：“一般般吧，不去能有啥办法。”

宋仰问：“怎么个没办法？”

“我又不像于慎微那么有能力，也不像老吴家里有钱，想干什么就干什么，将来退役还能继承家业。我爷爷奶奶岁数大了，身体也不好，他们就希望我在老家找份安稳一点儿的工作，早点儿成家。”

宋仰皱眉劝说：“可你得做真正喜欢的事情才开心，不是吗？”

孙胖说："说实话，我真没勇气拿青春当赌注。竞技体育的淘汰率实在太高了，我怕我没有那个实力走到最后，结果一事无成，反过来怨自己这时候的选择。可能我就是那种适合踏踏实实过日子的人。"

听到这儿，宋仰便知道自己多说无益。每个人所处的环境不同，所要承受的压力也不同，他可以把自己的想法说给孙胖听，可不能强迫别人顺从，也不能认定别人的选择就是错误的、愚昧的。

未来的路还那么长，是对是错只有走过才知道。

宋仰回到寝室，没心情玩手机，也没心思看书做题，四仰八叉地瘫在床上，谁叫都不理。

周俊霖催他洗澡，他说太累了，明天再洗，接着将床帘拉得密不透风。

他在黑暗中回忆过往的点滴。酒精使他的大脑变得昏昏沉沉，他一会儿想起周游说的那些话，一会儿想到孙胖，一会儿想到自己惨不忍睹的期末成绩。

他迷迷糊糊陷入梦境，梦里的场景是射箭场，领队语重心长地告诉他："你这样的成绩是走不远的，还不如趁年轻，多学点儿别的东西，别再执迷不悟下去。"

过去接受的那些质疑，无法自我消化，如鲠在喉，他在梦里仍然感到崩溃。

窗外的天色蒙蒙亮，腕上的手环小幅度振动起来，宋仰睁眼时感觉眼睛有些胀痛。

室友们都还在睡觉，床帘遮得严严实实。他轻手轻脚地下床，摸进浴室。

即使有了心理准备，他还是被镜子里的自己吓一跳。

头发爹成鸟窝，眼角还有没擦干净的泪痕，一对眼睛像被蜜蜂蜇过似的，肿胀的皮肤将眼皮的那道褶皱撑到最大，几乎成了单眼皮，卧蚕的位置也肿肿的。

就这样，他顶着一堆烦恼来到箭馆，整个人看起来极其阴郁。

今天有体能考核，全队队员都在。

李浔见到他，先是一脸诧异，而后调侃："你是哪个园里的国宝，怎么乱跑？"

宋仰揉揉眼："有那么夸张吗？"

李浔说："夸你可爱呢，这都听不明白。"

吴家年幽幽地道："怎么从来没听见你夸我啊？"

大家一起吃过早点，练了会儿箭，李浔带着他们来到室外田径场进行体能考核。

考核的目的是筛选出优秀参赛运动员——省运会分为体能测验、排位赛和淘汰赛，如果运动员在体能检测中不达标，那便与接下来的比赛无缘。

也就是说，在这次比赛中，教练员不能只用大家的射箭成绩作为参考，还得综合大家的体能训练成绩再做决断。

射箭运动的体能项分为腹肌耐力、背肌耐力、垂直纵跳和三千米跑四个项目，每项二十五分，总分一百。

宋仰最讨厌的就是体能考核部分，除了长跑，他没一样擅长。他还听说国家队运动员的基础体能要练十个项目，光想想就头疼。

在进这行之前，他还以为射箭就只是单纯练箭。

李浔到器材室拉出跳箱，搁在墙脚，队员们自动排成两列横队。

“我们从腹肌开始。”李浔掏出兜里的计时器和成绩簿，按首字母排序，“阿洪你先来。”

腹肌耐力的测试规则很简单，运动员仰卧在跳箱上，躯干悬空，双手交叉放在胸前，髂后上棘置于跳箱边缘，由教练员帮助固定小腿，保持身体不低于水平面，但不可高于三十度。

如果运动员维持时间达到两分钟以上，则可计为满分。

队友们依次测试。宋仰很紧张，不自觉咬紧后槽牙跟着发力，默默数数。

夜幕悄无声息地褪了色，柔粉色的云层下钻出无数道金光。

操场上陆陆续续来了许多学生，有锻炼的，有看书的，有田径队的，还有和对象出来约会的，叽叽喳喳，像菜市场一样热闹。

李浔在册子上记下分数，微微起身，双腿和凳子留出一点儿空隙。

“下一个。”

吴家年捅捅边上人的胳膊。

宋仰回过神，跨坐到跳箱上，往前挪了挪，将小腿伸到李浔腿间。

李浔正盯着手上的秒表，没怎么在意，一屁股坐下去，某个部位猝不及防地碰上宋仰的鞋尖，“嗞”了一声，跟奓毛的猫咪一样弹起来。

全队爆笑。

宋仰满怀歉意地收起腿：“不好意思啊……”

李浔拧了拧眉：“你坐那么远干什么？”他伸手握住宋仰的脚踝，使劲往身下一拖，然后坐下去，用身体的重量压制住宋仰。

李浔感觉不是很舒服，又往前蹭了蹭，轻声说：“你准备好了我们就开始。”

四周除了他们校队的队员，还有不少围观的学生，大概是出于好奇，有学生对着他们拍照。

李浔居高临下地看着他，并没有催促，但宋仰还是感觉到压力。

“好了吗？”李浔盯着他的膝盖问。

“嗯。”宋仰深深地吸了口气，双臂抱胸，上身缓缓向后倒去。

腹部发力的同时，腰椎传来一阵密集的针刺感，他皱了皱眉，预感不妙。

这是因为久坐导致的腰肌劳损，这种感觉从他读高中时就有了，那会儿功课太多，他时常要熬到凌晨两三点。最疼的那段时间他连打喷嚏都像针扎一样，也上医院拍过片，医生说是关节膨出，要他注意不能提重物。

这毛病一出来，每次腰腹一用力，尾椎就会传来针刺感，影响发挥，这就是他腹肌耐力和背肌耐力一直在及格线徘徊的主要原因。

太疼了。

每一秒都是煎熬。

还没过六十秒，李浔就发现他的上肢抖得厉害，好像快撑不住了。他压在宋仰小腿上的手掌施了点儿力，提醒道："才六十秒，再坚持一会儿。"

他这个"才"字，让宋仰无奈望天，后槽牙咬得更紧。

此时此刻，一秒钟被拉得像一整个冬天那样漫长。

压在他身上那座无形的大山越来越沉，他的眼神越发飘忽，刚开始只是上肢在抖，紧接着是绷紧的大腿、小腿，甚至牙齿都在打战。

他感觉自己就好像一根绑着重物的绳索，那些缠绕在一起的细线正一点点崩断。

忽然，他无力地呼出一口热气，整个人像坨烂泥，瘫软地向后栽倒。好在李浔眼疾手快，及时握住他的手臂，将他拽了回来。

他坚持了一百零二秒，得了十七分。

他们花了一上午时间做完体能考核，好在宋仰的长跑拿了满分，总分加起来刚好达标，可以进行下一轮选拔。

宋仰抚了抚小心脏，心情大好。

阿洪冷冷地道："您着点儿吧，你再差一秒就不合格了。"

宋仰轻哼一声："赌一把怎么样？"

"赌什么？"

“下一轮我肯定赢你。”

“行啊，输了怎么样？”

宋仰认真想了想：“你输了你给我刷一年的鞋子，我输了我给你刷一年的鞋子。”

“那有什么问题！”

短暂的休息间隙，大家坐在跑道上吃东西补充体能。宋仰出门急，没带什么东西，也没胃口，低头玩手机。

忽然，有只托着巧克力豆的大手伸到他眼前，阻挡了他的视线。

那掌心宽大，红红润润，手指也比一般人长很多，他不用看都知道是谁。

“拿着啊。”李浔用手背碰了碰宋仰的手，“他们说吃甜的心情会变好。”

宋仰小心撕开，捏着一颗放进嘴里，含着，没舍得嚼开。

“他们是谁啊？”

李浔无奈坦白：“我网上查的。”

宋仰躺在草坪上，望着湛蓝的天。一团很像猫爪的云层一寸寸移动，将阳光遮得严严实实，眼前的世界瞬间一暗，不过很快，太阳又从厚厚的云层里冒出头来。宋仰再次沐浴阳光，浑身的肌肉都跟着放松下来。

他转头，看向不远处。李浔正拧着眉在本子上勾勾画画，大概是在为几名体能不合格的队员发愁。

毫无预兆地，李浔忽然抬头朝宋仰看过来。

李浔问他：“你还要不要吃了？”

宋仰举起手里的巧克力豆：“我还没吃完。”

“那么点儿吃半天，我一口就没了。”李浔说着，也撕开一包，仰头就往嘴里倒。

宋仰第一次看见有人这么吃巧克力豆：“你不齁吗？你都吃完了我吃什么？”

第二轮的射箭选拔安排在下午三点，之所以这么安排是想让大家都有充足的时间休息。队里很多学生回寝室睡觉了，不过宋仰没有回去，草草地吃过午餐，来到室外射箭场。

独自练习是件枯燥且麻烦的事情，因为没有人帮忙计分拔箭，也没人声，尤其是没有阳光的时候，宋仰总有种被世界遗弃了的错觉。

射箭场的两侧都有围墙，遮住了风，但箭支还是往边上偏移，打不出高分。

宋仰正琢磨是瞄准器的问题还是风力的问题，就听见有脚步声靠近，不轻不重，很有规律。他凭着声音就判断出那是李浔，立刻回头。

“怎么这么早就过来了？”李浔左手提弓，右手提着箱矿泉水，嘴里还咬着成绩册的一角。

宋仰反问："你怎么也过来了？"

李浔是想趁着休息时间多练练。他之前还以为当校队的教练比箭馆轻松一些，谁知道更忙了，比赛一场接一场，他只能趁小家伙们不在的时候过过手瘾。

"一起啊。"李浔挑眉示意，"我让你二十米，一人十支箭，看谁分高怎么样？"

宋仰几乎没犹豫："那肯定是你啊……"

这回答有些出乎意料了，李浔转身与他对视："你跟队友打赌时不是挺自信吗？怎么到我这儿就蔫儿了？"

宋仰答不上来，在他心中，李浔永远都是师父，是信仰，是不可超越的存在。

他们一起搭箭抬弓，宋仰射七十米，李浔说让就让，站在九十米开外，第一支箭出去，这个让宋仰纠结好半天的问题就被抛到脑后了。

因为他看到李浔射中了十环。

很多人以为箭支是以直线的方式移动的，但其实不是，箭支从脱离弓弦的那一刻起，就跟子弹一样，高速旋转，这个过程中遇到阻力，会不可避免地发生偏移。

偏移的原因分很多种，与运动员自身的动作、瞄准器的精准度、箭杆的弹性乃至当天的风速、风力都有关系，所以在很多大赛上，那些专业的射箭运动员的第一支箭成绩都不是特别理想。他们需要时间摸索出原因，一般到第二轮，状态就好很多。

今天是多云的天气，有风阻，距离又远，刚才宋仰在这边足足摸索十多分钟才打出最好的水准。如果在射箭场上，一场比赛都结束了。

和职业选手间巨大的差距让他感到惶恐，他不知道自己究竟要练多久才能有这样的水准，这期限有可能是五年、十年，或者是一辈子。

带着这种微妙的心理落差和急躁的状态，宋仰下午的发挥很一般，但总环数还是超过了阿洪，在校队排名第三。

理论上来说，省运会的名额是稳了，但李浔没有当场公布，说回去和领队商量商量。

谁知道这一商量，第二天的结果就出乎宋仰意料了。

通知是领队发在微信群里的，参赛人员分别为：于慎微、吴家年、阿洪。

宋仰当时正在上课，第一眼还以为是自己看错了，确认之后，气得心率飙升，连台上教授的声音都显得模糊而遥远。

他习惯性找李浔问原因，打字时指尖发颤，连连出错。

为什么啊！

我明明比他高四份！

分！

宋仰等了好一会儿，见李浔不回消息，他只好偷偷地摸到后门。

这是他有生以来第一次逃课，紧张得冒汗，但他觉得这件事情肯定是哪里搞错了，他和阿洪的总环数明明相差那么多……

上课时间，教学楼外很安静，他用最快的速度冲到李浔办公室，不过人没在，桌上有个泡着柠檬片的水杯让他判断出这个位置的主人是李浔。

屋里还有另外一位教练，那是校运会上找宋仰搭过讪的田径队教练章程。

宋仰当时加了他微信，对他有点儿印象。章程也还记得宋仰，笑眯眯地问："是来问名额的事情吧？"

宋仰惊讶地道："你怎么知道？"

"我听他们聊天了，说两个人成绩差不多，只能挑一个。"

宋仰的脑海冒出一个念头——只要李浔坚持，说不定这件事情还有回转的余地。他带着期待问："那我的教练怎么说？"

章程笑笑，很有技巧地避开了学生与教练之间的正面冲突。

"他肯定是从方方面面考虑问题的，你没有必要为了一个名额这么纠结，机会还有很多。其实你要是乐意，可以转到我们田径队来的……"

后边的话，宋仰都是左耳进右耳出。只感觉脑仁嗡嗡的。他浑浑噩噩地走出办公室，来到一处完全陌生的地方，找了块石头干坐着。

天气不好，云层将阳光遮得严严实实。

他是个聪明人，知道章程不正面回应他的原因只有一个——李浔在权衡过后，选择推荐的人是阿洪。

他试着拨打李浔的手机，很意外，那声音就在他不远处响起。李浔手里提着饭菜，看起来刚才是去拿外卖了。

李浔见了他，并没有表现出意外，只是问："现在不是上课时间吗？你怎么跑过来了？"

宋仰起身，抑制不住激动的情绪，说话很冲："你为什么选他？别跟我说要看综合成绩，我的体能考核也是合格的！"

李浔很无奈。

宋仰的体能成绩是合格了，但也就是在及格线上，因为这点，领队不放心，怕宋仰在第一个环节就被淘汰。稳妥起见，领队先推荐阿洪，主任也同意了。

李浔刚开始持反对意见，和他们据理力争，保证宋仰的体能只有上升空间，不会有下降的可能，可是当晚的一通电话，让他改变了想法。

李慧瑛问他宋仰怎么这周没回家。他就像个被班主任逮住的学生，心虚地找理由，说是学校有活动要帮忙。

奈何李慧瑛太聪明，一下猜到原因，一针见血地说："我知道，学校五月份又有比赛。你上回答应过我的，和学业冲突的情况下，不会让他到处比赛了，他的成绩我是真看不下去了。"

学业与爱好如何兼顾是个永恒的难题，李浔能保证宋仰的体能合格，可是保证不了他的学习不被耽误，未来不被耽误。

层层枷锁套住的不光是宋仰，李浔感觉自己的头都快秃了。

“这事情很复杂……”他搭了一下宋仰的肩膀，“我慢慢跟你说。”

“哪里复杂了？比赛成绩很明显不是吗？难道说你们更看重运动员的体能成绩？”

天色阴沉沉的，就犹如宋仰此刻的脸色。

印象中，这是宋仰第一次用这样的眼神看他，用这么穿云裂石的语气同他说话，可见是触了底线。

李浔尽可能委婉地说：“你的体能考核成绩还不是特别理想，而这又是最基础的一环……”他顿了顿，觉得宋仰肯定能听明白，没再接着说下去，而是改口安抚，“但是没关系，暑假有大学生运动会……”

谁知道宋仰听完更憋屈了，就像是个被遗弃的小孩，带着那点儿可怜巴巴的自尊，反问：“所以你也觉得我体能考核不能更好了是吗？你就那么不相信我？”

“当然不是，但这事不是我一个人说了算的。”

“真的就没有机会了吗？”宋仰无意识地握住他的手腕，捏紧了，“师父，你知道我有多期待这场比赛的。我保证我的体能一定会更好的，要是不行，你让我退出校队都可以。”

他焦虑的情绪，李浔全数接收。

那双手是很漂亮的，骨节分明，细嫩修长，可如今都能感受到虎口处的薄茧。

李浔一口气就堵在喉咙口，恨不得立马就把申请名单给撤下来，可那么做实在太不理智。

“趁着这段时间，你先补补功课，这对你而言也很重要。”

李浔这么说，宋仰也知道结局了，顿时觉得自己愚蠢至极，竟然期待着李浔会对他有什么特殊关照。

微风卷起满地落叶，宋仰的眼神黯淡下来，松开李浔的胳膊：“我知道了。”

他轻声说完这句，头也不回地走了。

而他这一走，李浔也彻底没了吃饭的胃口。

第二天，宋仰没有像往常那样到箭馆训练。李浔知道他肯定是因为名额的事情闹情绪，也没多想，第三天，第四天，宋仰继续请假，逃避训练。李浔给他电话，他不是说要上课就说去图书馆，可问题是，他连李浔带的那节体育课都任性地逃掉了。

李浔意识到问题严重，上寝室找人。当时天色已晚，屋里就俞乐一个人坐在书桌前画画。

李浔进门就问：“宋仰人呢？”

俞乐推了推厚厚的眼镜片：“不知道，应该是去图书馆了吧。”

“哪个图书馆？”

“哪里有座上哪儿，也可能在自习室。你找他有什么事吗？”

李浔答不上来，无功而返。下楼后，潜意识把他带往图书馆的方向。

就快要到立夏了，校园角落遍地开花，李浔留意着道路两旁，生怕错过了少年的身影。

图书馆内三层，座无虚席。李浔由下而上，放慢脚步，一层一层寻找，就好像十多年前，宋仰在茫茫人海中寻找着有关于他的线索。

图书馆边上有条复古的回廊，静谧悠长，像蜿蜒的巨龙，木质的围栏边也坐着不少看书的学生，四周是茂密的树丛。亭子中央，有几张圆圆的小石桌，咖啡、奶茶、水果，香气四溢。

周游正在给宋仰讲题。

“我昨晚传你的思维导图都看过了吗？”

“嗯。”

周游说：“你一周后把内容重新再背一遍，就不容易忘记了，重点要学会处理信息，先把目录择出来，对问题进行思考和联想，这样可以加深记忆。”

“好。”

宋仰腕上的手环振动起来，提醒他到了训练时间。他按掉，继续做题。

周游问：“你今天也不去训练了吗？”

宋仰的下巴垫在拳头上，摇摇头。

周游觉得奇怪：“以后呢，也不去了？你不是很喜欢吗？”

宋仰还是摇头：“我不知道。”

“什么叫‘不知道’啊？”周游笑起来，“你想去就去，不想去就不去了呗。”

宋仰提了口气，双掌盖住眼睛，苦闷道：“我很喜欢射箭，太喜欢了，喜欢到离不开它，但同时它又带给我很多痛苦，我不知道该怎么继续下去。”

一棵松树后，李浔的脚尖动了动，他听见周游用女孩子特有的、很温柔的语调问出了他此刻最关心的问题。

“那你能跟我说说你的困扰吗？”

片刻后，李浔听见宋仰开口了。

宋仰告诉周游，他曾以为自己能拿到省运会的名额，高兴了一个晚上，还和舍友大肆庆祝了一番，可最后那个名额却成了别人的，他都不知道怎么和舍友解释；成绩不断下滑，家人的期待让他感到山一样的压力，同寝室的朋友都有了新的目标，而他的前途一片渺茫；他不知道射箭运动员原来要练那么多项体能，他的腰肌劳损日渐严重，打喷嚏的时候都会疼，不知道以后能不能好起来；他遇到了艰难的瓶颈期，训练时常不在状态，很害怕自己的成绩再也上不去，怕自己真的无法逃脱小脸拿不到好成绩的魔咒，怕自己将来真的像孙胖说的那样，一事无成；他对射箭的喜爱、对未来的期待，最终都变成压垮他的稻草，也不知道从什么时候开始，他对成绩有了执念，圆心以外的位置，都无法让他感到快乐……

李浔低着头，心中被酸涩的情绪填满。

那些都是宋仰不曾向他倾诉过的苦恼。

第十二章

下定决心

晚风微凉，李浔行走在朦胧的月色之下，很有共鸣地回想起自己意志消沉的那段时光。

他有种感觉，宋仰和他是一类人，这辈子注定离不开射箭。他们为它快乐，为它痛苦，也因为它而感受到生命的鲜活与灿烂。

但也正因为热爱，因为野心勃勃，不甘与恐惧冲击着自己，导致心理状态几近崩溃，宋仰此刻的为难之处他都感同身受。

这是大部分运动员会面临的难题，他知道宋仰终有一天也要在绝境中做出抉择，但没想到这天来得这么猝不及防。

他没办法像周游那样，轻松淡然地安慰宋仰：“不练也没关系的，其实还有很多有意思的事情值得你去挖掘。”

这世上确实有很多有趣的新鲜事，可对于他们而言，对弓箭的爱融进骨肉，一旦分离就好像断线的风筝，失去方向。

那晚之后，李浔没再催宋仰到箭馆上课，认为宋仰需要时间去思考和规划。至于宋仰怎么选择，他都得尊重。

到了周五的傍晚，他收到宋仰主动发来的信息，但不是什么好消息：

这周有事，晚点儿回，你不用带我了。

他们平时每两周回一趟家，从宋仰入学到现在，都是一起回家，毫无例外。

他感觉宋仰在刻意躲他，但只是因为一个省运会名额吗？他认识的宋仰，没那么小家子气。他们的感情总不能因为名额而产生裂痕吧？

长路漫漫，副驾驶座上没人闲扯，李浔困倦无比，连打好几个哈欠。

百无聊赖，他瞅了一眼汽车中控仪表台上的熏香小摆件。

摆件捏的是三个坐在草坪上野餐的小人和一条狗，三个人的五官那是丑得各有千秋，但勉强能从衣着风格和发型判断出，一个是他，一个是初之，一个是宋仰。

那是宋仰过完年捏了送给他的，还贴心地上了颜色，就是技术一般了点儿，涂抹得不那么均匀，据宋仰解释说："这是高光你懂不懂？！一看你就没学过艺术！"

"行行行，艺术艺术……搁着吧。"

“我再给你滴点儿精油，提神醒脑用的。”

“你上回不是说这味道是安神助眠的吗？”

“是吗？那我可能记错了。”

“这能记错吗？我开着开着睡着了怎么办？”

“这不是有我吗？我能让你睡着吗？”

李浔想到这儿，“嘁”了一声，弹了摆件上的宋仰一个大脑嘣儿。

小屁孩的承诺果然不可信。

就这个吓唬人的玩意儿，将李浔的思绪扯远了，后边的车子鸣笛提醒，他才放下手刹，重新启动。

同一时间，宋仰在高铁车厢里，同样地百般委屈。

他抢票的时候已经晚了，没有靠近窗口的位置。左边坐的是抱着两岁娃娃的阿姨，孩子哭哭啼啼哄不好，还总拿小脚踹他；右边是一位开外放刷短视频的大叔；前方泡面香气四溢；后方大婶们高谈阔论，他陷在这种环境里，抱着自己的小背包，无奈望天。

早知道他就不整这一出了，真是赔了夫人又折兵。

他是有意给李浔发那条消息的，谁让李浔把名额给别人，还对他不闻不问，整整一周，就主动给自己发了三条消息。

怎么还不来训练？

今天来吗？

来吗？

态度一次比一次敷衍，连他逃了体育课李浔都毫不在意！

他以为发了那条消息，李浔至少会关心一下，问他究竟碰上了什么事情，谁知道李浔仅回了个“好吧”。

水都泼出去了，他只好临时订票，一个人摸索到火车站。

车站曲折蜿蜒，像座迷宫，他排队取票费半天劲，结果错过一班车，只好改了班次。

手机快没电了，他拨通宋景山的电话，说自己在高铁上，预计还有一小时抵达，让他提前到列车站点附近候着。

宋景山觉得奇怪：“哎，你今天怎么没坐阿浔的车？”

宋仰撇撇嘴，现编理由：“我脸皮薄，不想每次都麻烦他等我。”

“哟，”亲爹毫不客气地嘲讽，“你还知道不好意思？”

宋仰气鼓鼓地说：“手机没电了，不跟你啰唆了。记得在百货大楼的大门口等我啊，带点儿吃的，我快饿死了。”

“好好好……”电话还未挂断，那端传来了初之软软糯糯的小奶音，“是小仰哥哥吗？”

“对呀，你想不想跟我一起去接他？”

他还没听到初之的回复，老爸已经将电话给挂断了。宋仰无奈一笑，定好闹钟，戴上眼罩和耳机，靠在椅背小憩。

短暂的休息时间，他做了个梦，梦见李浔要和他断绝师徒关系。

箭馆明晃晃的灯光下，李浔扔给他一张考勤卡，面沉如水：“你看看你，多久没来训练了？就凭你这样的态度，也想进省队？”

卡片上大红色的叉像恶魔的爪牙，勒得他喘不过气。他向李浔道歉，李浔却告诉他："如果真的那么痛苦，就不要再练了。这世上有意思的事情太多了，你肯定还能找到让你感到充实和快乐的事情。你以后也别再叫我'师父'了。"

他是被吓醒的，醒来时掌心都是汗。

他都不记得这是这个月第几次做噩梦了。他以前很少做噩梦，就连高考前的那几个晚上，梦见的都是考完出去旅游。似乎是从这学期开始，他烦心事越来越多，做噩梦的频率也越来越高。

待他揭下眼罩，看见窗外夜色如墨，边上的小孩和大叔都睡熟了。

他抱着背包，悄悄起身。

手机已经自动关机了，没有导航定位，他只能凭着感觉跟随人流往外走。

烤肉肠的香味四处弥漫，刺激着他分泌唾液，可摸遍身上和包里所有口袋，只摸出两枚一角的钢镚儿，还不够买瓶矿泉水的。

最可气的是他后来还走错了出口，得绕一千米才能到百货商场。

"早知道就不回家了……"他的嘀咕声和肚子的叫嚷声遥相呼应。

他也不知道老爸到了没有。

宋仰耷拉着脑袋，脚尖钩了只不知道从哪儿飘过来的塑料袋，一路踢着走。

淡薄的月色被风里的树枝摇碎，装点在他脸上，明暗交替。他看起来有些落寞。

李浔第三次按响喇叭。

宋仰终于抬头朝他看了过来，似乎还有些不耐烦地皱了皱眉。

李浔又用远光灯晃了晃他。

借着路边商店的光，宋仰看清车牌，心头一惊，来不及细想，欢欣雀跃地绕过街边绿植。

车窗正好降下。

“师父！你怎么来了？！”

李浔细细打量窗外的少年，不过就一周而已，宋仰明显瘦了一圈，小脸都快瘦脱相了。

他露出一副无可奈何的表情：“临危受命，不来不行。”

宋仰大概猜到是怎么回事了。李浔是没有义务来接他的，既然来了就是一份恩情，他别扭也不闹了，满怀欣喜地钻进车里：“是我爸让你来的啊？”

“不然呢？”李浔递给他一个热气腾腾的鸡蛋灌饼。

“舅舅，撒谎的人鼻子会变长哦。”一直藏在后座啃蛋饼的李初之冒出正义的声音，“明明是你非要来的。”

李浔：“……”

宋仰的耳朵可尖了，自动翻译了初之的童言童语。

“师父，你……”

李浔奓毛，嗓门老高：“赶紧吃吧你！这玩意儿得趁热吃。”

宋仰再次张嘴。

“你不吃还我！”李浔作势要抢，宋仰嗷呜一大口，嘴巴撑成大嘴猴。李浔无意瞥了他一眼，没忍住乐出了声。

这家鸡蛋灌饼的配方是改良过的，里面放了很多料，一口咬下去，满是培根浓郁的烟熏香。宋仰饿坏了，将纸袋一撕到底，腮帮子被食物撑得鼓鼓的。

这是他这一周来吃得最香的东西。

鸡蛋灌饼外壳焦脆，软硬适中，在齿缝里久久留香，宋仰边吃边欣赏窗外的风景，脑海回响着李初之的那句话。

明明是一样的夜色，一样的高楼，心境和两分钟前截然不同，他情不自禁地发笑。

他感受着心态的变化，不断告诫自己，以后要大气，一定要大气。

一大一小吃得正欢，不知道哪里冒出来咕噜声，宋仰侧耳一听。

“师父，你自己没吃吗？”

李浔“嗯”了一声：“买饼的那地方没车位，又有交警巡逻，我怕被贴条，就买了俩。”

宋仰低头瞧瞧手里的饼，已经只剩半个了，扭头看看初之。

初之爱吃肉，不爱吃素，吃东西前会把菜叶子抠掉，手里那个已经被她糟蹋得不像样了；并且这孩子还有点儿护食，哪怕是没了肉的蛋饼，也没有一点儿要贡献出来的意思，小脸扭向窗外，装没听见。

“要是你不嫌弃……”

宋仰话音未落，旁边那位已经抢先道：“不嫌弃。”似乎是意识到自己话说太急，李浔又补充，“我确实挺饿的。”

宋仰赶紧把带肉的那面递过去。

后座的李初之吃饱喝足，歪着小脑袋睡觉。李浔把音乐关了，车里一下变得很安静。

宋仰把小丫头的玩偶放在肚子上，时不时揉两下，小声问："你怎么都不问问我这几天为什么没去训练？"

"你不是说上课忙吗？"李浔意有所指，"难道是骗我？"

"没……"宋仰低头不语。

李浔看了他一眼："是在烦恼要不要继续练箭吗？"

宋仰吓一跳："你……你怎么知道？"

李浔勾勾嘴角："笑话，我几岁你几岁？你心里那点儿小九九我还能摸不透？"

宋仰用胆怯又心虚的小眼神一扫："你一定觉得我很没出息。"

这也正是他可以向全寝室乃至班上同学诉苦，却一直不敢向李浔吐露心声的原因。他不想被李浔瞧不起，更不想让李浔觉得自己当初是看走眼了。

李浔反问："那你会觉得我没出息吗？"

宋仰毫不犹豫地说："当然不会！"

"那不就好了。"

"可咱俩高度不一样，你都是国家队的了……"

李浔笑着揉了一把他的脑袋："有没有出息也不是依照能不能进国家队这个标准来评判的啊！你年纪轻轻的，其实就已经拥有了最宝贵的东西，一切都来得及。"

"是吗？"宋仰像根麦穗一样垂着头，"可我现在都有些担心自己的未来像胖哥说的那样，一事无成，反过来后悔今天所做的决定。"

“我之前不是跟你说过吗？别老在意别人说的那些，他们是他们，你是你。谁都无法保证你的未来一路风光，不过我可以肯定一点——不管将来你进入哪个行业，都是一样会遇到挫折的，你对这个行业的爱，决定了你所能承受的痛苦的程度。假如真的到了无法承受的地步，你可以转行尝试新鲜的事情，就像我一样。曾经我也很难想象离开国家队后的生活，但一切都没有预想中那么可怕，看着你们逐渐成长起来，也是一件让我有幸福感的事情，相信你也会一样的。”

直到这一刻，宋仰才真正感觉到李浔是个和他有十二岁年龄差的男人。

这些话浅显易懂，却不是同龄人会告诉他的。

宋仰：“你真会安慰人。”

李浔笑笑说：“在做决定以前，首先你要想清楚你的内心究竟在期待什么、恐惧什么，以及你到底是在尝试着克服这些恐惧，还是任凭它们不断发酵，吞噬掉你的热情。”

宋仰被他说得有些心虚。

“如果你真的已经努力过了，可情况还是那么糟糕，练箭带给你的痛苦远大过快乐，那就先歇歇……”

宋仰想起自己在高铁车厢里做的那个梦，惊恐地道：“你下一句该不会要接‘以后别叫我师父’了吧？”

李浔弹了他一个大脑嘣儿：“一日为师终身为父，这话我认你当徒弟第一天就说了，你忘了？”

宋仰嘴角勾起一点儿弧度。

他哪能不记得。

李浔一板一眼地同他分析：

“我知道你现在面临着很大的学习压力，这压力有一大部分源于你父母对你的期望。你有没有想过跟他们坐下来，心平气和地沟通一下？试着告诉他们你的喜好和追求，而不是一味地隐瞒和逃避。实际上逃避不能解决任何问题，有时候反而会让矛盾扩大。

“在我看来，叔叔阿姨有学识有阅历，都不是不近情理的人，只是习惯性地保护你，避免你受伤。如果你真心诚意地向他们表达自己的想法，我想他们会尝试着理解你的。”

宋仰点点头：“我会的，不过我妈这个人特固执。”

“但你要相信，他们足够爱你。”

宋仰感觉到了满腔的热情，转过头，一眨不眨地盯着李浔的侧脸。他的话并不高深，却盛满温柔，一点儿也不像个成天和弓箭打交道的运动员。

“师父……”宋仰小声夸，“你真厉害。”

“嗯？”李浔一挑眉，“哪里厉害了？”

宋仰拍拍自己的胸脯：“跟你聊完，我的心情舒畅很多！”

李浔还惦记那件事：“那也没见你第一时间来找我。”

宋仰的指尖绕着兔玩偶的耳朵，一副欲语还休的样子：“我怕你嫌我烦……”

“你对我的信任只会让我感到幸运。”

李浔语气温和，态度真诚，宋仰感觉自己要被暖化了。

李浔的那番话给了宋仰不少勇气，他决定继续走下去，前提是父母得支持，否则这股压力还会卷土重来。

在说服家长这点上，肯定得智取，他们家做什么决定一向都是举手投票制，如果有一个人能站到他的阵营，那么一切都好说。

夜深了，老爸书房的灯还亮着，宋仰系上围裙在厨房转悠。他用那生疏的厨艺，做着蛋饼、培根、面包、米糊。

宋景山听见敲门声。

“进。”

宋仰端着夜宵，满脸堆笑：“在忙吗，老爸？我做了点儿夜宵，要不要一起吃？”

宋景山转头望望窗外。

宋仰也跟着他往外看：“瞅什么呢？”

“瞅瞅今晚的月亮打哪边出来的。”

宋仰哈哈大笑，一转身，又拿起桌上的抹布搞卫生。

宋景山被他这突如其来的懂事吓坏了，第一反应是：“你不会又在学校整出什么搞不定的大动静来了吧？”

宋仰翻了个白眼，边整理书架边说：“什么叫‘又’啊？我啥时候犯过错了？”

宋景山扶了扶眼镜腿，拿起米糊吹了吹：“说吧，又准备出什么幺蛾子了？”

宋仰嘿嘿一笑，把房门关上，坐在沙发上，发表长篇大论。

宋景山的眼镜片被米糊熏出一层水汽，他摘下擦了擦。他平时教的就是一帮大学生，所以不像高中老师那么严肃，说话总是慢条斯理。

“你喜欢射箭我是没什么意见，但自从上大学以后，你的成绩一落千丈，难道你一点儿也不着急吗？”

宋仰说：“上学期我的心思确实偏移了，上课老开小差，但我可以保证，这学期考试绝对不再出现那样的情况。”

宋景山还是头一回听见儿子用这么诚恳的态度承认错误，有些意外。

“那以后呢？要学习的东西越来越多，你到处比赛，怎么兼顾学业？你别忘了，这个学校，这个专业，当初都是你要选的。现在倒好，你又有新的目标，觉得学习没射箭重要了。小仰，你不能拿自己的将来当儿戏啊。”

宋仰拧眉，正色道：“我知道，我现在应该死磕书本，保证出勤率，拿高绩点，证书拿得越多越好，将来找份稳稳当当的工作，娶妻生子，然后教育孩子也一样，告诉他应该像我这样做。”

宋景山一点头：“对啊，人生就是这样子的，难道不好吗？你小日子过得不舒坦？”

宋仰激动又无奈地摊了摊手：“可那是你们向往的人生，你们觉得这很正常，一旦走出这样的舒适圈，会活不下去，可这并不是我渴望的人生。我很喜欢射箭，从小就喜欢。当我射中圆心的时候，那种充盈的满足感能让我的身体分泌出多巴胺。我感觉我为它所用掉的力气、消耗的时间都是值得的。”

宋景山顿住。

宋仰说："从小到大，我都照着你和老妈给我安排的计划表执行，包括报什么兴趣班，上什么培训班，都是你们挑的，甚至连钢笔字帖买的都是老妈觉得适合我的。我怕你们会不高兴，所以每样都尽可能做到最好，但我学这些东西的时候，并不开心。我感觉自己就像一株植物，任由你们修剪成想要的样子，又或者说，是被大众认可和喜欢的样子。"

宋仰越说眼圈越红。宋景山有些动容，他从来没听儿子说过这些，字字句句都像榔头敲在他的胸口上，手里的面包顿时没了滋味。

他沉默了一阵，说："有一点你得搞清楚，我们为你报课程，并不是想限制你的自由，相反，是想你将来能够更自由一些。像你说的，我们当然可以对你不管不顾，给你自由，可如果真的什么都不做，恐怕有一天，你也会反过来质问我们，为什么别人都有的，我们却不给你。"

宋仰不说话。

宋景山轻叹一声，开了个轻松的小玩笑："都是第一次当爸妈，没什么经验。"

宋仰很浅地勾了勾嘴角。

宋景山继续说："我们就是尽可能地创造条件让你多学点儿东西，将来少受点儿罪。只不过现在时代跟那会儿不一样了，那些最好的，都成了我们认为的最好。"

宋仰低头，揉了揉酸涩的鼻尖。

他记得小时候听老爸说过：他们那个年代，整个镇上都是穷人，读书是相当费劲的事情，他们每天要走几十千米的路，一到冬天，冰天雪地，脚指头都冻得失去知觉，身上出的汗，弄湿了衣物，反而更冷；所有学生围坐在一间不到二十平方米的教室里上课，屋外下大雨，屋里下小雨，老爸有一根脚趾就是小时候冻坏了，被截掉一段。

那时候很多小孩子没机会读书，只能进厂工作或者在田里干活。现在几十年过去，那些人年纪大了，字依然识不得几个，继续干着一样的活，等着被代替的一天。

“老爸，我知道你担心什么。”宋仰抬眸，诚恳地道，“我不会因为射箭放弃学业，但也请你们不要逼我放弃射箭。这件事情我想得很清楚，我确实可能因为打不出什么好成绩，几年就退役了，可如果我今天就这样放弃了，将来一定会后悔的。其实当我看见校队那些打得比我出色的同学时，我就已经在懊恼了，为什么没更早地去尝试……好在现在还不算晚。”

宋景山缓慢地搓搓掌心，避开宋仰的眼神，好像在权衡什么。

宋仰能从他的神情里，看出他心软了，破釜沉舟地说道：“不如你们给我三年时间。如果在这个期限内，我连国家队的门槛都够不着，那证明我确实不是这块料，以后都不提这茬儿，专注考研深造；但如果真的有机会进国家队，就请你们支持我可以吗？”

儿子很少用这样的语气和他说话，宋景山愁眉不展，额角都快搓出泥来了。

“这话你怎么不跟你妈说？”

他当然是要拿软柿子捏了。

宋仰违心地道："您不是一家之主吗？您批准了，老妈还能不同意？"

"一家之主"被这罕见的"彩虹屁"给熏迷糊了。

"但你那分数不能太难看了，起码得保证不挂科。功课上有问题尽管找老师，实在不行你找我，我这儿多的是前辈，都特别热心。"

宋仰表面点着头，但心里还是发愁。

学习上的事情他也不是没琢磨过，谁不想考高分呢？可一天就二十四小时，去掉上课时间，他留给训练的时间本就不多，很难再匀时间出来了。

洗完澡钻进被窝，宋仰看见微信上有个未接到的视频消息，是李浔拨来的。他迫不及待地回拨过去，等了一会儿，屏幕上出现李浔卧室的吊灯。他凭感觉判断，李浔已经上床了。

宋仰翻了个身，屏幕的光让他的眼睛看起来亮晶晶的。

李浔关心地问道："你跟家人坦白了吗？"

"嗯。"宋仰眉眼依然带着笑，"我爸同意我练箭，还说帮我搞定老妈，就是要求我别挂科。"

聊到正题，李浔把电视关了，嘴角一翘："看吧，我就说事情一定没你想的那么糟糕。"

宋仰问："你以前挂过科吗？"

李浔摇摇头："没有，但是因为要出国比赛，缺考过，所以延迟了一年才毕业。”

“这样啊……”宋仰支着腮帮，“我就是有点儿发愁，训练时间本来就不多，还要匀出来复习功课，我又不是哪吒。”

李浔正色道：“你想要的这个鱼和熊掌，不是不可兼得，而是不好兼得。假如你两样都要，那就不是把百分之百的精力分五十出来，而是要拿出百分之两百的精力。”

一语惊醒梦中人。

宋仰一拍脑门，自己以前怎么没想过这个事情呢。私人时间不够，他直接从宿舍搬出去不就好了！

宋仰当机立断，下载了个 APP（手机软件），查找学校附近房源。

他记得周俊霖之前就说过，要找人在外边合租，方便拍 vlog（视频博客），就是价钱稍贵了点儿，所以一直没定下来。

视频一直没挂断，宋仰问：“师父，你一般用什么 APP 找房子啊。这个 APP 上的房子好贵，哪怕跟我舍友均摊也得是半个月口粮。”

李浔忍不住乐了：“房租贵跟 APP 没关系，你换多少个 APP 都一样的。”

“啊……”宋仰的眉眼透着失望。

李浔仿佛就等着这一刻，状似不经意地提了那么一嘴：“其实我住的那地方还挺空，要不然你搬过来跟我一块住得了。我不收你房租，不过你得打扫卫生。”

因为搬家这件事情，宋仰很是激动，翻来覆去睡不着。

凌晨两点，他在宿舍群里表演单口相声，没人理他，又发朋友圈，发微博，一串“哈哈哈哈，我好快乐！”

还是没人理他，除了李浔破天荒地给他点了个赞。

宋仰一宿没睡，不过早上起来还是精神十足。吃早点的时候，他向爸妈说起这件事情。

李慧瑛昨晚好不容易把儿子要搞体育事业这件事情给消化下去，也赞同宋仰从寝室搬出去，但不赞同搬去李浔那里。

一方面对方是教练，又是老师，让同学知道了不太合适；另一方面，李浔住的地方也就一间卧室，宋仰要是过去，李浔就没私人空间了，和女友约会都很不方便。

宋仰听到这儿，立刻说：“他还没女朋友呢！”

“那保不准人家隔天就处对象了。”李慧瑛说，“人家就是跟你客气客气，你不能老这么打扰人家。”

宋仰觉得她就是小题大做。

“他要是跟我客气还邀请我干啥啊？”

李慧瑛一时间竟想不到什么反驳的话，在桌底下踹了老公一脚：“你觉得呢？儿子搬去跟老师一起住，你说这合适吗？”

“都是男孩子，再说他又不是小孩了……”宋景山的大腿被掐住，“但是我觉得，和老师一起住，确实不太合适！”

宋仰对老爸这种墙头草行为已经习以为常了，大口喝粥。

他的天性还是比较乐观的，至少在这件事情上，他的态度坚决，谁都别想拦住他。

宋仰退宿申请书递交上去的第二天，辅导员和领导就都批准了，不过他搬家的日子还是定在周末。宋仰抽出一上午的时间收拾行李，他的舍友们也很热心地帮忙。

当然，舍友们的主要目的是“继承”他的洗发水、沐浴露和一系列懒得带走的衣服和零食，以至于到最后，他的行李就只剩下两个箱子和一个包。

下楼后，宋仰叫了辆车，把行李一股脑塞进去。为了避嫌，他没有告诉任何同学他要搬去李浔那儿住，只说是和高中同学合租，大家也没怀疑。

李浔原本是住在学校教职工公寓的，半年前因为公寓大楼翻修和扩建，很多教职工在学校附近租了房子。

宋仰只知道小区的大概方位，但从没去过。眼看着共享定位上的两个小点越来越近，他心潮澎湃，止不住地笑着，手里虽拖着笨重的行李，脚步却越发轻盈。

这里的楼层都不高，墙面粉刷成明度较高的彩虹色，每栋都不一样，墙上装点着清新的绿植，有点儿奥地利小镇的味道。

安保室设立在大门正中央，一侧入口一侧出口，得刷卡验证才能进。他正准备给李浔打电话，熟悉的车就在他身侧缓缓停下，驾驶座车窗降下大半。

“怎么这么早，不是说我下午去接你吗？”

宋仰挠挠后脑勺：“我有点儿等不及了。”

这小区有些年头了，最高四楼，没有电梯，楼道里挤着好几辆落了灰的自行车。李浔一手提着一个行李箱，宋仰屁颠屁颠跟在他身后。从昨晚到现在，宋仰的心跳就没稳过，此时又到达了巅峰。

李浔住三楼，中间是一条长长的回廊，宋仰都还没来得及看清一层有多少住户，李浔就已经把门打开了。

“进来吧。”

宋仰看见玄关放着一堆木板：“这是什么啊？”

“床啊。这里原本就一张单人床，我又买了一张，还没来得及组装。”

“啊……”宋仰受宠若惊，“那很贵吧，我把钱转给你！”

“不用。”李浔把一堆东西往客厅里推，满不在意地说，“床板很便宜，我上二手市场淘的，也就三百多块，而且是同城的卖家，运输费也是对方出的。”

价格是不算贵，但也不能让李浔掏这个钱，宋仰想了想，说：“那我承包咱们这个月的伙食费。”

“好啊。”李浔想到什么，坏笑起来，“不过我食量很大，你预算够吗？”

宋仰低下头笑道：“我尽……尽量吧。”

屋子面积比宋仰想象中还大一点儿。玄关右侧就是个开放式厨房，看起来经常使用，台面擦拭得纤尘不染，油盐酱醋样样齐全，砧板边的收纳篮里有姜蒜、辣椒、番茄，还有被保鲜膜包裹住的半个洋葱。

正前方是客厅与阳台。落地窗与窗帘敞开着，阳光将空气里的浮尘照得一清二楚，客厅的左手边有道虚掩的门。

宋仰放下东西，满脸期待："我进去参观了啊，应该没什么不能看的吧？"

"没，你随便看。"李浔转身洗手，然后把围裙往脖子上一套，"我先弄吃的，你午饭吃了吗？"

"还没有。"宋仰像只小狗，迫不及待地蹿进屋。

李浔转头，抬高音量："你想吃什么？意面还是饭？"

里面传出欢快的声音："都可以！"

卧室和客厅一样宽敞，很显然是把两间卧室打通了，一侧用于办公、更衣，靠窗的位置是床铺和各种健身器材。

宋仰拉开窗帘，画面出乎他意料——飘窗上摆着好些玻璃瓶，养着形态各异的水培绿植，春羽、吊兰、富贵竹、竹芋、如意皇后，还有许多他叫不出名字的植物，根茎吸满水分供给叶片。它们沐浴在阳光下，色泽明亮又健康。

他想不到李浔还有这样的一面。

瓶身用丙烯颜料上了色，就是画技一言难尽了点儿，花花绿绿的，十分抽象，完全瞧不出画的是个啥，但这些瓶子宋仰认得，就是装酸梅汁的那些玻璃瓶。

宋仰觉得可爱，将它们按颜色分类排出方阵队，最后拍了个漂亮的全家福。

相比其他地方，书桌就显得有些凌乱——笔记本没合上，右侧堆满关于竞技和心理学的书，打印机上还有一沓文件，是与射箭技术改进、提高运动员心理素质相关的论文，有一份还是全英文的。他好奇，拿起来看了几行，又迅速放下。

太专业了，他根本看不懂，不过从一些英文单词大致能判断出，那是一份和运动员赛后心理疏导有关的文献。

原来李浔一直在他们看不见的角落默默付出，为的就是让他们能在热爱的道路上走得更远。

厨房里锅碗瓢盆的动静传进房间，宋仰小跑出去，见李浔正在切那半个洋葱。他的手指细长，刀速极快，也不用看，手起刀落，洋葱被切成均匀的丝状，再接着就是切成丁。

宋仰直接看呆："你好厉害啊！这样不怕切到手吗？"

李浔拿刚摸过洋葱的手指吓唬宋仰："它很灵活的。"

刀锋在砧板上划过，洋葱、胡萝卜、蘑菇和虾仁一并扔进锅里，立刻爆出浓烈的甜香。李浔本来无意炫技，但被小朋友夸赞后，心理得到极大满足，神情愉悦，还表演了颠勺，食物在空中像烟花一样散开，又稳稳落回锅底。

宋仰鼓起掌："你这技术都可以去拍厨艺学校的广告了。"

肉酱沸腾后，李浔把一锅刚煮开的意面倒进去搅拌均匀，等面条吸满汤汁，变成明艳的橙红色再分批捞出，整整五人份的量，而后又煎了两块牛排。

宋仰拍照后才开吃。大概是职业使然，酱汁里的猪肉都被牛肉丁代替。

李浔盯着他鼓囊囊的嘴巴好一会儿，问：“味道还行吗？”

宋仰竖起大拇指：“好棒！”

李浔心满意足，大口吃面。

宋仰平时的饭量吃一份多点儿就够了，今天他吃了两份，外加一块牛排。他们在客厅休息了一会儿，开始倒腾那张床。

“你想睡卧室还是客厅？”李浔问。

他之所以这么问是有原因的，因为客厅的沙发很小，可以随时移开，空出极大的空间，而且他想到宋仰在宿舍都要安床帘，大概是需要私密空间；至于他自己，睡哪儿都无所谓。

宋仰露出一个疑惑的表情：“只有这两个选择吗？”

李浔一愣：“倒也不是，你想睡哪儿都行。从现在开始，这里也是你的寝室了。”

宋仰很小声地问：“那我想跟你一起睡卧室可以吗？因为我有点儿怕黑。”

李浔提了口气，年龄和阅历迫使他镇定下来，点头挤出一个字：“行。”

俩人的臂力都不小，没多会儿工夫床板就拼好了。李浔在上边铺了张薄薄的床垫。

宋仰嫌垫子不够软，要上网买一张。

李浔的职业病上线，脱口而出：“你腰不好就得睡硬板床，睡什么软床垫，越睡越酸。”

宋仰眼瞪如铜铃，从来不记得自己什么时候和李浔分享过腰不好这件事情，这对于他来说是种莫大的耻辱。

他梗着脖子，拿鼻孔看人：“谁跟你说我腰不好了？！”

李浔张了张嘴，卡住。

他总不能说自己是躲在树后偷听到的，他只能甩锅。

“我忘了，大概是听你妈说的……”

宋仰皱起眉。老爸老妈确实是知道他腰肌劳损的事情，可身为男人，面子总不能丢了吧？

他故作淡定地甩了甩被套：“她瞎说的。我腰好得很，我哪儿哪儿都好得很。”

“噢。”李浔眼里带着笑意，贴心地转移话题，“那要帮你买个床帘遮一下吗？”

宋仰想都没想就拒绝了。

“为什么？”李浔挑眉，“你在学校宿舍不是一直用床帘的吗？”

宋仰鼓了鼓小脸，心说谁和偶像睡一屋还挂帘子？

不过乖徒弟的形象不能毁，他规规矩矩地答道：“在你跟前我不藏着事儿。”

客厅里的阳光无声无息地转移角度，由刺眼变得柔和，最后钻进角落，消失不见，搬家的新鲜感在枯燥的课本里被消磨干净。

宋仰从书堆里抬头，伸了个懒腰，揉揉酸胀的眼睛，观察起桌上的一盆小植物。它和他之前见过的植物都不太一样，不是水培，也不是土培，而是种在绿绿的纯水苔里边，细长的花茎上开出一朵朵半透明的、酷似小白兔的花。

他想起自己之前在李浔的微博上见过它，花盆还是那个花盆，不过小白兔已经爆盆了，看着很治愈。

厨房的水烧开了。

李浔将玻璃杯冲洗干净，放入一片柠檬和两颗冰糖，又加了点儿百香果和蜂蜜进去，然后用温水将蜂蜜和冰糖搅拌到化开。空气里飘浮着自然的果香。

宋仰走到他身侧：“你在做什么？”

“泡点儿喝的。”李浔问，“你有杯子吗？我给你也泡一杯。”

宋仰摇摇头。他的杯子前几天不小心打碎了，他一直忘买新的。

“想尝尝看吗？”

“嗯！”

宋仰伸出双手，正准备接过，李浔端着杯子的手臂一扬，坏笑起来：“叫舅舅。”

“……”

不过最后宋仰还是尝到了，酸酸甜甜，清爽可口。他的眼睛瞪得圆圆的：“好喝！你怎么弄的？”

“就随便加点儿东西搅和搅和。”李浔也喝了一大口，“等天气再热些，冰镇的西柚柠檬茶会更好喝。西柚和百香果一样，都挺百搭的。”

“好，那等天气再热些我来买西柚，你做。”宋仰说。

李浔挑起眉，借题发挥："咱俩啥关系啊，你就敢使唤我了？"

宋仰小嘴一撇，想了想："那你做的时候叫我一声，等我学会了，以后我做。"

李浔无奈地道："好吧。"

晚餐他们用石头剪刀布决胜负，宋仰输了，得做饭，李浔负责刷碗。

宋仰在家很少煮东西，最拿手的也就是炒饭、泡面，为此，他提前下了个 APP，搜了几道最简单的快手菜——茄汁大虾、番茄鸡蛋和青椒牛柳。

不过他没把握好"适量"的那个"适"，以及"慢炖"的那个"慢"，最后还是潇潇洒洒翻了车。

李浔盯着桌上的三道菜，失了言语。

青椒牛柳，黑乎乎一盆，他分不清哪根是青椒，哪根是牛柳；茄汁大虾的虾并没有剪去触须，更别说去掉虾线这种细活，汤汁被宋仰熬成咖啡色，他甚至嗅到了一股焦糖的味道；番茄鸡蛋是唯一一道看起来正常的菜，可宋仰把细砂糖当成了盐，加了两大勺……

食物出锅的那一刻，宋仰自己也知道这几道菜的味道大概率不怎么样，可这是他第一次做，多多少少带着点儿滤镜，品尝了几口，甚至觉得还凑合，尤其是青椒牛柳，他尝出了草原风干牛肉的味道。

"师父，你尝尝看这个肉，挺香的。"

李浔夹起一根牛柳，放进嘴里，嚼了几下，没咬断，还有点儿塞牙。他猜想狗的磨牙棒口感也不过如此，最后连灌半杯水，咽药似的把那玩意儿从嗓子眼顺下去。

宋仰还问：“好吃吗？”

他的感觉是还不如咽药呢。

不过李浔不想打击孩子做饭的积极性，违心一笑：“第一次能做成这样，挺不错了，还有一点儿进步的空间。”

宋仰贴心地为他添菜：“那你多吃点儿。”

李浔：“……”他能说他已经饱了吗？

这顿饭的后劲有点儿大，李浔瘫在沙发上动弹不了。米饭也是宋仰做的，水放少了，最上面那层梆硬，他感觉自己吃下去的根本不是饭而是石子，那些石子堵住他的肠胃，上不来也下不去。

他翻出许久没用过的药盒。

万幸，健胃消食片还没过期。

宋仰问：“你肚子不舒服吗？”

李浔反问：“你肚子是舒服的吗？”

他俩一人三颗，把最后一板消食片嚼了，然后同步后仰，倒进沙发里，揉着肚皮，长叹一声。

宋仰盯着天花板：“师父……你说我们会不会便秘啊？”

李浔：“闭嘴。”

东西消化得差不多了，李浔从抽屉翻出一本厚厚的册子，上面记录了从他进入国家队到离开那天所学到的全部训练方式。

运动员的体能、注意力、技术和心理素质参差不齐，李浔给队员们制订的计划表也不尽相同。

宋仰的不足之处并不在于技术动作和努力程度，而在于体能和心理，还有注意力不集中和把控不好时间的问题。

让注意力集中的方式有很多，李浔摘下手表，让宋仰盯着秒针。

他事先没交代什么，宋仰看了十来秒就转头问：“这有什么可看的？”

李浔不交代，还是说：“不管发生什么事，你的视线别离开它。”

宋仰依言照做，坚持了半分钟。当李浔起身走向玄关，他立刻伸长了脖子问：“你去哪儿啊？”

李浔停住脚步。

他意识到宋仰的注意力根本就没有完全集中过，哪怕是盯着秒针，余光也在注意四周。

到了赛场，宋仰也很容易被周围的声音干扰。

这样下去不行。

李浔转身走回客厅，气势汹汹地坐下，说道：“从现在开始，你盯着一样你感兴趣的物体，观察它的细节，就静静地看着它，注意力别转移，你能做到吗？”

宋仰这才恍然大悟，懊恼自己刚才表现不佳。他的视线在屋子里扫视一圈，最终落回李浔那对英气的眉眼上，晶亮的瞳仁里有他小小的倒影。

宋仰轻声打申请：“那我能观察你吗？”

李浔顿了顿，猛然想起自己眉角的一颗痘印还没完全消下去：“不行！你换个目标。”

“你害怕了？”

“胡说。”李浔的双掌撑在大腿上，“来就来，谁先移开视线或者笑了，谁就要听对方使唤。”

“你也太狠了吧！”话虽这么说，宋仰还是挺期待地将双腿盘起，面朝李浔。

李浔也以同样的姿势坐着，按下计时器，画面如墙上的海报一般静止。

宋仰眨了眨眼，放轻呼吸，肆无忌惮地瞄着对方的五官。李浔的眼型并不符合大众审美，浅浅的内双，眼尾略微有些下垂，不笑的时候根本感觉不到一丝亲和力。

宋仰以前总被这眼神唬得一愣一愣的，觉得他为人冷漠，不好相处。

直到宋仰见到它们弯成月牙的样子，才知道他是个随和的人。他身上的这种随和并不是指脾气好和无下限的忍让，而是无数细节堆砌起来的舒适感——理性、耐心、适度的宽容，还有那颗强大且冷静的内心。

宋仰一开始是被李浔身上的冠军光环所吸引才不断靠近，现在是被这些生活化的细节深深吸引。

他想，这辈子都不可能遇到第二个这么关照他的教练了。

“我发现……”李浔靠近他，轻声说，“你耳朵红了。”

“是吗？”宋仰摸了摸耳垂，无意识地别开视线。

“哈！你眼睛动了！”李浔一拍大腿，兴奋地点点他的胸口，“从现在开始你要听我使唤了。”

“……”

李浔将一个靠枕丢到墙脚，抬手一指，用使唤尿尿的语气吼道：“去给我捡回来。”

宋仰一头汗。

他配合着李浔玩了两把接靠枕的游戏，桌上的手机响起来。

宋仰伸手去拿，意外地被李浔拦截。

“干啥啊？”

“没经过我的允许，你怎么能玩手机啊？”李浔把手机放在身边。

第十三章

娱乐赛

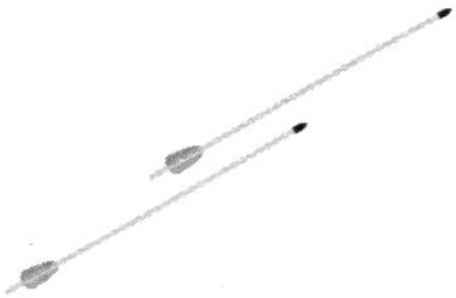

“我要去洗澡了。”

宋仰“哦”了一声，收腿给他腾出位置：“那你洗快点儿，我叫了份水果拼盘，应该快到了，等下一起吃。”

李浔洗澡很快，出门却发现宋仰正在跟人聊天。

李浔一屁股坐下：“这女生谁啊？”

宋仰没当回事。

“不是有备注吗？我们班长啊。”

李浔靠过去：“聊什么呢？”

“没什么，就是问她借本书。”

李浔看见屏幕上有宋仰发出去的一句——太谢谢了！你好细心哈哈哈哈！明天请你喝奶茶。你喜欢什么口味的？

这保姆当得真是贴心。

李浔:“借什么书?图书馆没有吗,你非得问她借?”

“有啊。”宋仰又随手发了个表示感谢的表情过去,“不过是好久以前的了,我们学校图书馆就两本,都被人借走了,后来她让一个朋友在他们学校借到了,说明天拿给我。”

那个表情是个卡通小熊送出一枝花,头顶“谢谢”两字,不过在李浔眼里,那朵小花是爱的玫瑰,小熊歪头就是在卖萌。

周游还回了个腮帮子通红的柴犬表情。

李浔问:“你还有时间谈恋爱?”

宋仰反问:“谁跟你说我在和她谈恋爱了?”

李浔回想起在图书馆楼下看到的那一幕,周游在安抚宋仰的时候,眼里满是倾慕,还有那些毫无营养的聊天内容,那些不需要任何回报的笔记,怎么看都是个春心萌动的少女爱上了班上长得好看但成绩一般的帅哥,心甘情愿地为他付出。

宋仰喜欢周游这事儿是个误会,周游喜欢宋仰这事儿,他不可能误会。

李浔指着他:“我可警告你啊,别仗着点儿姿色就和女生乱搞暧昧,就算你暗恋的人拒绝了你,你有点儿不甘寂寞,但也不能拿一个你不喜欢的小姑娘当备胎瞎使唤。”

李浔按住他的手机屏幕,往上翻了又翻,一副证据确凿的样子,五官都变得灵活了。

“这么多聊天记录,普通同学至于天天说晚安吗?还有过年那会儿看电影,你全程都在跟她聊天,电影都没细看,别以为我不记得了,就是这个头像！”

那都是什么时候的事情了……

宋仰惊讶于天蝎座的迷之记性，被他这番强词夺理气得头晕，说晚安怎么了，他怎么就看不见晚安之前是周游发给自己的笔记资料呢？

宋仰跟无头苍蝇似的原地绕了两圈：“跟我聊个天就算备胎了？那我岂不是后宫佳丽三千？在你眼里，我就是那种人？”

这语气听起来很是委屈，李浔也意识到自己话有点儿过了，还没弄清楚全貌就瞎臆断，这不是他一贯的风格。

事情以意料之外的发展收尾，李浔张了张嘴，正想道歉，小家伙鼻子里“哼”了一声，扭头进了卧室。

小鬼头脾气还挺大。

就这么僵持了几分钟，李浔提着一口气，推门进屋。

谁让他是师父呢。

宋仰没在床上，倒是浴室亮着灯。

莫非他躲马桶上偷偷哭？

李浔心头一紧，想也不想推开门。

宋仰正准备洗澡，正脱着上衣，抬头看见李浔，吓得手足无措，单腿往后蹦了三步，反手撑在玻璃门上，结巴道：“你……你……你……你要上厕所吗？”

李浔愣了一下，发出一声“啊”。

宋仰：“你大的小的？”

“赶紧洗你的吧。”李浔说完扭头出去，把门带上。

李浔没听见回应，又问：“你还生我的气吗？”

“没……”宋仰也贴着门，“我不会生你的气的。”

“那就好。”

“好。”

“哦，对了，你知道热水怎么放不？”

“知道，上边有字。”

矛盾化解开，李浔躺在床上，继续琢磨工作上的事情。

四月到十月是运动会的高峰期，省运会刚结束，上边立刻又发来新的通知，下周末市里有一场射箭表演赛，七月份是大学生运动会。

表演赛没什么限制，任何年龄段的运动员都可参与，形式和目的都很简单，就是通过一些花活，将射箭运动推广出去。

这不是专业的竞技比赛，也没有奖金，他在群里发问，压根没人愿意浪费时间。

过了一会儿，宋仰推开浴室门。

李浔问：“洗完啦？”

“对啊。”宋仰从桌上拿了本书。

“你看什么呢？”李浔问。

宋仰把书封立起来给他看——《数学建模入门》。

李浔不敢打扰孩子学习，继续忙活自己的事情，倒是后来宋仰看到群里的消息，问他：“表演赛我可以参加吗？”

“当然可以，不过没奖金，就等于公益活动，吸引吸引人眼球，不算竞技赛。”

“没关系。”宋仰说，“反正是周末嘛，就一天对吧？”

“嗯，估计一天都不到，一个下午吧，是市里的比赛，肯定没多少人。”李浔转头看他。

“要不然我现在把比赛规则发你？”

“发我干啥，直接看不就完了吗？”宋仰说完，直接走到李浔身边去看手机。

李浔连忙把手机举到他面前。

宋仰低头翻看细则。

表演赛有竞技部分也有娱乐部分，前者排名次，前三名可以拿到组委会定制的奖牌和球鞋；娱乐部分就更有意思了，运动员用箭射气球、钥匙圈等小物品，累积积分，最后用积分换纪念品。

“师父，这上面没说只能在役运动员报名，要不然你也报名吧，咱俩一起去？”

李浔脑子里全是工作的事儿，啥也没听清就“嗯”了一声。

宋仰满心欢喜地笑着，低下头，用膝盖当桌子，认认真真地填写报名表。

换环境的第一晚，宋仰睡得意外地踏实，一早被手环振醒，发现隔壁床已经空了。

李浔维持着老年人的生活作息，早睡早起，四点多就爬起来捣鼓早点。

宋仰洗漱完，甩了甩被子，叠好，顺便把李浔那床也叠成豆腐块。

窗外的天色还暗着，李浔在厨房揉一坨面团。

宋仰顺着光亮走过去："你这是准备做什么？"

李浔没想到他也起这么早，吓一跳，把揉好的面团扔进不锈钢盆，用一层浸过水的纱布盖着："猫耳朵吃过没有？"

宋仰愣了愣："是油炸的那种吗？我上小学的时候吃过。"

"不是，是煮的，酸辣的那种。"

"那没吃过。"

"一会儿回来煮给你吃。"

宋仰小鸟啄米般点头，满眼都是期待。

他们换好运动服，下楼绕着老街晨跑。

这个时间的城市是最安静的，没有川流不息的车流，也没有喧闹嘈杂的噪声，店面大门紧闭，空气湿润清凉，纯净的夜空让光有了颜色。

躲在黄杨树后的野猫瞪着幽幽的双瞳寻觅食物，听到脚步声靠近，一对尖尖的耳朵反射性地后压，四肢抓地，后背弓起，随时准备将自己发射出去。

"师父，你等等我！"宋仰的体能快到极限，半道停下来，双掌撑着膝盖喘粗气，"我实在跑不动了。"

李浔的脚步放慢，但没停下来，看了一眼手环说："还有两千米，加油加油。”

“啊，”宋仰喉间干涩，鼻腔深处被冷空气刺得有些难受，“刚才不是已经六千米了吗？怎么还有两千米？”

“你今天超时十秒钟，多出来的一千米是惩罚。”李浔倒退着冲他勾勾手，“快点儿，跑赢有奖励。”

宋仰吸一大口气追上去。

等人的身影远去，树后的野猫放松身体，抖了抖耳朵，纵身一跃，蹦到旁边的垃圾桶上，圆溜溜的脑袋和爪子探进洞里，继续找食物残渣。

李浔算准路程，两千米结束，正巧是小区大门。今天的雾气很重，几千米跑下来，俩人浑身湿透，宋仰的头发湿漉漉地黏在前额。

到家时，宋仰直奔浴室冲澡，李浔进厨房洗了把脸。

窗外，墨色的天空逐渐褪去色彩，星辰隐没在朝雾之中，天一点点亮起来。

盆里的面团醒得差不多了，李浔将它拿出来，揉出空气，然后从冰箱拿出酸菜和番茄，一遍遍清洗，切好备用。

宋仰冲了个战斗澡，顶着一头湿漉漉的短发就跑出来：“猫耳朵呢？”

“马上好。”李浔将面团切成指甲盖大的小颗粒，在寿司帘上按压，轻轻一滚，带着纹路的小耳朵就出来了。

宋仰觉得好玩，兴致高昂地撸起袖子：“让我来试试看。”

李浔把位置让给他，回屋冲澡，等洗完澡出来，切好的那部分面粉团已经被捏成千奇百怪的造型，唯独没有像猫耳朵的。

为此，宋仰做了一番解释。

“这个圆的是硬币，谁吃到这个有财运。这是汤圆，这是海星，哦，还有这个，是你的箭，我搓得是不是很精细？”

李浔弯腰端详起宋仰搓出来的小玩意儿，确实有模有样。在这一点上，宋仰和李初之很像，总是用细小的创意让生活充满惊喜。

每当遇到这种时刻，李浔总能想起军训那天，王主任幽幽的感慨——年轻真好啊。

面团下锅后容易变形，李浔拍照留了个纪念。

在煮沸的面汤里加入酸菜和番茄，刺激唾液分泌的酸味迅速扩散开来，宋仰尝了口面汤，露出惊喜的神情。

“好喝！我很喜欢这个味道！我发现你真的好会煮东西。”

“是吗？”李浔笑起来，怀疑自己就算煮泡面放鸡蛋，宋仰也能吹成彩虹屁。

吃饭时，李浔问：“你吃得饱吗？”

宋仰鼓着腮帮点点头，过了一会儿又说：“这个猫耳朵好劲道，是不是放发酵粉做出来的？”

“我在里边打了几个鸡蛋。面粉里蛋白质的含量越高，揉出来的面团就更劲道。”李浔说着，用汤勺舀了些奇形怪状的小东西放到宋仰碗里，“你喜欢的话多吃点儿。我太久没弄这个了，量没算准，下次多揉点儿。”

宋仰喝汤时舀到一颗爱心形状的，又送回李浔碗里。

李浔愣了愣，抬眸看他，宋仰解释说：“这是我捏的好运心，吃完好运一星期。”

李浔勾唇笑笑，果断把那颗小爱心吃下去。

这个家在宋仰搬进来之后，每天都在发生变化，今天多对马克杯，明天多两双拖鞋，后天又添置了个多层鞋柜，但与此同时也有很多让李浔头疼的时刻。

比如推开玻璃窗晒衣服时，发现空调外机箱下藏着被宋仰用乌龙茶喂死的绿萝；再比如深夜宋仰端着一碗焦黑的炒饭，热情满满地说，那是专门为他做的夜宵……

不过头疼归头疼，李浔被少年的青春气息所感染，每天神清气爽，敲出一个双黄蛋都能乐呵半天，和小朋友击掌庆祝。

有志同道合的人相伴，日子过得出奇地快，李浔还没咂摸出什么味道来呢，一周就过去了，宋仰翘首以盼的表演赛就要开始了。

这场比赛的地点就选在他们学校附近的一个射箭俱乐部。

他们一早就抵达了现场。这里比他们想象中大很多，分室内和室外两块场地，今天的表演赛主要在室外进行。

现场已经布置完毕，箭道总长度九十米，两侧是观众席和裁判席。宋仰数了数，一共有六台摄像机对着场地的各个角落，这还不算隐藏机位。

另外还有专业的主持和解说，这些人宋仰是在电视上看到过的，忽然出现在眼前，他感觉相当魔幻。

“这排场好大啊。”他小声感慨。

他们在检录区附近发现一道熟悉的背影。

宋仰试着喊了一声，吴家年回过头。

“真是你！”宋仰惊讶地道，“你不是没报名吗？怎么也过来了？”

吴家年拎起胸前的工作证：“我爸让我过来帮忙。”

一番了解，他们才知道吴家年的父亲就是这家俱乐部的法人代表，也是活动的发起人之一。这次活动是和某网络平台合作的，以励志竞技体育真人秀形式播出。

李浔并不认为一场没含金量的比赛能造成多大轰动，宋仰存有一样的疑虑。

“会有人看吗？”

吴家年说：“我爸请了人的，大牌！”

宋仰刚开始以为这个大牌是指射箭圈里比较有名气的在役运动员，国家队“出品”的那种，但怎么也没想到会是娱乐圈的艺人。

这个男人叫廖庭远，二十六岁，宋仰在高中时就听过他的歌。

当时的廖庭远还只是个网络歌手，直播翻唱一些流行音乐，后来一场直播把他带出圈，一脚踏进资本圈，在综艺和演艺事业中反复横跳，收获一大批粉丝，就是没什么演技，只能算个三线艺人。

李浔从不关心娱乐圈新闻，问吴家年：“他来干吗？主持比赛？”

吴家年：“你没看我们俱乐部官微吗？他也是来比赛的啊。”

廖庭远的团队之所以答应邀约，是因为他还没毕业之前是一名射箭运动员，拿到过国家一级运动员证书，成绩斐然，他的团队就准备用这一点炒炒冷饭，为马上开播的那部网剧吸引些流量，几个吸睛的热搜标题都提前想好了。

#廖庭远的腿#

#廖庭远一箭射爆摄像头#

#廖庭远 素颜#

于是就有了这样一个画面：

廖庭远在热身区摆了个拉弓的姿势，周围有五六个人用手机从不同角度对着他拍照。

“哎，”廖庭远的化妆师挺不客气地指着李浔和宋仰，动动指尖，“麻烦你们两个先让让好吧，我们艺人在拍照。”

宋仰和李浔交换了一个无语的眼神，退到一边。

过了一会儿，几位礼仪小姐缓缓走出来，她们手里端着奖牌和礼物。

宋仰的目光立刻被颁奖托盘里那副无线耳机吸引过去。

他拉住其中一位问：“这是个人赛的奖品吗？”

对方笑着点点头：“对啊。你喜欢吗？”

“喜欢。”宋仰像个小孩儿，丝毫没有掩饰眼底的渴望，同时还有些小紧张，“就这一副吗？是冠军才有的？”

“对的，亚军和季军我们还有别的礼物，都很实用呢。”

“这样啊……谢谢。”

在不远处热身的李浔一直竖着耳朵听他们聊天，不过在宋仰看过来之前，他移开了视线。

十多分钟后，摆拍的那位终于收工，本以为可以消停地热会儿身，没想到又发生了一桩让李浔感到极其无语的事情。

廖庭远的助理主动找到他，将他叫到休息区外的走廊。

当时宋仰就在一边，出于好奇，也跟了上去。

廖庭远的助理是个挺年轻的男人，看起来二十多岁，戴一副厚厚的眼镜，皮肤略黑，头发看着有点儿油。

他先是同李浔握手问好，说自己经常看射箭比赛，是李浔的粉丝。

李浔最怕遇到这种情况，除了谢谢，实在不知道能说些什么。倒是宋仰，很热情地跟人握手："真巧，我也是他的粉丝。你去现场看过他比赛吗？"

"一直没机会……"助理尴尬一笑，推推眼镜，一副难以启齿的神色。

"有什么事就直说。"李浔说。

助理将李浔推到角落，压低声音："事情是这样子的，我们廖哥报名的时候不知道您要参加这次比赛，您的实力我们有目共睹，拿过那么多奖牌，在这个圈子太有名了，所以一会儿能不能麻烦您在赛场上稍稍……"

一般情况下，说到这儿，对方都能听懂了，可李浔面无表情，助理只好干笑着继续说："稍稍留点儿情面，比分拉近的话，比赛也精彩一些，您说对吧？”

宋仰皱眉，这不就是作假吗？

他看向李浔。

李浔也用同样的眼神看着那个助理问：“你的意思是想让我给他放水？”

助理比了个压低音量的手势，措辞谨慎：“您中午有时间吗？我们廖哥想请您吃顿饭，详细的我们饭桌上聊。”

宋仰这才明白过来，这人压根不是李浔的粉丝，纯粹就是来套近乎的。

他此刻脑海闪过一个最坏的结果——李浔一旦心软答应下来，给足对方面子，对方团队定会找一批营销号发软文，又或者利用各种剪辑片段炒作，说廖庭远在某次比赛上赢了国家队射箭运动员。

这可是个大噱头，够这人吹一辈子牛了；再弄个什么运动健将的人设，又能圈一大批粉丝。

可谁会关心李浔的心情呢？

“师父……”

李浔同他交换了一个心知肚明的眼神，又冲着助理轻笑道：“吃饭就不必了。比起射箭，我觉得你们廖哥更适合去演戏。”

那人离开后，宋仰想到什么，小声问李浔：“你说其他人有可能被他们收买吗？”

李浔揉一把他的呆毛：“不至于。你别看廖庭远那副百无一用的样子，他过往的成绩并不差，是一级运动员水准，况且他们肯定算准了今天来比赛的都是业余选手，稳赢。”

“一级运动员啊……”

见宋仰一低头，李浔就琢磨出他那点儿小心思。

“放心，你想要的都会有的。”

十二点整，俱乐部开放观看通道，短短十来分钟，现场座无虚席，人声鼎沸。这在运动员看来是件超乎常理的事情，因为哪怕是全国的射箭比赛，观众席也是稀稀拉拉。

到场有一大半是廖庭远的粉丝，他们身穿白色应援服，头戴应援帽，手中握着灯牌和定制的条幅，显然把这当成一次难得的偶像见面会。

宋仰在露天的休息区坐着，小声感慨：“有粉丝真好！这排场，跟演唱会似的。”

李浔的嘴角弯了弯，并不羡慕。他见过比这更壮观的场面。

在奥运会上，永远有那样一群人，身穿大红色应援短袖，脸上印着国旗印章，高举红色旗帜与横幅，巨大的条幅上就印着简简单单五个字——中国队加油。

那是不分年龄、不分民族、不分地域、不分职业的一群人，他们跨越时间与空间，在赛场相遇，为鲜红色的荣耀紧张、呐喊、流泪。

他揉了一把宋仰的脑袋，希望有朝一日，他眼前这株小麦苗也能迎来属于自己的那份荣耀。

在两位主持人一段幽默的开场白后，表演赛正式开始。

淘汰赛第一轮，距离三十米，不过箭靶是俱乐部为这次活动特制的，沿靶纸的直径对半切割，只留下半个圆，也就是说，当运动员射中半圆之外的范围，就判定为脱靶。

运动员每人每轮十支箭，总分加起来排名靠前十位，轮空晋级到第三轮比赛，靠后的十位则会被直接淘汰。

顺序是按抽签来的。

第一个上去的是N大的刘浩天。宋仰记得这人，因为年前那场友谊赛上，刘浩天因为食物中毒进过医院。

这人实力一般，有些紧张，瞄靶时间很短，每支箭都偏右。

宋仰拿着从吴家年那借来的望远镜，心算成绩："才三十米而已，他怎么能射八环出来呢？"

李浔简单分析："总共十支箭，掉一支就直接淘汰了。他把九环当靶心，这样不容易脱靶，是最稳妥的办法。你看着，等会儿肯定会有人脱靶，而且不止一个。"

宋仰放下望远镜，转头看看李浔。他抱着胳膊，神色淡淡的，像个冷静的预言家。宋仰知道，那是自信赋予他的平静。

第一轮淘汰赛进行到一半，三十位选手中，最高分九十一分，最低分七十一，其中有三位都脱靶了，这就导致后边的运动员越来越谨慎，分数都不漂亮。

轮到宋仰上场前，李浔掐指算了算分，交代战术："第一轮没必要争轮空名额，十环危险，你射十个九环就够了。别太紧张，当游戏玩就成。"

宋仰比了个OK(可以)的手势，拿着弓箭上台。和他一起上台的是个身材高挑的女生。

午后的阳光很烈，露天场没有遮阳棚，宋仰望着三十米开外的靶子，眯了眯眼，本就渺小的圆心被裁掉一半后，更看不清了。

人在台下看和在场上看是两种截然不同的体验，有无数双眼睛盯着，紧张感翻倍。观众的呼声热烈，充满躁动，他无法排空思绪当周围的人都不存在。

尤其是用单眼去看那被切割掉一半的靶子，会有种扭曲的错觉，它好像并不是个完整的半圆。

裁判员哨响，俩人同时放箭，宋仰的第一箭是个偏上的八环。

李浔一时间忘了自己身份，隔着几米远的距离喊道：“很好，下次把瞄准器再压一压，不要害怕。”

周围选手齐刷刷看过来，李浔没当回事，掏出手机为宋仰录像。

在赛场上，教练员之于运动员，就如将帅之于军队，是紧紧捆绑在一根绳上的战友。当宋仰意识到自己不是孤军奋战时，自信心立马拔高几个度，找到状态后，他连续打出五个九环和一个十环。

李浔带头鼓掌：“漂亮。”

师父的鼓励和夸赞徒弟贼受用，宋仰越战越勇。

他又放出去一箭，命中十环，场下瞬间沸腾，掌声连天。

今天这批观众大多不怎么关注竞技赛，这样的距离能打出十环，在他们看来简直神乎其技。他们夸张地叫嚷，全然忘记头上还戴着白色的应援帽。

宋仰最后拿到了目前场上的最高成绩，九十二环，直接晋级到第三轮。

最后上场的是李浔和廖庭远。他们还没站到起射线位置，廖庭远的粉丝就已经开始欢呼，叫着“必胜”“第一”之类的助威词。

宋仰也敲着手中的矿泉水瓶为李浔喊加油，可他那小嗓门哪能抵得过千军万马，完全被响彻云霄的声浪盖住，只能趁着大军短暂停顿的瞬间撕扯嗓门：“浔哥！加油！”

他这一声，清脆嘹亮，李浔辨识出小家伙的声音，回头看了一眼，他们像十多年前那样，相视一笑。宋仰就坐在最前排向他挥手，头顶阳光，笑出一排整齐的牙齿。

李浔忽然生出一种时光倒流的错觉。

廖庭远在边上打量着李浔——小麦色皮肤，短发蓬松且随意地支棱着，眼神平静而深邃；一身平价运动服，黑色短袖下是流畅的肌肉臂，胸前的护具勒出肌肉轮廓，手中握着红黑配色的反曲弓。

李浔个儿太高，廖庭远没有按照惯例走过去同他握手，而是向观众挥手互动，却在无意间发现前排某个戴着应援帽的女生在拍李浔。

他脸色骤然一变，面向靶心，眼神狠厉起来。

哨声响起，李浔抬起手臂，将弓弦拉到底，贴紧下颌，唇角被弓弦压出一道浅浅的痕迹。

观众出奇一致地屏息凝神，宋仰手中的水瓶被捏扁。

信号片降落的瞬间，李浔指尖撒放，那反应速度快到吓人，几乎可以精确到 0.1 秒。时间越短，就意味着它的精准度越高。

银色的箭头深深刺进靶心，连带着小半截箭杆都没入靶内。

宋仰握了握拳，就连主持人都禁不住抬眉，嘴巴撑成一个椭圆。台下呼声热烈，一半为李浔鼓掌，一半为廖庭远加油。

远处的荧幕上是两个放大的箭靶，李浔开局就是十环，廖庭远一个压线九环。

宋仰得意扬扬地跟身边工作人员闲聊："他下把肯定还是十环。"

那人不信，和他打赌，赌最后廖庭远的比分更高一些，几位颁奖的礼仪小姐也一起加入。

那些姑娘都是节目组请来的，一看就不怎么关注体育比赛，完全就是按颜值押注。宋仰听见她们聊到李浔，竖起小耳朵。

"我比较喜欢那个短头发的，个子高高的，看着就很有安全感。"

另一个笑靥如花，使劲点头："而且人很好，刚才在台下还帮我搬东西。"

"你没要手机号？"

"没，当时没想起来。"

"一会儿比完赛扫一扫。"

最后李浔以九十八分的高分碾压全场晋级，而廖庭远只拿到九十四分。

五轮淘汰赛结束，场上的六十二人只剩下最后四位，按排名分别是李浔、廖庭远、宋仰，还有一个叫王橤儿的女生。

这姑娘刚才就坐在宋仰身后，还跟着押过注，全程都和宋仰一样，押李浔赢，这会儿俩人在场上点头一笑。

李浔看到后撞宋仰胳膊："比赛呢，别老给人暗送秋波，比完这场就看不见了，要挑也挑个实际点儿的。"

"嘁，我们射箭队又没女的。"

"你非得在大学里谈恋爱吗？你妈新年那会儿可交代我了，让我盯着你，不让你在学校处对象。"

宋仰很是惊讶，嗓门老高："我妈居然还跟你说这个了？！"

"那是。"李浔恬不知耻地造谣，勾着两根手指，腾空指指自己的眼睛，又指指宋仰的，"我答应你妈看着你，那就得看着你。晚上回家微信好友给我检查检查。"

"……真是劳您费心了。"

"不客气，这是为师应该做的。"

最后一轮决赛难度加大。主持人宣布规则："射程还是三十米，每人三支箭，时限六十秒，选手站到起射线位置后，我们的工作人员将蒙住选手的眼睛，总环数最高者获胜。"

蒙眼射箭这也就是在影视剧里出现的情节，现场观众一片哗然，并不觉得会有什么高分出现。

宋仰心里也没底。他练了这么久，从没试过蒙眼射，虽然肌肉有一定记忆，知道往哪个方向射，但哪怕是分毫的偏差，也会导致箭支偏离中心，射程再远些的话，直接就脱靶了。

为了安全起见，这轮比赛的现场特意加派了两位教练盯着运动员。

第一个上场的是排名第四的王榛儿。

宋仰观察到一个有意思的细节——当工作人员将她的眼睛蒙上后，她从箭囊拔箭的速度都比之前慢好多，还用另一只手确认自己的箭是否搭在箭台中央。

宋仰平时瞄靶时间就慢，担心自己也会出现一样的问题，于是在底下闭上眼，将抽箭搭箭这俩动作演练好几遍，直到流畅为止。

王榛儿的第一支箭打了个八环，之后手感不佳，越射越偏，虽然没有脱靶，但总分只有十九，不过这已经是出乎观众意料的成绩。

紧接着是廖庭远上场。这人偶像包袱太重，碰见李浔就绕道，避免同框显得自己个子矮，一会儿又嫌眼罩颜色太花，和他衣服颜色不搭。

他抬弓搭箭，场下观众跟着使劲。不知道哪个观众在台下喊了句：“远哥！箭头再低点儿！”

廖庭远变得犹豫不决，稍稍调整一下角度，底下人又喊：“廖庭远！相信你自己！”

廖庭远又往上挪一点儿。

他就这么上上下下，前两支箭就耗掉五十秒，成绩还不怎么理想。

由于蒙着眼，选手只能凭感觉判断时间的流逝。当他勾第三支箭的时候，李浔就说：“他要超时了。”

前排观众也意识到时限问题，提醒道：“廖庭远，还有五秒了！”

越是想赢的人，就越容易受现场气氛干扰，廖庭远的最后一箭都没等信号片降落就射出去了，落在靶纸之外，总分十四。

他摘下眼罩那一瞬间，咬了咬后槽牙，问主持人，哪个是自己的第一支箭。

“五分的那个……”主持人为了给廖庭远挽回点儿面子，补充道，“其实刚才你第一下瞄得挺准的，后来听到有人喊，又稍稍抬了一下胳膊，最后就有点儿射偏了。你下次应该更坚定一点儿，相信自己。”

“那肯定了。”廖庭远表面功夫做足，可当看见宋仰的第一支箭拿到九环的高分时，一张脸拉得跟马脸一样长。

台下鼓掌他撇嘴，敷衍地拍了两下麦克风。

宋仰上场前，李浔曾交代他，先确认角度，然后脑袋的角度就不能动了，利用下颌定位置。

因为射箭运动员的基础动作是有肌肉记忆的，就像那些篮球明星，蒙眼扔球照样能中三分，下颌就是弓弦的一个支撑点。支撑点确定，总体偏差不会太大，剩下的就是靠心态和运气。

宋仰对黑暗无所畏惧，因为看不见，反而让他的注意力更加集中，对时间也有了更精准的把握。

他清晰地听见自己的呼吸和心跳，以及信号片降落的响声。

“砰”的一声，箭飞出去。

观众倒抽一口气，惊呼鼓掌。

主持人张着嘴巴，足足愣了三秒才找回声音：“二十八环！这也太吓人了吧！”他开玩笑道，“我现在都怀疑这眼罩是不是有问题。你平时是怎么练的啊？”

宋仰摘下眼罩，确认了一下靶子，对自己的成绩很满意，第一时间看向休息区，咧嘴傻笑一会儿才回答："从入门到今天，我的每一个动作都是我师父教的……他叫李浔，比我厉害多了。"

台下叫声连连，更有甚者吹起了口哨。

李浔被那道天真炽热的眼神感动，抬抬眉毛，眼底波光流转。

这一幕刚巧被王槺儿录进手机，又发到宿舍群里。

你们没来真是太可惜了……

天哪！好帅！

惊为天人！

你不是说就那个廖什么吗？我是觉得他太油腻才没去的，要说还有别的帅哥我早去了。

还有照片吗？清楚一点儿的，后边坐着的这个也要。

你要求真多。

有了宋仰和主持人的那段对话，观众对李浔接下来的表现拉满期待值。

李浔上场，简直享受着众星捧月的待遇。两位主持人将他堵在中间，关心起他和宋仰的关系。

"你们是一个学校的吗？"

"嗯。"李浔在离开宋仰视线范围后，恢复面瘫，声音低沉，"我是他的教练。"

“哇，那这么说是青出于蓝了……”

另外一个女主持人打断他：“师父还没出手呢，说不定就给我们来个满分呢。”

站在边上的廖庭远脸色铁青。

男主持人说：“这难度太大了。李浔你自己感觉怎么样？有信心吗？”

三十米盲射对国际级健将来说小菜一碟，李浔今天来就是纯凑热闹。宋仰当初兴冲冲给他报名，他不想扫兴。

李浔想了想，转回身，向宋仰走过去，视线落在远处的红色托盘上。

他轻声询问：“那边那几个礼物，你还想要哪个？”

宋仰被李浔这个突如其来的问题弄蒙了。

还想要哪个？

这个“还”字就充满灵性，意思是说，李浔已经认定第一名的奖品是他的，所以才拿其他奖品。

可论实力，李浔压根儿就不可能输给他，为什么要让着？

短短一瞬，宋仰的脑内思绪纷飞。

余光告诉他，场上场下所有人都在盯着他们，宋仰又开始紧张，呼吸急促：“我……我随便……”

说完他就后悔了。

李浔略微一点头，抬眉：“那我随便挑一个。”

“别……”情急之下，宋仰握住他胳膊，拧着的眉毛和手指一起使劲，“你别随便。”

现场的人看不明白，不过李浔能看懂他的眼神。

宋仰比他更在意他身上的那点儿光环。

其实盲射也是李浔在役期间尝试过的训练方式之一，可以锻炼双臂的协调性和身体的灵敏度。人睁着眼睛时，看见的只有远方的靶纸，很容易忽略呼吸、心跳、角度这些细节参数带来的变化。

很多人到最后也弄不明白，实际上远处的靶心并不重要，重要的是身体的每块骨骼和肌肉是否已经配合到位，心能不能沉得下来。

李浔被蒙上眼罩。场上的镜头推得更近，放大他的五官、手指。他箭搭上台，他的下颌绷紧，手背暴出交错的青筋。

“嗖”的一声，是箭尾脱离弓弦飞出去的声音。

箭杆蛇形摆动，银色箭头穿透风浪，朝着一个方向飞去。

观众瞪大双眼，倒吸一口气。

十环!

掌声未停，李浔又搭上第二支箭，还是射中一样的位置。好些观众张着嘴巴，拍照的拍照、录像的录像，手机举得高高的。

期待神奇的事情发生是人类天性，大家的心思在这会儿总是出奇地一致。

这时候考验的就不光是运动员的技术，更考验心态，无论是谁，被过度期待时，压力是成倍上涨的。

李浔凝神吸气，胸口轻微起伏。阳光将他的额角照得发亮，赛场四周跟着安静下来，所有人的目光都聚焦到一个方向。

李浔双指勾弦，越拉越紧，紧贴下颌，镜头下，通透的汗珠顺着鬓角流动。

倒计时上的红色数字不断跳动，还有两秒。

黑色的碳箭如流星划过，所有人的脑袋从一侧转向另一侧。十环!

下一秒，现场仿佛被火点燃，彻底躁动起来。人群中有大声欢呼的，也有像宋仰一样对着李浔的脸拍照的。

李浔摘下眼罩，眯眼看了一下屏幕，极淡地笑了一下。

身边有只手递来纸巾。他还沉浸在这火热的氛围里，一时没反应过来，问:“给我这个干什么？”

宋仰把纸巾压在李浔脑门上，他这才抬手一摸，摸到了额上的汗。

主持人宣布本场比赛的比分，顺便夸赞李浔厉害。

几位礼仪小姐端着奖牌与礼品上台。

宋仰拿到的是一台复古风的蓝牙小音箱，他鞠躬道谢，转头看向李浔，又看看他手里的耳机，纯黑色，看起来很有质感。宋仰忍不住上手摸了一下耳机，还有点儿沉。

李浔低声问:“想要吗？”

“当然。”宋仰点点头，“回去能借我戴戴吗？”

李浔给他一个肯定的眼神。

镜头下，他们嘴角翘着，眼底有光。

下半场是纯娱乐环节，工作人员将靶后的幕布揭下，是一块两米多宽的面板，上面绑满拳头大的彩色气球。

选手一局三十支箭，射爆不同颜色的气球可获得不同的积分，红色七分、黄色五分、蓝色三分，其他不得分，射中白色倒扣三分。

为了增加难度，参赛选手两人一组，一个负责持弓瞄准，另一个负责拉弓放箭。

本该是抽签组合的，可李浔摸到的数字和宋仰不一样，他不想和陌生人一组，硬是厚着脸皮和王檪儿换了签，和宋仰组了队。

个人赛排名靠前的可以优先玩，李浔他们是第一组。

宋仰站到起射线位置，转头问："那咱俩谁先来？"

李浔沉默了一会儿："我先吧。"

倒计时开始前，宋仰和李浔一起琢磨站姿和动作。

宋仰呼吸急促，声音都在战栗："你站我后头，然后……然后你那只手勾这个。"

李浔小心翼翼地靠过去，左手搭在宋仰肩头，另一手勾着弦："你抬弓吧。"

李浔小声问："好了吗？好了我放了。"

宋仰细弱蚊蝇地回应："还……没……"

李浔偏头看了一眼瞄准器，好家伙，胳膊抖得跟得帕金森病一样，根本停不下来。他一把握住宋仰的胳膊："你抖什么？"

"我也不想啊……"他紧张得都快把弓把给捏断了。

时间已剩不多，李浔无可奈何，绕到他身后，左掌推住弓把：“你手上松点劲儿，我来推，你瞄。”

宋仰“哦”了一声，拽着他的胳膊往下压了半厘米，又往上抬一点儿：“就这个位置。”

李浔松手，远方响起气球炸裂的声音。

表演赛结束后，生活回归平静。

宋仰忙着学习、训练，李浔忙着开会、上课、和领导讨论暑假大学生运动会的事情。

这次的运动会在深圳举办，路程远，赛委会只报销定额的比赛费用，不包食宿。一支队伍包含运动员、替补、领队、教练，还有医护，这么多人过去，又得花不少钱，算了算账，校队又回到了捉襟见肘的状态。

学校重视比赛，重视荣誉，最好每样都能上，可一提到钱，又是一副苦瓜脸。

李浔说：“那我先打份申请，学校总能批个千把块下来；大不了吃的费用我来垫，等赢了比赛再申请一次。”

领队往桌上那个满是茶渍的陶瓷杯里续了点儿水：“我早就已经申请过了，赛先比着，但是钱得下半年才拨下来。”

李浔一愣：“为什么？”

“肯定是要看成绩啊，要是拿不出像样的赛绩，经费只会越来越少。”

李浔深深吐一口气。财务处每年拨款都有定额，体育部那么多校队，篮球、田径、游泳、乒乓球，哪边有成绩，上头自然就更重视一些，拨款速度也快。

人总喜欢跟着光走，越是看不见希望，全身心投入到这个项目里来的人就越少，能坚持下去的也越少。

李浔清楚地记得，跟他搭档多年的兄弟，二十五岁不到就退役了。那是射箭项目的黄金年龄。

以前的他无能为力，只能目睹一个又一个队友离开，但在学校，他起码还能做点儿事情。

“这次不足的费用我来掏，拿得出成绩给我报，拿不出就算了。”

他这份承诺让领队的良心过意不去：“其实也用不着你来垫，队里经费还有，少带两个人过去就够了。”

李浔能不知道这样的选择吗？

可这样选择就意味着一轮又一轮的淘汰赛，且不说训练让人筋疲力尽，精神上的折磨就够人受的。

他回想起宋仰在省运会淘汰赛后，握着他的手腕求他给一次机会的模样，说：“就这么定了。”

九点一刻，距离那档竞技节目播出的时间已有十多个小时。

宋仰在上英语课，边上有位女同学撞了撞他胳膊，把手机推到他眼前。他一脸困惑，小声问：“怎么了？”

对方笑得不行，眼神示意他看视频，还贴心地从兜里翻出耳机插上。

宋仰以为是什么脑残视频，接过手机，顺带瞅了一眼台上唾沫横飞的教授，将脑袋压低，点开了那条转发量很高的小视频。声音出来的那一霎，他眼睛瞪圆。

他又再次确认转发和点赞数。

3.1 万转发，9.2 万点赞，2.9 万条评论，他彻底坐不住了，低头钻进自己臂弯："这都是些啥啊……"

事情还得从廖庭远他们团队的营销说起。廖庭远团队的目的很简单，就是吸人眼球，为即将开播的那部竞技类热血偶像剧做宣传。

他的粉丝们也积极参与，提升节目的热度，有不少路人去围观了上周的那场比赛。但团队费尽心机，反倒是让人注意到了在节目上没说过几句话的冷脸冠军，还有那个话痨小徒弟。

最火的那段是王榛儿发布的，半分多钟的视频，文案就一句话——# 高能的青春 2# 这段居然被后期剪掉了，好可惜啊。

视频里就是宋仰一边回答主持人的问题，一边回头看李浔的画面，配上了很甜的背景音乐。

"从入门到今天，我的每一个动作都是我师父教的……"

主持人问什么，他乖乖答什么，还说起小时候第一眼看见李浔时的场景。他说话声音很柔，又带着几分慎重，眼底流露出崇拜与感激。

有关射箭的一切，他都离不开"我师父"三个字，笑容干净纯粹，单纯得像小动物。

李浔在听完他说的那番话后，嘴角的幅度越扯越大，最后抬了抬下巴，挑眉回应。

就是这个瞬间，被博主拉出来做了个特写，并且放慢速度。

网友们都是被最后那段小互动惊艳的，点赞评论数以不可思议的速度噌噌往上蹿。

没过多久，这段小视频被一个百万博主顺手转发。

原博的评论区彻底炸了。

这是什么剧呀？

不是剧啦，就是一场表演赛。我去看了，还挺有意思的。坐着的那个是国家队退下来的运动员，在学校带队；拿麦克风那个弟弟才大一。两个人现在在一个校队，是师徒关系，一起参加了这场表演赛。蒙眼射箭那段真的帅爆！跟开挂一样，我都怀疑是后期剪的。

博主当时也在场，说不是剪的，就是实拍。国家级运动员真的很厉害的，他们有很强悍的肌肉记忆！我看了这段才知道影视剧里那种蒙眼射箭什么的不是胡编乱造。

姐妹快去看！超级精彩！

哈哈哈哈哈哈哈哈，我也看完了！

最后这个挑眉真的好戳我啊！我冲了！

这是宋仰第一次在别人的微博里看见自己，真实体验了一把“社会性死亡”的感觉，又羞又臊。

王槺儿的私信被网友们轰炸，只好发了一条微博：不好意思诸位，这段就是无意间拍的。我和他们也是第一次见，真没联络方式，但是李浔是有微博的，名字叫“李浔 Archer”，貌似不常玩，弟弟的还不知道。

宋仰的庆幸还不到三秒，就刷到底下一条热乎的留言——弟弟我熟，@别看我只是一只羊。

留言人就是周俊霖。

宋仰头皮发麻，回忆起自己在微博上发过的那些鸡毛蒜皮。他前不久还吐槽食堂的牛肉做得太老，啃起来像拔河；思修课老教授牙齿漏风，坐在前排好像坐在喷泉底下……

也不知道这些内容会不会被校领导发现……

带着复杂的心情，他用手机登录许久未用的微博，大红一片，每刷新一次，评论点赞的数字就翻一番。

然而数字越涨他越觉得尴尬，脚趾都快把楼层地板给抠穿了。

他点进评论区，网友们连他五年前的第一条微博都没放过。

那天刚巧是尿尿被接回家的第一天，两个多月的小金毛，刚断奶没几天，软乎得很，他把狗抱在怀里亲。老妈在边上录视频，他亲完忽然感觉衣服上热热的，还有点儿湿，才发现小金毛尿了他一身。

于是他就这事儿发了条微博——我看你挺会尿的，以后就叫尿尿吧。

评论里全是“哈哈哈哈”和“来考古了”。

网友们围观起他的日常，留下一条条动态。那些不为人知的过去被点赞，被评论，有共鸣，有笑声，有感慨。

第十四章

不速之客

这段被全国网友热议的视频维持了不止一天的热度。

宋仰经常收到朋友的评论，说是某某博主发了他们的动态，又或者是某视频网站上有了他们的视频。有认识他的同学还在网上发布了一些他的私生活照片，有帅气的，也有搞怪的，都是出于好意，给他带去热度。

他和李浔的微博粉丝数在一夜间暴涨。刚开始宋仰觉得新奇，总忍不住翻看留言，但期末考试的时间近在眼前，他之前和老爸老妈签过“军令状”，不及格就退队。他无暇顾及其他，咬咬牙，把微博给卸了。

宋仰这一消失，就导致那些推广和网媒全找到李浔这儿来了，光是要独家采访的小编就有近三十个，这段时间他的职业生涯成了大家热议的焦点。

李浔看到这些，倒没有太多情绪。这些外在的名气虚得很，网友们的注意力很快就会被新的内容给吸引过去。他并不觉得自己的职业生涯值得那么多人关注，于是婉拒了采访。

可越是这样，越能激发起群众的好奇心。有人问他是不是因为国家队待遇不好才退出，也有网友私信询问他会不会复出，有些账号为了博取一点儿关注度，甚至在网上编造出一些莫须有的事情。

最令人咋舌的是有一条微博说宋仰要出道了，李浔是他的经纪人。

牛越吹越扯，搞得李浔很是头疼，后来实在没办法，接了个比较靠谱的平台的采访。

这个记者是体育频道的，叫王恺，以前还在赛场上采访过李浔，但那已经是十多年前的事情了。

王恺不提，他已经忘了。

采访时间就定在周日下午，他和王恺约在家附近的一家咖啡厅。这地方离初之上绘画课的少年宫就隔着一条马路，采访完他可以直接接孩子回家。

咖啡厅冷冷清清，蓝牙音箱播放着一首钢琴曲。在开始录制前，王恺给他看了台本，问题不算多，却很巧妙地贯穿了他整个职业生涯。

过去零零碎碎的画面跃进他的脑海。

现在想来，有点儿好笑。他也曾幻想自己有一天，打破纪录一举成名，被无数媒体争相采访，然后能够特骄傲地冲着外媒镜头说一声“谁说我们拿不了冠军”。

但怎么都没想到，十多年后，他会以这样的方式意外走红，以这样的形式告诉大家，自己热爱射箭，曾经是国家队的射箭运动员。

他的胸口犹如岩浆滚过，烧得慌。

他看着白纸黑字，怀念起那段不那么清醒的时光，至少那会儿还有一个坚定的目标。

王恺静坐在他对面喝咖啡，看见少年宫外有许多家长排着队，大多是些上了岁数的大爷大妈，全站在门口。

保安似乎不怎么管事儿，停放随意的自行车、电动车很多，快要把人行道堵住了。

过了一会儿，王恺的视线从外边收回，说：“如果有什么冒犯到你的问题，咱们可以改一改。”

“没事。”李浔将台本递回去，“都可以问。”

“好的。”王恺一点头，微笑道，“那我们就开始了。”

摄影师调整角度，黑色的镜头就好像人的眼睛一样，聚焦在李浔的脸上。

“还记得第一次接触射箭是什么时候吗？”

“小学六年级。”

李浔的眼前出现一条青石板铺成的羊肠小道，两侧是低矮的平房，白墙青瓦，日光下的阴影遮住了半条小巷，小道尽头是喧闹的集市，正是过年的时候，所有商铺都把东西堆到门外叫卖。

很多小孩儿吵着要烟花、糖葫芦、爆米花、糖炒栗子，但他对那些东西都不感兴趣。他攥着兜里的一沓毛票，走向不远处一个中年大叔摆的玩射箭的摊位。

“那天抱走了三个娃娃，第二天再去，那个大叔就涨价了。”

王恺克制着没有笑得太大声，又问：“后来是什么样的契机，让你踏入了这个行业呢？”

“十九岁那会儿，在全国射箭比赛上拿了冠军，就被批准进入国家队了。”

王恺：“那你还记得第一天进去报到的时候，是什么样的情形吗？”

“当然。那会儿正巧赶上冬训了，天很冷，我记得我到那儿已经很晚了，还下着雪。我不认路，只好打电话找当时跟我联络的那个教练，问他怎么走，结果他直接蹬着个自行车出来接我。”

王恺惊讶地道：“那当时就你一个人去的吗？”

“对。”

“十九岁的时候啊！从N市过去吗？坐火车过去的？”

“嗯。”

“不觉得害怕吗？”

“现在想来是挺可怕的，毕竟是第一次去那么远的地方，走丢了就不得了了。但那会儿年纪很小，只觉得这座城市的夜晚怎么这么亮堂，饭店、夜市灯火通明，新奇多过于恐惧。”说到这儿，他嘴角扬起淡淡的微笑，比画着，“我还记得当时教练接到我的第一句话就是，‘来来来赶紧把衣服穿上’。他估计是怕我冻着，带了件超厚的绿色军大衣。”

“啊……我也有类似的经历。在异地他乡，这样的举动会让人备感温馨，甚至会影响你对这座城市的印象。”

“嗯。”李浔重重点了下头，“教练平时也很照顾我们，会邀请我们去他家里吃饭，平时攒的小吃也都会留给我们。”

“感觉就像带了一帮孩子，你现在是不是也深有体会？”

李浔笑起来。

王恺是个挺会聊天的人，采访过程没有李浔想象中那么紧绷，越聊越轻松，如果没有那台摄影机，更像是和某个久别重逢的老朋友聚会。

最后，王恺放下手中的台本：“那么最后我再替广大网友关心一下，你有想过重新回到国家队吗？”

这个问题并不在台本之上，李浔怔了怔，扫了一眼镜头，又看向王恺。

他沉默思考之际，少年宫的放学铃声响起来，一群背着书包的小孩儿一蜂窝拥出门口。

李浔无意间瞥到李初之的身影，什么心思都没了，着急忙慌地起身：“不好意思，我得先去接一下小孩，一会儿她又乱跑。”

王恺惊讶地跟上去问：“你都有小孩儿了啊？”

“不是，是我外甥女。”

王恺和摄影师一直跟随李浔来到少年宫门口，摄影师的镜头一转，拍到李浔牵起李初之的小手。李浔小声责备：“不是跟你说过下课了就先待在保安室别乱跑吗？马路上车这么多，危不危险？”

李初之知道自己错了，啃着指甲盖不出声。李浔又在她手背上不轻不重地打了一掌：“还咬，你那指甲都啃成什么样了，你还想不想吃好吃的了？”

李初之小嘴一撇，眼泪又开始打转，拽着李浔的衣摆晃了晃：“我知道错了……舅舅，我想吃甜甜圈。”

“没有甜甜圈，只有面包，爱吃不吃。”

“好吧。”李初之无奈妥协，“什么面包？有夹心吗？我喜欢蓝莓果酱的。”

李浔说：“我去晚了，只买到草莓的。”

“你为什么去晚了？”李初之抬头看到李浔不那么愉快的脸色，接过面包，自我安慰，“好吧，草莓的其实我也很喜欢，但是你下次要记得给我买蓝莓的。”

“我知道了。”李浔笑着揉她脑袋，本就松松垮垮的马尾彻底散开，成了鸟窝。

王恺觉得李初之也很上镜，走过去，蹲下问：“小朋友你今年上几年级了？”

“三年级。”李初之吃东西的时候不喜欢回答大人的问题，缩到李浔身后躲着，满嘴草莓酱全蹭在他衣服上，还是白衬衣。

李浔倒抽一口气，咬牙切齿：“李初之！”

李初之被吓得颤了颤，继续啃面包。

王恺看向李浔：“平时都是你来接她回家吗？”

"嗯。"衣服上的草莓酱留下污渍，擦不掉，李浔指指衣服，又狠狠瞪一眼李初之，"你干的好事。"

李初之软绵绵地道歉，又说："回去我来洗嘛。"

王恺觉得他们的相处模式挺有意思，笑了笑，追问："她父母很忙？"

提到父母，李初之很敏感地将视线从面包转移到王恺身上。

李浔低头看了一眼小家伙说："都在外地工作，不常回来。"

李初之皱眉，补充："是从来都不回家。"

王恺一愣，脑海里已经冒出好几种猜想。

"还有什么其他问题要问的吗？"李浔把初之往车里一推，"没什么其他事情的话我们得回去了，她还有一些作业没写完。"

王恺明白他不想多聊，俩人友好地握了握手，就此道别。

王恺的动作很快，当晚，李浔就在微博上收到了某日报的 @。让他感到意外的是，除了他在咖啡厅的那段采访，还有一小段李初之的镜头。

满屏弹幕，全在夸她漂亮、懂事、可爱，夸张到连底下字幕都遮住了。

李浔 男妈妈 # 这个话题又被网友们炒成了热门。

这简直匪夷所思，闻所未闻。

宋仰在回家的路上看完了这段采访，笑着跟他解释："'男妈妈'

就是电竞圈的一个梗，后来不知道怎么衍生成会照顾小孩儿的爸爸，总之网友们都是夸你的意思。”

“怪怪的。”李浔不解。

宋仰把手机放回他裤兜，俩人往家走去。

刚进家门，宋仰的手机铃声突然响起来。

“我老爸。”他抬眼看了看李浔。

“噢。”李浔配合地一点头，“那快点儿接啊，说不定有什么重要的事情。”

宋仰“嗯”了一声，就跑进房间了。

宋仰用后背把门带上，接起电话。

“啥事儿啊，老爸？”

“咱家的狗绳你看见过吗？我怎么找不着了。”

就这破事儿！

宋仰皱着眉头，语气带着几分不悦：“找不着问老妈啊，我哪知道！”

“我问了，她也说没看见。你前两天不还牵着它出去过吗？”

宋仰撇撇嘴：“我一直就搁在院角的那个小柜子上。”

“那就奇怪了，我下午回来就没见到，还以为你妈把它洗了。尿尿这会儿缠着我的腿，估计是要拉。”老爸一边翻箱倒柜，一边神神道道地不挂电话，“不会是被人给捡走了吧……”

“先带它就近解决一下，实在找不到你给我发微信，我在网上再买一条。”

“我给你发微信发了半天你也没回我。”

宋仰点开微信，果然，消息来自一小时前，那会儿他在车上和李浔闲聊天，压根儿就没看手机。

“没回肯定就是忙着呢。您还有事儿不？没事儿我挂了啊。”

“你急着要干啥呢？”

“不干啥……”宋仰道，“我看书呢，下周就考试了。”

老宋这才挂了电话。

宋仰无奈望天。

黑夜无边，没有星辰，只有点点红光闪烁，是夜晚的航班。宋仰推上玻璃窗，回屋看书。

一架从北京起飞的航班，掠过成片高楼，最终在 N 市机场降落。

一个高瘦的男人跟随人流走出机场大厅，随手拦了辆出租车。

司机问他到哪儿，男人答不上来，从手机里翻出一张截图：“这个少年宫你认识吗？”

照片上仅有半个大门和一个保安室，正是放学的时候，背着书包的小孩儿一蜂窝向外拥，镜头中央，一个高个儿男人牵着一个小女孩儿的手。

司机仔细瞅了瞅，摇头：“整个 N 市的少年宫起码有十家，大大小小都有，你起码得告诉我是哪个区。”

“十家是吗？那就一家一家找，找到为止。”男人问，“你今晚有事儿吗？没事儿就陪我一起找，我付你双倍的钱。”

这要求可少见。

司机回头打量起这位乘客，大约三十五岁的年纪，一头三七开的黑发向后拢着，打理得一丝不苟，穿着考究，腕上戴着一块价格不菲的机械表。这人一上车他就闻到一股不常闻到的香水味。

此时，男人又接起另外一部手机的来电。

“喂……嗯，我到了，在找呢。

“司机说这边少年宫有好几家，得慢慢找。妈，您别着急，肯定找得到。

“不早了，你们先休息，有什么消息我明天再通知你们……嗯，挂了。”

司机在赚钱和职业道德之间权衡片刻，说：“其实也不用一家一家找，现在不是有那个卫星地图吗？你可以对比着看一下图片，排除掉一些。”

“是吗？”男人依言照做，果不其然，大部分少年宫的门头都被上传了照片。

两个男人的脑袋凑在一起研究、对比，他们一下就排除了三片区域。

后座的男人的神情变得兴奋起来：“那这么说，我们只要找这几个地方就行了？这种图片不会有什么误传的情况吧？”

“不会的，如果有错，只可能是门头装修，系统没更新过来，不过少年宫这种地方一般不会装修。”

男人的指尖滑过屏幕，记下几个位置：“那咱们先找就近的吧。”

“好嘞。”

那晚，他们绕了大半个 N 市，直到凌晨四点，终于找到了和图片上一模一样的几个大字。

周末，天气不错，蔚蓝的天空飘浮着几朵白云。快九点的时候，宋景山牵着李初之下了公交车，往少年宫方向走去。

“我一会儿要去超市买点儿菜，你中午想吃什么？”宋景山问。

李初之认认真真想了想：“我想吃上次那个炸鸡腿，蘸甜甜的辣辣的酱。”

宋景山笑了笑：“那个叫泰式甜辣酱。还有呢？就一个炸鸡腿吃不饱。”

“那我就多吃几个。”

“还有没有别的想吃的，红烧肉怎么样？”

“好啊。”李初之蹦蹦跳跳往前走，“叔叔做的都很好吃，我都爱吃。”

宋景山的笑容渐深。

快到门口时，宋景山把肩上的小书包摘下递给李初之。

天有点儿热，李初之的鼻梁上冒着细汗，宋景山替她把汗擦了，右手伸进她后背摸了摸，小丫头跑出汗了。

他把初之的外套脱下，系在她腰间，又将从小短裙里跑出来的衣摆重新塞回去，嘱咐道：“一会儿在课堂里要是感觉冷了就把衣服穿上，不然会冻感冒，知道吗？”

李初之“嗯”了一声，冲他挥手道别。宋景山目送她进了教室，才转身离开。

少年宫隔壁的文具店门口，停着一辆贴着汽车租赁广告的黑色大众，坐在驾驶座的男人收起手机，推门下车。

穿制服的保安将他拦下：“哎，上课了，家长不要进去了。”

“我进去找个人。”

保安上下打量着他—— 这人一身金贵的装扮，但面带倦色，像是很多天没睡过觉一样，眼圈略深，听口音不像是本地人。

“那也不行。”

男人在保安身上嗅到一股廉价的烟味，从兜里掏出一包软中华，笑着递过去：“大哥，通融一下，我马上就出来。”

保安看见烟，先是一愣，随即收下，问：“你找谁啊？哪个班的？我带你一起进去。”

李初之在保安大叔的带领下，来到走廊尽头的一间小教室。围棋课要下午开班，暂时没有学生，只有第一排的课桌后面坐着个男人。

男人听见脚步声，猛地抬头，眼底有光在闪烁。尽管在来的路上他想过多种开场白，可见到真人的那种冲击还是让他失了神志，久久没能开口。

李初之不明所以，正要回去上课，男人开口喊她：“你叫初之对不对？”

李初之转回身，没说话，只用眼神表达疑惑：你怎么知道我的名字？

男人起身上前，自我介绍："我叫张寒，是专程来找你的。"

李初之眨巴一下眼："找我干什么？"

保安大叔盯着俩人好一会儿："你俩长得还真挺像。"

张寒一上来就问李初之的出生年月，还有家庭人员的信息。李初之刚开始不乐意回答，但张寒竟然一下猜出了她的出生月份以及全家人的名字。她大为震惊，反倒关心起张寒的身份。

接着张寒又说了一大堆和她之前的认知相悖的事情，彻底把她给搞糊涂了。

张寒全程半蹲着，握着她的小手，一遍又一遍，诚恳地道歉："爸爸特别对不起你……我也很后悔当年跟你妈妈分开，我后来找过她，但是她怎么都不肯见我。"

他满是忏悔地低下头："当年我做过许多许多愚蠢的事情，我很对不起你妈妈。她跟我分开的时候，你还没出生。"

李初之听得一脸茫然，但起码是知道了，眼前这个不停乞求她原谅的人是和她有着血缘关系的亲生父亲。

他看起来年轻且英俊，很像影视剧里的男演员，说到动情之处，眼睛红红的，下一秒就要掉泪的样子，很难不让人动容。

一种小孩儿特有的直觉告诉她，舅舅有很多事情瞒着她。

张寒看着她，问："你舅舅从来没告诉过你这些对不对？"

李初之摇摇头，噘着小嘴说："他说你们去了外地上班赚钱，等我长大了才会回来……”

“那是他骗你的。”张寒的眉头深皱，“他从来就没告诉过我你出生了，要不然我能把你扔在这边不管吗？他就是为了报复我才把你藏起来，所以我之前没能找到你。”

李初之相信他的身份，但对这些指责心存疑虑，因为她眼中的舅舅不是这样的人。

“还好我在新闻里看到你了……”张寒轻抚过她两鬓的发丝，别到耳后，和善且轻柔地问，“你还愿意原谅我吗？”

保安大叔本在角落吞云吐雾，听到这儿，投来一个眼神。

以一个成年人的眼界和阅历，他已经能猜到这个男人此次前来的目的，也能联想到这个小孩儿和她的家人即将承受的一切。

命运起伏，生活动荡，都在人的一念之间。

但在对社会和情感的认知还不怎么健全的小朋友眼中，原谅这个人，全是好处。

以后她就和其他同学一样，有爸爸接送，周末还可以去游乐园玩，写作文再也不用瞎编一个爸爸。

多一个疼她的人，有什么不好的？

所以电视剧里那些因为怨恨而甩开生父的双手，转身离开的戏剧性情节并没有在她身上发生，她甚至有些欣喜地点了点头，说：“没关系的，我本来也没有生你的气。”

她的话给了张寒莫大的鼓舞，之后他便从各种角度打听她这些年的生活状况。

当他得知李浔在学校当体育老师，薪资水平一般，李国涛中过风，半身不遂，还经常把她丢给朋友照顾后，他此行的目的越发坚定。

他的律师朋友和他聊了聊解决方案，首先肯定是要和孩子熟悉起来，然后再找孩子的家长谈这件事情，能给钱解决的都不是什么大事，要是对方不乐意再上法庭。

这期间，张寒交代李初之，他们见面的事情是秘密，还不能告诉舅舅。

律师还给张寒吃了颗定心丸："你这样的情况我见多了，孩子年纪很小，没有行为能力，法官更多的还是会考虑家庭因素。一个是生父，一个是舅舅，真打起官司，他们没什么赢面的。"

而这段时间李浔的全部精力都投入到大学生运动会的事情上，和几个参赛队员一起，每天训练到很晚才休息。

某个周末的下午，初之的绘画课结束，他接到少年宫老师的电话。

老师的声音有些焦急："初之的爸爸过来接她，说不上课了，这事情你知道吗？"

李浔正带着一大帮人绕操场跑圈，风声很大，他听得云里雾里："什么爸爸？谁的爸爸？为什么不上课？"

老师一边盯着走廊里的人，一边交代着来龙去脉。

"就一个高高瘦瘦的男人，鼻尖上有颗小痣，之前来过挺多次了，都是给孩子送些吃的。我一直以为他是你的什么亲戚，今天他才跟我说他是初之的爸爸，要把孩子带回家住一段时间。我不知道这是什么情况。你现在忙吗？赶紧过来一趟吧。”

她的描述让李浔遍体生寒。他停下了脚步：“我完全不知道这件事情，麻烦你先看着初之，我现在马上过来。”

宋仰第一时间察觉李浔的眼神有些不对劲，问：“什么情况？初之怎么了？”

李浔没说明原因，只是说：“我现在有事儿得回去一趟，你们一会儿相互计分，我晚点儿再回来。”

宋仰立刻说：“我也去。”

回去的路上，每过十分钟，李浔都得打一通电话过去，问初之是否还在少年宫。

老师在电话那头说：“你别着急，现在已经下课了，初之就在我身边待着，哪里都没去。我在少年宫对面的咖啡厅，那个男的也在。他在等你过来。你路上慢点儿开，不着急。”

李浔短暂地松了口气，油门不减：“麻烦了。”

宋仰见他挂了电话，好奇地问：“那个男的是谁？”

虽然很不想承认，但事到如今，李浔也不得不坦白：“我应该跟你提起过，初之有个生父，叫张寒。”

宋仰记得刚认识李浔那会儿，听他说过，初之的妈妈是未婚怀孕，后来那男的变心两人就分手了。那会儿初之已经六个月了，李沨舍不得把孩子打掉，就这么生了下来。

宋仰对初之生父的印象就两个字——渣男。

他搞不懂，这男人都结婚了，按道理和初之的生活毫无瓜葛，为什么又突然跑过来找人。

李浔的车速极快，两小时不到就到了少年宫门口。

窗外起风了，卷起满地的落叶，天边燃烧的夕阳被层层乌云搅了局，顷刻间暗下来，有种要下暴雨的趋势。

李浔一眼就看见了坐在窗边的张寒，他的五官、身形和十年多前相比没什么变化，穿着打扮比以前更人模狗样了些。

老师和李初之坐在他对面。桌上放了一大堆东西，还有从超市里买的零食，李初之正用小勺戳着面前的一块巧克力蛋糕。

她看见李浔来了便开始招手，幸福从眼睛里溢出来："舅舅，你过来吃吃这个。"

在她尚未健全的世界观里，所有对她好的人都该是相亲相爱的，例如宋仰、干爸、干妈，还有孙老师。

但李浔却冷脸问："我允许你吃陌生人给的东西了吗？"

他这话带着尖锐的攻击性，谁都听得出怒意，李初之立马放下小勺。

她最怕被李浔责骂，小声地抵赖："不是我主动要吃的。"

张寒起身看着李浔："好久不见啊……浔哥。"而他的这声"哥"，配着他一侧嘴角扬起的笑意，听起来并没有什么敬意。

李浔嗤笑，单刀直入："你今天找过来想干什么？"

张寒揉了一把初之的小辫："我就是来看看初之，我都不知道她长这么大了。你应该早点儿告诉我的，毕竟我是她爸爸。不过没关系，这件事我不怪你。”

他的这句话成功把李浔激怒，手指跟枪杆子似的戳在人胸口，双眼几乎要冒出火星子来：“你有什么资格来看她？”

运动员的手劲巨大，就点了那么两下，张寒像个被掀翻的玩偶，坐回沙发里，低着头，一言不发。

不光是李浔，宋仰都被他这话给惹恼了，什么叫“我不怪你”！搞得好像犯错的人是李浔一样。

李浔突然抬高的嗓音引来了顾客和服务生猎奇的目光不说，还把李初之吓一跳，一头扎进李浔的怀里，颤抖着圈住李浔的后腰：“舅舅你不要生气。”

李浔一手握住她的手腕，一手轻抵着她的后背，往宋仰那边推过去：“乖，你先跟哥哥去一边玩，我们还有事情要谈。”

宋仰识趣地牵起李初之的手，可她却像被点了穴似的，待在原地没有动弹。

以前李浔虽然经常凶她，但任何事情都会和她细细说明，从没遇到过这种需要她回避的情况。

李浔阴沉的脸色，让她产生一种不太好的预感，她寸步都不敢离开。

李浔冲宋仰使了个眼色，宋仰直接扛麻袋似的把她扛到李浔的车里。

咖啡厅三面都是落地玻璃，虽然听不见，但里边的情形还是一览无遗。

宋仰一边安抚初之，告诉她不会有什么事情，一边谨慎观察对面的情况。忽然冒出来的生父对自己养了快十年的孩子示好，任谁都不可能平静。

不可避免地，李浔和张寒有了言语上的冲突，俩人嗓门都不小，服务生仿佛被按了慢动作键，竖起耳朵听八卦。

“那是因为你一直把她藏在身边！你要告诉我，我至于对她不闻不问吗？”

“你还有脸说这种话？你觉得你配当她父亲？当初跟我姐分手的时候，你管过她们娘俩的死活吗？”

“配不配不是你说了算！在法律上我就是她爸，我有权利把她带到身边，也有义务抚养她长大。反倒是你，有什么资格霸占着她？”

后来不知道张寒又说了些什么，李浔突然将他从椅子上拎了起来。宋仰倒抽一口凉气。

李浔单手攥着张寒的衣领，将人微微提起，店里服务生吓得没敢靠近。

一切如电光石火，张寒来不及反应，但是这样被人揪着衣领着实让他无比难堪。

暴怒之下，他浑身的力气都汇聚在一处，握拳朝李浔挥过去。

可李浔的反应太迅猛，抬手一挡，张寒连续吃瘪，怒气值直接转化成能量，胡乱地挥动四肢，能打着哪里就是哪里。

他这种没有任何招数的打法让李浔猝不及防，小腹和手臂先后传来痛感。

李浔将张寒的双手钳制住，用膝盖将他抵在原地："你再敢乱造谣试试。"

"我说的都是事实！我这里还有照片，今早拍到的，他手都伸到初之衣服里了。"张寒一手捂着脸，怒目横眉，"新闻里那么多小孩子被伤害的事情，都是身边熟人干的。她要是有什么心理阴影了，你负得了责吗？"

就在李浔短暂迟疑的一瞬，张寒挣脱开来，欲再次发起进攻。

宋仰拨开一堆堵在门口犹豫着要不要报警的顾客，冲过去抓着李浔手臂，不顾一切地想将人拉开。

他从没见过李浔发这么大脾气，可他知道李浔那臂力不是一般人能承受的。

他拉住李浔的胳膊往后拽："你别闹！有什么事情坐下来谈。"

偏偏张寒这会儿气血上头，破口大骂，连蹦好些脏字，不管不顾，抬脚就踹，刚巧踹在宋仰膝盖窝。宋仰没防备地向前栽去，双膝跪地，差点儿就给李浔磕一个响头。

"疼不疼？"李浔赶忙把他扶起来。

宋仰咬牙摇头。

李浔能看得出他在强忍，原本已经降下来的心率因为宋仰挨的这一腿，又飙升到一个全新的高度。

张寒踉跄着站稳："我关心我女儿有错了？"

李浔刚想上脚时被宋仰给拽住了。

"初之还在呢！你真想跟这种人闹到派出所？"

李浔眼底赤红，指着张寒：“就你最不是东西了还有脸说别人！”

张寒好歹也是个男人，在众人面前被人这样对待，气哪里消得下去，随手拿起手边的一块菜单立牌朝李浔胸口砸过去，可立牌飞出去的一刹那他就知道糟糕了。

角度偏了。

李浔也瞬间意识到这一点，伸手去挡，可立牌速度太快，竟飞过他的手，狠狠砸在宋仰的鼻梁骨上。

只听“啊”的一声，拉着李浔胳膊的双手一松。

宋仰捂着口鼻蹲了下去，疼得根本睁不开眼，眼泪止不住地往外冒。

李浔顾不上其他，蹲下握着他的手掌一看：“你别……别动，出血了，把头抬起来。”

这下所有人都消停了。

最疼的那阵持续了半分钟左右，宋仰逐渐缓过劲，鼻子还在流血。李浔不让他乱动，用纸巾堵着，随后把车开过来停到咖啡店门口，再把人扶到车里。

临走前，李浔指着张寒的方向对服务生说：“弄坏的桌椅板凳算一算，多少钱他来赔。”

张寒伸长脖颈：“凭什么啊？”

李浔没理他，头也不回地走了。

李初之看到满脸是血的宋仰吓到崩溃，哭得像是到了世界末日：“哥哥，你是要死了吗？”

宋仰成功被她逗笑。

李浔看到他还能笑出来，就知道肯定没大事。他本来想带宋仰去医院做个检查，处理下外伤的，但宋仰死活不去。

暴雨倾盆，天色已经完全暗下来了。

“太麻烦了，排队都要等半天，买点儿消毒药水擦擦就没事了。”

“真没事？骨头疼不疼？疼的话就得检查。”

“真没事，我自己的伤自己心里有数。”宋仰鼻子里塞着纸，说话带着浓重的鼻音，“那个人怎么办啊？”

李浔烦闷地掉了头，往家的方向开。

“不用管他。”

宋仰换了两张干净的纸堵着鼻子，又问：“他刚才跟你说什么了，你还动起手来了。”

李浔沉默了好一会儿。

理由很简单，张寒说看见宋景山对初之动手动脚，居心不良，也变相地责怪他作为监护人，监管不力。

一个抛妻弃女的男人，回过头来居然质疑别人的人品，责备别人对他的孩子照顾不周，李浔气不过就动了手，想让他闭嘴。

不过现在冷静下来，李浔想通了，张寒就是找各种理由争抚养权罢了。

李浔开口，只说：“他说的每句话都挺让人来气的。”

“也对。”宋仰说：“那下次他再约你，你可千万得把我带上。”

“为什么？”

“我怕你们一言不合又打起来。”

“不会的。”

“什么不会！”宋仰指着自己的鼻子，“合着这个是我自己摔的啊？”

“放心，我说了不会就不会……”李浔抬眼，从后视镜里看他，“我跟你保证。”

这句话让宋仰平复了下来。

宋仰脸上的伤势说重不重，说轻不轻，鼻梁被蹭掉一块皮，眼睑下方也被带到一点儿，流了不少血，到家的时候，大片血迹已经干了，黏着皮肤。

窗外闷雷阵阵，雨点在玻璃窗上敲出节奏。

李浔用湿巾一点点擦拭宋仰的皮肤，直到伤口显现出来。李初之坐在床沿上围观，四只眼睛盯着一处，比动手术还紧张。

“我要擦消毒液了，会有点儿疼，你忍忍。”

宋仰半睁着眼，抖成筛子：“你就直接擦，别提醒我啊，要不然我紧张。”

李浔拧开盖子，用棉棒蘸了点儿消毒液，边抹边说：“你那会儿就不应该跑出来，你不拦我也不可能真把他怎么样。”

“那我哪里知道啊……咝……”宋仰皱眉看李浔，委屈得不行，声音很低，“我又没见你发过这么大脾气。我当时就想，你要是一拳头把他给打死了怎么办，我以后得去监狱里看你了。”

李浔被他的脑回路弄得哭笑不得：“我下手还是有分寸的。”

“噢。”宋仰的眼睛瞪得圆溜溜的，“那就好。”

李浔想起宋仰被张寒踹得双膝跪地那一下，又问：“你还有别的地方受伤吗？”

“膝盖有点儿疼。”宋仰今天穿的是条比较修身的裤子，裤管没法翻过膝盖，但肉眼可见，布料被磨破了，边缘有一圈深色的血迹。

李浔转头叫李初之回避一下。

宋仰两侧膝盖都凝着半干的血迹，好在都是皮外伤，李浔很快就帮他处理好了。

窗外风声阵阵，屋内却很安静。

宋仰双臂撑着床沿，低头问：“初之的事情你打算怎么办？要不然让初之先住我家吧，我爸妈，还有爷爷奶奶都可以帮你看着。”

李浔明白他的意思，把初之“藏”起来就可以免去许多麻烦，但这只是暂时的办法，张寒都已经知道了初之的存在，总会有途径找过来。

李浔收起一堆瓶瓶罐罐，放进药箱：“我不可能真把她藏一辈子，该面对的问题总得去面对、去解决。另外，初之她自己的想法也很重要，我得先尊重她的选择。”

宋仰愁眉不展，有些时候李浔的想法太成熟了，搞得他都没有用武之地。

李浔好似能读懂他的眼神：“需要你的时候肯定会找你帮忙。”

宋仰这才又笑起来。

他们一起下楼吃饭。

孙老师值班，没回来，晚饭都是李国涛做的。经过长期的康复锻炼，他的右腿基本恢复知觉，可以依靠拐杖活动，做些简单的家务，就是上下楼梯仍不方便。

吃饭时，宋仰听他们父子俩聊起张寒的事情。

李国涛很是震惊："他怎么会找到少年宫的？"

"估计是在网上搜到的。之前我不是有个采访吗？初之也被拍进去了，刚好就在少年宫门口，他只要知道我在N市，就很容易找到。"

事情追溯起源头，还是因为那场比赛。

宋仰垂着眉眼，有些自责："怪我，要是当时没给你报名参加那场比赛，就不会有这么多事情了。"

李浔撞他胳膊："说什么蠢话呢，这跟你有什么关系。"

晚餐很丰盛，可大家都光顾着谈论白天的事情，没怎么动筷。

李初之能从大人们的交流中获取一些不同寻常的、不那么愉快的信息。她不明白这几个男人究竟是怎么了，明明爸爸回来该是所有人期待已久的事情，为什么大家都愁眉不展。

她也隐隐能从字里行间感知到，大家都不希望她和这个天降的爸爸继续见面。

白天的事情让她心有余悸，有关父母的过去，她不敢多问，干巴巴地嚼着鸡腿。

饭后，李浔帮她检查作业，宋仰在一旁给她剥橙子。

检查好作业，李浔切入正题："张寒到少年宫找你的事情，你为什么从来没和我说过？"

“他说还不到时候，让我先保密。”

“你们一共见过几次？”

李初之掰着手指数，李浔一看这情况就知道次数肯定不少。

“应该有十五次左右。”

“这么多！”宋仰都惊了，“你也就双休日去两次少年宫，怎么能见这么多次？”

“他们还去学校找我了。”

“还有谁去找你了？”

李初之回答问题就跟挤牙膏似的，问一句答一句，好在她记性还不错，李浔和宋仰轮流盘问了她半个小时，把所有细节拼凑起来，基本理清了这些天发生的一切。

张寒和张寒的母亲每次都是趁着午休时间去学校探望李初之的。

小学不是全封闭的，有许多高年级学生中午会回家吃饭，也有家长送饭，所以这段时间的门禁不是很严。

一回生二回熟，再加上这家人对她有求必应，李初之还挺享受这种被人呵护的感觉，慢慢就没了防备，甚至还答应他们要去北京玩几天。

不过去少年宫请假这事儿是张寒做主的，李初之不知道，等她回过神，就是李浔板着脸杀过来的时候了。

李浔问：“那你自己想去北京玩吗？”

李初之当然想去，她在张寒的手机里看到很多有意思的地方，张寒还说可以给她买齐星黛露的所有周边产品，可她也知道这样回答舅舅会不高兴。一阵心理斗争之后，她摇了摇小脑袋。

她这一犹豫，就连宋仰都能看出来她抱着怎样的心思，更别说从小把她带大的李浔了。

“那你觉得他们对你好吗？”

李初之下意识点点头，但很快又摇头：“没有你和外公好。”

“实话吗？”

李初之重重点头。

小孩子藏不住事儿，自以为能哄大人高兴，实际李浔听得明明白白。

没有你好的背后就是他们对我也很好，只是我和你们在一起的时间更久，感情更深一些。

“那如果要你一个人过去，和他们一起生活，以后就由你爸爸送你上下学，他给你买吃的，我和外公，还有哥哥，干爸干妈他们很久才能跟你见上一面，你还乐不乐意？”

李初之立马摇头，又有些胆怯地表达疑惑：“大家不可以住在一起吗？”

李浔和宋仰交换了一个眼神。

“你得跟我说实话。”李浔看着她，温和地道，“你心里是不是很想和爸爸一起生活？”

而就是这个看似简单的问题把李初之给惹哭了。

她不敢说实话惹李浔生气，可回忆起平日里在学校受的种种委屈，就忍不住流眼泪：“我的同学都有爸爸妈妈，只有我没有，为什么啊？”

李浔被她问得心尖一颤。

哭是最让男人招架不住的事情。

可怜李浔一个大老爷们，在外边雄赳赳气昂昂，一拳就将人打趴下，回到家里，还得给孩子擦鼻涕泡。

同样的问题李浔曾经也问过老爸。

为什么别人都有妈妈，就我没有？

小时候不懂，慢慢地，他也就找到答案了。

人生注定有许多不公与无奈，有时候大人犯下的错误，得由下一代来承受。

李浔原以为只要待初之好一点儿，再好一点儿，当她拥有足够多的爱和关怀，这种疼痛就会减轻，甚至会消失。

现在想来是他太天真，每个家庭都是由一片片拼图拼凑而成的，缺损的一片，谁都代替不了。

这天晚上李浔很罕见地失眠了。

宋仰半夜起床上厕所，发现他的手机屏幕还亮着，沙哑着问：“你怎么还不睡？”

李浔把手机放下，转回身看他：“是不是我打字把你弄醒了？”

“没，我起来上厕所的。”

李浔再次点亮屏幕。

他在网上查了许多法律条文，专业名词晦涩难懂，后来联络到一个学法律的高中同学咨询好半天。

对方给了个还算通俗易懂的答案，结果令他心绪难平。

孩子跟你亲是一回事，但在法律层面上，他是孩子的生父，这是没办法改变的事实，除非他对孩子有犯罪、虐待或是其他对孩子明显不利的行为，法院才可能会取消他这个法定监护权，孩子才有可能交由你抚养。但我想这种情况肯定是你不希望发生的，对吧？

另外法官也会衡量其他因素，比方说家庭背景、家属自身的条件。你想，你三十岁，单身，无婚史，又无子女，而她是一个发育阶段的小女生，你懂我的意思吧？

他一个成年人还能不懂吗？

他就是觉得可笑罢了。

窗外雨声淅淅沥沥，下个不停，长夜漫漫，不知何时是个头。

宋仰发觉李浔的异常情绪。

“你是在想初之的事情吗？”

“嗯。”

手机屏幕暗了下去。

李浔轻声说：“还有我自己的。”

“你自己怎么了？”

李浔垂着眼。

回顾过往，他也曾拥有亲情、友情、热血、荣耀、青春，可又眼睁睁看着它们一样一样，从指缝间溜走，无能为力。

最后上天还要将那点儿温情一并剥夺。

他的内心如荒野，一片虚无。

“没什么。”李浔声音闷闷的，“就是有点儿难受。”

“哪里不舒服了？”宋仰想起傍晚那场大雨，“感冒了，还是发烧了？是不是洗澡冷到了？”

李浔没有回答，默默地摇头。

黑暗中，宋仰能感觉到李浔的心理状态有些糟糕，可不知道该如何安慰。以往都是李浔来安慰他，帮他解决各种烦恼，李浔却极少表达自己的内心诉求。

和这样的人相处，甚至一度让宋仰产生一种错觉——男人到了而立之年，想要的都能如愿以偿，不会再有任何困难能够吓到他。

宋仰只能像哄小孩儿那样，拍了拍李浔的后背。

“会好起来的，一切都会好起来的。”

“但愿吧。”

窗外的雨势越来越小，李浔的呼吸声越来越沉。

再有两周就是大运会了，宋仰得回校训练，李浔也得回去。

可李初之似乎是预感到什么，缠着他不让他走。李浔分身乏术，想了想，便把她带到了学校。

小家伙白天就待在办公室看书写作业，学累了就跑到操场看大家训练。在没人陪着聊天的情况下，她也能安安静静地在边上坐一下午。

这点让李浔感到欣慰。

因为她长得漂亮嘴又甜，体育部的几个教练员都挺喜欢她，不光请她吃零食，还特意到T大的附中帮她借儿童书。

到了晚上，她一个人霸占一整间卧室，宋仰和李浔只能在客厅打地铺。

窗台上的铜钱草在骄阳下开得肆意，李初之的小日子过得潇洒又惬意。

出发去深圳的前几天，领队要给大家订机票，顺带问了问李浔："你去深圳的话，初之怎么办，送回家吗？"

大运会结束后就休息了，李浔计划着带她过去玩两天，说："帮忙把她的机票也订了吧，钱我另外给你。"

"行，没问题。"

宋仰知道这事儿之后，央求李浔把他也一起带上。

李浔努努嘴，表现得十分勉强："为啥？你说个理由。"

"你想啊，你们两个过去，肯定有很多行李啊，我可以给你们提行李；你们走累了，到酒店还能享受捏肩捶腿的服务。我按摩很有一手的，我爸在家都点名让我按。"

李浔被他逗笑。

"你家也就你一个技师吧。"

宋仰嘿嘿乐。

李浔答应下来后，宋仰兴奋得都有些晕乎，花了一晚上时间整理出一份攻略，还订了水上乐园的亲子套票，决定疯玩一把。

只可惜事与愿违，出发前一晚，李国涛给李浔打了电话，说张寒在少年宫没见到初之，就跑到家门口来堵人。

李国涛把他拒之门外，张寒竟然要翻墙而入。

孙老师吓坏了，打了“110”。

李国涛在电话里说：“现在警察已经把人带去派出所了，也了解了情况，警察打电话过来，说要大家去那边调解调解。初之还没睡吧？你带她一起回来一趟。”

李浔往卧室看了一眼，宋仰正有说有笑地教初之叠衣服，画面和谐到他实在不忍心打扰。

“能过几天吗？等比赛忙完了我就回去。”

“这怎么能等呢？”李国涛语气焦急，“警察也说了，再等人家就直接上法院起诉了。”

他一句话把李浔逼得哑口无言，沉声道：“哪个派出所？我现在马上回来。”

宋仰耳朵很尖，听到这话，起身走出去，等他挂断电话，立刻问：“这个时间你去派出所做什么？”

李浔把事情简单交代一下，说：“我爸一个人肯定搞不定，我得回去跟他们谈谈。”

宋仰被这突如其来的消息给弄蒙了，直到李浔把初之带出门，才追上去说：“我也去吧。”

李浔被张寒的事情烦得头疼，慌忙中说了句：“你去能干什么？”不过他很快意识到自己说话态度没对，又补充道，“你在家待着，我会处理好的。”

即使这样，宋仰的脸上还是难掩失落：“那明天你们自己去机场啊？”

“嗯。”李浔临走前拍了拍他的肩膀，“你今晚早点儿休息，晚安。”

宋仰像条孤独的大型犬，趴在走廊的围栏上目送他们离开。

李浔抵达派出所已经晚上九点多了，报上姓名后，一位年轻警员将他和初之带往调解室。

李初之胆怯地张望四周，拉了拉李浔的手，小声问：“舅舅，我们为什么要来这里？谁犯错了吗？”

李浔低头笑笑：“别怕，没有谁犯错，警察叔叔需要我们帮个忙。一会儿他们会问些问题，我们配合着回答完就可以回家了。”

李初之这才放松下来。

调解室冷冷清清，就一张桌子，张寒坐在方形长桌的尽头，抬眼看见初之，眼睛亮了亮。

他指着初之说：“警察叔叔，这就是我女儿。”

很显然，坐在他边上的那位中年男警察对这个称呼很不满意，没接茬儿，并且凉飕飕地白了他一眼。

倒是在见到李浔的那一霎，起身笑脸相迎，还给他搬了把椅子。

“这边坐。”

李浔道了声谢。

民警入座，边倒水边说：“在你来之前呢，张寒已经跟我们说明了他的情况，我们这边请你过来，就是想把情况再了解一下，想办法帮你们一起把孩子的问题解决了。”

“不好意思，”李浔实话实说，“我还不是很了解对方的情况。我对他的印象只停留在十年前，他在我姐怀孕六个月的时候移情别恋，之后跟别的女人结婚了。”

“那次的事情是个误会。”

李浔冷眼看他，把初之交给了派出所里另外的民警照看。

或许是有警察在场，张寒的态度比之前缓和许多，甚至称得上低声下气。

他的前额埋进双掌，声音几乎快哭出来：“那真的不是我的本意……”

十多年前，张寒还在商品市场做批发生意，经朋友介绍认识了李沨。俩人一见钟情，很快坠入爱河。

在未来规划上俩人也一拍即合。李沨辞去当时摄影师的工作，到张寒的店里帮忙，运用所学到的一点儿知识，开网店拓展线上业务。

那会儿网购行业还没完全兴起，张寒负责实体店经营，李沨则负责线上交易。

她本身不是干这行的，一切都是从头学起。

挑货、熨烫、拍摄、修图、上架，忙忙碌碌一天也就卖个四五单，扣除当时较为昂贵的运费成本后，挣不了几个钱，甚至还因为要买拍摄道具而倒贴钱。

这一切张寒父母都看在眼里，再加上老两口对搞艺术的有些偏见，认为她不够脚踏实地，就劝说张寒和她分手，介绍另外一个姑娘给他认识。

那姑娘研究生毕业，在高中当老师，工作稳定且体面。在家长眼中，李沨和她都没有可比性。

张寒提出要和李沨结婚的时候，遭到老两口强烈反对，张寒母亲还因为这事儿气出心脏病，进了医院。

这件事情李沨并不知情。

后来，在张寒不知情的情况下，他父母把那位老师带进家里做客，介绍他们认识。张寒和她吃了顿饭，送她回家。

意外的是，那位老师当晚就向张寒表达了好感，隔天又约他一起吃饭。

张寒没有拒绝她，事情就向着不可预估的方向发展了。

而另一边，李沨还是一如既往地守着那家不怎么景气的网店，学习运营知识。由于经期不准，又没什么妊娠反应，直到裤子变小穿不下，她才发现自己怀孕了，那时候初之都已经快四个月了。

当她把这个消息告诉张寒的时候，张寒震惊又矛盾。出于愧疚，他向老师提出分手，希望断绝来往，但那位也不是善茬儿，意识到自己被玩弄后，上门讨说法。

李沨就是在这个时候发现张寒有问题的。

“我承认，当时我愚蠢、自私、贪心，犯下了一个不可饶恕的错误，这么多年都没能和初之见面是我活该。”

李浔抱着胳膊，面无表情地看着他：“你都说这是不可饶恕的错误了，现在还在这儿演什么呢？”

张寒似乎没想到他会这么接，愣了愣，垂眸不语。

民警低声说：“实际上他也受到该有的惩罚了。”

这个惩罚对于男人来说实在是难以启齿，张寒开不了口，最后还是民警委婉地将实情转达给李浔。

张寒长期服用药物，导致身体机能下降，某方面功能已经不奏效了。

李浔险些笑出来。

这十年里，互联网产业蓬勃发展，张寒完善供应链后，线上生意做得如火如荼，身家翻了百倍不止，唯一的遗憾就是无法生育。几年前他发现妻子有了外遇后，俩人分道扬镳。

民警将压在手下的一页纸推向李浔：“我们对他进行过一番教育，他现在也意识到了自己的错误。他的诉求和给你们提供的补偿，都已经写在这张纸上，你可以看一下，如果有什么问题可以再进一步商量。”

李浔捏着纸张的一角，飞快扫过。

要求无非就一点，初之的抚养权。

下边密密麻麻罗列的都是给李浔和李国涛俩人的补偿。

张寒见他快读完了，小声补了句：“你父亲的情况找工作肯定也不方便，我可以给他提供住所和工作，长期又稳……”

“你让我爸给你打工啊？”李浔冷笑着，指尖一弹，纸张从他手底下飞出，飘到对面。张寒没来得及接住，眼看着它如同一片羽毛落到地上。

“就三十万元也好意思拿得出手？”

张寒弯腰拾起，眉宇间倒也没表现出什么不悦：“那你说，你要多少钱，不过分的要求我都能满足。”

“你真当自己是在演电视剧呢？”

李浔起身欲走，张寒激动得一拍桌子，几乎要跳起来。

“她是我女儿！我能把我现在拥有的全部都给她！而你呢？你能给她什么？你将来就不准备组建新的家庭？”

张寒继续说：

“说白了，不管是现在还是将来，你只能把一部分的精力和感情投入在她身上。假如她长大了，想要出国留学呢？你舍得把小半辈子赚的钱都砸她身上吗？

“就算你舍得，她舍得吗？她想要的，终究会因为内疚而不敢张口，但我想，她对我不会，因为她知道我是她父亲，照顾她是我的责任和义务，给她什么都是天经地义的事情。我不否认你给了她很多的关爱，把她照顾得很好，但我可以给她更多。”

但我可以给她更多。

他选了一个让李浔无力反驳的理由。

窗外起风了，李浔牵着初之，离开派出所，完全凭借着本能，开车回到小区。

月色朦胧，路灯下，李初之踩着李浔的影子走。

“舅舅，爸爸说开学要带我去他那边读书，你同意吗？”

“同意啊。”

李初之愉快地笑起来。

她并不知道两地相隔多远，也不清楚两个家庭间的矛盾与隔阂，更不会明白李浔内心的千愁万绪，于是得寸进尺地问：“那你和外公能陪我一起去吗？”

李浔没法正面回答，低下头，柔声道：“我把你送过去好不好？等放假了我再过去接你。”

李初之心里门儿清，噘嘴道：“你没办法陪我对吗？你不去我也不去了，我去跟爸爸说。”

去北京……

北京。

其实李浔一想到那个地方，脑海第一闪念不是别的，而是体育总局的训练基地。

那个让他挥洒汗水与热泪的地方。

眼前是无际的蔚蓝、宽阔的草坪、数不清的靶位、弓箭。

超负荷的训练，将时光拉得格外漫长。

那时候他总是躺在草地上，无限惆怅地想，太累了，实在太累了，等这一场比完，不管拿没拿冠军，都结束吧。

可事实上，他的身体诚实地完成一场又一场比赛。

他离开，是因为老爸的那场意外。

那天他走得急，什么都没带走，行李装备都是教练和队友帮忙整理寄回来的。

等老爸漫长的治疗期结束后，他的心理状态也变了，他开始恐惧回到那个地方，那里带给他太多的失望与折磨，他害怕重蹈覆辙。

不得不说，时间真是一种玄妙的东西，经过两年沉淀，他的内心又一次获得成长。

曾经在练到崩溃时许下的誓言，大赛上遭遇不公正待遇的怨念，看到队友离开的无奈，对名额被新人代替的不甘，以及对未来的恐惧，都在他给宋仰疯狂输出的那些日子里缓慢消化了。

他搜寻一圈，才知道自己根本找不到什么比正在进行时更可贵的东西。

他疯狂想念那片草地的味道，想念那个还可以站在赛场上的自己。

宋仰都坚持下来了，他为什么不行？

运动员体内都困着一头猛兽，心念一起，就再也压不下去了。

他的心脏为此而剧烈颤抖。

输了就再来一次，没有什么大不了的！

李浔揣着满腔热血和自信踏进家门，却在看到宋仰送给他的那盏小夜灯时，打了个可怕的对折。

天完全黑透了，他草草地冲了个澡，四仰八叉地瘫在床上，凝望远处稀疏的星辰。

要是他再年轻几岁就好了。

等等就等等，说不定他可以和宋仰一起进国家队。

他忽然想起来，同样的问题也困扰过宋仰。

“要是我再早出生几年就好了……”

“那样我就可以去现场看你比赛了……”

“要知道上次是你最后一次参赛，我肯定把所有零花钱都拿出来买票去现场。”

李浔心尖一麻，火速抓起床头柜上的手机：

你还想看我比赛吗？

宋仰几乎是秒回：

那当然！

怎么了？

李浔指尖微颤，飞快输入，把今晚在派出所里了解到的事情和初之要去张寒那边读书的规划都说了。

如果，我是说如果啊，有机会可以回国家队的话，你觉得我该怎么选？

这个问题也让宋仰纠结很长时间，输入又删除，十分钟后，才回消息：

这么大的事情……你为什么会问我啊？

夜深人静，房间里漆黑一片，唯有屏幕发出光，点亮李浔的双眼。他小心翼翼地、郑重地敲下每一个字：

因为它不是一纸通知，我很想听听你的想法。

第十五章

久别重逢

事实上李浔发出消息时，心里就有种预感——宋仰的答案和他内心深处的答案应该是一样的。

因为宋仰过往的种种选择，都足以证明他们是同一类人。

很快，宋仰回了张图片给他。

照片正中央是钴蓝色的弓把，细长的手指将它握住。

李浔一眼就认出那是他送给宋仰的礼物，就在去年的这个时间。

他一开始没读懂这张图片的含义，还在等宋仰回复，直到把图片放到最大，看见弓把的握手处有他当初刻下的一行小字。

梦想不死。

一起做幸福的事。

当初输送出去的能量又源源不断地被输送回来，李浔在黑夜中提了口气，重获新生般扬起嘴角。

第二个知道这件事情的人是学校的王主任。那是大学生运动会召开的第六天，比赛已经接近尾声。

于慎微在男子反曲弓的个人赛上，代表学校，战胜蝉联三届大运会冠军的A市体育大学，摘得桂冠；宋仰也是超常发挥，连续三场单轮赛排名第一，最终以总分第三的成绩摘得一枚铜牌；郭健拿到第六。

在男子团赛上，于慎微、宋仰和吴家年组成的团赛队伍拿到一枚银牌。

这是T大校队组建以来第一次参加大运会，要对抗的是全国排名数一数二的体育大学，本来没抱多大期望，能拿到这样抢眼的成绩，校领导乐得眼睛都快没了。

李浔觉得这是个不错的机会，下场吃饭时，在王主任那儿探口风。

这个微胖的小老头瞪着铜铃似的双眼："怎么这么突然？是不是觉得薪酬方面没达到预期还是怎么回事？"

"不不不……"李浔摆摆手，把家里的事情跟他做了一番说明。

王主任放下手中的碗筷，第一时间挽留："你这……这也太突然了。你想清楚了？"

李浔凝视着他的双眼："我想我比以往的任何一个时刻都要清醒。"

王主任年轻的时候也是运动员，能理解运动员的这种冲动，但这么多年的职业生涯教会他趋利避害，所以这种孤注一掷的想法让他感到不切实际，委婉提醒：“你现在回去，会不会被重用还挺难说，毕竟越来越多的年轻运动员拥进国家队。上次世锦赛上，我看到最小的才十九岁……你想过这个没有？”

王主任的这番话，李浔并不意外，平静又坦诚地说：“我爸出事之后跟我说过一句话，我印象挺深的。”

“什么话？”

“中风昏倒前，他的大脑还有一些意识。在那种濒死状态下，他想起了这辈子最遗憾的事情。”李浔舒了口气，“如果让我现在放弃，那它将成为我这辈子最遗憾的事情。”

主任哑口无言。

下定决心要走的人，是怎么都留不住的，他意识到这点，不再费劲劝说，只让李浔把后续工作交接一下。

在回程的飞机上，吴家年的座位挨着王主任，听到了校队要招新教练的消息。

一下飞机，全队人就都知道了。

大伙一开始还不信，觉得吴家年不是开玩笑就是耳背，直到宋仰说“他确实要走了”，大家才转变态度，毕竟宋仰是全队最不可能拿李浔的事情开玩笑的人。

郭健平时没少受李浔关照，一脸哀愁：“真要走啊？为啥啊？”

于慎微：“肯定是待遇不好呗。我听人说 A 市体育大学给教练的工资比我们这儿高多了。”

宋仰白了他一眼：“庸俗。”

“那你给我找个不庸俗的理由。”

宋仰得意地哼哼：“你很快就会知道了。”

最终，一场庆功宴变成了给李浔的饯行宴。

地点是王主任选的，在学校附近一家出了名地便宜的自助餐厅。天热，再加上学校已经放假了，生意一般，二楼只有他们这群人。

郭健：“教练，那你什么时候再回来啊？”

这个问题李浔倒没想过。

服役期间他几乎年年盼着退役，但总有无数个理由让他坚持下来。

“说不准，等哪天真的练不动了，就退役了。”

郭健黯然道：“我会想你的。”

李浔拍拍他的肩膀鼓励道：“好好练，指不定哪天咱们就在赛场上碰见了。”

“嗯！那到时候万一赢了你怎么办？”

“看你有没有那个本事了。你要能在奥运会上赢我，我给你发奖金。”

郭健被打足了气，满面春风。

宋仰四下瞅瞅，没什么熟人，挨到李浔耳边说：“师父……我也会想你的。”

李浔夹了块牛排到盘子里，低头笑笑。

宋仰鼓鼓嘴巴：“你走了以后，我得搬回宿舍住了。”

李浔愣了愣：“这你倒不用担心，房租我付了三年，你尽管住着。”

“真的啊？”

当然是假的。

谁家租房子会一下付三年的房租。

李浔就知道宋仰对这方面肯定一窍不通才这么说的。

宋仰信以为真，寻思着这便宜占得有点儿大，有些过意不去。

“那要不然把你爸安排到我家住去吧，反正他跟我爸聊得来，闲着没事儿能下下棋，身体不舒服的话也有个照应。”

在宋仰提出这个意见之前，李浔本打算把老爸一起带去北京的。

北京的房价众所周知，带去就意味着一笔不小的开销。

宋仰这个提议，倒是免去了他的后顾之忧。

“不过你家人能同意吗？”

“他们能有什么意见！就算有意见我也会说服他们，让他们没意见为止。”

李浔很是欣慰地说谢谢。

“你跟我还客气什么！”宋仰得意地一扬下巴，“我要做那个在背后默默支持你的人！”

少年人的情义纯粹如玉，天真热烈。

饯行宴结束，就意味着新生活也将开始了。

李浔开始打点家事。

他首先是安顿老爸。

宋景山对于李国涛的到来表现出十万分的热情，和李慧瑛一起收拾空房。这夫妻俩听说李浔把房子让给宋仰住，一直找不到什么机会表达感谢，这回可算是找到机会了。

宋景山："先说明，这个房租我是不要的，那房间原本也是闲置着，东西都是现成的，你不来也是空着。"

李国涛说："那我每个月给你们补贴点儿菜钱和水电费总行吧！我做饭还行，要不然你们买了菜回来，我给你们做饭。"

宋景山笑着说："那行。"

李慧瑛说："钱不钱的都无所谓，将来指不定咱们还成了亲家呢，哈哈。"

宋仰听得心尖直打战："妈，你以后少看点儿言情电视剧行不行？我跟初之，那是不可能的事情好不好？我就不喜欢她那款的。"

李慧瑛大着嗓门："那你喜欢哪款的？"

宋仰低头挠挠尿尿的下巴："我喜欢跟我有共同语言的，最好跟我有一样志向和目标的。"

"你有啥志向？你的志向不就是吃喝玩乐和睡觉。"

"嘁，我跟你没有共同语言！"

学校和家里的事情统统打点好后，就剩下初之转学和他自己的事情。

李浔提前给之前的主教练打了通电话，教练说可以先去他家住几天，等手续办好了就归队训练。

周末，李浔订了两张机票，打算先去张寒那边踩个点，方便以后联系初之。

宋仰也想去，可李浔无奈地说："我真不是过去旅游的。初之转学的事情还没弄好，好多手续要办理，包括上什么学校，我都得层层把关，估计得跑很多地方。你一个路痴，一个人在外边旅游不安全。等我把一切都安顿好了，你再过来，我肯定抽时间招待你，陪你旅游怎么样？"

宋仰撇撇嘴。当李浔拿这种公事公办的语气说话时，他就一点儿办法都没有了。

他知道要讨好这种年长者，就必须学会懂事。

"那我等你的消息，你好了一定要通知我。"

"嗯。"李浔像揉尿尿一样揉揉他的脑袋。

假期时间尤为短暂，转眼就到了要出发的日子。

宋景山当了回司机，把李浔和初之送到机场。临别之际，宋仰哭丧着脸帮他们推行李，硬是要看着他们飞上天再走。

宋景山只好扭头去停车："那你赶紧的啊，我在车里等你。机场停车费挺贵的，别超过一个小时啊。"

宋仰回头嚷嚷："抠死你算了，今天的停车费我请你好吧！"

宋景山对着后视镜的背影笑骂："搞得好像你的钱是自己挣的似的。"

航站楼宋仰来过很多次，却是第一次送人离开。他眼巴巴望着那些言笑晏晏，似乎是要出门旅游的人。

他的命可真苦，就只有给人推行李的分儿，但很快他又想开了。

全队那么多人，就他一个人有机会给李浔推行李送行。

来的路上有点儿堵，他们到达机场大厅，广播里已经在提醒航班旅客办理登机手续。

宋仰长长叹了口气。

"干吗啊？"李浔抬手搂过他的肩膀，"别老拉着个脸，搞得像奔丧似的。"

宋仰连呸了好几下："真不吉利！"说完他双掌合十，对着空气拜拜，"老天保佑老天保佑，一路平安。"

李浔笑着捏他软乎乎的面颊："那你笑一个给我们看看。"

宋仰挤出一个堪比鬼脸的笑，成功把李浔和李初之逗笑。

"你还笑得出来！"宋仰气呼呼地嚷，"你一点儿都没有依依不舍的样子，是不是不用带队了特兴奋啊？终于把我们甩了。"

李浔的眼睛还是弯弯的："那你想我怎么个依依不舍法？哭给你看？"

宋仰努努嘴，一副挺委屈的样子："那起码得有个拥抱吧……"

李浔毫不犹豫地献上一个拥抱，双手轻拍着宋仰的后背。

明亮的落地窗外，一架又一架的飞机转向跑道。

宋仰垂下眼，吸吸鼻子，手掌隔着李浔的衣服来回蹭：“师父……我真舍不得你，你得经常跟我视频才行，别走了就不搭理我了。”

“我怎么可能不理你？”

“那可说不准。”宋仰问，“那我遇到什么烦心事能给你打视频电话吗？”

“成啊，我要不忙的时候肯定接，你发消息我也肯定回。”

行李托运完，就到了送行人员止步的安检区了。眼看着队伍越来越短，宋仰跟小老头似的，反复叮嘱：“到了要先给我发个消息报平安，别忘记了。”

“遵命。”

“抽空给我寄点儿好吃的。”

“遵……命……”

“空了就给我打电话，带我出去旅游。”

“好。”

之后几天，李浔四处奔走、考察，解决住宿问题和李初之同学的上学问题。

在他来之前，张寒就已经联络好几所学校，有公立的也有私立的，有寄宿的也有走读的。李浔翻阅了不少资料，还询问初之自己的意见，最后定下一所半封闭的国际私立学校。

他之所以选这所，主要是因为学校离训练基地近，地铁一条线，坐一小时就到，假期方便见面。

其他时间，初之住在张寒家，由爷爷奶奶照顾。

打点好家事，李浔在备忘录上打上最后一个钩，那瞬间竟然有种肩膀一松的感觉，不过很快又被愧疚感代替。

万事有利有弊，所得也皆是用舍弃换来的。

等初之适应了这边的生活，或许就不再需要他了，以后带她出去旅游的人也该换了。

送初之走的那天，气温很高，但天有些阴，李浔受邀到一家新开的日式餐厅吃饭。

他不能吃生鲜，也不能吃未经检测的肉类，所以吃得不多；初之也是，不过她吃得不多是因为不爱吃日式料理。这些张寒都不清楚。

他们吃到一半，见桌上好些菜都不见少，张寒才反应过来，要带他们到隔壁川菜馆吃。

李浔摆手说不用。

“初之比较爱吃红烧的肉类，鸡肉要弄成咖喱的，不爱吃带刺的鱼，酸菜鱼和松鼠鳜鱼倒是都挺喜欢……”

他交代一大堆。

张寒拿出手机说：“你再说一遍，我刚才忘开录音了。”

这是李浔吃过的最久的一顿饭，直到接到教练电话，说该去基地报到了才算完事。

李初之站在餐厅目送他离开，李浔刚说再见，她眼泪哗一下就狂飙出来，弄得张寒束手无策。

李浔从衣兜里摸出最后一根米奇棒棒糖："下次过来给你带芋头酥好不好？"

李初之抹一把眼泪，打了个哭嗝："芋头酥好吃吗？"

李浔笑起来："还不错，你宋仰哥哥很爱吃。我给你买一份，再给他寄一份。"

"那好。"

李浔的拇指按在她的眼睑上，轻轻一擦，在她脸颊上亲了口："我走了啊。"

李初之诧异地瞪大眼，眼疾手快地捧住李浔的下颌亲了一口。她由于没有任何准备又用力过猛，留下一道湿漉漉的口水印，被李浔一脸嫌弃地抹掉了。

下午两点多，李浔才拖着行李赶往基地报到。他从地铁站出来时，天又放晴了，才走几步路，就热得大汗淋漓。

王南风的车就停在地铁口外。

十多年过去，来接他的已经不是破自行车，改换 SUV（运动型多用途汽车）了。

不过王教练见了他，还是和十多年前一样热情地迎过去，拍拍他的胳膊："看着又结实不少啊。"而后王教练又忍不住抱上，"咱们得有快三年没见了吧？"

李浔的后背被他拍了又拍，眼尾笑出两道褶子来："两年半。"

王南风松开他，直奔主题："你回来得正是时候，A 大研究院的技术团队给我们基地运来两台有意思的新设备。”

李浔立马猜道：“AI（人工智能）指令系统？”

王南风一喜：“你怎么知道？”

李浔说：“我之前查文献的时候看到过。”

早在几十年前就有人提出，在未来决定体育竞技胜负的，不再是运动员，而是一个国家的科学技术水平。

一些发达国家，之所以能长期碾压别的国家，就是因为他们有高昂的投入、最先进的设备和前辈的经验。

这些精密的仪器首先会进行大批量的数据采集——运动员每一次抬弓、拉弦、放箭时，站立的角度、动作的幅度都会被记录下来，接着进行技术比对和分析。

教练和运动员就可以根据这些可靠的数据分析，调整动作和力量上的不足。

目前，顶尖的系统甚至可以通过分析当时风力、风向，运动员的抬臂角度、勾弦力度等预判出放出去的那支箭是几环，着箭点位于靶纸的哪个方位，从而对运动员的抬臂角度和瞄准器进行调整。

这样高精准度的指令，就算委派成千上万个经验老到的教练员同时进行分析，也无法做到。

有了这些技术支持，剩下的就靠运动员的勤学和苦练，把在训练中分析出的数据刻入脑海，随机应变，调整动作。

王南风咬了咬后槽牙，眼底显现出锋芒：“以前只有羡慕人家的分儿，现在我们也能做到了！”

李浔听完热血沸腾，满心期待。

他到了基地，连和几位领导寒暄客套的步骤都省略了，放下行李，直奔训练场。

新设备、新器材、新助教、新队员、新技术，就连基地的健身房都翻新过，亦如他的人生。

王南风笑着说：“你先在这儿热热身，一会儿我教你怎么用新设备。”

“嗯。”

与此同时，另一边的宋仰也在健身房跑步热身。

自从大学生运动会结束后，他就被 N 市省队的领导看中，和于慎微、吴家年一起在省队的基地训练。

休息的间隙，吴家年一个人蹲在角落，傻笑着玩手机，过会儿又问：“我女朋友快生日了，帮我想想，送她什么礼物好？”

宋仰的小脸一垮，突然想起李浔，这个答应了他一空下来就联络他，带他旅游的人，到现在也没个消息。

他们上一次聊天是两天前。

宋仰发消息过去，问李浔在做什么，隔了六个小时，李浔回了两个字——在忙。

这是肉眼可见的敷衍。

晚上，他们都住在基地宿舍，如同快捷酒店一般的单人间，就一张床、一张书桌和一个狭小的卫生间，勉强称得上干净，网速也奇迹般维持在五年前的水准，一集电视剧能加载半集时间。

夜深人静，宋仰百无聊赖地躺在床上，点开了李浔的头像。

你在干吗呢？

意外的是，那头今晚竟然很快地就显示“对方正在输入”。

正准备给你发消息呢。

宋仰的嘴角笑意扩散。

嘁，我才不信。

真的，不骗你。这几天累死我了。我刚回来。

宋仰正准备回我也是，对方突然发过来一个视频申请。

他吓一跳，反射性坐起来。

“省队的训练强度还能适应吗？”李浔放下手里的水杯。

“还行。”基地宿舍的隔音不好，宋仰压低声音，“就是我们组的教练好凶啊，一言不合就开骂，还老罚我们做俯卧撑什么的。”

“是邹海涛吗？”

“对，就是他。”

李浔笑起来：“我以前也是他带的。”

“真的啊！这么巧。”

“嗯，但他贼搞笑的地方就是怕老婆，他老婆凶他的时候他话都不敢说。”

宋仰一通乐。

窗外夜空明净，繁星点点，他们从八卦聊到训练，又从训练聊到比赛，从比赛聊到学习，最后聊回生活，什么话题都能扯，浑然不觉时间流逝。

宋仰留意时间时，已经十二点多了。

“你是不是该睡觉了啊？”

“不啊。”李浔憋着哈欠说，“我今天不怎么困，你要困了你就先睡，我还有一会儿。”

宋仰眨着酸胀的眼，低声说：“我也不困。”

隔天清早，宋仰被腕上的手环振醒。

基地的训练任务比在学校繁重许多，除了午休间隙和晚上十点以后，他和李浔几乎没有对上频道的时刻。

李浔每周只有一天休息，且队里有严格规定——职业运动员不得私自外出。

于是乎，一直到宋仰开学报到，备忘录里那条和李浔一起旅游的心愿也没能达成。

秋天是各省市举办运动会的高峰期，李浔刚归队不久，得打比赛找手感，也得刷世界排名榜的积分，就跟明星接商演似的，世界各地到处跑。

他九月上旬还在北方，下旬就飞到了南方，十月份又去其他国家参加世界比赛。

他们在微信上的聊天频率也越来越低，有时候互道一句晚安就没了。

不过作为同行，宋仰还是很理解和体谅李浔的。

他清楚比赛期间有多忙，训练有多累，所以很少发消息打扰李浔，也不想李浔因为任何事情分了心。

十一月中旬，各地入冬，气温直线下降，寒风刺骨。

到了休息日，同学们都窝在寝室不愿出门，只有训练馆还是闹哄哄的。

大家围坐在一起，商讨下周举办的室内射箭公开赛的事情。

领队翻开手里的资料本："我这几天查了一下，去年参与室内赛的国家一共十七个，有近五百位选手参赛；今年的比赛是在我们国内举办，在澳门，气温正好，我想参赛的运动员只会多不会少……"

虽说参加的人很多，但这个级别和奥运会还是有一定差距的，大多是一些有全国赛经验的新人来试水找感觉，很少有老将参加。

刘教练说："去年杀出的一匹黑马是韩国小将安志宇，十八岁，把IWS（室内世界系列赛）的冠军选手奥斯汀给干掉了。"

宋仰小声地"哇"了一声。

奥斯汀是几年前在世界巡回赛上赢了李浔的运动员。

如果他没记错的话，奥斯汀今年也得有二十六七岁了，大赛经验肯定丰富，居然被一个刚成年的比下去……

无法否认，韩国在射箭项目上还是有着绝对性的统治力的，就好比我国的乒乓球。

宋仰依稀记得李浔在上课时说过，韩国运动员几乎都是从小学开始学射箭的。单在这点上，我们国家的运动员就已经落后一大截了。

刘教练说："今年原本有场青奥会的，但安志宇年龄超了，轮不上，我估计他还会再来一次。"

宋仰用指腹顶开笔帽，又按回去，眉头紧锁。

吴家年挨过去小声说："你第一次比，不用给自己太大压力，放开了射就行，反正也不是冲着名次去的。"

宋仰："不冲名次冲什么？"

吴家年半张着嘴，对上宋仰凌厉的、斗志高昂的眉眼，"经验"两字在舌尖滚一圈，又落了回去。

"总之别太紧张就行了。"

"嗯。"

参加比赛的相关证件是一个月前就办理好的，会议开完的第三天，队伍就出发了。

这次比赛，T 大只有于慎微和宋仰正式参加，挂在省队的名下；吴家年在选拔赛时发挥失误，是替补队员。

由于经费限制，领队订的是特价航班。

原定时间是下午三点起飞，六点抵达机场，可因为天气影响，航班一直延误，大家在候机大厅坐立不安，生怕错过明天的比赛。

于慎微抱怨道：“为啥不多订一天的房间？”

还能因为啥？

穷呗。

赛委会只报销比赛期间的食宿费用，超出部分自理。那么多人，多住一晚都够买几套好点儿的装备了。

晚上七点，广播里终于响起航班起飞信息，大伙终于不再抱怨，依次登机。

然而上了飞机，宋仰才知道什么叫真正的如坐针毡。

特价航班的机舱较小，座位挨得近，还不能调节靠背，宋仰腿长，膝盖直接顶着前座的靠背。

最可怕的是座椅角度几乎呈九十度，个矮的还能趴小桌板上眯一会儿，可他这种身形的，想要睡觉就只能跟个木乃伊似的干坐着，肌肉完全无法松弛下来，简直比坐高铁还累。

中途，飞机遇到强气流，如此庞然大物在漆黑的天地间也显得微乎其微，两片机翼抖得跟振翅的蝴蝶似的。宋仰被颠得头昏脑涨，腹中有股酸水一次又一次向上涌，每一秒钟都是煎熬。

没多久，身后便传来呕吐声和孩子的啼哭声，他扶着椅背，咬牙憋着。可在飞机倾斜时，他终于憋不住，撕开垃圾袋开吐。

坐在后边的教练听见动静，伸长脖子挤到座椅的缝隙间问：“没事儿吧，要不要纸？”

宋仰应了一声，可就当他伸手想拿时，又一股酸水向上翻涌，这一次，他把消化到一半的晚饭一起吐了出来。

坐他边上的乘客帮忙拿了纸巾。

他惨兮兮地抬头，面色惨白，两条胳膊都在发抖。

听见广播里响起准备降落的提示音，他有种劫后余生的庆幸。

下飞机已经晚上十点多了，大伙儿包车前往民宿。

澳门的冬季是温暖的，夜空缀着几颗星星。

宋仰蔫了吧唧地趴在半开的车窗上吹风，肠胃的不适感已经消退，但在飞机上吐到虚脱，他一时半会儿缓不过来。

他随手拍了张街景照发给李浔，把一路上无处倾吐的郁闷也统统倒给他。

我都快把隔夜饭给呕出来了。

摸摸毛。

当时飞机抖得好厉害，我还以为我就要交待在这儿了。

祸害遗千年呢。

那要是我真的死了，你会难过吗？

你说呢？

宋仰傻笑起来。

怎么个难过法啊？你会哭吗？

他从没见过李浔为什么事哭，也很难想象。

过了一会儿，手机振了振。

就像失去家人那样。

宋仰鼻子一酸。

车内黑漆漆的，只有屏幕散发出光芒，照亮他那对晶亮的瞳仁。

车子抵达民宿已是深夜，大伙儿都饿坏了，放下行李出门觅食。

他们订的这地方有点儿偏，他走了半公里路，周围还是一排排居民楼，只有一家很小的便利超市亮着灯，而且这地方的生意大概不是很好做，货架的某些角落已经落了层薄薄的灰尘，东西也没备充足。

宋仰挑了些日期较近的酸奶、果汁和泡面，转头发现吴家年还在玩手机。

“怎么不挑啊，还在跟女朋友聊天？”他问。

他还没来得及看清聊天对象，吴家年已经将屏幕锁了。

宋仰“嘁”了一声。

赛场这边的物价对于学生党而言有些偏高，大家只买了一点儿充饥的速食就回去了。

宋仰和吴家年一个屋，两张狭窄的床铺中间隔着一条一米宽的过道。

宋仰拆开一盒方便面，趁着烧水的工夫冲澡。

等他从浴室出来时，发现吴家年不见了。

他以为吴家年是到别的房间上厕所了，没想太多，坐在床沿上等泡面煮开。

大约过了半分钟，有人敲门，缓慢而有力。

“来了……”他慢慢吞吞地趿着拖鞋往门口挪，房门打开的瞬间，他的瞳孔放大。

喜悦扑面而来，他欣喜若狂地抱住对方，惊喜到说话都带着一点点哭腔：“师父你怎么来了？来也不告诉我一声。”

李浔一周前听说宋仰要来这儿，就已经有了打算。他订了和宋仰他们同一天的飞机票，风尘仆仆赶来，衬衣皱着，头发也有些散乱。

他轻轻地揉了揉宋仰毛毛躁躁的发丝，笑着说：“想给你一个惊喜。”

久别重逢，俩人在门口聊了好一阵。

李浔穿着黑色的衬衣，大概是太热了，尖领下的两颗扣开着，露出一点儿微突的胸骨，黑色的皮带将一截窄腰收出轮廓，下半身是同色西裤；手臂和双腿的肌肉将面料恰到好处地撑起来，看起来匀称又修长，腕上搭着件休闲风衣。

“你怎么还穿正装来了？”

看到宋仰的神色，李浔也低头打量起自己，犹豫着问：“怎么了？不好吗？”

“好！当然好！”

宋仰欣欣然地把人请进屋：“你什么时候过来的？酒店订了吗？”

“嗯，我听吴家年说你们住这儿，就也订在这边。”李浔冲楼上指指，“在三楼。”

“那可太好了！”宋仰抱起泡面闻了闻，搅和两下，大口往嘴里塞。

李浔坐在边上看他：“你不是说在飞机上吐了没胃口吗？”

宋仰把满嘴东西咽下去，笑得眼睛弯弯的：“现在有了。”

李浔笑着往后一倒，双臂舒展，膝盖打开，毫无形象地瘫在他床上，之后又抬腿踩在床沿上，脚跟和腰腹并用，扭到床的正中央，直到躺到枕头上为止。

他的头发彻底散乱，衬衣一角从裤子里露出来，刚进门那股斯文气消散一大半，暴露出运动员不羁的天性。

这样真是舒坦。

李浔侧身，手掌支着腮帮，双膝微微弯曲，盯着宋仰的泡面。

“你晚上就吃泡面啊？”

宋仰“嗯”了一声，正眼都没瞧他，喝了口热汤：“没办法，这边东西太贵了，我的钱带得不多，怕不够用。”

李浔起身说：“你还想吃什么？我帮你买。”

“不用不用！”宋仰急忙伸手把他拽回，“我吃这个就饱了。”

宋仰嘴里塞满食物和汤水，圆鼓鼓的，从李浔的角度望过去，像极了蜡笔小新，他忍不住掏手机拍照。

宋仰听见快门声，问：“拍什么呢？”

李浔努努嘴，学着宋仰死不承认的态度：“不小心截了个图。”

宋仰一点儿都不信，伸手道："你给我看看。"

李浔锁屏收手。他这心虚的一躲，宋仰更是自信心爆棚，拍着大腿嚷："你拍我什么呢？！"

"你管我。"李浔翻身，滚到墙边查看相册，嘴角翘了翘。

宋仰吃完东西刷好牙，准备睡了，可他的临时室友还没回来。他摸出手机，嘟哝着发消息。

"老吴也不知道上哪儿去了，这个点还不回来？"

李浔头也不抬地说："他今晚去我那儿住了。"

"嗯？为啥？"

"他觉得单人间更舒服。"

"噢。"

民宿的地理位置很偏，靠近沙滩，远离了城市喧嚣，夜深时静得出奇，放轻呼吸，还能听见风吹过树梢。风铃发出的清脆声响，被厚重的玻璃窗滤得微小，很是催眠。

碍于隔天的比赛，李浔看时间不早了，把台灯关了，换上小夜灯："早点儿休息，明天一早我叫你。"

宋仰乖顺地闭眼，梦里全是花香和原野。

民宿提供免费早点，长长的餐桌上摆着自助的托盘，金钱饼、葡式蛋挞、肠粉、油炸马介休、猪扒包……厨房开了一道半圆形的窗口，提供蟹粥和云吞面。食物出乎意料地丰盛。

宋仰和李浔坐在靠墙的位置。宋仰拿起一个蛋挞，将锡纸压下一些，大口往嘴里塞。

蛋挞外层酥脆，内里软滑。味蕾被新鲜的味道点燃，他露出惊喜的神色："果然和外面卖的不一样。"

把蛋挞解决掉，宋仰又向阿姨要了碗不带肉的面条。

这家是离赛场最近、价格公道、环境最好的民宿，所以除了他们队伍，还有外国的队伍，之所以能一眼认出，是因为大家手上都提着弓箭箱。

坐在宋仰对面的是两个韩国的男人，皮肤晒得略黑，一时也确定不了年龄。他们指着餐桌上的食物叽叽咕咕好一阵，哐当一声，把箱子搁在桌上，然后起身去窗口拿蟹粥。

桌上所有人的塑料餐盘都被震得弹起来，于慎微吃了一半的蛋挞直接掉汤里了。

李浔和宋仰十分默契地交换了一个无语的眼神。

领队压低了声音，用方言说："白衣服那个就是安志宇。"

听懂的队员齐刷刷把视线投过去。

安志宇的个子和宋仰差不多高，目测一米八五左右，体形健硕，胳膊甚至可以用粗壮来形容，与十七八岁的少年人的身材拉开巨大差距。

吴家年没少盯着安志宇，半晌，撞了撞李浔的胳膊说："你等会儿看，你的眼睛和那个安志宇的还挺像。"

李浔一脸嫌弃："我不看。"

人越来越多，餐厅吵吵闹闹，大伙便起身向外走。

空气中还弥漫着一股早点的香味，李浔跟在宋仰身后，穿过布满绿植的庭院。

他和省队的所有人都很熟，于是搭了个便车。

十一座的商旅接待车晃晃悠悠，一路向西，窗外掠过一排排风格迥异的建筑。

第十六章

室内公开赛

朝阳初升，商旅车在场馆正门口停下，队员陆续下车。每个队员手中都提着两套装备，一套比赛，一套备用。

李浔紧随翻译和队医一起下车，走在最后，但他今天的身份不是运动员，无法进入检录区，只得就此道别。

他和领队寒暄了一会儿，把注意力投回宋仰身上，问：“紧张吗？”

这是宋仰第一次参加国际性的比赛，面对的都是外国籍对手，说不紧张那不现实，并且这种紧张感和想要拿名次的欲望呈正比。

宋仰一只手捂在心脏的位置：“我都怀疑我得心脏病了。”

李浔拍拍他的肩膀：“别紧张，放轻松。”

进入馆内，运动员各自组装配件。由于运动员的弓箭属于危险物品，按照规定，他们不得在赛场及训练场以外的地方使用，因此只能在进场前自行组装，还得接受工作人员的审查，确保装备合规才允许进入场地热身。

宋仰找了把小圆凳坐下，刚打开箱子，后背感受到一股很强的冲击力，还来不及反应，整箱配件从腿上翻下去，稀里哗啦撒了一地。

凳子倾倒，连带着他也不受控地向前栽去。边上队员惊惶地伸手去扶，可是他们的速度太慢，什么都没扶到。

宋仰还是毫无缓冲地栽倒在地，单膝着地，双掌撑在弯曲弓片上。

撞他的是个挺胖的外国人，见状倒抽一口凉气，一把将人扶起，接连道歉。

宋仰起身后的第一反应不是检查身上是否磕伤，而是捡起地上被压到的弓片，好在没什么大问题。

李浔在观众席上找到自己的座位，A 区 1 排 18 座，平行于箭道，与起射线仅有几米距离，是视野绝佳的区域之一。

十多年前，在 N 市举办的全国射箭比赛上，宋仰就是在这个位置看他的，现在宋仰一转头，也可以找到他。

能买到这个位置的票倒不是因为他抢票早，也不是出价高，而是射箭本就是冷门运动，除了本地人和一些运动员的家属、朋友，很少有人会特意赶过来看比赛。

此时距离第一轮排位赛开场还有半个小时，观众席只坐了一半的人，稀稀拉拉的，座椅都是黄颜色的，远看就像是被啃过的玉米棒子。

前排挂着很多观众给自己国家的队伍加油助威的横幅。

不管是筹备得多么充足的比赛，到了赛场，总是会出现意料之外的状况。

两个摄影师为三脚架的事情大声争论，解说问麦克风为什么没声。

李浔在一片焦急的喧闹声中等待，肩膀忽然被人拍了一下，转头一看，惊喜地道：“教练，你怎么也来了？”

其实这样的问题只是不经大脑的条件反射，稍一反应，李浔心里就有答案了。

教练这是过来物色新人的。

理论上来说，国家队挖掘新人是通过省运会、全运会的排名来挑的，省运会上表现出色的自然有人向上推荐，但有些好苗子可能出于某种原因，失去了上省运会的机会，又或者说，在省运会上拿了奖，也没被推荐，这就导致国家队没机会接触到这些新人。

青少年的思想是极易被动摇的，尤其是两三年没有什么像样的成绩，可能就此放弃。但如果有伯乐发现，稍加指点，又是另一桩事情了。

所以国家队的工作人员也经常到各地考察，挖掘新人。

李浔的边上没人，王南风一屁股坐下：“你小子不是跟我说回家看老爸吗？怎么跑这儿来了？”

李浔说：“有熟悉的队员就过来看看，我过两天就回去。”

“熟悉的队员？”王南风问，“谁啊？”

李浔说："在学校带过的，我的……两个徒弟。"

王南风："一会儿指给我看看。"

话音刚落，身着蓝色制服的裁判员从通道口入场，紧随其后的是一批又一批换上队服、戴上护具的运动员。

李浔的注意力全被吸引过去，无暇再顾及其他。

他等了好久，终于看见了熟悉的红艳艳的队服。

中国队这次比赛，全国各地共选出了十六位年轻运动员出征，八男八女。除了宋仰和于慎微，李浔还认出一个女生，是之前在表演赛上见过的王榛儿。

室内公开赛的规则相当简单，起射线与靶纸的距离只有十八米，每人六十支箭，分两次射，中间休息几分钟，最后按总环数排位，前三十二位晋级到淘汰赛。

淘汰赛采用一对一 PK（对决）模式，每轮淘汰掉一半人；三轮下来，场上只剩四人，再进行冠亚军争夺战。

短距离射程是宋仰的强项。李浔还在学校时为他计算过，十环命中率大约为百分之六十至百分之六十八。这样的成绩在国内算是高手，但这个射程的世界纪录保持者，十环命中率高达百分之九十以上，这是很可怕的差距。

工作人员宣读完规则后，五十位运动员陆续上场。

在他们对面的是方形箭靶，贴有两张长条靶纸，每张靶纸六个圆，也就是说，运动员的每五支箭必须射在同一个圆内，射错则视为脱靶。

另外，这五支箭的时限为一百秒，来不及射完也记为零环。

在这样紧张刺激的环境下，射错靶子的运动员大有人在。第一轮下来，最高分才五百八十，比李浔预期的还要低一些。

王南风也说："这届成绩感觉挺一般。"

李浔："也不一定，比较厉害的那几个队都还没上，我们国家的也没上呢。"

等了快一小时，终于轮到宋仰他们上场。目前最高分是安志宇拿下的五百九十环。

宋仰的位置在 D 区，与李浔中间还隔着三名其他国家的运动员。

相比之下，宋仰的皮肤称得上白到发光。

他头戴一顶鸭舌帽，胸口的护具上贴满了比赛赞助商的 logo（徽标）以及当地特色旅游景点的卡通贴纸。大红色的队服都被他穿出一种潮牌效果，就连摄像师大叔都在他面前多停留了几秒。

宋仰与观众席里的李浔对上视线，挥手笑起来。

李浔用口型说："放轻松。"

距离有些远，他不确定宋仰能不能看清，不过下一秒，宋仰就冲他点了点头，还比了个 OK 的手势。

王南风看见了这俩人的互动，猜道："这是你在学校带的徒弟？"

"对。"李浔指了指于慎微，"还有边上那个戴细框眼镜的也是。其他的就不认识了。"

王南风："长得都挺俊，就是那个宋……宋什么？"

李浔说："宋仰。"

王南风："嗯，宋仰的脸盘子小了点。"

李浔说："可他在选拔赛上击败了全国两百多位脸盘子比他大的男选手。"

王南风笑笑，又问："这俩人性格怎么样？"

老实说，于慎微的性格说一般都算是夸他了，平日里倨傲自负，说话不知轻重，也不尊重队友，不过李浔没有在背后嚼人舌根的习惯，略过这些，用一个"还行"敷衍过去，重点的夸赞都集中在宋仰身上。

"他在射箭方面还是有点儿小天赋的。"

王南风很少听李浔夸人，感兴趣地问："怎么说？"

李浔："聪明，学东西快，他高三暑假的时候才正式开始学基础动作。那会儿我还在箭馆工作，是我给他上的课。他只用一个月就练出了其他人半年都不一定能打出来的水平。他是真的喜欢射箭，也肯在这方面下功夫。"

王南风望着都是年轻人的赛场，轻叹一声："刚开始谁不是真心喜欢呢，但能坚持下去的，真没多少人。"

李浔看见宋仰的箭支落到靶子中央，双眼被自信填满。

"他肯定会坚持下去的。"

"你这么肯定？"

"嗯。我了解他，他心思很单纯，不为钱也不为名，支撑他的信念就是赢，我们的目标是一致的。"

那就是打破垄断。

说话间，第一轮的三十支箭已经放完了。

李浔拿起手边的望远镜对着靶纸，快速心算。随着分数的叠加，他嘴角的弧度越扯越大，最后猛地一拍大腿。

边上的王南风被他吓一跳："瞎激动什么你？"

"宋仰的总环数是二百九十五,十环命中率高达百分之八十五！"

王南风问："他平时什么水准？"

李浔舔了舔唇。

如果没记错的话，他最后一次为宋仰记十八米的分数是在四个月之前，当时他最好成绩也就二百九十分，这么短的时间内，宋仰能把分数拉这么高，这大大出乎他的预料。

到目前为止，宋仰的成绩不光超过了于慎微，还和韩国最高分获得者安志宇的分数持平。

王南风的情绪也被他带动起来，把注意力投到宋仰身上："不过还得看宋仰接下来三十支箭还能不能保持这个水准了。"

一般来说，运动员的后三十支箭的总环数会小于前三十支箭，一是因为随着体能的消耗，肌耐力会大大降低，二是人的注意力无法保持长时间的集中。

在任何时候，越害怕出错越出错，一旦出错，就会接连出错。

靠近观众席的那位印度选手就已经连续射出好几个八环了。

在这种世界级别的比赛中，打八环已经算是一种严重失误了。

排位赛临近结束，宋仰的箭囊里还剩下最后十支箭。到目前为止，他的靶纸上只有八个九环，剩下的都是十环。

如果在接下来的十支箭里，他能拿到八个十环，就和安志宇的分数持平，多一环就是第一名。

场馆内的空调已经不管用了，李浔的心跳加速，手心捏一把汗。

他注意到宋仰的瞄靶时间比刚开始要长一些，肯定是过度紧张造成的。

他无声祈祷，宋仰千万别出错。

宋仰每一次抬弓，他就跟着屏息，直到箭头落入靶心他也不敢呼气，眉心紧紧皱着。

王南风看在眼里，淡淡一笑，仿佛看见了自己十多年前第一次带李浔出国打比赛时的样子。

一眨眼，又是一代新人冒出来。

值得高兴的是，现在的训练场地、装备都比以前强太多了，运动员们的水准也比他们那辈高很多。

换作十年前，谁敢相信一个练了一两年的运动员就能打出这种水平?

见宋仰到最后一箭也没出什么岔子，李浔的紧张感终于得到释放，恢复正常呼吸。

随着裁判员吹哨，所有运动员都放下弓箭，助理裁判员们上前计分。

宋仰的总环数和安志宇是一样的，五百九十环，但靶纸的十环中间还有个小圆圈，那叫作十内环。

在双方成绩并列时，就得看十内环的命中率，或者让两位选手各放一箭，直到分出高下为止，具体看赛制规定。

这场比赛用的是前者。

相对而言，安志宇技高一筹，多了五个十内环。

那么毫无疑问，他总分第一，宋仰总分第二，于慎微第十名。

王南风看完男子排名成绩，习惯性地一通分析总结："于慎微倒不是输在技术不行，而是节奏不稳，瞄靶太快。你有没有发现他十环命中率比宋仰还高？要是没有那个八环，他后边的成绩也肯定更出彩。"

李浔"嗯"了一声："他从抬弓到放箭基本不超过十秒。"

这样的速度在奥运会上是很少见的。

王南风开玩笑说："他倒适合打团赛。"

李浔明白他的意思。在团赛上，三位选手的瞄靶时间是共享的，每人二十秒，一共六十秒，有人超时也没关系，后边的人把时间拉回来就成。

没过多久，女子队排名也出来了，中国队有三名运动员晋级，其中还有一位运动员拿到了第一名。

王南风欣慰一笑："果然还是女孩子厉害。"

李浔："巾帼不让须眉是我们这个项目的老传统了。"

这次室内赛为期五天，赛事紧凑，运动员短暂休息片刻，紧接着的就是十六位一对一的淘汰赛。

淘汰赛的规则也比较简单：两位选手轮流放箭，每人每轮三支箭，获胜方可赢得两个积分，打平各得一分，输的不得分，谁先获得六个积分就获胜。

宋仰第一局对阵的是排名第三十一位的印度选手，于慎微对阵第二十四位。

这两人在教练的安抚下，发挥正常，毫无悬念地晋了级。

晚上七点，体育馆内灯火通明。

马上要进行的是男子反曲弓四分之一总决赛，此时此刻的观众席已经坐满了。当然了，有一半观众是被淘汰了的运动员。

王南风见李浔起身，说：“上厕所吗？帮我带瓶矿泉水回来。”

“好，正巧我也买水。”

李浔在通道口碰见了安志宇，安志宇正在和一个微胖的中年男人聊天。两个人都是外国人，聊天内容他一句也听不懂，就是隐约听见一个“爸”，也不知道听没听错。

中年男人的目光在李浔身上停留了很久，连带着安志宇也盯着他，直到他的背影消失在通道尽头为止。

他回来时，这两人的目光又跟探照灯似的盯着他。

李浔皱眉，低头检查一番。

衣服和裤子都没什么问题，可等他转头注视那个中年男人时，男人又迅速把视线移开了。

他在心里嘀咕了一句“莫名其妙”，大步朝观众席走去。

四分之一决赛，宋仰对阵的是安志宇，于慎微对阵的是美国的梅森。

李浔之前的注意力全放在宋仰身上，对这个梅森没什么印象，找边上的助理裁判问了下这人前几轮的成绩。

比较诡异的是，梅森是从第三十二名打上来的。

王南风分析道：“要么他是第一场的时候发挥失误，拿了个三十二名，要么就是……”

“保存实力！”李浔和王南风同时说。

如果是后者的话，那这个梅森就是一个挺有心机的运动员。当然，在竞技场上，一切不违规的“心机”都不是贬义词。

“他一开始可能就是为了迷惑对手。”李浔说。

王南风：“那这人的实力还真是不容小觑。网上有他的资料吗？”

李浔：“没，也是新人。”

师徒俩的直觉很准，这个梅森前期就是保存实力，一开场就是三个十环，非常稳，把于慎微打得方寸大乱，最后直接以六比零赢了于慎微。

下场后，于慎微垂着头，一言不发，掌心微微汗湿。一天下来，他的肌肉承受能力已经到达极限，喝水的时候，胳膊都在发抖。

比赛有赢有输是正常的，可他从来没有输得这么惨过，这种挫败感是前所未有的，强烈到他想把箭给折了。

他这一输，观众的所有期待与热情全转移到宋仰身上。

只见他上场前换了件短袖，估计是太热。

场馆内虽然开了空调，但人实在太多了，效果不大。

王南风说："宋仰的状态明显比上午紧绷许多，瓶盖都掉两回了。"

李浔也发现了。相比起来，安志宇就淡定多了，正和坐在观众席里的队员谈笑风生，一点儿都没有要打决赛的样子。

李浔远远地为宋仰加油鼓劲。

宋仰接收到信号，有些牵强地勾了勾嘴角。这笑容也充分表达出他此刻的心理活动——我好紧张啊！

他第一次和其他国家的人对阵，还是去年的室内赛冠军，这种背景会在无形间造成一种压力。

"你别管他，放开了打就行，把你自己的水平发挥出来。"

李浔喊完，边上一些外国观众齐刷刷望过来。

裁判吹哨，宋仰和安志宇同时站到起射线。第一局宋仰先放箭，松手就是一个十环。

"好！"李浔兴奋地吼了一嗓子，声音比宋仰身后的教练还要洪亮，连带着四周掌声连天。

可他刚称赞完，安志宇就来了个更精准的十内环，对面观众的欢呼声盖过了他们。

好在淘汰赛只按积分来判定输赢，只要稳定在十环就没问题。

宋仰这边的计时器开始倒计时。

他低头，勾了支箭，搭在箭台上，深深地吸了一口气。

场馆内环境嘈杂，他此刻猛烈跳动的心脏无法平静，对方的实力太强，他不允许自己出现一丝一毫的偏差。

他闭上左眼，焦点集中在瞄准器上，对面的靶纸渐渐虚化成带颜色的光圈。

瞳孔、准星、靶心在一条线上重合，信号片降落的一刹，他松开手。

随着裁判员的一声“Ten”，他颤抖地呼出了一口热气。

可他的双肩还没来得及放松，旁边的安志宇又用一个十环将气氛带到高潮。

这就是和高手对打的可怕之处，除了技术，还得比心理素质。

这种感觉就好像有人把刀架在他脖子上，逼迫他放最后一支箭，而且有一个可怕的声音在反复念——这轮不是十环，你就输定了。

他只能打十环，必须是十环。

宋仰吞咽了一下，再次抬弓，周围的聊天声、胸腔的振动在他脑内奏成交响乐。

第三支箭的放箭速度比前一支慢了整整五秒，但万幸仍然是个十环。

他如释重负地呼气，肩膀沉了下去，反射性看向李浔的位置，李浔朝他竖了竖大拇指。

就在大伙祈祷安志宇射偏的时候，安志宇又来了一个十环。观众席有人开始小声叹气，就连王南风也很不稳重地轻叹一声，表达着对下一轮比赛情势的焦虑。

两边都是三十环，各得一个积分，这就意味着宋仰接下来还是得保证自己不出一丝一毫的差错。

第二轮还是宋仰先放。

安志宇单手扶在弓箭架上，眼神自信而散漫地盯着他，一副“我就等着你出错”的表情。

在如此高压下，宋仰无意识地舔了好几次嘴唇，越舔越觉得喉间干涩。

王南风问：“你之前说他十环命中率多少来着？”

李浔拧眉望向不远处那道背影，宋仰或许是太紧张了，刚换上没多久的短袖已经汗湿了，从后颈和双肩处扩散，一直蔓延到后腰。

他如实地说：“百分之八十左右，但他没什么大赛经验，心理素质肯定不够硬，很可能……”

话音未落，宋仰就打了一个九环。

宋仰皱眉“啧”了一声，对这个成绩不满，这个九环比他预料的来得早。

第二轮，三十二比二十八，场上比分三比一，韩国队士气高涨，振臂欢呼。

对方的教练扭头往这边看了一眼，眯起那对本就不大的眼睛，露出一个带有轻蔑意味的微笑。

第三局，两队以二十九环的成绩打了个平手，各得一分，总比分四比二。

安志宇只需要再赢一轮就结束了。

王南风用望远镜观察了一下宋仰刚才那几把着箭点的分布，都有些偏下，且已经分散。

一般来说，运动员的着箭点偏上，就说明力道还足，往下则相反，而着箭点分散，也意味着运动员的注意力已经受到干扰，肢体不够稳定，体能和心理都被逼到了一个临界点。

“小朋友还是太紧张了。”王南风放下望远镜说，“有时候想得太多反而适得其反。”

“嗯。”

李浔又何尝不是从这种困境里走出来的呢，想起当年最后一场比赛，最后一轮对阵的是一名奥运冠军，几乎是一模一样的情形。

“但没办法，站在那个地方，呼吸频率都不是你自己能控制得了的。”

宋仰架起一支箭，所有人都跟着屏息。

可就在他将弓弦拉向下颌时，忽然“砰”的一声脆响，所有人都还没来得及反应过来，宋仰捂住自己的半边脸颊，以一个牙疼的姿势，无语地看向身后的教练。

谁也没有预料到的情况发生了——弓片从中间断裂，宋仰被自己的弓崩到脸了。

旁边顿时爆发出一阵夸张的、略带嘲讽的笑声，观众席里也有笑声。

摄影机镜头，无数的手机镜头都对准了他，他感觉自己像个被围观的小丑，不知所措地愣在原地，一种灼热感从面颊蔓延到耳朵。

配件都有寿命，但是他完全没想到它们会在这种关键时刻让他下不来台。

按理说不应该。

东西都是省队给配的，用了也没多久。

难道是早上被人撞倒的时候压出来的裂痕，没检查出来?

时间不允许他想太多，在教练员的提醒下，他揉了揉脸，换上了另一套备用弓。

裁判重新计时。

所有人的注意力再次集中到宋仰的动作上，唯独李浔留意到，宋仰被弓打到的地方明显泛了红。

他应该挺疼的。

教练背着手，用浑厚且沉稳的嗓音鼓励道:“别着急，慢慢来。”

宋仰应了一声。

可是，面对落后的比分，他的内心怎么可能不着急呢?

他现在不仅要保证自己三支箭都拿满分，还得祈祷对手来一个九环，因为如果一直都是平局，对方也将比他先触碰到晋级线。

他不想败给安志宇，不想让教练难堪，更不想让李浔和现场观众失望而归。

他想赢。

他太想赢了。

而恰恰是这些不甘扰乱了他的内心，如石子投入湖心，水面泛起阵阵涟漪。

手里的弓箭有千斤重，对面的靶心虚虚实实。

“八环。”

宋仰吸了口凉气，感觉很丢脸。

十八米的距离打出这种成绩，就是重大失误。

被一种强烈的挫败感袭击后，他几乎已经接受了自己失败的事实，一切都已于事无补，内心反而波澜不惊了。

王南风撞了撞李浔的胳膊，跟尊弥勒佛似的笑起来：“跟你当年的表现真是如出一辙。”

李浔知道他指的是亚运会总决赛，当时他面对强大的世界级比赛冠军，乱了阵脚，导致发挥失常，打出一个在平常训练里几乎不会出现的八环。

李浔看着宋仰说：“我能感觉到，他好胜心也强，但我想这不是坏事，起码这份好胜心能让他坚持走很远的路。”

“话是没错。”王南风面对已经没了悬念的局势，轻叹一声，“都说练箭练箭，其实练的都是一颗心，心沉得下来，他就不可能有这样的成绩。”

“嗯，”李浔深有同感，“还是得再练练他。”

三支箭结束，宋仰没能追平比分，裁判宣布安志宇获胜，之后是宋仰和于慎微的铜牌争夺战。

他们都是一个队伍的，谁拿都无所谓了，只不过冲着那份奖金，宋仰还是铆足了劲去打，第一轮到第三轮，九支箭打出八十九环。

王南风指着宋仰就笑了：“这孩子跟自己人打怎么就这么起劲呢？一点儿都不手软啊，这成绩要放上一轮多好。”

李浔:“他就这样,我一会儿下去说说他。”

王南风以为他是要去批评宋仰今天的表现,道:“你都不是他教练了你说他什么?让队里的教练管去吧。”

李浔说:“他就爱听我说的。”

比赛结束,安志宇、梅森、宋仰上台领奖,冠亚军的领奖台比季军高出一大截。

宋仰没赢过他们,不高兴,全程绷着个小脸。

比他的脸更难看的是于慎微的脸。这就好比是考试考了 59.5 分,绞得他胸口疼,更让他无法接受的是,宋仰学射箭才两年多,居然就这么超过他了。

晚饭时间,宋仰和于慎微全没胃口吃饭,囫囵塞了些点心,回房休息。

宋仰将自动关机已久的手机充上电,刚和天花板深情对视上,信息来了。

是李浔发来的一段小视频。他挽起裤腿,行走在沙滩与海水的交界处,岸边有灯,照亮了一小方天地,海水清澈,漫过脚踝,宽大的脚掌将细沙踩出深深浅浅的坑。

忽然一个浪头打上来,李浔骂了一声,没来得及躲,膝盖以下的裤腿全湿了。

紧接着就是一段语音:“要下来一起玩玩吗?这里的海风很舒服。”

宋仰见推开窗户就是大海，也回语音："玩什么啊？堆沙子吗？"

李浔带着一点儿笑意的嗓音传过来："你想玩什么都行。"

沙滩就在民宿的后边，走过去只需要五分钟，但宋仰还是选择跑过去，像是发现猎物的豹子，越跑越快，直到海边的沙子钻进他的鞋袜，磨得生疼，他才不得不慢下来。

十一月是这里的旅游旺季，这里虽不是什么有名的沙滩，但也聚着不少散客，还有摄影师团队在为一对新人拍照。

他小心翼翼地绕过他们，伸长脖颈，在偌大的海滩上寻找目标人物。

灯光将他的身影拉得细长。

李浔坐在岸边的一块礁石上，戴着耳机听音乐，看见宋仰朝这边走来，便把耳机摘了，和手机一起塞进裤兜，摸出两小袋蜜桃味的果冻。

宋仰伸手接过，但眉心是皱着的，也没一下塞嘴里，而是把果冻捏在手里翻来覆去地看，不知道在想些什么，估计是比赛的事情。

李浔拍拍礁石，示意他坐下。

"没想到这边还挺漂亮的。"

"嗯。"宋仰将袜子塞进鞋里，放到一边，脚指头埋进细细的沙子里，埋得很深，还能感受到一点儿日光的余温。

李浔在等宋仰的下一句，可是等了好久，宋仰也没有开启新的话题。

“还难受呢？”

宋仰垂着头，手掌在膝盖上来回蹭，脊柱几乎弯成一道拉满的弓。

即使他一言不发，李浔也能感受到他此刻的心情——懊恼与不甘叠加在一起，变成无力的、深深的自责。

空洞的安慰多半不起什么作用，李浔只能换个角度：“我跟你提过我的教练吗？”

“嗯，你接受采访时聊过他。怎么了？”

“他今天也来了，夸你打得不错。”末了，李浔又笑着补充，“尤其是和于慎微那场，太精彩了。”

宋仰不太确定地问：“你在笑话我？”

李浔伸手揉了揉小朋友的后脑勺，头发刚剪了没多久，还有些扎手。

“你第一次跟韩国队打，会紧张，这太正常了。”

宋仰侧过身，认真解释：“其实我最难受的不是因为我输给安志宇，是因为我让所有人的期待落了空。”

李浔说：“那你不妨换位思考一下，假如站在台上的人是我，输给安志宇的人也是我，你会对我感到失望吗？”

宋仰顿悟，摇摇头说：“我会期待你的下一场比赛。”

海边的风停了，潮水却还是一下一下地往上涌，很积极地想要触碰他们的脚背。

宋仰翘了翘脚趾，还是闷闷不乐，说到底还是因为他自己没发挥好。如果能把和于慎微比的那场成绩和上一局换换，他起码还有和安志宇打加时赛的资格。

谁输谁赢还不一定。

可是哪有如果。

李浔轻轻捏着他的后颈：“我知道你这会儿肯定不甘心，甚至是觉得屈辱，这些我都能理解，因为我也经历过。”

宋仰抬起了头，其实他也就是随口抱怨抱怨，并没有过多地期待李浔的回应，这些话语让沉浸在孤寂中的他得到一丝安慰。

原来他的痛苦是有人理解的。

李浔继续说：“你得想明白一件事情——我们是运动员，不是神仙，不可能顺风顺水地赢下去，任何一个人都不可能做到，输了就输了。身为运动员，你得试着承受，学会翻篇，以及接纳自己的不足。假如你已经把你最好的水平发挥出来了，那就没什么好难受的。”

但是他没有。宋仰满腹惆怅：“我也不知道为什么，我那会儿就是紧张，心率也不稳，打到后边都颓了。”

“因为你太把他当回事儿了，你把他的一举一动、他的每一个轻视的眼神都看在眼里，因为他傲慢又自负，你就不停地告诉自己，这把非赢他不可，对不对？”

宋仰不说话，默认了他的话。

李浔说：“但这样也很容易影响你的心态。当你更在乎外界其他因素的时候，你的心就沉不下来了。”

“嗯……”宋仰将每字每句消化下去，“我明白了。”

这会儿的风有些冷了，摄影团队撤了，出租游泳圈和沙滩球的店铺陆续关门，海滩上的游客也少了一大半。

宋仰没动，李浔也不想动。

月色朦朦胧胧，整片海滩就只剩下海浪翻涌和他们起起伏伏的说话声。

宋仰撕开果冻，吸进嘴里，没嚼两下就咽了。

李浔歪了歪脑袋观察他："现在心情好点儿了？"

"嗯。"宋仰也转头看他，唇角笑意渐渐变深，"有一个前辈真好啊，每次你一开导，我的心情就会好很多。你的教练以前也这么开导你吗？"

李浔大言不惭地道："都靠我自己领悟。"

"嘁。"宋仰边笑边拿脚丫子踹他，不轻不重，李浔也回敬一脚。一来二去，两人竟在岸边打闹起来。

宋仰的爆发力强，可耐力不如李浔，他跑了没一会儿就感觉身后的喘息声越来越近，好像下一秒就能把他逮住。

快被追上时，宋仰耍无赖地使劲踹了一脚地面，空中细沙翻飞。李浔躲闪不及，挽起的裤腿里全是沙子。他顾不得拍掉，铆足了劲在后头猛追。

"你别被我逮到！"

回应他的是宋仰的笑声。

俩人绕着沙滩跑了一个大圈，几乎快要绕回起点，白天的失落与耻辱都被翻涌而上的浪花给卷走了。

宋仰实在是跑不动了，喘着粗气，绕着岸边一块巨大的礁石转圈。李浔往左他往右，李浔往右他往左。

就在他以为自己找对了地方能够歇一会儿的时候，李浔忽然纵身一跃，翻过石头，蹦到他跟前。

李浔个子又高，几乎将背后的月亮遮了个严严实实。

宋仰往后倒退，却被一块凸起的小石头绊倒，一屁股摔进沙子里，李浔趁机弯腰，抓起一把又一把的沙子，用最快的速度、最大的力量往他腿上撒，一副要把他埋起来的样子，一丁点儿师父的影子都瞧不见了。

微凉的海水漫上来，打湿了他们的裤腿和衣摆，李浔这才揪着宋仰的胳膊，将人从沙子里拖起来。

宋仰抓了抓头发，沙子像下雪一样从头上掉下来，有些钻进衣服黏在后背，有些跑进了他的裤子里，他起身弄了好久也没弄干净，索性继续一屁股坐下。

头顶冒出许多星星，他们并排坐在岸边。宋仰很没形象地张着腿，食指戳进沙子里，画了个靶子，又画出一支精准射中十环的箭。

这一晚，李浔睡得很沉，比他睡得更沉的是宋仰。

早上，宋仰腕上的手环振了好几下，他毫无意识地按掉，翻身继续睡。

直到吴家年下来敲门，四个人才一起去吃饭。

大概是意识到昨天起晚了东西不够吃，今天韩国队员们也早早地下楼了，宋仰一行人到的时候，他们已经吃一半了。

餐厅的位置不多，他们几个环视一圈，只有安志宇对面还有三个空位，不过桌上摆着两个箭盒，像是在图书馆帮同学占位置似的。

李浔说："你们先过去吃，我一会儿再吃。"

宋仰拉他："一起挤一挤。"

于慎微第一个走过去，拍了拍桌上的东西，问对面："这是谁的东西？赶紧抱走，我们要吃东西呢。怎么一点儿素质都没有，当这儿是图书馆呢？"

对面的两个人看了他一眼，不吱声，埋头吃东西。

"嘿！"于慎微提了口气，"什么意思啊？听不见我说的话啊？不拿走我可往外头扔了啊！"

吴家年拉了拉他："他们应该是听不懂。"

于慎微嗤笑一声，一把钩过宋仰的肩膀，另一只手指着对面："来，你给他们用英文翻译一下：'这里是我们的地盘，你们队里没钱请翻译？识相的趁早把你这玩意儿拿走，别妨碍我吃饭！'"

宋仰撇撇嘴，对于慎微这通发言表示无语。他虽然不喜欢安志宇他们，但也不是惹事的性子，轻敲桌面，待对面的人抬头才客客气气地说："This is a public area, please take your bows away.（这片是公共区域，请把你们的弓拿走。）"

于慎微有些诧异，侧着脑袋，压低声音："我刚说了那么多，怎么就这一小段，你翻译全了吗？"

宋仰："英文都短，意思差不多就行了。"

李浔在一旁憋笑，但于慎微信以为真。

他一拍桌子，学影视剧里要债的地痞，气势汹汹地龇牙，将十个指关节攥出响来："听懂了吗？吃完赶紧给我滚蛋。"他吼完又看向宋仰，冲对面一指，"这句也帮我翻译翻译。"

宋仰看着安志宇："Can you understand？（你听明白了吗？）"

这句于慎微听懂了："我让你翻译后边的那句，没让你翻译前边的那句啊。"

宋仰说："'滚蛋'我不会翻译。"

于慎微咬咬牙："废物。"

宋仰的拳头都攥紧了："你行你来啊！"

于慎微："我不行，我比你更废。"

这种伤敌八百自损一千的骂人方式宋仰也是第一次见到，实在找不到词形容他。

对面的安志宇全程看着他们，半晌，不流利地说："东西不是我的。"

"天哪！"于慎微惊了，"你听得懂我们说的话！刚才不吱声，在这儿看戏啊？"

安志宇没再理他。

于慎微留意到箱子外侧贴着的托运单上印着和他们队服一样的文字。

"不是你们的是谁的？"他推了推箱子，但手上力度没控制好，箱子从桌面滑了出去，刚巧撞上面碗，热腾腾的汤水全洒在安志宇的手上和大腿上。

他惊叫着起身，甩了甩手，瞪大双眼，嘴里念叨着电视剧里常有的台词，大致意思就是你是不是疯了。

这句宋仰听得懂，撞了撞于慎微，让他跟人赶紧道歉。

可于慎微本身脾气就不好，性子烈，梗着脖子，“有理有据”地拒绝：“我道什么歉啊，本来就是他们的东西，占着茅坑不拉屎，我这都算客气的了！”

他的态度彻底把安志宇给激怒了。安志宇往桌上扫了一眼，一把将收纳篓里所有的筷子抓起来。

看到这个动作的时候，宋仰心头就咯噔一下，预感不妙。

安志宇的面目因为愤怒变得扭曲，手里的东西也全朝着于慎微身上砸了过去；还没等大家反应过来，他又端起桌上那碗刚出锅没多久的云吞面朝于慎微身上泼过去。

城门失火殃及池鱼，宋仰他们想躲也来不及了，热腾腾的汤水溅到了他们刚换的队服上。宋仰往后躲的时候，撞到李浔身上。

“你没事儿吧？”李浔吓一跳。

宋仰低头扯了一下衣摆：“我没事。”就是衣服脏了。

最惨的是于慎微，面汤几乎从头到脚将他浇了个遍，他被烫得当场跳起踢踏舞。他火速将衣服脱了，一边骂人一边扯着裤子。

一个云吞滑进裤腰，从他的裤腿里掉出来，接着是面条，场面要多尴尬有多尴尬，而安志宇和队友在旁边狂笑，有的甚至还拿出手机录像。

很快于慎微的脖子、肩膀和胳膊上的大片皮肤都开始泛红，烫得发麻。

他低声骂了一句，揉着刚才被筷子戳到的眼角喊：“你是活腻了吧！”

说完他就抓起桌上装着点心的不锈钢托盘朝对面砸过去，安志宇侧身躲开，托盘“哐”的一声砸在墙上。

紧接着就是碗筷和食物，两人跟打雪仗似的你来我往，桌上能扔的东西都被他们扔了个遍。

场面越发混乱，原本坐在这桌吃饭的客人全吓跑了，民宿的工作人员也从厨房跑出来，一脸蒙地看他们打。

宋仰和李浔试着上前阻拦，可那两人已经扔红了眼，力气都跟水牛一样大，挣脱后继续扔。

李浔扯着嗓子对着远处的自己人喊：“还愣着干什么，赶紧过来帮忙啊！”

几个吃到一半的自家队员也拿起桌上的家伙，气势汹汹地走过来。

李浔无语：“赶紧帮忙拉着他们！”

一帮人又放下家伙。

一切都发生得太突然了，现场桌椅板凳的碎裂声和女生的尖叫声混在一起，使得场面越发混乱。

很多时候就是这样，本来一件微不足道的事情，在双方拒不低头的情况下，不断发酵，最后到了难以挽救的地步。

事情最后闹到警察出面才收场。

来的那两位治安警口语表达比安志宇还差，听得人一头雾水。

但是能看得出来，他们尽力在想办法和大伙沟通，还配合着许多肢体动作。

两队人都担心自己的队员吃亏，七嘴八舌地帮着解释，但基本属于鸡同鸭讲，全是障碍。警察只好找民宿负责人询问情况，最后告诉他们，事情很严重，砸坏的东西都要赔偿，否则不能离开。

于慎微听完李浔的翻译，说："赔偿是自然的，但是这件事是姓安的先挑头的，要赔也是一人一半，我只负责我的那一半。"

李浔嗤笑："你还知道要AA制？"

于慎微完全没听出来嘲讽，梗着脖子："那是。虽然我打架了，但我绝对是个有素质的人。"

宋仰："……"

砸坏的桌椅、窗户、墙面和装饰品等加起来得有三万元左右。

这对于绝大多数学生党而言已经是天价了，但于慎微属于那个少数，他光现金就带了近一万元，剩下的刷卡。

安志宇就没那么多钱了，他的同伴们东拼西凑借给他一些，连零头都不够，再加上比赛快开始了，他蹙着眉，整张脸涨成猪肝色，一直说着大家都听不懂的韩文，后来又出门打电话，估计是向家里人求救。

李浔和宋仰换好衣服下楼，正准备出发去体育馆，一对个子挺高的中年男女从不远处飞奔过来。

男的留着极短的甚至可以忽略不计的寸头，身材已经走形，啤酒肚跑起来一颠一颠的。女的则很纤瘦，卷发披肩，跑得凌乱。

李浔一眼就认出这男的就是昨天在赛场上，和安志宇一起盯着他打量了好半天的中年男人，而这个女人……

在和她对上眼的那一霎，两人都怔住了。

“师父，”宋仰推了推李浔的胳膊，“快走了。”

李浔的双腿像被钉在地面上一动不动，面容冷峻，眼神极冷。宋仰从未见过他这样的表情，看起来有些陌生。

宋仰顺着他的视线望过去，对面的女人也怔怔地看着他，嘴唇微微发抖。

第十七章

从天而降的惊喜

这个漫长得异样的对视，引起了队里好几个人的注意。

吴家年也看着对面的女人问：“这个人是谁啊？”

“不认识。”李浔收回眼神，静默地转身说，“走吧。”

就在他们钻进车里的前一秒，身后的女人忽然大喊一声：“李浔！”

她的声音抖得厉害，一听就知道情绪有些激动，除此之外，宋仰竟然还能从中听出几分恐惧。

李浔的脚步加快，身后传来更急促的高跟鞋的声音。

“你等等！”女人一把拉住李浔的手腕，“我有很多话想跟你说。”

宋仰从李浔漠然的神情里读到几分厌恶，对这个女人的身份有了一种猜测。他眯起眼，越看越觉得这人眼熟，他忽然想起来，之前在李浔家里翻相册的时候，见过这个女人和李国涛的结婚照。

她鼻尖上有颗小痣，应该不会错。她是李浔的母亲蒋鸾。

院里，安志宇冲蒋鸾大喊了一句什么，但蒋鸾像是没听见，握紧李浔的手腕，央求一样地重复道：“在这儿等我一下，嗯？”

李浔到底还是没有拒绝，将宋仰推进车里，说：“你先去比赛吧。”

宋仰趴在窗户上，问：“那你还过来吗？”

李浔说：“一会儿看。”

车子启动，吴家年和宋仰还趴在车窗上向后看，身体扭成一根麻花。

“什么情况啊……”吴家年平时没少看狗血连续剧，将刚才那一幕幕串联起来，手指按着嘴唇，倒抽一口气，“该不会，安志宇是教练的私生子吧？”

宋仰无语地翻了个白眼：“你脑子是让谁给吃了？”

吴家年忍不住八卦：“那你知道教练和那女的是什么关系吗？”

宋仰脑海里忽然掠过一件事——李浔之前说，他妈妈改嫁给一个外国人，但她怎么会和安志宇认识呢？她改嫁了两次？

他捉摸不透，估计李浔此时也是云山雾罩的。

宋仰的直觉还是很准的，李浔这些年确实没和蒋鸾联络过，问蒋鸾的第一个问题就是：“他是你儿子吗？”

蒋鸾没答，只是让他先在边上坐一会儿，等处理完事情再说。

李浔坐在角落，就这么安静地看着她用自己听不太懂的语言和安志宇沟通，和那个中年男人对话，其间还撒气似的捶了安志宇几下。安志宇没敢还手，指着腰上被于慎微砸到的位置说：“有伤。”

蒋鸢掀开他的衣摆看了一眼，满是心疼地说：“赶紧让医生给你擦一下药。”

中年男人为安志宇支付了那一万多元的赔偿款，蒋鸢则按着安志宇的脑袋向民宿负责人道歉，像极了小时候被叫到办公室里的家长为孩子闯的祸擦屁股。

李浔不是三岁小孩儿，看到这里，答案已经很清楚了，也很讽刺。

在没见到这一家三口前，他还能安慰自己，她当年那么急着逃离，一定是有她的苦衷，就当是一个女人对命运最后的反抗，没有母亲也没关系，反正日子已经熬过来了。

可现在他没办法那样宽容了。

他不理解，为什么蒋鸢的这些爱可以无私地给安志宇，却一直吝啬施舍给他和姐姐。

是因为安志宇比他更优秀，还是说他和姐姐的出生只是让蒋鸢感到手足无措的一个意外而已？

他为此感到不公，甚至愤怒。

处理完安志宇的事情，已经是上午十点了。蒋鸢在一家甜品店订了位置，问李浔愿不愿意单独和她聊聊，李浔没有拒绝。

临走前，中年男人和蒋鸢相互吻了吻对方的侧脸，安志宇则用意味深长的眼神看着李浔，最后挑衅似的勾了勾唇角。

这个行为幼稚而好笑。

李浔说不上那是一种什么感觉，明知道不该也不必和一个无关紧要的人计较，可还是免不了心理上的不适。

甜品店离民宿不远，蒋鸾和李浔是走过去的。到了店里，蒋鸾翻看菜单，忽然意识到自己对儿子的喜好一概不知，有些尴尬地问他想吃点儿什么。

李浔要了份杨枝甘露和杏仁茶。蒋鸾点餐时又指着好几样小吃问他想不想吃，李浔始终摇头，说："我不饿。你有什么话就说吧，我下午一点的飞机回去。"

"啊。"蒋鸾立刻合上菜单，叫了服务员。

她如此慌乱的动作和殷勤的表现，让李浔想起一个人——初之的生父，张寒。

他们表现出了同样的愧疚，可在遥远的地方另有一个家，没有见面之前，或许连想都不会想到自己还有一个孩子。

在某种程度上来说，蒋鸾甚至还不如张寒，所以不论她的神情和动作有多忐忑，说话有多温柔，李浔始终没什么感觉。

比起蒋鸾，他更希望此时坐在他对面的是个陌生人，好歹吃东西还能自在一些。

"你爸还好吗？"蒋鸾问。

李浔面无表情地反问："你现在问这些有什么意义吗？"

蒋鸾的声音越来越小："对不起。"

李浔不太客气地说："这样的道歉也没有任何意义，再说了，我也没看出你对我、对姐姐、对这个家有过任何愧疚。假如我们今天没有碰见，这份道歉也不会存在。”

他的话让蒋鸢沉默了很久，忽然眼泪簌簌往下掉。

李浔见不得人哭，舒了口气，把桌上的纸巾盒推过去：“算了，你说吧，我听着。”

蒋鸢擦干净眼泪，说起当年和李国涛离婚的原因。让李浔比较意外的是，蒋鸢说她当年给他们寄过很多信，也打过电话，但都没有回音，后来李国涛把地址换了，就再也联络不上了。

“再之后，我在某场比赛上见过你一次，但那时候你在比赛，我担心影响你的状态，就没有私下联络你。”说到这儿，蒋鸢低下头，“我也没那个勇气再去找你。”

李浔说：“我爸当时告诉我，你去了国外，跟国外的教练在一起了。”

“嗯，我老公……”蒋鸢意识到什么，很快改口，“安志宇的爸爸之前是他们国家队的副教练，有些资历，后来就被其他国家聘请过去当助理教练，一待就是六年。你弟弟慢慢长大，我们就回了韩国。”

“弟弟”这个称呼和“回了”这个词，让李浔听得浑身别扭，终于坐不住了。

“可别一口一个‘弟弟’了，我和他真不熟，哦，准确地说是根本就不认识。我之所以过来，是因为想听你告诉我，为什么当年选择生下我和姐姐，又那么不负责地扔下我们。”

他的嗓音略高一些，店里其他客人好奇地往这边瞧。

蒋鸢的回答还是那几个字——对不起，这次她连续说了很多遍，眼泪把妆容弄花了，看起来满是愧疚。可在李浔看来，这样的道歉是空洞的，既弥补不了过去，也改变不了未来，不过就是她减轻罪恶感的方式而已。

李浔无意间瞥见她的手机屏幕是安志宇的照片，淡漠地张了张口："你的新儿子很厉害。"

蒋鸢听出了一点儿嘲讽的意味，但还是说："他和你一样，也很喜欢射箭，从小就练。"

这是李浔第一次在听见"射箭"两个字的时候，没接话茬儿，"哦"了一声，起身道："不好意思，我还要赶飞机，先走了。"

"能留个联系方式给我吗？"

李浔没有回头，如同她当年的决绝。

蒋鸢张了张嘴，挽留的话就卡在嗓子眼，发不出声音。她低头发现桌上的东西他一点儿也未动，这是极力和她撇清关系的意思。

光洁的玻璃上映出她疲倦的面容，她仿佛看见自己脸上印着两个字：活该。

因为这场突如其来的重逢，李浔没能郑重地和宋仰道别，好在宋仰对此并不介怀，只关心他心情如何。

李浔在电话里说："老实说我对她没什么感觉，就是有点儿烦那个安志宇，太欠揍了。"

宋仰立刻说："我也烦他！下次再在赛场上碰见，我一定替你虐爆他！”

接着他就听见李浔在电话那端低声笑了，心情似乎由阴转晴。

宋仰又说：“你回去路上当心一点儿，到家记得给我打电话。”

李浔学他的语气说：“哦。”

下午一点多，李浔和李初之分别从两个城市出发，在差不多的时间落地 N 市。

李浔从张寒手里把李初之接过来。

宋景山和李慧瑛夫妻俩已经在机场等候多时，李初之见到他们，像只刚被摘了项圈的柯基，屁颠颠地飞奔过去：“我好想你们呀！”

“哎哟！”李慧瑛一把将她抱起来，亲了又亲，“才小半年，你怎么长高了这么多？干妈都要抱不动你了。”

宋景山看到李浔只穿了件单薄的风衣，忍不住说道：“怎么大冬天的就穿这么点儿衣服？”

李浔解释说：“那边十几度呢。我行李箱里还有件外套，一会儿就穿。”

宋景山说：“别一会儿一会儿的了，现在就穿上，你们小年轻就是要风度。秋裤带了吗？这两天这边又降温了。”

“没……”李浔挠挠头，“我没怎么穿过秋裤。”

宋景山吃惊地道：“大冬天不穿秋裤怎么行！小心以后老了得关节炎。等回去我去小仰屋里翻翻，看有没有新的，给你一套。”

李慧瑛说：“有的有的，肯定有，我记得去年双十一打折给他买了好几套的。小浔你带两套回去替换着穿。你们训练的地方肯定比我们这儿还冷，你居然不穿秋裤。”

于是他们就这样不由分说地为李浔做了决定，也让这个寒冷的冬夜有了一点儿热度。

家里的晚餐是李国涛准备的。知道初之和李浔要回来，他忙活两个多小时，弄了整整一桌的火锅材料。

他们一进门，满屋都是蘸料的香气。

火锅是鸳鸯的，倒不是因为有人口味不同，而是家里特意为李浔煮了一锅汤底，凡是运动员不能碰的食物一律避开，放在另一边煮。

宋景山拍着李浔的肩膀，笑声朗朗：“你现在已经被列为咱们家的重点保护对象之一，好好努力，为国争光。”

李浔被“咱们家”几个字戳到，像是有人在他胸口撒了一勺糖，甜甜的。

李慧瑛入座前，找了个平板电脑和支架，架在桌上，然后拨通宋仰的视频电话。

宋仰那边应该是刚回民宿没多久，衣服都还没换，正趴在床上休息。

他看见李浔，先是一笑，接着看见满桌菜肴，低吼：“什么情况？是准备弄吃播给我看吗？”

宋景山笑着问：“你吃晚饭了吗？”

“吃了份车仔面，还有鸡蛋仔。”宋仰舔舔唇，“这牛蛙腿看着好嫩啊，给我留点儿呗，我过两天就回去了。”

李慧瑛涮了片毛肚：“等你回来再买，吃新鲜的。”

聊完吃的，他们又聊起之前的比赛。虽然李慧瑛当初死活不同意宋仰进省队，但儿子真出去比赛，还给自己国家拿了名次，她笑得比谁都欢，连菜都顾不上吃了。

宋仰：“铜牌还不够的，我的目标是把金牌抢过来，更何况这就是场小比赛，不算什么。”

李慧瑛：“不是有好几百人参加吗？也不小了，难不成你还要参加奥运会啊？”

宋仰说：“那是我的终极目标。”

就是这个瞬间，李浔忽然意识到宋仰在这一年成长了不少。以前对于这样的目标他总是羞于启齿，几场大赛将他的眼界打开了，自信心提升了，他不再畏惧向别人宣告他的梦想。

宋景山说：“那你可得再好好磨炼几年。我看参加奥运会的都是些三十左右的老将，心态比较成熟，经验也丰富。”

“这倒也不一定。”李浔说，“2016 年，某个省有个小将上了奥运会，那年他才二十岁，加入省队的时间也不算长。现在的年轻人训练条件比我们那时候强多了，进步也快，跟坐了火箭似的。”

宋景山点头一笑：“之所以能进步这么快，其实都是一代一代的人经历了无数的挫折和失败，然后不断总结、创新、突破，再传下来的经验。经验才是最可贵的东西，要是前边没人领路，他们连技术和动作都得慢慢摸索好多年呢。”

宋仰在众目睽睽之下冲李浔挤挤眼："谢谢我的领路人。"

李浔毫无意识地把一块生姜当笋片嚼了，辣得面目狰狞，全家爆笑。

晚上，李浔被安排睡在宋仰的卧室。他熟门熟路地打开空调、冲澡、吹头发，然后把脏衣服丢进洗衣篓，钻进被窝。

床头摆着个卡通玩偶，那是李初之送给宋仰的新年礼物。

玩偶洗过之后和宋仰床上的味道很像，带着一点点柔顺剂的花香。

他把熊抱着拍了拍。

与此同时，宋仰正在洗澡，冲洗到一半，听见领队在外边喊："睡了吗？"

宋仰忙关闭花洒，随手扯了件衣服套上："还没。怎么了？"

"有件喜事得当面和你聊聊，你现在方不方便？"

跟在领队身后一起进来的是一个中年男人，快五十岁的模样，两鬓带点儿银丝，肤色略黑，偏胖，不过面容和善，笑起来像尊弥勒佛似的，看起来十分亲切。

男人伸出手，自我介绍："你好，我叫王南风，是国家队的教练。"

宋仰又惊又喜地伸手同他握了握："我经常听我师父提到您！"

"是吗？"王南风笑着进屋，"他都说我什么了？"

宋仰老实地道："都是赞美的！"

时间不早了，王南风没多跟他客套，直接询问他愿不愿意跟随国家队一起参加选拔赛。

宋仰被这从天而降的喜讯砸蒙了："跟……跟国家队队员一起？"他怕曲解了对方的意思，还特意问，"是和我师父他们一起吗？"

王南风点点头："对的。明年不是有世锦赛吗？这次集训的主要目的就是对明年世锦赛参赛的运动员进行筛选。"

"世锦赛？！"宋仰光听见这三个字，五官都变得灵动起来，"但这个名额不是从国家级比赛里边选的吗？"

"你还挺了解的。"王南风解释说，"之前确实都是根据全国大赛选的，不过这两年规则有变动了，国家希望多给年轻运动员一些机会，所以也会从青奥会、室内赛里边挑人。"

世锦赛是和奥运会同等的顶级赛事，每两年一次，国家极其重视。在射箭项目上，每个国家会派出六名运动员出征，三男三女。

假如用娱乐圈的选秀节目类比，全国室外锦标赛、青奥赛、室内赛就相当于海选，先挑出国内顶尖的运动员，再从这些人之中进行层层选拔，最后剩下的六位就相当于最终可以出道的男团女团，披上队服，为国出征。

今年的全国锦标赛和青奥赛已经结束，李浔就是在全国室外锦标赛里脱颖而出获得名额的。

接下来就是为期四个多月的世锦赛选拔赛，过程是全封闭式的，运动员在淘汰之前不得外出。

比赛和选秀节目一样复杂，先得通过高强度的体能测试，再分四个站点比赛。

这四个站点分布在东南西北四个地方，什么类型的城市都有。

选秀比的是唱跳、颜值、观众缘，甚至是后台，而选拔赛只会比一样东西，那就是运动员的实力。

之所以要分不同的站点，是因为要测试运动员在不同环境、不同天气下的临场应变能力。每一站都会淘汰一批人，最后获得名额的六个人还得留在高原进行四周至十二周的训练，直到赛前三周才可以回到低海拔地区。

宋仰问："那也就是说如果被选上的话，我到世锦赛结束之前都不能回家，也不能上课了？"

王南风："是的。"

宋仰掐指一算。

世锦赛在明年六月，那就是整整七个月，哪怕他是在第一站被淘汰，那也得有一个多月不能回家了。长这么大，他还没试过在外地住那么久，不过想到有李浔在，就踏实很多了。

王南风就像是高中班主任一样，语重心长地说："在选拔赛过程中我们会对运动员进行超高强度的体能训练、力量训练和专业训练，每天早上五点开始，到晚上九点结束，所以要兼顾学业的话基本是不可能了。考虑到你还是学生，专业课肯定比较繁忙，所以我才会提前跟你说一声。"

宋仰面露难色，这时间点卡得很尴尬，如果要去的话，下个月的英语六级没办法考，期末考试也没法参加。虽然可能性极小，但万一他真被选上参加世锦赛，就相当于放弃大二的课程了。

领队也提醒道："这个选拔过程挺折磨人的，跟你一起比赛的都是全国顶尖的高手，假如说中途被淘汰，前边的时间都浪费了，所以你自己考虑好了再决定要不要参加。"

"对的。"王南风又说，"除此之外，你最好和家人也商量一下。"

其实一个人做选择并不艰难，真正艰难的是选择失败后需要承担的后果。

宋仰躺在床上仔细琢磨了一下，最惨的结果就是在第四轮被淘汰，浪费四个月时间；最好的结果是代表自己的国家，出国比赛，不管能不能拿奖，这都是人生中少有的机会。

运动员的整个职业生涯，能有几次上世锦赛的机会呢？丢一次少一次。

还有更重要的一点，李浔今年三十多了，他又能参加几次呢？如果今年李浔被选上，了却心愿退了役，那自己就永远没机会和李浔一起训练、一起出征了。

权衡一番过后，宋仰还是选择尝试一下，不过他的家人可不这么想。

"整整四个月！四个月啊！"李慧瑛在视频那端咆哮，"你疯了吧！你还上不上课了？"

"上啊，我可以上网课。"宋仰说，"晚上休息的时候就看书写作业，和在省队训练一样。你昨晚跟我视频的时候不还说让我好好训练，为国争光吗？怎么现在有机会了，你又让我放弃？"

李慧瑛："那我怎么知道一个选拔赛要搞这么久？！你能和你们队

里的领导商量一下吗？别搞什么封闭式的，你是学生，总不能连期末考试都放弃去参加比赛吧？万一没结果呢，你这么做值得吗？你自己想想看，值得吗？”

宋仰撇撇嘴，选拔赛为期四个月这件事情也大大出乎他的意料，没想到规则这么复杂。

“这个是体育总局的规定，又不是菜市场买菜，还能讨价还价。给我一个选拔赛资格就谢天谢地了，我哪有什么资格跟人家谈条件啊，说不定第一轮就被淘汰了呢。”

爷爷奶奶也轮番轰炸，不过老两口不同意的原因是舍不得孙子在离家那么远的地方待那么久。

唯独让宋仰意外的是老爸在这件事情上的态度。

宋景山思考良久后，推了推眼镜说：“这样，如果这次的选拔赛结束，你没能入选国家队，剩下的几个月时间就别想着其他比赛，也别去省队了，留在学校好好复习、考试，把错过的内容都补上。要是真的被选上了，那就去比赛，大不了就申请休学一年，好好备战。”

“休学？！”李慧瑛不可置信地瞪圆眼睛，血压有些压不住了，“你让儿子休学？他疯你也跟着疯啊？”

“那不然呢？射箭世锦赛，全国就挑出那么三四个人，能去的话，那就是一件光宗耀祖的事情，而且孩子现在二十岁了，我想他自己会权衡利弊，他也有权利对自己的人生做选择。”宋景山说到这里，看向镜头，正色道，“不管是比赛还是生活，作为你的老爸，我肯定希望你能够勇敢一些。也许这场比赛会成为你人生的转折点，让你从学生蜕变成职业运动员，也许第一轮就会被淘汰，成为你不愿回首的过往，但无论如何，我都希望你能像个男子汉一样，坦坦荡荡地去迎接、去面对，学会坚持不懈。同样，你的体育精神也要放到生活里来，有成绩了不骄傲自满，失败了也不气馁。如果能做到这些，我想你的人生一定是很精彩的。老爸没有帮你负担重压的能力，只能在精神上支持你了。”

这种郑重得堪比毕业典礼时领导的发言词一样的语言，弄得李慧瑛哑口无言。对比之下，她刚才的态度显得那么咄咄逼人。意识到这个问题之后，李慧瑛的态度也缓和许多，只是她没少在桌底下踹宋景山。

“你就跟他一起胡闹吧！”

宋景山揉着她的手背，温和地说道：“他总要长大的，咱们总不能把他拴在身边一辈子。不管他做什么，能学到本事，活得开心就行了。”

而爷爷奶奶属于墙头草性质，一听射箭世锦赛能上央视，非常激动，还鼓励宋仰好好努力，为国家添彩。

月末的一天，宋仰收拾行李，和于慎微一起踏上了远行的航班。飞机穿过缭绕的云层，降落在机场，缓慢地滑行一阵后稳稳停下。

宋仰抬手看表，下午一点。乘客们陆陆续续下飞机。

“天哪！”于慎微拍了拍他，指着落地窗外大喊一声，“下雪了！”

宋仰定睛一看，果然，绒毛一样的雪花斜斜飘落。

宋仰的家乡很少下雪，就算下，也是雨夹雪，落到地上就没影了。上一次他玩堆雪人已经是七八年前的事情了，那会儿也只是从老爸的车上抓一层雪下来，捏了个巴掌大的雪人，存在冰箱里。

这边就不一样了，刚开始只是零星地掉雪花，没一会儿雪花就变得密集起来，从车窗望出去，街景都变得有些模糊不清。

等他们抵达基地时，地面、屋顶、灌木丛上已经铺了银白的一层。

接他们的是王南风，还有队里的一名年轻助教。王南风先是带他们参观住宿的地方。

宿舍在基地的西南方向，途中会经过一片训练场。

这里的室外射箭场起码是 N 市的三倍大，北侧是围墙，墙根下竖着好几十个靶位，一直向西侧延伸，连着几个球场，一眼望不到头。

南侧是宽大的如同厂房一样的建筑，朝向围墙的那一侧只竖着几根柱子支撑房顶，没有墙。

运动员就站在里边朝着对面放箭，平日里还能勉强遮阳，但今天的风雪很大，房顶根本起不了什么作用，宋仰穿着厚厚的羽绒服都被冻得瑟瑟发抖。

草地和箭靶上已经积了一层雪，但仍然能听见箭支嗖嗖扎进靶子的声音。

“我的天哪……”于慎微也听见了声音，小声说，“这个天还要练啊？”

王南风说：“除非你的手断了，否则只要在基地一天，你就得练。”

他们是最后一批到的，此时基地里已经有近五十名运动员在锻炼了。

宋仰离训练场越近，心跳就越快。为了给李浔一个惊喜，来之前他并没有告诉李浔。这会儿他放慢脚步，在一道道身影里寻找最熟悉的那个，可惜没找着。

难道他没在这边训练？

“教练，”宋仰问，“这边除了这个场地，还有别的吗？”

王南风说：“多得很，还有室内场、健身馆、篮球场、游泳馆，没有训练任务的时候可以随便玩。”

宋仰：“那我们是和国家队的师哥师姐们一起练吗？”

王南风：“你是想问是不是和李浔一起练吧？”

宋仰：“啊……可以吗？”

“嗯，可以一起练。”王南风抬手看表，“他这会儿应该在健身房吧。怎么，你现在就想去找他吗？”

宋仰立马摇头：“不不不，我不急。”

说话间，他们已经抵达基地宿舍楼。

这里装修简约单调，是二三十年前的风格，米色的墙面略显斑驳，但收拾得还算干净，和他们学校的寝室楼还挺像。

一走进楼道，他们就被一股暖意包裹，被冻僵的四肢有了反应，逐渐活络起来。宋仰观察了好一会儿才发现这不是空调的热风，而是北方的暖气。

王南风给他们一人发了一张房卡，让他们自己参观完收拾东西，十五分钟后到楼下集合。

楼高六层，每层都是单间，宋仰的房间在二楼，风格就像快捷酒店，窄窄的单人床靠墙摆放，一侧是书桌和衣柜，玄关边上就是浴室。

宋仰摘下厚厚的绒线帽，对着浴室镜子整理了一下自己的发型，然后给李浔发消息，问他在干什么。

等了好一会儿也没有消息，估计李浔在忙，宋仰撇撇嘴，换上一套轻便的运动装下了楼。

他想去健身房找人，偏偏于慎微磨磨蹭蹭不出来，他只好扯着嗓子喊人。

于慎微给他发了条语音："急什么急！我在厕所呢！"

宋仰又等了几分钟，于慎微终于下来了。

外边的风变小了，但雪还是那么大，运动鞋踩下去，一半都陷进雪地里，留下深深的脚印。没怎么见过雪的于慎微就跟撒欢的狗一样，彻底疯了。

他一脚踹在树根上，枝丫晃动，积雪像倾倒的大米，哗哗落下来，全落在宋仰的身上和衣服里，有些直接顺着脖子滑进后背。

他和于慎微在一起就忍不住想骂人："你有病吗？"

于慎微像个傻子一样跑起来："你来追我呀！"

宋仰咬牙切齿地抓起地上的一把雪，揉成球，狠狠往对面砸过去，于慎微蹲下一躲。

下一秒，雪球炸了，只听"哎哟"的一声，王南风捂住后脑回过头，宋仰扑通一声跪在雪地里。

终于要参观健身房了，宋仰伸长脖子往里瞧，风格和普通健身房差不多，两面都是落地的镜子。他就是在镜子里发现李浔的，嘴角的笑彻底绷不住了。

跑步机上可以放一些影片，李浔戴着降噪耳机，看得很认真，压根儿就没留意到身后。

宋仰走过去，戳戳他的侧腰，小声叫他："师父……"

李浔转过头的一刹那，被惊喜冲昏头，脚下慢了一拍，整个步伐就乱了。他感觉自己像一条被扔上跑步机的大型犬，怎么跑都找不回节奏，身体弯折，整张脸几乎要贴在跑步带上。

事情就发生在电光石火间，压根儿不给人反应的机会。

他想伸手去按停止键，但已经够不着了，眼前一黑，右肩和什么东西撞了一下，身体直接被跑步带甩出去，在地上滚了一圈半才停下来。

宋仰吓得魂都飞了，冲过去扶他起来："你没事儿吧，师父？"

李浔从地上爬起来，拍拍衣服："这惊喜可够大的。"

短短一瞬，宋仰后背已经冒出一层汗："我不是有意的。你没摔疼吧？"

健身房的地面铺着很厚的毯子，再加上跑步机的速度也不快，就是轻微的一点儿酸疼，但李浔动了动肩膀，一副要死要活的神情，嘴上喊疼，斜眼瞄他："你摔一个再滚两圈试试疼不疼？"

宋仰像得罪了圣上的丫鬟，垮着小脸，捏捏他的胳膊，又捏捏他的肩膀：“应该没伤到骨头吧？还能动吗？”

李浔说：“骨头没事，就是感觉肩膀这块有点儿麻麻的，估计是要肿了。”

宋仰初来乍到，头皮都绷紧了：“那怎么办啊？”

李浔捡起耳机和毛巾，挂在脖子上：“你过来给我按按摩，这事儿我就不计较了。”

王南风在门口掸了掸衣服和头发上的雪花，搓手进屋：“怎么样，这边的环境都熟悉了吧？”

宋仰点点头：“熟悉了，只是很多器械太高级了，我不会用。”

“这个不碍事，会有师哥师姐和助教教你们的。对了……”王南风掏出手机，“加个微信，第二天的训练任务我们会提前一晚在群里通知大家，记得及时查看，进群以后改个备注。”

群里连同宋仰，一共九十七个人，群名“世锦赛倒计时 198 天”。

宋仰每次看到这种倒计时，不自觉就产生一种备战高考的紧迫感。

建群的是主教练王南风，群员有副教练薛阳、一个领队、两个助理教练，另外还有两个负责监督的领导，剩下的都是从全国各地赶来参加选拔赛的运动员，男女运动员各占百分之五十。

宋仰翻到李浔的头像，备注显示：× × 队 – 李浔。

他应该是第一批入队的，所以头像靠前。

群里有十多个是宋仰叫得出名字的运动员，有参加过亚运会的，也有参加过世锦赛的，他们和李浔一样，都是在室外赛中脱颖而出的射箭名将。

如果说他来的路上还在纠结这一趟值不值，那么看到他们的名字之后，答案就清晰了。

他能和这么多前辈打一场，那无论如何都值了。

晚饭时间，宋仰跟着李浔来到基地食堂。这里比他想象中还要更宽敞一些，总共开了三个窗口，饭菜飘香，来吃饭的除了射箭队还有隔壁射击队的。

好多是为祖国拿过金牌的世界级名将，宋仰以前只能在电视上看见他们，如今和他们一起排队吃饭，有种特别不真实的感觉。

这些人经历过苦难，又有了岁月的沉淀，举手投足间都带着自信的气场。

宋仰盯着某位世锦赛冠军看久了，对方也看向他，友好地笑了笑："新来的啊，之前没见过你。"

宋仰没想到对方会先搭话，神情有些激动："对，我今天才来。我之前看过您好几场比赛，尤其是 2014 年那场世锦赛，我看了好几遍，太帅了！没想到有生之年能见到真人。"

对方似乎是已经习惯了这种恭维，表现得十分淡定，微笑着问他："你是来这边参加世锦赛选拔的吗？"

"嗯嗯。"

冠军鼓励道："那加油啊！多吃点儿，要不然没力气。"

"好的好的，您也是！"

这是宋仰第一次见世界冠军，一个劲儿傻笑，点头哈腰，聊到最后，还和冠军约好有空去射击馆体验一下气步枪的感觉。

餐后，宋仰跟着大部队到室外的射箭场训练。大雪未停，远处的旗帜在北风中猎猎作响。几位助教撑着伞，在围墙下为大家更换靶纸。

于慎微猛打一个哆嗦："这么冷，弓都拿不稳了，怎么打啊？"

夜晚，气温已经到 −7℃。他们站的地方没什么遮挡，和室外没什么区别。

寒气野蛮地侵入肺腑，身上那点儿余热很快就散了，宋仰咬紧牙关，原地蹦了两圈，可身体还是不由自主地打战，齿缝咝咝地抽着凉气。

他的皮肤干燥，嘴唇起皮了，此时若是有纸片刮过，他的脸估计会被割出血来。

李浔放下手里的弓箭，走过去递给他两个暖宝宝："这个贴在脚底，脚上暖和了，身上就会好一些。"

宋仰接过后想了想，问："那你还有吗？"

"我不冷，我有热水。"李浔拧开自己的保温杯，将水倒进杯盖，吹了吹才递给宋仰，"你也多喝点儿，暖暖身子。"

茶水有淡淡的颜色，杯盖里漂浮着两片茶叶。宋仰低头嗅了嗅："是蜜桃乌龙吗？"

李浔“嗯”了一声：“当心烫，我刚倒的。”

于慎微见状，觍着脸说：“教练，我也想暖暖胃，可我没带杯子。”

李浔抬抬下巴：“那边有饮水机，还有一次性纸杯。”

于慎微：“……”

宋仰贴好暖宝宝，原地高抬腿热身，等身体慢慢有了些暖意，开始搭箭抬弓。

由于指尖没有温度，弓弦绷紧时勒得肉疼，风雪模糊了靶面，他第一把没控制好速度，抬弓就放了，打了个惨绝人寰的七环。

队伍里和他一样发挥失误的大有人在，大家都不适应这样的天气，甚至有些自暴自弃。

“太冷了，根本打不好。”于慎微的声音都在哆嗦。

宋仰转头看了一眼李浔，见他抬弓瞄靶的动作还是和平日里一样流畅，雪花飘落在他的帽檐和弓箭上。

这人身上好像燃着一团火，不哆嗦也不抱怨，向着对面，眉心轻皱，信号片降落的一瞬，箭飞出去。

站在望远镜后的教练说：“下十，压线了。”

众人惊呆。

下十的意思就是着箭点偏下的十环，刚好压线，七十米的射程能打出这样的成绩已经很优秀了，更别说是在这么恶劣的气候条件下。

宋仰上前讨教经验，李浔说：“是风速的问题。今天的风有快有慢，你可以闭着眼睛，伸手感受一下。”

宋仰依言照做，风掠过指缝，有了方向。

几轮下来，宋仰渐渐摸索到手感，找到规律——风大的时候，准星就得偏右，风小就偏左一些。打得入神之时，他完全忘记了指尖的痛感，身体也有了热度。

弓弦把最后一支箭送出去，助教在身后鼓起掌来："压线十，很棒！可以再往下一点儿。"

宋仰跑到教练身侧瞅了一眼望远镜，十支箭的着箭点陆陆续续朝中心靠拢，他心满意足地弯弯嘴角。

这一晚他们训练到十点多才休息，收获不少。

隔天五点多，大家下楼集合，还以为要吃早点，谁知道教练宣布绕操场跑一万米。

宋仰的心态有点儿崩溃，他昨晚的元气还没来得及补回来，又要跑。

王南风说："体能是淘汰赛的必考项，男子五千米的达标成绩为二十七分钟，两周后正式考核。"

他宣布完毕，队伍里至少有一半人在叹气。

宋仰的耐力一般，前半程还能维持匀速跑，到最后两千米整个人都跑麻木了，脱了衣服扔到一边的草地上，靠一股气吊着跑。

一万米他跑了六十二分钟。

就这样的成绩，扔在田径队里会被笑死，不过在射箭队算中上等，五千米成绩也合格了。

相较于其他运动，射箭对运动员的身材要求不高，能有足够的力量拉开弓弦就行，管你是胖是瘦，所以射箭队员的身高和身材参差不齐。

队里最胖的男生身高一米七，体重和身高的数字接近，才跑了两圈就喊不行了。教练没饶过他，让他继续跑，谁知道最后一千米的时候，他真的因为低血糖昏过去了。

这个男生叫孟奇。宋仰只知道他的名字，还没来得及说上话，就再没见过他了，听说是摔倒时伤了胳膊导致腕骨骨裂，起码得几个月之后才能继续训练。

那天之后，群里的总人数由九十七变成了九十六。

基地的训练只有枯燥两个字可以形容，上午体能训练，下午专项训练，晚上力量加专项训练，教练还会拿各种新鲜玩意儿折磨他们。

第一天是用闪光灯和高分贝的扩音器干扰他们的视线和听觉。刚开始宋仰不明白这是何用意，还以为闹着玩，后来李浔解释说，这其实是模拟赛场上的真实情况。

世锦赛时最少会有五六千名观众围观，相机的闪光灯和观众的呼喊是无法避免的干扰因素，他们必须提前适应。

第三天基地下雨了，教练让他们站在暴雨里打，因为在赛场上除非遇到台风等不可抗力因素，比赛是不会取消的。有一年奥运会决赛，我国的运动员就是在雨天击败韩国名将，拿下了一枚个人金牌的。

毫无怨言地训练了两天，宋仰感冒了，刚开始只是鼻子不通，隔天醒来病情加重，咳嗽不断。

半夜，李浔敲开他房门，留下泡好的冲剂和止咳糖浆。

第二周，天气终于放晴了，气温从零下上升到零上，宋仰的感冒也基本康复。

他们照常训练，教练没再拿器械干扰他们。

于慎微打了两轮，坐在小马扎上喝水："忽然这么平静，我都有点儿不适应了。"

李浔没接茬，极淡地勾了一下唇角。他的这个坏笑，让宋仰生出某种不太好的预感。

几分钟后，他的预感应验了。

人群里忽然响起一声惊叫，是从女队那边传过来的，叫声中还带着点儿颤音，像是惊恐到了极点。

接着是女生们此起彼伏的尖叫，不知道的还以为她们进了鬼屋。

宋仰伸长脖子望过去，原来是队员们认真瞄靶的时候，助教把活的蚯蚓搁到了她们的肩上。

还带着泥土芬芳的蚯蚓顺着衣服往脖子里爬，队员当场扔了弓箭，又跳又叫，崩溃大哭。

宋仰也被地上一截蠕动的蚯蚓吓了一跳，蹦到李浔身后。

王南风叉着腰："哭有用吗？在赛场上你也这样哭吗？"

那个女生不服，反反复复地用湿纸巾擦拭脖子，一脸嫌恶："那也不可能有蚯蚓啊！我这辈子最讨厌这种蠕动的东西了，恶心死了！

真的太恶心了！”

“恶心？在赛场上，你会面临各种各样出乎你意料的状况，比这恶心一百倍的都有！”王南风指着对面的计时器咆哮，“二十秒！在场上你们每人只有二十秒，你居然把弓箭扔了？你还比什么赛！”

虽说王南风平日里一副弥勒佛的样子，在关键时刻却很严肃，几句话硬生生地把大伙儿满肚子的委屈堵了回去。大家擦了擦被蚯蚓爬过的地方，继续练箭。

唯独那个年纪很小的姑娘接受不了，眼睛哭得红红的。在王南风问她怎么还不继续练的时候，她扯开了嗓子哭：“如果你非得用这种方式折磨我的话，我就不练了！”

王南风也不是示弱的人，抬手指着大门方向低吼：“不练那你现在就走！”

那个姑娘性子烈，可怜巴巴的维持着最后那点尊严，拎起弓箭就往外走。

宋仰伸手拦了一下，但没能劝住。

那天之后，群里便又少了一人。

他们每天的训练从五点开始，到晚上九点结束，结束的时间只会延迟不会提前，哪怕零下的气温，大家也常练到贴身衣裤湿透。

刚开始宋仰也被教练扔到他脖子里的小蛇吓得当场乱蹦，鬼哭狼嚎，回寝室要搓三遍澡，时间久了也就慢慢习惯了，甚至有勇气伸手摸摸小蛇的脑袋。

他们每周有一天时间休息，可以到基地附近逛街买点儿吃的喝的，好好睡一觉。但宋仰自知技不如人，不敢有任何懈怠，周末也和李浔一起偷着练。

能和偶像一起训练，所有苦难都不值一提。

他们的肌肉在日复一日的训练中越发紧实，心态也越来越稳，就像雨后破土的春笋，势不可当。

两周后，第一轮淘汰赛结束，群里的总人数由九十五变为七十三。

李浔总积分排在第二，宋仰第四，于慎微第七，成功晋级。

第二站结束时李浔以三十六支箭三百四十三环的惊人成绩跃居榜首，于慎微第九，宋仰第十。

三百四十三环这是个什么概念呢？

就是在七十米的射程里，李浔的每一支箭，不是十环就是九环，且有一多半是十环，这是放在奥运会上都能拿奖牌的成绩。

这是宋仰第一次见到李浔这么夸张的成绩，也是李浔的第一次，这种不常发生的事情，还不能作为真实实力的参考。

第三站结束，群里只剩下二十五个人，去掉教练员，只剩下十八名运动员，男女各九名。

宋仰、李浔、于慎微都在列。

最让宋仰百思不得其解的是，第三轮淘汰赛居然把上过奥运会的那位名将淘汰掉了，并且是败在于慎微手下。

“实在不应该啊。”在回寝室的路上，宋仰和李浔探讨这事儿，“他第一站积分第一，第二站也是排前三，怎么到了第三站成绩下滑得这么厉害？我刚才真以为他要把于慎微淘汰了。”

这话正巧被于慎微听见。他带着几分怒意：“你不就在澳门赢我一把吗？瞧不起谁呢？信不信我把你淘汰了？”

傍晚的霞光有些刺眼，李浔将帽檐压低了一些，没理他，转头看向宋仰：“你知道为什么我们这项运动，年轻的选手总是比年长的选手受欢迎吗？”

宋仰认真思考，无意识地皱了一下眉。

其实在他的印象中，射箭项目是有别于其他体育项目的，因为它不完全靠体力和爆发力。

年长的运动员技术精湛，经验老到，冷静沉稳，这才是教练们喜欢的运动员才对。

“是因为精力分散了？年长的运动员生活压力太大？”

“嗯，年龄一天天增长，要考虑的事情太多了，哪怕你带着义无反顾的勇气，身后也有双无形的手，将你拽回现实。”李浔看着宋仰带着茫然的眼神，极淡地笑了笑，“等你到了我这个年纪，就会明白了。”

宋仰：“那我就做那只把你拉上来的手。”

李浔：“你已经是了。”

最后一站是在高原。

出发那天刚好是除夕，他们得先坐高铁，之后转大巴才能到训练基地。

高铁三人座，宋仰靠窗，李浔坐中间，靠过道坐着的是张桥。

张桥是其他省队选拔出来的成员，宋仰能记得这么清楚，是因为张桥是整个队伍中年龄最大的，今年三十五岁，从初中开始训练，在役十多年，但一直没拿过什么有分量的奖项。

其间，他还因为伤病做过好几次手术。宋仰佩服他坚定的毅力，对他很有好感。

越靠近基地视野越开阔，群山绵延，山峰好似翻涌的波浪，西边的山头还悬着半轮太阳，霞光将一片片浮云染成了火一样的颜色。

他们被窗外的景色惊艳。

宋仰翻出包里的相机拍照，李浔悄无声息地摸出手机。

窗外的风景极好，曝光度也不需要调整，李浔将没修饰的照片放上微博。

很快就有粉丝认出了这个侧脸，评论噌噌往上涨。

啊啊啊啊啊！是小仰啊！

哥！你这个拍照技术太赞啦！

奶奶！你关注的博主更新了！

比赛之行？

…………

没多久，天色暗了下来，远山、湖泊只剩下朦朦胧胧的一点儿轮廓，星辰若隐若现。

张桥仰着脖颈睡着了，列车里鼾声四起。

偶然一瞬，窗外有烟花绽开，点亮了凛冬的寒夜，绵延的山峦显现出来。

宋仰很想拿相机出来照相，但是忍住了。

他望着远方的星辰问："师父，你有什么新年愿望吗？"

李浔："把这一行里，所有会遇到的困难都尝一遍吧。"

宋仰震惊："为什么？！"

李浔的声音轻轻的，但听起来很慎重："当你不知所措的时候，就知道该怎么办了。"

高铁到站之后，到基地还有一百多千米，领队提前联络了当地的大巴车司机接人。

这一路上，大家就听司机师傅用一口勉强能听懂的方言跟王南风聊当地的美食和景点。

宋仰听了一会儿，歪倒在李浔的肩上睡着了。

晚上十点多，晃晃悠悠的大巴车终于抵达训练基地。助教最先起身，挨个把睡着了的运动员喊起来。

最先映入眼帘的是色泽明艳的经幡，像小小的旗帜迎风飘扬。基地周围大多是紧挨着的单层建筑，它们依山而建，有的还在半山腰上，视觉上有种高低错落之感。

远处的建筑亮着微光，像隐藏在深山里的一点儿萤火，与天际的星光相映成辉。

远离了城市的喧嚣，四周静得出奇，就连空气都有股植物的味道，深吸一口，直通肺腑，睡意全无。

宋仰打开相机，调整焦距，先是对着夜色拍了一张，转而对准李浔。

睡了那么久，大伙儿都有些懒散，唯独李浔的走路姿态还和寻常一样，微微昂首，挺拔如松。

宋仰第一次惊奇地发现，他的五官和肤色放在这边居然毫无违和之感。

“嘿，这位帅小伙。”宋仰冲他喊了一声，结果队伍里，包括王南风在内的数十个男人齐刷刷地、毫无自知之明地回头。

宋仰就这么照下一张合影。

教练在基地宿舍门口集合队伍，交代训练期间的注意事项。

“考虑到一些队员刚来这边，身体需要适应，明天就先休息一天，大家自由活动，但不能去太远的地方，要随时和队里保持联系。最重要的一点，大家听我说啊，为了避免高原反应，前三天不要剧烈运动。我建议大家不要泡澡也不要冲澡，擦擦身子就完事儿了。”

众人点头应声。

最后是分配宿舍，两人一间。

王南风说：“于慎微和李浔住 012，宋仰和张桥住 013……”

房间里的陈设很简单，两张木床中间隔着一个小小的床头柜，没有电视，也没有 Wi-Fi。

正对着门的是一张长条的壁挂式书桌，向北那一侧是推拉式的落地窗。

这里的海拔有两千多米，离天空很近，星光璀璨且密集，连绵的山脉依稀可见。

宋仰忽然记起高三的那个夏天，李浔和他靠在小区花园的滑梯上看夜景。

那会儿他觉得天上的星星真多，怎么都数不完。

李浔说，我见过比这更多的。

现在他终于见到了李浔看过的那片星空，也触到了当初感觉遥不可及的梦。

张桥收拾完行李，往床上一躺，长出一口气："累死我了，坐一天车还不如练一天箭呢，反正都腰酸背痛的。"

宋仰的床铺离落地窗很近，他没有将窗帘完全拉上，还留着一道半人宽的缝，等待清早的阳光。

他侧过身问："你以前来过这边吗？"

"来过啊，来过得有七八次了。"张桥双臂一抬，枕在脑后，"这边是选拔、集训的必经之地。"

"那么多次啊……"

宋仰这一声感慨，却不小心戳到了张桥的痛处。

张桥是队里年纪最大的，全国赛经验丰富，但奥运会一次都没轮上。教练说他就像平时成绩优异高考却落榜的学生，每到关键时刻就掉链子。

张桥第一次参加世锦赛选拔是在二十五岁，运动员的黄金巅峰期，但那会儿他仅以一分之差无缘世锦赛。

之后他就患上了黄心病，在老家调整了很长一段时间才重新鼓起勇气回到赛场。

可他在第二次参加选拔赛期间，右肩出现囊肿，影响状态，不得不退赛回家开刀休养。

第三次选拔赛结束，他落败，交往了五年的女友也跟别人在一起了，理由是看不见希望。

今年是他第四次参加世锦赛选拔，也是最后一次，无论结果怎样，他都要退役了，因为身体已经吃不消了，家人盼着他早点儿成家。

宋仰听完他的经历，嘴巴微张，思绪万千。

虽然在赛场上，他们是对手，但眼前这个运动员奉献了整个青春，可能所有的努力都会付诸东流，这种结果也是他不愿看到的。

他心里难受，但又找不到任何语言安慰，只能暗暗祈祷千万别在决赛场上和张桥对阵。

他不想输，也不想自己的这双手毁掉张桥最后的一线希望。

初入高原，宋仰还不能适应这边的气候和环境。

凌晨一点多，张桥已经睡熟了，他还没有睡意，戴着一只耳机听网课，另一只耳朵忽然听见一阵呕吐声。

这里的房间隔音效果很一般，隔壁冲马桶的声音都听得一清二楚。

呕吐声像是从左侧的房间传过来的，紧接着就听到李浔的声音：“赶紧把药吃了，躺下歇会儿。”

宋仰猜测应该是于慎微出现高原反应了，于是他给李浔发消息：

老于高反了？

过了十几分钟李浔才回复。

嗯，把你吵醒了？

我本来也没睡着。

怎么还不休息？

睡不着，嘴巴很寂寞，总想吃点儿什么。

明天早点儿起来，我带你去看日出。

好啊！

李浔一睁眼，看见一张放大的于慎微的脸，吓得差点儿心梗，脖子向后仰了仰：“你干什么？”

于慎微手里捏着玻璃瓶装的酸奶，刚喝了一半。

李浔这才清醒些：“吓我一跳。”

于慎微把另一瓶酸奶放在他床头，狡黠地笑着：“你是做什么梦了吗，怎么一直在笑？喊你都没醒。”

李浔坐起身，扫了他一眼：“你头不晕了？”

“早没事儿了，我昨晚就是吃太多才不舒服。”于慎微像猴子一样蹲在他床边，嘬着酸奶，“你还没回答我呢，梦见什么了？”

李浔没搭理他，拉开窗帘。天还没完全亮起来，但地貌的轮廓已经很清晰了，山上冰雪未消，就像点缀在咖啡上的奶油。

他洗漱完，去敲宋仰的房门，手指刚刚抬起来，门就从里边打开了。

宋仰惊喜地咧嘴笑：“你好了啊？”

“嗯。”李浔昨晚睡前就安排好了今天的行程，“我先带你去山上看日出，下山后咱们去镇上吃早点。我之前在那儿吃过炮仗面，味道还不错，你想不想吃？”

宋仰双眼亮亮的：“好啊。”他取下挂钩上的休闲小挎包，抬手往脖子上一挂，拍了拍，“你手机要不要放我包里？”

“放得下吗？看着挺小的。”

“可以的。”

他们边走边聊，一个脑袋从门缝里钻出来：“你们要去哪儿玩啊？也带带我吧。”

宋仰看了一眼于慎微：“我们去吃个早饭。”

于慎微：“那一起，我请你们吃！”

宋仰：“不用了，我有钱。”

于慎微并没有因为这个拒绝而放弃。

他动作飞快地换了双运动鞋跟上去："你们听说过'狗浇尿'吗？据说是这边的特色，外边吃不着，我想去尝尝，你们陪陪我吧。"

宋仰加快步伐："我不想吃那个，听名字就很奇怪。"

于慎微步子也加快了："没关系，你可以点别的，然后看着我吃。主要是我方向感不好，怕走丢了。"

这人就像七月份的蚊蝇，烦人得要命，打不死也赶不走。带着一千万个不愿意，宋仰和李浔只好放弃看日出，陪他去吃了"狗浇尿"。

巧的是，没过多久张桥、王南风和两名助教也来了，他们是来帮队友们买早点的。

王南风关切地叮嘱张桥："这几天就稍微放松一下，别把神经绷太紧了，免得黄心病又发作。"

张桥点头。

于慎微一脸困惑："什么是黄心病啊？"

宋仰用百度来的词条解释道："就是视觉疲劳，瞄不了靶子。"

王南风夹起一筷子面条，又想起什么，转头看向李浔："你也是，只要能正常发挥就没什么问题。"

这个"也"字，让宋仰警觉起来。

吃过早点往山上走的时候，他问李浔："师父，你也得过黄心病吗？"

李浔一愣："嗯，很久以前的事情了。"

宋仰惊呆了："那怎么从来没听你说过啊？"

李浔还是保持着一贯的平静："也不是什么大事。"

黄心病，在射箭运动员里是很常见的，由于运动员常年瞄准箭靶中央的黄心，产生视觉疲劳，潜意识里抗拒它，导致动作变形。

虽说有个"病"字，但归根结底，就是运动员心理上出现了一点儿问题。

大部分患上这种病的运动员被迫放弃了体育生涯。

宋仰想起李浔在亚运会上那支离谱的七环箭："所以你四年前就患上了，对吗？"

"嗯。"

虽然距离李浔第一次发病已经很多年了，但直到今天他还能清楚地记起当时看到的景象。

对面的黄圈先是扩大，然后缓缓移动，变成了两个。

他闭上眼再睁开，情况还是没有任何好转。在当时那种情况下，他的脑袋就跟撞钟一样，稀里糊涂，什么都忘了。

身后的教练提醒他倒计时还有八秒。

他急蒙了，只能抬弓勾弦，凭着手感，向靠右的那个圆射过去。

宋仰深知，越是心理上的问题，越是难以根治，因为它无药可医，总会在精神高度紧绷时爆发，根本不受控制。

他忧心忡忡地道："那你之后出现过这种情况吗？"

"回国训练时还是那样，所以成绩才直线下滑，再加上我爸和初之需要我照顾，就干脆退役了。"

“原来是这样啊……”

他们走在队伍的最后。

宋仰边走边说：“你这一路走来太不容易了。”

李浔倒是很坦然地笑起来：“一切都在往好的方向发展。”

宋仰笑着：“那你当时怎么就想到复出啊？病好了？”

李浔大步向前走去，没有回答。

第十八章

魔鬼训练

三周的训练期匆匆而过，初春显现出一丁点儿的眉目，大家逐渐适应了高原生活。

清早，通透的露水在叶尖闪耀，潮湿的雾气被朝阳驱散，基地的训练场上空，回荡着热身慢跑的脚步声。

王南风带领着两名助教将崭新的靶纸钉上，随后架好望远镜，翻开成绩记录本。

今天是九进三的最后一轮淘汰赛，结束之后，留下一个替补进入备战状态，剩下的就都得哪儿来回哪儿去。

最后一场不需要体能考核，规则稍稍有些变动，先是用三十六支箭的总环数决出排名，末尾三位直接淘汰。

剩下的六位一对一对抗，第一匹配第六，第二匹配第五，第三匹配第四，获胜者晋级，最后再从剩下三位中选出一名替补队员。

比赛安排在下午两点，场地上罕见地聚集了一堆人。

其中有亲临现场的几位领导，也有淘汰了还没离开的队员，就连负责基地卫生的保洁阿姨都搬了椅子围观。

晴空万里，偶尔有微风拂过，但不会影响发挥，是射箭运动员们最喜欢的绝佳天气。

一对一对抗中，最先上场的是于慎微那组，和他对阵的是李洋。

这两人的实力相当，四局下来积分打平，不过在第五轮加时赛时，李洋发挥得一般，有一箭打了八环，于慎微捡了个大便宜，成为第一位拿到世锦赛名额的选手。

第二场是李浔对阵王尧。

宋仰挑了个能将两人所有的动作和细微的表情变化都收入眼底的位置。

一开始宋仰有些忐忑，食指无意识地绞在一起，攥得生疼都未察觉，和边上的观众一起，扯着嗓子喊加油。

不过在李浔以五十八环的成绩拿下四个积分后，他那颗悬着的心基本就落地了。

开局就拿下积分，对于运动员心理状态有着很积极的影响，李浔越打越放松，而王尧拼了命地想挽回局势，下颌紧绷，勾弦的手指轻微发颤。

宋仰特别能理解王尧的心态，和自己在澳门公开赛的情况如出一辙，每一支箭都犹犹豫豫，不敢轻易松手。

结果就导致每一箭都不在状态，在射到一个压线八环的时候，王尧的心态彻底崩溃。射完最后一支箭，他双肩一沉，叹了口气，朝观众席的队员苦笑。

五分钟后，轮到张桥和宋仰。

王南风抱着成绩册，站在望远镜后方宣布："第一轮宋仰先放。"

他刚说完，对面的计时器便亮了起来，宋仰抬弓搭箭。

刚拿到名额的于慎微一身轻松，大马金刀地坐在凳子上，跷起二郎腿给家人报信。

坐在边上的李浔扫了他一眼，于慎微接收到信号，稍稍压低了声音。

第一轮各三支箭，宋仰二十九环，张桥二十八环，成绩还是很理想的。

宋仰虽拿到两个积分，心情却很复杂——赢了是天降的惊喜，是能让他吹嘘一辈子的骄傲，可赢了也意味着，张桥长达十几年的体育生涯将画上句号。

这太残忍了，他没敢去看张桥的神情。

短暂的休息间隙，宋仰和李浔对视一眼，他在那对黑亮的瞳仁中读到了信任和坚定。

他仿佛能听见李浔的声音：尽你所能，其余什么都别想。

宋仰小幅度地点头回应。

很多时候，他们都保持着这样的默契，或许是和他们朝夕相处的大环境有关，也和他们的所学、所想、所要奔赴的同一个目标有关。

哪怕什么都不说，也知道对方心里在想什么、想说什么。

王南风记好分，抬头推了推墨镜道：“第二轮，张桥先。”

计时器亮起，于慎微刚巧挂断电话，看了一眼场上的比分，问李浔：“赌一把吗？你押谁赢？”

李浔没看他：“无聊，没兴趣。”

“没劲。”于慎微和他打赌不成，又扭脸找其他队员。

李浔可以做到目不斜视，专注比赛，但耳朵不行。他听见于慎微押张桥赢，眉心微蹙，视线不自觉投了过去：“为什么选张桥？”

于慎微：“撑了这么些年，不就是为了这一场吗？他肯定铆足了劲打。”

李浔不予置评，抱起胳膊，但他内心的想法和于慎微截然相反，撇开他和宋仰私下的关系，他也不会改变看法。

张桥和宋仰的排名本就接近，而且他能从两人的动作和眉宇间感觉到，张桥此时此刻的状态很紧绷，起码比宋仰紧张，拉弦的动作没有往常那么自然。

这一场比赛，张桥没有退路了。

这种全力以赴的执着、孤注一掷的心态，弄不好就搅乱了运动员的心神。

第二轮结束，张桥二十八环，宋仰二十八环，两边各得一个积分。

宋仰处在领先的状态，神情比较轻松，休息时还能同边上的助教聊上几句。

而相反的，张桥手中的弓箭连着过去与未来，承载着他的梦，沉得有千斤重。

午后的阳光炽热，他压低帽檐，眼神晦暗不明。

这十六年里，他自认为吃过足够多的苦，受过足够多的罪，为了那个梦，他咬牙撑到今天，上天总该给他一个像样的结局。

可当他抬起左臂拉弓，视野里的黄心却在逐渐扩大，他的心脏一紧，脑海中瞬间蹦出两个字——完了。

他深吸一口气，将注意力集中到准星，瞄靶，顺利完成撒放动作。

王南风的眼睛从望远镜后移开，道：“八环。”

第一箭失了水准，张桥的心理状态有了很大的波动，后两支箭没能发挥出最好水平，三支箭总环数二十六，给了宋仰一个更好的机会。

只要这三箭赢了，宋仰就能拿到一个世锦赛名额。

厚重的云层将太阳缓缓推出，照亮广阔天地。场上的观众聒噪起来，李浔藏在墨镜后的目光落在宋仰身上，眉心始终皱着。

正常情况下，宋仰的分数都稳在二十七环以上，但一紧张就不一定了。

离成功越近的路，往往越难走。

计时器亮起，宋仰加大呼吸力度，缓慢呼出。

场上逐渐安静下来，他能听见心脏怦怦加速的声音。激动、忐忑和紧张混杂在一起，但他所有的情绪都没有上回在澳门那么强烈。

他太年轻了，根本不用担心下场后就没了机会，也不畏惧任何人的嘲笑，在这里的人，他都得叫一声师哥师姐。

他能打到这一局已经超过最初的预想，不论结局如何他都能坦然接受。

心理准备充足，他站到起射线上的那一刻，心无旁骛，脑海里只有李浔第一堂课教的——百步穿杨靠的不是眼睛，而是感觉，运动员必须达到“眼中无靶，心中有靶”的境界。

他现在全明白了。

他抬起弓把，紧盯准星。对面的靶子渐渐虚化，他的动作协调流畅，第一箭就拿下一个十环。

王南风带头鼓掌：“好。”

李浔也喊：“放轻松，别着急，按你自己的节奏来，没问题的！”

在场上，每一句赞扬、每一句鼓励，都是注入运动员体内的强效兴奋剂。

宋仰应了一声，从容不迫地勾出第二支箭。

因为事先知道对方的环数，他的心理压力实际上是没有张桥那么大的。

第二箭依旧是个漂亮的九环，且离十环线非常近，能看得出他今天的状态是没有任何问题的。

剩下的第三支箭，他只需要再来一个八环就能赢。

越是到关键时刻，现场观众越是紧张，双拳紧握，大气都不敢喘一声，生怕惊扰到宋仰。于慎微的眼睛死死盯着，他也盼着宋仰能打出一个好成绩。

就在这时，快要缺氧的张桥轻轻喊了一声：“宋仰……”这声音带着微弱的颤抖，就好像是皮囊深处钻出来的求救信息。

宋仰在抬弓前偏了一下头，怔住了。他从未见过这样的张桥。

宽宽的肩膀下塌，后背微弓，漆黑的瞳孔闪着微光，不知道是多久没睡好了，眼底已被红血丝包裹，显得无助又卑微。

他虽然只喊了宋仰的名字，没再多说一个字，但宋仰心里全清楚了。

宋仰的内心产生一丝犹豫。

“还有十六秒。”这声音来自李浔，浑厚又坚定。

虽然他们隔得很远，但宋仰瞬间就能分辨出来。

倒计时提醒一般是出现在十秒内，所以赛场上的围观群众都感到意外，将目光短暂地投向李浔，又落回宋仰的身上。

他们不知道的是，李浔那短短几个字，成功将宋仰点醒。

善良和同情不能用在竞技赛场上，拼尽全力才是对对手的最大尊重。

赢就是赢，输就是输。

国外对手绝不会因为张桥坚持了十六年而心软，反而会更凶猛地一箭击杀。

他第一次为自己的那点儿怜悯之心感到惭愧。

张桥看见宋仰搭箭拉弓的姿势，就知道结果了。他的目光移向远处的箭靶，可脑中是白花花的一片，只感觉天塌地陷，好像要被巨大的心魔吞噬了。

宋仰接下来的动作干脆利落，也称得上不留情面。

他紧盯准星，信号片一响，箭头划破空气飞了出去，砸中黄区，一气呵成。

张桥那颗战栗不已的心脏漏了一拍。

王南风喊出的一声“十环”，场下爆发出不绝于耳的掌声。

李浔嘴角的笑容怎么都压不住了，起身上前，无视所有人的目光，欣喜若狂地拥住宋仰，狠命揉了他脑袋好几下：“太棒了！你真的太棒了！”

若不是亲眼所见，哪能相信这初出茅庐的臭小子能拿下这份荣誉。

整整四个月，他们穿过四个城市，跨越整个寒冬，经历生理和心理的双重折磨，终于换来一次机会。

宋仰鼻尖发酸，胸腔被阳光晒得发烫，狠狠地拥住他：“徒弟随师父。”

李浔拍拍他的肩膀，没有多言。

接着，宋仰的目光落在张桥身上，刚冲上眉梢的喜悦不可避免地被冲淡几分，而张桥冲他笑了笑。

张桥就像是一脚踏入沼泽的人，挣扎过后是心灰意冷的平静。

张桥展开双臂，宋仰迎上去抱住他，听见他哽咽的声音：“别难受，被你打败总比被对手打败要强。”

这句话很好地安慰到宋仰，他轻抚张桥的肩。

等到女子组的选拔赛结束，太阳已经快落山了。

队里一个领导提议晚上聚餐，就当是给大伙儿饯行。

“钱我掏，地点你们自己选！”

队里大多数是年纪很轻的运动员，他们很快就从落败的阴影里走出来，叽叽喳喳地讨论晚餐该吃什么。

网上倒是有不少评价很高的自助餐厅，但离基地太远，来回就得两小时，没必要。

王南风本着经济实惠的原则，提议道：“要不然就弄顿烧烤吧，省得跑来跑去，太麻烦。”

大伙儿互看一眼，都没什么意见。

基地是有食堂的，之前也给队员们弄过自助烧烤，所有用具都是现成的，只需要把炭火点起来，食材切开穿一穿就行。

大家各自分工找活干，不出一个小时的工夫，食材和烧烤用具就备得差不多了，去镇上买饮料和酒水的助教也回来了。

夜里，山上起风，层层云浪被吹散，露出耀眼的星光，与灯火斑斓的基地相映成辉，远远望去，就像是落了一地的碎钻，杂而不乱。

这可以称得上是小半年来大伙最放松的时刻，大家都不顾形象地围坐在烧烤架四周大吃大喝，眼疾手快地抢走刚烤好的食物。

宋仰是负责给食物刷油翻面撒孜然的那个，辛苦半天就吃到半串香菇。

烟雾呛人，他灰头土脸地埋怨：“你们好歹给我留一串肉啊！我还啥都没吃到呢！”

他是队伍里年纪最小的，大伙儿平日里都喜欢逗他，见他真皱起眉头不高兴了，两个师姐站出来：“你上一边吃去，这些我们来弄。”

宋仰来不及扇扇子，被浓烟呛了一下，边咳边说：“还是我来吧，你们先吃，一会儿给我留一串就行。”

话音刚落，眼前递来一串肥嫩的羊肉，捏着竹签的手指骨节分明，指甲修得圆圆的，在灯光下透着健康的粉，美中不足的地方就是指甲边缘有很多倒刺。

他不用抬头也知道是谁，张口咬下一小块，被美味惊艳，抬了抬眉。

“好吃吗？”李浔问。

“好吃。”

羊肉是今早刚送过来的，新鲜，嫩滑，肥而不腻，因为提前用米醋泡过，吃不出什么膻味。

宋仰三两口咽下，示意还要。他手上还在给金针菇刷油，压根儿没有抬眼。

李浔找了个不容易扎到他的角度，斜斜地递过去。

宋仰吃烧烤的方式和其他人不太一样，他从来不是从根部一撸到头，每次都只是含住一块，靠门齿撕下。这样的吃法就导致嘴角都沾上碎碎的孜然。

几瓶青稞酒下肚，食堂里更加欢腾，酒量不好的男生耍起酒疯，又唱又跳到处敬酒。

宋仰推托不掉，也因此被灌下不少，热得脱掉了外套和毛衣，露出一段细长的脖颈。

他的耳郭红通通的，就连锁骨也呈现出一抹红，手上捏着几串黑黢黢的虎皮青椒，翻来覆去地烤。

张桥喝多了，倒在他的肩头。

没多久，宋仰感觉自己肩上热热的，扭脸一看，才发现是张桥的眼泪。

宋仰抽纸巾递给他擦眼泪，想了好一会儿说："你要是愿意的话，可以把弓弦留下，我会带着它上场。"

张桥说："好。"

这一行，总有旧人离开，新人加入，循环往复，真正能留下的只有手中的弓与箭。

繁星璀璨，微风悠悠，张桥笑起来，和眼前这个二十岁的青涩少年似乎也没什么差别。

夜幕如浸在水里的水墨画，一点点褪了色，皑皑白雾在山间缭绕。

大伙儿睡了一夜，酒也醒了。清早，他们下楼送别被淘汰的运动员，张桥把几套弓弦和箭羽都留给了宋仰。

在食堂吃过早点，他们回到赛场上热身。时间还很早，场上的风还是阴冷的。

王南风吹了一声口哨，队员们朝着一个方向走过去。

王南风交代起新任务："从今天开始，我们就要积极地进入备战状态，训练课也会有所调整，新增野外求生项目，另外到晚上也会对大家进行疲劳测试。”

大家对求生项目表现出浓厚的兴趣，于慎微问：“是真人CS（军事模拟类真人户外竞技运动）吗？”

王南风一点头：“差不多吧。”

野外求生在山上的训练营中进行，设定特别简单，就是分成两队，先找到国旗回到营地的队伍就算获胜。

这次的备战集训，除了射箭运动员，还有射击队和田径队等一起，浩浩荡荡上百人。

到了地方，宋仰又一次见到了许多曾出现在电视上的国家队高水平运动员。

他们中大多参加过国际顶尖赛事，也正是这种时候，才让宋仰有了离梦想越来越近的真实感，一遍又一遍地庆幸，还好当初没有放弃。

国家队里几个教练都是认识的，聚在一起寒暄片刻，给自己的队员挑选装备。

训练营里的激光枪分好几种，为防止伤到眼睛，每位队员都配上特制的眼镜。

换上衣服，大家跟随工作人员往外走，数十辆皮卡已经停在营地门口。

射箭和田赛项目的运动员是一组，径赛项目运动员和射击运动员另组一队，大家身穿不同色系的迷彩服。

多辆皮卡先后穿过丛林，在羊肠小道颠簸。山路越发狭窄，坡度越发倾斜，大家都挤在皮卡的后方，没有安全带，身体随着车子摇摇晃晃，随时有被甩飞的可能。

宋仰的脑海中一闪而过新闻里车毁人亡的场面，不自觉地缩了缩身体。

李浔察觉到他的呼吸不那么平稳："晕车吗？"

宋仰小声说："我有点儿恐高。"

李浔安抚道："你眯一会儿，到了喊你。"

忽地，于慎微撞了撞李浔的胳膊："哎，浔哥，你看那边。"

宋仰也跟着抬头望过去，视线穿过茂密的树林，隐约能看到几个穿迷彩服的人在走动。

"什么情况？他们已经到了吗？"宋仰伸长了脖颈儿问。

于慎微拧眉道："好像不是咱们国家的人，他们手臂上还贴着旗帜，应该是其他国家的。"

宋仰讶异地"啊"了一声。

李浔说："正常的。"

训练场这边地势高，空气稀薄，能提高血液的输氧能力和肺活量，许多国外的队伍会来这边集训，尤其是长跑类项目。

李浔本没想太多，却不料下车后，见到了一个他不愿见到的人。

准确地说是在赛场之外，他不怎么愿意见到的人。

李浔的不悦不露声色，于慎微却比他先发表意见："怎么又是他？"

同一时间，安志宇也发现了他们，和几个队友齐齐望过来。

能来这边的都是来进行野外生存训练的，安志宇他们的手中也拿着激光枪。

在于慎微还没反应过来的时候，安志宇朝他开了一枪，正中胸口。于慎微身上的设备振了振，响起尖锐的蜂鸣。

按游戏规则，在找到宝藏之前被击杀，就算“死”了。

于慎微不可置信地低头，又抬眼，对面的那伙人已经钻进了丛林深处。他眼看着他们顺着一个坡滑下去，消失不见，树林里回荡着阵阵嘲笑声。

宋仰抱着枪，拔腿去追，李浔也二话不说追过去。

“喂，你们干吗去啊？”于慎微在后边喊。

“给你报仇！”

山上到处都被绿植覆盖，只要有人走过，就会留下一些踪迹。

宋仰用枪拨开高而密的草丛：“会不会有蛇啊？”

“不知道……”李浔扭头，见他一副战战兢兢的样子，忍不住使坏，靠近他的身后，大喊一声。

宋仰吓得一蹦三尺高，李浔嘴角噙着坏笑：“胆小鬼，在基地里白练胆子了是吗？”

宋仰憋屈地说：“基地的蛇又不咬人。”

李浔看见了安志宇他们滑下去的那个坡，有五六米高，很陡，中间有几块石头，可以踩在上边，但因为前天下过雨，地面湿滑，石头看着也光溜溜的。

宋仰准备往下蹦时，被李浔一把抓住，提醒道：“记住你的身份。”

宋仰一愣：“我什么身份？”

李浔弹他一个大脑嘣儿：“还有三个月就比赛了，你蹦下去受了伤怎么办？游戏重要还是安全重要？”

宋仰恍然大悟，摸摸脑门：“我老忘记。”

“不长记性。”李浔伸手扶住他，“你下去慢点儿。”

坡下是一片干净的土路，之所以说干净是因为它光秃秃的，瞧不见脚印了。

他们顺着这条路一直向西行进，走了六千米的路程，中间击杀了九名对手，但仍然没见到那帮外国人。

“你说他们会不会已经回去了啊？”宋仰走累了，倚在一棵树上休息。

“也有可能。”李浔摸出包里的饼干，先往宋仰嘴里塞一块，自己又吃一块，“喝水吗？我这儿还有半瓶。”

“好。”

半人高的灌木丛后，一双健壮的手抬起一把强力弹弓，黄色的皮筋被绷到最紧，一道红外线对准了宋仰的手臂。

李浔以为是激光枪，下意识伸手推开他。

细小的钢珠击中李浔的虎口，又迅速弹开，不见踪影，李浔仿佛被电到一般抽手甩了甩。

可是已经没用了。

短暂的麻木过后，痛感汹涌而来，侵袭着四肢百骸，他疼得眼前发黑，另一只手捂住被打到的地方，直抽凉气，耳内阵阵嗡鸣。

“怎么了？”宋仰还没反应过来怎么回事，就看见李浔的后背近乎弯折，五官扭曲，以一个极其痛苦的姿势跪倒在地，吓得直冒冷汗，“你怎么了，师父？”

喝剩的半瓶水洒在地上，他半跪着扶住李浔：“哪里疼？你别吓我啊。”

李浔抬眼望向红外线发射过来的地方，只看见枝丫抖动，看不见人影。

他用另外一只手钩着宋仰的肩膀向下压了压，嗓音因为疼痛而低哑许多：“不是我们的人。”

宋仰看见李浔的一只手在发抖，虎口处迅速扩散开一片红晕，不敢捏也不敢碰，头皮发麻：“这什么东西打的啊？”

事发突然，李浔也蒙了，脑子里闪过许多阴暗的可能性，皱眉道：“我不知道。这边很危险，我们先回去。”

他们出来时都被没收了手机，只得发射信号弹求助，不多会儿工夫，训练营的皮卡开了回来。

半个小时后，王南风着急忙慌地赶到医护室，在了解情况后大发雷霆，圆润的脸庞因为愤怒涨得通红：“还有这种事情！谁打的看清楚了吗？”

李浔的虎口有擦伤，且肿得厉害。医护人员为他涂了消毒药水和化瘀的药膏，然后用纱布缠起来。

李浔垂手搭在大腿上："具体是谁不知道，只能让工作人员查一下和我们一起进山的有哪些人。"

于慎微猜想："该不会是山上打野味的吧？"

医护人员也说："有可能，首先这伤肯定不是子弹打出来的，按照你说的那个距离，应该是实心弹珠一类的东西。"

李浔动了动酸胀的拇指。如果他没记错的话，一开始红外线瞄准的是宋仰的胳膊。

对方知道掌握分寸，用的器械能打伤人但不至于打残，带着这么强烈的目的性，怎么可能是打野味的？

他们进山之前都有登记，除了国家队队员，还有五十多名外国籍运动员。

随着训练的结束，回到营地的人越来越多。工作人员说要检查大家的随身背包，安志宇队里有个男人不同意，用一口不那么流利的英文说："Why？ These are my own things.（为什么？这些是我的私人物品。）"

于慎微怒了："什么 your thing（你的东西），我看就是你打的！"

对方又装听不懂，于慎微直接动手："赶紧把东西掏出来！否则我们直接报警处理了！"

没想到对方队里的几个人一哄而上，凶狠地抢夺，嘴里说着一些听不懂的语言。

田赛队里两名肌肉发达的铅球运动员冲上去，就跟提小鸡一样揪住男人的衣服，抢过背包，拉链一扯到底，包里稀里哗啦倒出来很多东西，其中就包括一把强力弹弓。

宋仰捡起来，拉动皮筋时，红外线亮了。

“还敢说不是你？”怕人听不懂，他又补了一句英文。

之后的事情大约可以用“魔幻”两个字来概括。

那个运动员在自己的弹弓被发现后，态度转了一百八十度，声称自己带弹弓出来是为了防身，怕遇到毒蛇和野猪，根本没想到会打到人，当时是看走眼了才不小心误伤李浔。

出事后他很是惊慌，所以才不敢承认。

大家再问就是他非常懊恼，赔偿都是应该的，药费可以立即转账。

李浔被他的这番说辞给气笑了。

那男人情绪激昂地伸出自己的右手，示意李浔如果不解气，可以用弹弓打回去。

可当于慎微真拿起弹弓，那帮人全举起手机录像。

李浔已经能想到视频发布到网上会造成多大的轰动，被打的时候他们没有视频记录，打人时却被三百六十度无死角拍到，若是媒体断章取义，势必会掀起一阵舆论浪潮。

这样的事情还少吗？

他拦住于慎微，说：“别胡闹。”

所幸的是，一番检查下来，钢珠没有伤到筋骨，这场魔幻闹剧最终以一个不怎么真诚的道歉和三万块的赔偿收尾，两支队伍达成明面上的和解。

但所有人都心知肚明，这根本不是和解，而是另一场战争的开始。

李浔带伤回到基地，受到不少关注，从助教、领队到食堂盛饭的阿姨，每碰见一个人他就得解释一遍受伤的原因，不过也因此享受国宝级待遇，弓箭箱有于慎微提，外套有宋仰帮忙拿，就连倒个水都有人服侍到位。

由于受伤的是吃饭的右手，他拿筷子不方便，晚上用餐只得取了把叉子卷面条吃。

宋仰帮他把牛排切成小块，白灼虾剥去虾壳，最后又夹了两个卤过的鹌鹑蛋，放到他的碗里。

有偶像和弓箭陪伴的日子，过得十分快。

眨眼的工夫，就到五月底了。

距离世锦赛还有十八天，全队告别高原辽阔的土地，回到了国家队训练基地。

在高原待了小半年，宋仰回到平原的第一感受就是呼吸太顺畅了，完全不用担心自己会因为缺氧昏厥，跑起步来轻松许多，样样都好。唯独到了晚上，宋仰望着天上稀稀拉拉的几颗星星，会想念高原壮美的夜空。

周六，吃过晚餐，大伙儿在室外进行备战训练，抬弓放箭的声音回荡在基地上空。

王南风用小车推着一大箱东西走到大家身后，喊道：“先停一停了，过来试试新装备。”

宋仰撒手放掉最后一支箭，确认是十环后，才放下弓，乐颠颠地蹦过去：“什么好东西？”

说话间，李浔已经用钥匙划开了箱子。没见过世面的，包括宋仰在内的几个新人，叫出了声。

那是专门为世锦赛运动员定制的装备，包括弓、箭、箭囊、护胸、护臂、护指。

宋仰找到了属于自己的那份，小心翼翼地拆开包装。

箭杆中央清晰地印着自己的名字缩写。

它明明那么轻，可以用指尖转圈，可它又那么沉，承载着国家对他的信任。

他看看自己的，又看看李浔的，不知怎么回事，竟然有点儿想哭。

王南风说：“还有你的新衣服，试试看合不合身，小的话给你换。”

国家队的队服都是红色，经典的 Polo 领，下边搭一条宽松的休闲裤。

胸口缝着国旗的刺绣标，背后用金色的线绣着自己的名字“Song Yang”，这是值得他用一整段青春来交换的无价之宝。

宋仰第一时间换上。衣服很合身，他对着玻璃窗转了一圈，说：“师父，快帮我拍个照！我给我爸妈发过去！”

李浔摸出手机：“拍正面反面？”

宋仰说："正反都要！找好角度，把我拍帅一点儿，我还要发朋友圈的。"

李浔的拍照技术一言难尽，精准点儿形容，那就是尿尿随便踩一下快门或许都比李浔拍得好。

宋仰在近百张连拍里，好不容易才挑出一张没糊的背影，至于正脸照嘛，不是他正在说话就是闭着眼，没一张能看的。

宋仰把拍糊的都删了，打申请："师父，能和你来张合影吗？"

李浔"嗯"了一声，身体略微倾斜过去。

宋仰用的是初始相机，镜头下一黑一白的肤色差格外明显，两张脸贴到一起，被定格。

李浔开玩笑说："后期给我美白一点儿好吧，这对比也太明显了。"

其实李浔就算是晒黑了，长皱纹了，看起来不那么年轻了，也还是好看的，因为他仍然保留着十九岁一箭夺魁的那股英气，那股魄力。

和以前相比，李浔更沉稳，更温柔，也更有男人味。

"我觉得小麦色更适合你。"

"真的吗？"

"那当然了！"

于慎微在边上听着："你这偶像滤镜也太重了，我觉得一般般，还没我好看呢。咱俩拍一张吧。"

"嘁。"宋仰把照片设置成壁纸后便收起手机，"不想浪费那个内存。”

“不给面子了吧！好歹同学一场！”

李浔也无视他，对宋仰说：“刚刚那个照片传我一张。”

所有人都沉浸在新装备到来的喜悦里，没人注意王南风不见了。

他回屋脱掉身上的长袖，换上一件厚重的防弹衣，又套了一件宽松的卫衣。他照了照镜子，问边上的队医：“能看得出我里边穿了东西吗？”

队医转了一圈说：“背后有轮廓，你可以再穿件外套。”

王南风又翻了件外套，笑着说：“天要是再热点儿就藏不住了。”

队医在灯光下打量他，一脸忧心忡忡：“你真要这么练他们啊？我觉得还是太危险了，外国人的方法未必全适合我们。”

王南风说：“不是适合不适合的问题，是所有的方法我们都要去尝试。我一直认为我们的运动员的实力是没什么问题的，输就输在心理素质上，大家在国内赛场上的表现和在奥运会场上的表现差得太远，必须要让他们在训练时也真的紧张起来才行。”

队医说：“那万一真受伤了怎么办？”

“这不是有你在吗？”王南风洒脱一笑，将外套的拉链一拉到底，“我相信你，也相信他们。”

晚上九点多，夜幕被繁星点亮，高楼里灯火渐渐熄灭，训练场内依旧灯火通明。

王南风和队医一起来到靶场，集合队伍，宣布：“一会儿我要给大家做一次特殊的测验，验收一下最近的训练成果。”

大伙儿听见测验就发毛，有个女运动员问：“不会又是蚯蚓蚕宝宝一类的吧？”

王南风说：“这回不是动物了。”

大家都松了口气。

队医说：“但比动物恐怖多了。”

李浔机警地抬眼，看向王南风，忽然眼角一跳，生出一种预感。

果不其然，王南风朝着七十米开外的箭靶走去，他发福的背影在此刻竟显出几分落寞。

宋仰移步到望远镜后，看见王南风在箭靶的左侧站定，垂下的胳膊刚巧能遮住三环的位置。

“天哪……”于慎微惊住了，“不是吧？”

助教说：“今晚你们的任务就是打十环。”

宋仰皱眉道：“这站得也太近了点儿吧，很危险啊。”

“还近？”助教嗤笑，“请问你平时能打三环吗？”

当然不可能。

可箭靶边上站个大活人，那感觉真就完全不一样了。

于慎微问：“万一不小心，这责任谁承担？算故意伤害吗？”

“不算故意伤害，但是谁打的谁承担。”

有女生小声说：“那能不打吗？”

助教：“不打换替补上。”

王南风在对面喊："赶紧的，谁第一个？"

大伙儿面面相觑，谁也不想上，也不敢上，那不光是大活人，还是有恩于他们的主教练。

李浔身为队长，不能让场面就这样僵持着，站出来说："猜拳吧。"

第一个上场的是于慎微，计时器响起后他还犹犹豫豫地问有没有人要先上。

助教催促道："赶紧的你！横竖都是一刀，早晚都要挨。让你打靶子又没让你站边上，你有什么好怕的？"

于慎微肩膀都缩着："那先说好，要是万一出什么事儿，别告我啊。"

助教咆哮："快——点儿！"

于慎微吓得双肩一抖。

宋仰提醒他："还有八秒。"

远处的一支箭对准自己是种怎样的感觉？

李浔在于慎微抬弓时思考这个问题。

王南风是把命交到了他们手中。

不出所料，于慎微这一箭打得非常差，他打中的是靠右的三环。

王南风看了一眼靶纸，怒道："什么玩意儿！能好好打吗？"

于慎微调整状态，咬牙打出第二箭，但水平依旧很差，是靠右的六环。

王南风握着对讲机说："换人换人。"

七十米射程，运动员无法看清靶面，当视线聚焦到准星时，黄心会模糊成一个小圆，运动员需要在弓弦拉开的同时，寻找一个最合适的时间完成撒放动作。

最难的在于，他们拉开的不是普通的弓，是五十一磅的竞技弓，相当于二十三千克，双臂承受着这样的拉力会抖，止不住地抖。

这就像玩游戏一样，掌握抖动的规律，凭感觉预测方向。

为了不伤到教练，大伙儿都很默契地瞄向视觉范围内，偏右侧的那半个黄心，最好的成绩来自宋仰的第二箭，八环。

王南风的眉头紧皱："不敢打吗？今晚大家练不好就一直练，直到连续打中三个十环才能睡觉。"

于慎微使劲搓着额头，无奈地道："真要命……"

"李浔。"助教抬了抬眉，"到你了。"

李浔到起射线站定，双腿微微分开。不得不说，这感觉与站在赛场上十分相似，他心如擂鼓，血液流速都加快了，和刚才训练的状态天差地别。

望远镜里，王南风的身体略微向左挪动，手臂刚巧遮住七环。

李浔能感觉到他的动作，刚抬起的双臂又垂了下去，说："一上来就得这么刺激？"

对讲机里传出王南风沉缓的声音："你进队伍的第一天，我告诉过你什么？"

李浔抬起弓箭，瞄靶，双臂小幅度地抖动。

永远相信自己，相信你手里的弓箭。他在心中默念。

手背因牵拉的动作而隆起青筋，他的眉头紧锁，绷紧的弓弦压在他的嘴角。

全队的视线聚焦到同一个方向。

信号片“啪”的一声降落，李浔松开手指，黑色的碳箭旋转着飞了出去。

漫长的十九年，他的青春被烙在了箭杆的中央。

第十九章

梦想不死

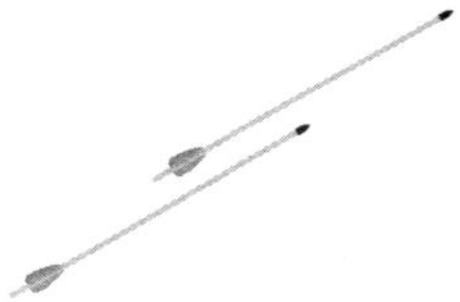

绛红色的箭羽飞速回旋，箭支在空中划过一道弧线，稳稳落入黄圈。李浔垂着手臂，眺望，确认成绩。

“Ten。”场上响起裁判员机械的播报声，四周的掌声与哨声穿云裂石。

“十环！——李浔再一次打出一个十环！”

世锦赛男子反曲弓团体赛现场，解说员欣喜若狂的声音被收进设备，坐在他身侧的解说嘉宾脸上也浮现出久违的笑意：“这是李浔今天打出的第二个十环，发挥得相当出色。”

比赛在国外举行，连着几天气温都很高，室外场地没有遮阳，头顶阳光毒辣，宽而长的箭道被观众席包围，坐着的大多是外国观众。

中国队一路过关斩将，在男子团体赛项目上杀进前八，硕大的荧幕上显示着两组参赛队伍目前的成绩。

CHINA：Set pts 2

UKRAINE：Set pts 0

眼前是男子团体赛八进四的比赛现场。

中国队对阵乌克兰队。

第一轮结束，中国队以六支箭五十八环的成绩险胜乌克兰队，拿下两个积分。

解说员趁着运动员短暂休息的间隙介绍：“经常关注射箭项目的观众肯定知道，这是我们中国队的一名老将了，今年三十二岁，个子特别高，也非常帅气。他在四年前由于一些个人原因退役，去年才正式复出。这是他第一次参加世锦赛。”

解说嘉宾“嗯”了一声，接着说道：“可以看得出来，他的竞技水平仍处于巅峰状态；相较于今年的两位小将来说，他的状态还是最稳的。”

“是的，作为团队的三打，压力最大，必须要具备这种力挽狂澜的能力，夺得了这关键性的两分，开了个好头，我们的小将们在下一轮心态也会平稳一些。”

团队三打，顾名思义就是团体赛中第三个放箭的运动员。

在团体赛项目中，每轮每队六支箭，三位运动员各两支，为了比赛的可观赏性，两个国家的运动员轮流放箭，每一箭都直接影响到下一位选手的心态。

所以射箭团体赛的站位很有讲究——第一箭举足轻重，会找队里综合能力较强的一位，打出成绩，打出气势；而最后一箭往往会在关键时刻定胜负，压力如泰山，所以需要有丰富经验的比赛型选手来一个漂亮的收尾。

中国队的出场顺位依次是宋仰、于慎微、李浔。

团体赛一共四轮，每一轮获胜队伍可以拿到两个积分，打平各得一分，率先赢得五个积分的队伍直接晋级四强。

刚才那一轮，宋仰和于慎微没有找到最佳状态，两个人都是九环，差点儿就要和对方打平，李浔的最后一个满环箭将比分夺了回来。

现场呼声热烈。

远处的荧幕切换画面，戴着棒球帽和墨镜的李浔出现在中央，他转回身，和队友们撞了撞手腕，相当于击掌庆祝。

前期的几场排位赛打下来，所有运动员的实力都摆在了台面上，最强的劲敌还是韩国队和美国队，所以在上一场对阵时，大家并没有过分紧张。

第二轮，由乌克兰的队员率先放箭。

宋仰站在李浔身后：“好热啊，晒死我了，我感觉我快中暑了……”

李浔将棒球帽摘下扣在他的脑袋上：“等会儿下去给你买冰激凌。”

宋仰将帽檐扶正：“其实我更想喝酸梅汁，最好是冰镇的，再配上一份鸡丝凉面。”

李浔的眉眼弯了弯，压着声音："你好好表现，回去带你去吃。"

宋仰低声问："那表现不好可怎么办啊？"

李浔挑着眉反问："你说呢？"

宋仰："认罚。"

乌克兰队的三支箭结束，解说播报："二十六环，看来他们的二打状态不是很稳定，连着两次都出现了失误。"

解说嘉宾道："乌克兰队本身在国际上的排名也是落后于我们中国队的，再加上第一轮落后，压力肯定很大，关键在于运动员们如何进行自我消化。"

"那您可否预测一下，这一轮我们中国队的成绩如何呢？"

"就目前的状态而言，我认为我们队是有很大概率再拿下这两分的，就看两名二十岁的小将发挥是否稳定。这两位年纪都很小，我还是第一次在大赛上见到他们。"

"那我们一起期待他们的表现。"

倒计时亮起，宋仰站在起射线上，上万只眼睛盯着他。

于慎微在他身后喊道："放轻松了再打，二十六环而已。"

李浔盯着宋仰后脑勺，小声鼓励道："加油，有我们在，不着急。"

王南风也道："慢慢来。"

镜头转向观众席，好些穿着红色应援服的观众高高地举起旗帜与条幅。

宋仰的视线从"中国队加油"几个字上收回，深吸了口气，动作流利地勾箭、拉弓，眯着眼瞄靶。

现场奇迹般安静下来，耳边只剩下工作人员走动时轻微的动静。

信号片如期降落，宋仰松开指尖。

“十环！”解说员的声音铿锵有力，“这是宋仰今天的第一个十环！看来我们的运动员已经找到比赛的感觉了。”

解说嘉宾：“是的，我现在能感受到现场有股风，但很欣慰的是，这股风并没有影响到我们选手的发挥。”

“这和他们平时的训练也有关系对吧？”

“对。在选拔和备战期间，我们的运动员会进行特殊训练，去适应不同的天气、场地、气温，我想再怎么恶劣的情况他们也能积极地应对。”

宋仰的十环稳定了军心。他转身对上李浔湿热的手掌，交握数秒才松开。

轮到于慎微上场了。

李浔小声夸道：“你刚才的表现很棒，隔壁教练都在夸你的动作。”

“真的吗？”宋仰看了一眼旁边的那支队伍，教练叽里咕噜地和运动员说着什么，即使隔着墨镜，也能感觉到他面色有些凝重，不过不像是指责，或许是一种鼓励。

“你还能听懂？”

“一点点吧。”

宋仰对上对方的目光，对方嘴角略微弯了弯。宋仰能看出来，那笑容带着友好、尊敬，便也扯了扯嘴角回应。

于慎微打出一个不错的九环，李浔以一个十环完成漂亮的收尾。

三支箭总分二十九，力压对方整整三环，这样的绝佳优势在大赛上是不多见的。

现场解说员兴奋得眉飞色舞："我想乌克兰队的后三支箭很难再实现反超，中国队有机会晋级四强，争夺奖牌。"

"是的，这一轮我们的运动员可以说是胜券在握了。实际上运动员从上场开始的每一支箭，都是给之后的表现打基础，打得好的会越打越好，越打越精彩；一开始就落后的，心理上的波动会很强烈，你甚至可以感觉到乌克兰队的几位运动员的紧张……你看，他们一打的速度又慢了。"

对阵乌克兰队的这一局，中国队赢得可以说毫无悬念。一下场，中国队的队员们就被记者和摄影师团团围住。

面对这些陌生的事情，宋仰缺乏安全感地朝李浔靠过去。

不过在被要求摆姿势合影时，他倒是很愉快地比了个胜利的手势。

回到休息区，宋仰收起弓箭，接水吃东西。

他们的午饭也在这边解决，食物是主办方准备的，不是汉堡就是面条、土豆泥。国外的东西并不合宋仰胃口，再加上天热，他扒拉了几口沙拉就放下刀叉。

李浔叉了两小块牛排喂到他嘴边："再吃两口，要不然下午没力气。"

宋仰抬起胳膊，戳戳自己的肌肉："放心，我有力气。"

李浔的手并没有收回去，宋仰拗不过他，张嘴咬下。牛肉煎得干巴巴的，他就跟咽药似的，喝一大口果汁才送下去。

边上那桌传来一阵笑声，他们回过头，正是上回在高原碰见的那几个韩国的人。

安志宇毫不避讳地用中文取笑宋仰：“幼儿园没毕业吗？还要人喂？”

对付这种人，最好的方式就是无视。宋仰在心里默念完，畅快多了。

安志宇笑了笑，擦擦嘴，起身走到李浔跟前：“哎，我跟你说个事情。”

李浔皱眉不语。

安志宇带着一抹邪笑，弯下腰靠近李浔，用几不可闻的声音说：“你有没有觉得你和我爸长得也很像？”

宋仰虽然听不见，但就冲他的这个笑容，也能感觉不是什么好话。

李浔怔了两秒，打开语音备忘录，将手机递过去：“我没听清楚，你再说一遍。”

安志宇垂眸瞟了一眼，不太情愿地转身走了。

于慎微好奇地道：“他刚跟你说什么了？”

李浔避而不谈，提醒道：“如果下午有机会和韩国队对阵，一定要当心，这帮人很可能闹出动静来刺激咱们。大家千万要冷静，别被他们影响了。”

宋仰：“嗯。”

下午的第一场半决赛，中国队要对阵印度队，另一边是韩国队对阵美国队。宋仰他们发挥依旧出色，以五比三的成绩力压对方，成功晋级团体赛的冠亚军总决赛。

他们下场时，有位外国记者堵住了于慎微问道：“You surprised the audience with your performance today，Do you have confidence in the next final？（你们今天的表现让观众惊喜，你对接下来的比赛有把握吗？）”

于慎微一脸蒙。翻译没在，他指着李浔支支吾吾地说：“I don’t know what you say，This is our……our 队长。”他问宋仰：“队长怎么说来着？”

李浔险些要被他这一口塑料英文吓跪了，略弯下腰，对着麦克风说：“We will try our best.（我们会尽力而为。）”

“Are you worried about being defeated by the Korean team again？（那么你担心再次被韩国队打败吗？）”

为搏眼球的媒体人，总喜欢逞口舌之快，他的这个“again”，像一根针，直直戳向李浔的心脏。

只不过，这几年的沉淀足以让他练就一身刀枪不入的本事。

李浔面对外媒镜头，面不改色地说：“They’re the ones who should be worried about being defeated.（他们才应该担心被打败。）”

他说这番话，并不是倨傲自满，而是因为他们做了充分的准备，有必胜的信念。

他们再一次和韩国队碰面，是在冠亚军决赛场上，两支队伍先后出场。

决赛的氛围比上午更热闹，全场总共五千多个位置，座无虚席。

赛场气氛高涨，直播间内，解说员流利地播报：

“率先上场的是韩国队。他们队一打是安志宇，十九岁的小将，是整支队伍中年龄最小的一位，但他的赛绩很惊人。

“现在上场的是二打刘正铭，二十六岁，是位有名的老将，目前世界排名第十九位。

“团队三打朴在容，和中国队的三打李浔年纪是一样的，今年三十二岁，也是一名非常出色的老将，经常活跃在国家级比赛的赛场上，是上一届世锦赛的反曲弓个人赛冠军获得者，也获得过很多国家级个人赛、团体赛金牌。”

解说嘉宾：“韩国队在射箭项目上的统治力相当于我们国家的乒乓球队，今年我们国家的男团离冠军只有一步之遥，但这一步也是最难跨越的。重任在肩，希望我们的队员能保持冷静，保持清醒，顶住压力，发挥出最好的水平。”

看到朴在容那对眼睛，李浔想起了在高原集训时受过的伤。

裁判示意双方队员握手。李浔握住了朴在容的手，能感觉到对方在使暗劲，他也不甘示弱地施力。双方体形差了一截，再加上朴在容无名指戴着戒指，一用力，骨节被戒指硌得生疼。

在松手后，朴在容拧眉甩了甩胳膊，瞪着李浔，咬牙切齿地说了串听不懂的语言，看表情大概不是什么好话。

李浔挑了挑眉，也学着他在高原训练场的样子，耸耸肩，表示听不懂。

宋仰作为团队一打，率先站上起射线，一抬眼，满是黑压压的人头。

主办方很巧妙地将观众席按国家区分，两国的应援队人数相差无几，举着不同的旗帜与横幅，一红一白，泾渭分明。

“中国队！加油！”不知道是谁先带的头，观众席忽然躁动起来，高举横幅呐喊。

直播间内，解说员的手紧紧地攥住了台本：“现在由我们中国队的小将宋仰打出第一支箭。对于团体赛而言，他的这一支箭至关重要……”

宋仰在热火朝天的呐喊声中深呼吸，抬起双臂，看似镇定地瞄靶，实际上他的心率已经过百。

他的紧张会直接影响他的瞄靶速度，这一点他自己也有感觉，但很难去控制，信号片不掉落，他就不能撒手。

已经十五秒了。

李浔站到宋仰身后，一手扶着弓箭架道：“慢慢来，不着急，有的是时间。”

团赛的六支箭一共一百二十秒，按道理来说，每支箭二十秒，但一打超过二十秒是没关系的，后边的队员能在规定时间内把箭放出去就不算超时。这也是王南风当时把宋仰放在一打的原因之一。

他们这队有于慎微，瞄靶到放箭只需要十一秒。

所以在时间方面，李浔还是挺放心的。

在宋仰松手的同时，解说员道："似乎是一个压线的九环，能看得出来他有些紧张，裁判员现在正在用放大镜确认……好的，裁判员已经确认是九环，不错的成绩。"

解说嘉宾："但我们面对的是世界第一强队，九环肯定还是不够的，希望接下来的两位队员能有更出色的发挥。"

字正腔圆的声音通过接收器传递到千家万户。

宋仰家的客厅里挤满了亲朋好友，茶几上堆放着坚果和饮料，俨然是把宋仰家当成了据点。

李初之指着电视机大喊："是哥哥和舅舅！"

尿尿趴在茶几边，看见熟悉的脸，仰起脖颈汪了一声，逗得大伙儿哈哈笑。

隔壁阿姨剥开橘子往嘴里塞："慧瑛，你家小仰真是上镜，跟那帮老外一比，显得特别清秀。"

"那肯定，也不看看是谁生的，基因摆在这儿。"

人多难免热闹，宋景山笑着将电视机音量调到最大。

音响里传出解说员颇为惋惜的声音："中国队二打出现失误，只拿下一个八环，这给李浔带来很大的压力。"

解说嘉宾："我们在现场可以感觉到，场上已经起风了，刚才这一箭发挥失误或许和风速也有一定关系。希望他能尽快调整过来。"

李初之眼睛一亮："轮到舅舅了！"

午后的阳光很烈，正对着场地，李浔戴着墨镜和渔夫帽，手握一把红黑色的反曲弓上场。摄影机推进，拍到他的鼻梁和紧抿的嘴唇。

箭飞出去，解说心头一紧：“九环，李浔也是一个九环，中国队目前分数是二十六环。能看得出来，大家在对阵韩国队的状态和对阵乌克兰队时有很大的变化。”

解说嘉宾：“是的，我在台下都跟着紧张，更别说台上的运动员了。”

和其他国家比，国家队只需要正常发挥就行，但和世界一流强队对抗，就得发挥训练时最好的水平。

轮到韩国的运动员上场了，王南风扶着望远镜，说：“大家调整状态，别绷那么紧，尤其是于慎微，别想那么多，他们没有完美到不可攻破的地步。”

李浔绕到望远镜后瞅了一眼靶面上的三支箭，略微一皱眉，二十六环的成绩和他预期的有一定差距，他甚至都能预见韩国队拿下开场这关键的两分；除非等会儿的三支箭，他们三个都拿满环，说不定能打个平手。

王南风拍拍他的肩膀说：“你刚才那箭偏右了大概一毫米，问题不大，下一把稳住。”

李浔点了点头。

安志宇打了个十环，举着韩国国旗的观众沸腾了，纷纷起立，扯着嗓子大喊。

三支箭下来，韩国队拿到二十八环，三个人重重击掌，用挑衅的眼神看向李浔和宋仰他们。

输比赛不能输气势，轮到宋仰上场时，观众席后座有人挥动起国旗，大喊加油。

这哥们儿喊完，观众的情绪再次被带动起来，振臂呼喊，吹着响亮的口哨。

宋仰听得热血沸腾，深深吸了口气。

他想，今天不为别的，就冲这嗓门儿，怎么都要拿一个十环下来。

解说嘉宾："我们可以看见，宋仰的动作比刚才流畅许多。"

箭飞出去。

解说员激动地拔高嗓门："十环，这是中国队拿到的第一个十环！

"我们的二打发挥也很出色！虽然是一个九环，但着箭点离十环非常非常近！看来他已经找回状态了。

"轮到李浔上场。这会儿的风又有点儿大，不知道会不会影响到他……"

"十环！漂亮！一个压线的十环！"解说员亢奋地拍着大腿，"目前中国队一共是五十五环！"

而就在他报完分的下一秒，荧幕上却亮出五十四环的成绩。他不可置信地"呃"了一声，颇为无奈地说："裁判员在用放大镜确认后，将李浔的成绩改判为九环。"

刚才那位呐喊的大哥有些坐不住了："这裁判会不会判啊！分明已经压线了！"

射箭项目规定，若是箭头打在黑线上，即按照高分环数判定，李浔这一箭，理应判定为十环。

但这个压没压线的评判，带有一定的主观性。

李浔绕到望远镜后边，看清自己刚才打出去的那一箭，眉头紧锁，确实压线了。

不过令人没想到的是，之后韩国队也出现了小失误，他们的第四箭和第五箭分别是九环和八环，荧幕显示总环数四十五，也就是说，除非韩国的三打能射中十环，否则就和中国队打平而各得一个积分。

只可惜，天不遂人愿，朴在容的最后一支箭打在九环和十环的分界线上。

王南风在望远镜里看见箭头压到了一点儿黑线，和李浔的那一箭很相似，如果按照裁判刚才所说，这一箭应该是九环，两边各得一分。

几秒后，荧幕上亮出韩国队的总环数——五十五环。

CHINA：Set pts 0

KOREA：Set pts 2

中国的观众全体蒙了，有些站起来确认情况：“刚那箭什么情况？”

“不应该是九环吗？”

“那裁判是傻子吗？”

宋仰和李浔交换了一个震惊又无语的眼神。

这感觉简直像吃了苍蝇一样难受，尤其是当对方教练员投来轻蔑的眼神时，这种被侮辱了的情绪到达巅峰。

国家队的工作人员彻底坐不住了，带着翻译人员一起，向裁判组发起申诉，比赛被迫暂停。

离得老远，宋仰还是能听见争执的声音，穿着红色制服的国家队工作人员，为了那小小的一分，为了那一点儿胜利的可能性，和裁判组辩论得面红耳赤。

可是犯了错的人哪会那么容易承认自己犯了错，他们只会狡猾地辩解，甚至反过来赖中国队胡搅蛮缠。

几分钟后，申诉结果出来，维持原来的判定，韩国队赢得第一轮的两个积分。

烈日晒得人眼晕，可李浔一点儿也感受不到光亮。

他对上安志宇那双笑眯眯的眼睛，觉得厌恶、愤怒。这些情绪交织在一起，生理上便涌起一股不适感，想过去捶人，甚至想撂挑子走人。

他顿了两秒，理智便压下了这股冲动。

李浔不再看他们，钩过于慎微和宋仰的肩膀，往自己怀里一带，三个脑袋挤在一起。

“别着急，把心态放稳了！咱们越心急他们越开心。刚才他们二打出现失误，就说明他们也紧张，他们比我们更怕输掉这场比赛！”

赢的人一定比任何人更畏惧失去。

第二轮还是中国队先上，宋仰站上起射线，抬弓、瞄靶。

他的心跳很快，但大脑渐渐放空，眼前不知怎么浮现出在基地的最后一个夜晚。

教练站在离靶心只有几厘米的地方，大声嘶吼："什么都不要管！放开了打！豁出去打！"

宋仰在毒辣的阳光下眯起眼，周围的呐喊声又像是怕惊扰到他，渐渐弱了下去。

"十环！"解说员眉飞色舞，激动得简直要从椅子上跳起来，"这是宋仰在决赛中打出的第二个十环！看来刚才的突发情况完全没有影响到他的发挥。"

解说嘉宾也展露笑颜："我们这名小将的技术是没有问题的。来看我们的二打上场……"

于慎微抬弓放箭。

很快，解说员欢欣鼓舞的声音从音响传出来："噢！又是一个十环！这一轮中国队两名小将的发挥太稳了！"

宋景山紧绷的神经稍稍得到放松，抚了抚心脏："还成还成，没给国家队丢人。"

李慧瑛的眼睛全程就没离开过电视机，见李浔上场，眉毛扬了扬，催促李国涛道："老李你磨叽什么呢！轮到你儿子了！"

"来了来了！"

屏幕中，李浔的第三箭飞出去，倾斜着砸中黄区，是一个让人三百六十度都挑不出瑕疵的十环！

电视机前和现场的观众同时炸开了锅。

“十环！”解说员慷慨激昂，唾沫横飞，“中国队的三位运动员适应了风力，顶住了压力，全拿到了满环！这是令人惊喜的成绩！”

解说嘉宾：“开场的三支箭对于运动员而言实在太重要了！这样等于是吃了一颗定心丸，韩国队接下来的三支箭就不容易打了。”

满环，无疑是对韩国队自信心最大的冲击。

他们接下来的三支箭打出了二十八环。这样的成绩中规中矩，算不上是发挥失常，但也能叫人感觉得出来，他们紧张了。

第二轮结束，韩国队也没能追回这失去的两分，总环数五十八比五十六，中国队赢得两个积分。

这样一来，双方积分打平，还剩两轮比赛。其实谁先拿到下一轮的两个积分，获胜的概率就会更大一些，因为越往后，运动员就越容易焦虑，在大赛上发挥失常的运动员比比皆是。

由于上一轮是中国队赢得积分，第三轮要调换放箭顺序。阳光晃眼，安志宇脸上的汗已经流到了脖子里，他身后的教练员絮絮叨叨地念叨着什么，他的队友则冷静地站在一边。

安志宇的第一箭打了个九环，这显然不是他预想中的成绩，回身后一言不发，也没有同队友击掌，之后的二打也是。

王南风在发现这一现象后，靠近队员：“他们的情绪明显不如第一轮高涨了。咱不着急，该来的总会来的。他们一旦出现失误，就是我们进攻的时机，把握好你们手里的每一支箭。”

“嗯！”

直播间内的解说员趁着韩国队放箭的间隙，喝水润了润嗓子：

“不知道是不是受现场风力的干扰，这一轮韩国队显然是没有发挥出最好的水平，三人都是九环。

“中国队的一打宋仰上场了。

“他拿到一个九环，但这个九环离靶心非常近，他的状态还是没什么问题的。

“我们的小将看起来心情挺放松，和队长击了个掌。”

解说嘉宾：

“其实在团体赛里，不管上场运动员的成绩好与坏，队友的鼓励都相当重要，击掌、拥抱，也利于紧张感的释放。这一点韩国队似乎和我们相反，他们的队员很少互动。

“这可能也是他们保持冷静思考的一个习惯。”

第三轮结束，远处宽大的荧幕上亮出比分。

CHINA：Set pts 3

KOREA：Set pts 3

两队总环数打平，那么接下来迎接他们的是三种可能——中国夺冠，韩国夺冠，或者是加赛进行第五轮。

解说员十指交握，语气严肃起来：

“结果很难预测，我第一次感觉这么紧张。

“这是我们国家男子射箭队第一次离奖牌这么近，我想此时运动员们一定比我们更加紧张。”

赛场上，宋仰一手持弓，另一只手搭在李浔的肩上。在安志宇打出一个十环后，宋仰的指尖不自觉攥紧了些。

李浔也一样皱着眉，他的注意力全在对手身上，对肩膀上的酸痛毫无察觉。

终于，韩国队二打上场。现场观众高举旗帜，拔高了嗓子呐喊，好些人站了起来。

所有人的视线聚焦到大荧幕上。

箭头射中黄区，二打打出九环。

中国队集体松了口气，只要不是满环，他们就有反击的机会。

三支箭结束，对方拿下二十八环，不上不下的成绩。

解说员分析道：“其实我们也能感受到啊，今天韩国队的二打和三打的表现不够突出，大多是九环。

“这说明我们国家队的队员之前两轮的表现给他们带去了很大的压力，韩国队很少在前两轮丢分。”

一百二十秒倒计时亮起，宋仰走向起射线，勾出一支箭。

观众席后排一个戴墨镜的大哥又热血沸腾地带起节奏：“十环！十环！十环！”

观众席离场地很近，呐喊如山呼海啸，震耳欲聋。宋仰抬弓面对靶子，脑袋空空的，只剩下不断的祈祷。

十环，十环，十环……

他一定要打出十环。

这一轮很可能就是最终决胜局，他不允许自己出现一丁点儿失误。

宋仰自信满满地勾弦，但就在他松手前的一刹，耳畔刮过一阵不小的风，他的小心脏咯噔一下。

虽然他及时做出反应，在箭支离弦前往边上扭了一下调整角度，但箭头还是很有想法地砸中红区。

“噢！”解说员失控地抱住脑袋，被结果刺激得无法评价出一个字。

宋仰不可置信地看着荧幕上的成绩，恍如被一盆冷水从头淋到了脚，头皮一阵发麻。

这是他在场上的第一个七环，决赛场上，惨不忍睹的重大失误。

这分数也就意味着哪怕他的队友打出满环，也赶不上对方的成绩。

他们落后一大截。

他们要输了。

宋仰脸色煞白，下场时，他呼吸在抖，嘴唇在抖，手指在抖，全身上下的每一个细胞都因为恐惧而战栗。

他不敢相信这样的结果。

他把队友拖累了，把团队害惨了，他愧对国家队的信任和培养，也对不起身上这套队服。

他脑海里第一次蹦出“要是我没有参加这场比赛就好了”的念头。

他没意识到于慎微是什么时候上场的，也没意识到观众在吼些什么，就这么站在原地。树叶被吹得哗哗响。

恍惚间，他感觉肩膀被人一把拥住。

在宋仰情绪崩溃的一刹，搭在他肩膀上的手用力按了按，李浔低声说：“没事，别着急，我们还有五支箭，还有机会，有我在，没事的……”

几个词语无伦次地重复好几遍，这是宋仰第一次真真切切地感知到李浔的紧张。

这是国家队离金牌最近的一次，也是李浔追了十多年的梦，就这样被他的一支箭毁了。

宋仰抬手，狠狠压着自己的眼睛，强忍着眼泪和屈辱，哽咽：“对不起……”

即使他知道在这个时候道歉没有任何意义，可此刻他就像是个被充满水的气球，不发泄点儿什么，真就要崩溃了。

“对不起。”

王南风的一颗心也随着那支失误的箭沉了下去，但比赛终究还未结束，他向宋仰竖起一根手指，鼓励道：“你还有一支箭！我们还有机会！不要紧张，没有人怪你！那支箭谁打都可能失误！赶紧把情绪给我兜住了！你没有问题的！相信自己！”

宋仰的眼睛被李浔的手掌压着，他强忍着没落泪，猛地吸了吸鼻子，“嗯”了一声，紧接着，大口大口地吸气，调整呼吸。

值得庆幸的是，于慎微和李浔的后两支箭都是十环，将总分拉到最近。

下场时，李浔又轻拍他的后背：“没事的，把刚才那支箭忘掉，你可以的，别害怕。”

宋仰点点头，于慎微也抱了抱他：“加油加油！别听他们瞎嚷嚷，做好你自己！没问题的！”

“嗯。”

此时解说员的喉咙干涩，也顾不上喝水，前所未有地紧张道：“这就是团体赛的魅力所在，队友们尽了最大的努力将失误弥补回来。现在两队的比分是二十八比二十七，非常非常接近，比赛到了最最关键的时刻！看看我们中国队的小将究竟能不能顶住高压力挽狂澜……”

“一定可以的。”解说嘉宾攥在矿泉水瓶上的指甲有些发白，“安志宇打出了一个九环。现在是二打刘正铭，也是一个九环。”

千里之外，电视机前李慧瑛紧紧地抱住宋景山，声音直抖：“怎么办？我都不敢看了。”

宋景山给她顺顺头发：“没事的，赢就赢了，输就输了呗。”

李慧瑛爹毛了：“什么叫输就输了？那是咱们的儿子！”

“哟，”宋景山笑起来：“这会儿荣誉感这么强烈了？”

李慧瑛十分共情地抚了抚胸口，整理情绪：“他要是输了比赛得多难受啊。”

倒计时很快就结束了，电视机上显出韩国队总环数——五十六环。

这就意味着中国队后三箭必须得拿下满环才能赢得冠军。

王南风伸出右臂，于慎微、宋仰和李浔也依次将手掌压上去，很默契地吼："加油！"

运动员的气势十足，感染力也十足，现场观众的情绪被调动起来，吼声震天："中国队！加油！"仿佛要借着这音浪告诉他们，没什么好怕的。

宋仰鸡皮疙瘩都被吼出来了，上场前，韩国队员也破天荒地鼓起掌来，但并不是出于好意。

宋仰看过去，安志宇冲他笑笑，比了一个"七"的手势，提醒他刚才的失误，朴在容也冲他竖起小手指。

宋仰的心跳不可控地再次加快，气愤的同时又意识到最关键的一点—— 现在主动权其实是在自己这边。

他们拿三十环就赢，二十九环就加赛。

希望很大！

如果韩国队不是真的着急，不至于这么三番五次地挑衅他们。

道理都懂，但因为上一轮的失误，宋仰不可避免地陷入一种恐慌的情绪之中。

他抬弓勾弦，现场所有人的呼吸都放慢了，仰着脖颈。

有时候，人的恐惧和信念是并存的。

他在瞄靶的时候，想到的还是李浔的那一句：做好自己，其他的什么都不用管。

二十二秒了。

这是宋仰第一次超时瞄靶。观众席屏息凝神，王南风没有发出倒计时提醒，他的队员们也没有。

这是他们长久一起训练达成的某种默契。

只要身后还有队友顶着，他就不用害怕。

二十六秒。

宋仰终于松手。

所有观众的视线跟随着那支黑色碳箭，从赛场的一头转向另一头。

这一次，飞出去的箭终于如愿砸中黄圈。对面的观众哑了，红色的旗帜漫天飘扬。

那一刻是什么滋味，宋仰无法找到言语形容，就感觉四肢已经不是自己的了。

他舒了口气下场，整个人都要虚脱了，习惯性地和于慎微击了击掌，说："加油！你没问题的！"

"那肯定。"于慎微不管任何时候，都很笃定。

宋仰这一箭其实减轻了于慎微的一点儿压力，身后还有李浔，他只要做到保九争十就可以了。

于慎微的手速比宋仰快多了，十秒后，裁判报分，现场观众再一次沸腾了！

解说员在直播间唾沫横飞地大吼："十环！十环！就在这紧张的

一刻！于慎微又为中国队拿下一个十环！”

解说嘉宾的情绪也控制不住了：“现在主动权完全掌握在我们队员手中，只要李浔再打出一个十环，我们中国队就赢了！就算九环也没有关系，我们还有加时赛，有望夺冠。”

李浔的这一箭，可以说是整场比赛中最最难打的！

十环，不仅是意味着战胜韩国队，也打破了韩国在世锦赛上的垄断地位。

李浔深吸了一口气上场，脑袋都是空的。

戴墨镜的大哥不知道从哪儿又变出一个扩音设备，带起节奏：“十环！十环！”

观众的情绪也被积极地调动起来。

可这个大哥真的不知道这支箭有多难打吗？

大家真的不知道这一箭打中十环的概率有多低吗？

所有人都清楚。

李浔从开场到现在，已经连续打出五个十环，这样的命中率已经是极限了。

他再打十环就是个奇迹。

可是他们能做的，就是相信国家队，相信李浔，相信那概率学上的十万分之一。

但什么都阻止不了他们了。

场上的队员、场下的领导、教练、观众全体起立，声嘶力竭地摇旗呐喊：“十环！十环！”

吼声如轰鸣的引擎，响彻云霄。

“十环”的声音成功覆盖了整片体育场，献给体育竞技，献给汗水与热泪，献给身着红衣的中国队，也献给运动员们最宝贵的青春。

李浔越镇定，韩国队员的脸色就越难看。

薄薄的云层遮住了一点儿阳光，此刻是视野最清晰的时候，就好像是上天的祝福。

宋仰站在离李浔最近的位置，能看清他藏于帽檐下的眉头略微皱起，太阳穴的汗水凝成水珠，顺着鬓角缓缓滚落。

全部人的希望都落在李浔的最后一支箭上，可想而知他的压力有多大。

镜头推进，李浔的指尖扣紧弓弦，下颌绷紧。阳光洒在他身上，和十九岁的那个夏天重合了。

宋仰双拳紧握，也不知道哪来的自信，喉间发出干涩的一声：“你没问题的！”

在松手的一刹，李浔嘴唇动了动，跟自己的箭对话：“走你！”

代表着中国队的绛红色箭羽飞速回旋，在空中划过一道弧线，与宋仰的箭头挤在一起。

“啊啊啊啊啊啊！”观众就像引线烧到头的炮仗，彻底炸开了。

解说员汗湿的手掌终于松开，语速飞快：“李浔一个十环绝杀！中国队五比三，击败韩国队，夺得了本场男子反曲弓团体决赛的冠军！”

电子大屏幕上刷新最终成绩。

CHINA：Set pts 5　WINNER

KOREA：Set pts 3

在铺天盖地的欢呼声里，宋仰鼻尖酸涩：“吓死我了！”他的那个七环，差点儿酿成大祸，至此还心有余悸。

“怕什么……”最后一箭消耗了李浔的全部精力，唯独大脑还处于亢奋的状态，有脑袋凑过来，他出于本能地钩住，揉了揉，而后眉飞色舞，“我早就说了，有我在，没问题的。”

他们刚拿下冠军，一切都无所谓了。王南风抬手抱住宋仰的脑袋，在他额头盖上一个吻，接着是于慎微，轮到李浔的时候，场面就变得十分滑稽。

王南风一米七多点儿的个头，踮脚也够不着李浔的脑门，李浔略微弯了弯腰，但脸上写满了不情愿。

几分钟后，工作人员带领他们登台领奖。运动员没有中心位的讲究，宋仰年纪最小，被当成团宠，挤到中间位置。

闪光灯与快门声交替，宋仰实在紧张，一张脸已经笑得僵硬。

李浔就显得熟练多了，他左手捏着奖牌，右手搂住宋仰的肩膀拍了拍：“怎么样，感觉还不错吧？”

宋仰开心：“下次还要再来。”

在酒店休息一晚，隔天清早，他们便踏上回程的飞机。

赛后是短暂的小假，宋仰和于慎微趁这个空当回学校参加考试，李浔也跟着一起飞回家看父亲。

傍晚五点多，飞机落地，宋景山和李慧瑛已经在接机大厅等候将近两小时。

宋景山拉着李初之，低头看时间："早知道飞机要晚点就先在外边吃顿饭再来了，停车费又得翻一倍。"

李慧瑛："你这是在变相地问我要零花钱？"

宋景山拉了拉李初之的胳膊："宝贝儿想不想买好吃的？"

"嗯。"李初之很配合地点头，一抬眼，看见两道熟悉的身影，高兴坏了，"哥哥！舅舅！"

宋仰像条大型犬一样飞奔过去，行李箱的滑轮飞快地滚动。他从小到大都没怎么离开过家，这次封闭训练大半年，让他对"团圆"这两个字有了深刻的感悟。

"我想死你们了！"宋仰把家人挨个抱了一遍，亲亲李初之的脸颊，"小丫头，你怎么这么快就回来了？期末考试考完了？"

李慧瑛说："前两天刚回来。他们学校考试考得早，下半年开学也早。"

"真好啊。"宋仰羡慕地捏了捏李初之的脸，"你是不是长高了？"

"嗯。"李初之信誓旦旦地踮脚，"我马上要和你一样高了。"

宋仰哈哈大笑。

晚高峰路上有点儿堵，一个多小时后，车子才驶入郁青小区。

李国涛坐在院里逗狗，听见引擎的动静，伸长脖颈。

夏天的晚餐基本都是在院里吃的，圆圆的石桌上摆着好几碟凉菜，碗筷、餐垫都已摆放整齐，中间是几瓶酒水饮料。

见人下车，他拄拐迎上去：“我们的冠军回来了！”

宋仰头皮一麻：“叔！您可别这么叫，怪害臊的，我都没发挥好。”

“那也是拿冠军了。”

他太久没回家，院里大变样了，桂花树上缠上了许多星星灯，狗窝也从一个简约的长方体改成木质小屋，看起来很温馨。

院里的葡萄架上挂着几串淡绿的葡萄，圆滚滚的。宋仰摘下一颗擦了擦扔嘴里，舌尖被刺激了一下，吐出来，又坏心眼地摘一颗，喂到李浔嘴边。

李浔正给教练回消息，张嘴接着。全家人满心期待地等着他的反应，下一秒，李浔果然不负所望地“唑”一声，强咽下去，皱着五官说：“好酸。”

全家爆笑，耳边又响起快门声，李浔这才意识到自己被宋仰耍了。

晚餐是宋景山和李国涛两个人一起弄的，考虑到运动员忌口，总共十个菜两个汤，大部分以海鲜和素食为主，还有一大盆十三香小龙虾。

宋景山给几个小的续上饮料：“辛苦你们了。这次的仗打得可真不容易，我感觉你俩都瘦了，多吃点儿补补。”

李浔双手接过：“谢谢叔。”

李国涛问：“这次你们拿了冠军，明年是不是就能参加奥运会了？”

李浔说：“也不一定，我们只是拿到选拔赛的名额了，但还是要和全运会、冠军赛选拔出来的几十个运动员一起比赛，最后再挑三个组队。”

“这样啊……那是不是又要半年回不了家了？”李慧瑛问。

李浔答：“奥运会的话应该就不止半年了。选拔赛结束就直接进入备战期了，到比赛结束才能缓一阵。”

李慧瑛虽然担忧、不舍，但也没有再阻止。

天色渐暗，宋景山将院里的灯统统打开，举起酒杯：“不管怎样，先预祝你们拿到好成绩！”

“谢谢！”

晚风吹过，玻璃杯碰撞出清脆的声音。

“哦，对了，”宋景山问，“今晚你是和小仰一起住家里吧？”

李浔还没思考过这个问题，看向宋仰：“你打算什么时候回学校？我送你过去。”

李慧瑛抢着说：“难得回家一趟，今晚就住家里吧，我被子都给你们晒好了。”

李浔点点头：“行啊。”

吃过晚餐，李初之被李慧瑛带去跳广场舞，宋仰和李浔牵着尿尿遛弯。

白天的暑气还未散尽，空气闷闷的，宋仰有些口渴，钻进一家便利店。

他站在半人高的冰柜前，指尖抠着玻璃上的冰屑，问李浔：“你还记得小时候第一次见面，你撞翻我一个甜筒吗？”

“有点儿印象。”李浔笑了起来，在胯骨处比画了一下，“你那会儿大概才这么点儿。”

“我有那么矮吗？”

“差不多吧。”

童年的记忆是不太牢靠的，宋仰不太记得他们当时的对话，但是记得一个重点：“后来你被你们教练叫走了，我还是没吃到那个冰激凌。”

李浔：“所以现在不是来补偿你了吗？”

宋仰挑了个山楂口味的冰棍儿，边走边吃，嘴唇抿得湿湿的。尿尿仰头看他，哈喇子流了一路。

不知不觉，他们走到了以前常去的那片湿地公园。那里依旧没什么人，杂草比两年前更茂盛，快赶上半人高了。

似乎有其他人也把这边当成据点，树与树之间绑着吊床，地上还有没带走的格子餐布。

宋仰被尿尿扯着，小跑到他们经常训练的码头。

李浔也加快步伐跟上去：“刚吃饱没多久，你跑慢点儿。”

宋仰双手牵着狗绳，努力刹车：“尿尿太胖了，我都快拉不住它了。”

李浔跑过去牵住：“我来吧。”

宋仰推开售票屋的木门，像捡到宝藏般欢天喜地地喊：“东西居然还在！”

他们之前总想着明天还会再来，就算明天不来也有后天、大后天，像灯串这类不值钱的玩意儿懒得带走，就直接搁在码头的售票屋内。

宋仰试着按下开关，灯串没亮。他皱着眉嘟哝：“不亮了，可能是受潮了。”

李浔将电池取出来，找了块石头轻轻磕了几下，重新安回去，灯串照得屋里亮堂堂的。

宋仰冲他竖起大拇指。

他们把灯串绕在码头的栅栏上，找旧报纸垫着，席地而坐，尿尿像蛤蟆一样趴在地上，时不时地抬眼看看他们。

没多久，宋仰就懒懒地瘫在草地上。晚风吹起他前额的头发，带着一点儿舒适的凉意。他看着李浔点开音乐播放器，从收藏夹里翻出一首歌。

旋律很熟，一听就知道是之前很流行的歌，但他叫不出名字。

“这首歌叫什么？”

李浔诧异了一下：“你没听过吗？”

“啊！”宋仰恍然大悟，“我知道这个组合，但我没怎么听过他们的歌，我就记得有一首叫《红日》。”

李浔笑着说：“那可不是他们唱的。”

宋仰：“那是谁唱的？不是这个组合吗？”

“……”李浔无奈地叹息一声，这些认知上的差异总在提醒他，身边这个是小他一轮的小朋友。

不过宋仰热衷于迈过和李浔之间的每一个代沟。他坐起来，先是在网上搜索了一下刚刚提到的这些歌手和歌曲的词条，又问：“你会唱流行歌吗？”

李浔的两个手指捏着，说：“会一点点。”

“那你教教我！”

李浔想了想说：“我唱首熟悉的吧。”

“好！”宋仰很给面子地鼓起掌，就连尿尿也凑热闹地叫唤一声。

李浔点开配乐，一开嗓，宋仰就知道他的那句“会一点点”带着谦虚的成分。

李浔很会唱歌，且拥有性感的烟嗓，旋律低缓，他的每一个音都踩在调上，像夜晚的风一样温柔。

秋天该很好，你若尚在场。
秋风即使带凉，亦漂亮。
深秋中的你填密我梦想。
就像落叶飞，轻敲我窗。
冬天该很好，你若尚在场。
天空多灰，我们亦放亮……

他们的目光在星光下交汇，构成一幅画。

番　外

赛后直播采访

世锦赛后，有不少节目的负责人联络到李浔和宋仰，综艺、访谈，甚至连真人秀都有，不过为了备战世界级比赛，大部分节目他们无法参与，最后只留下一档直播采访。

约定的直播时间在周五晚上，正巧是宋仰放假的前一天。

最后一门课考完，宋仰浑身轻松，走路都带蹦。

李浔的车已经在楼下等候多时，见有学生陆陆续续出来，李浔第一时间摘下耳机下车。

“考得怎么样？”李浔迎上去，像个老父亲，一手递果汁，一手接过宋仰的背包，往自己肩头一挂。

“还凑合吧，大部分能写出来，及格应该没啥问题。”宋仰揭开盖，只尝一口就知道是李浔自己做的百香果西柚柠檬茶。

里边还加了些椰果，酸酸甜甜，口感挺不错，他一口气喝掉半杯，钻进车里说："你手艺越来越好了，将来要是退役了可以考虑开家甜品店。你知道猫咖吗？"

李浔："就那种闲着没事儿过来唠一整天的？"

宋仰哈哈笑道："差不多，人家店里提供撸猫服务，你可以教人射箭！"

"得了吧。"李浔掰着手指头，"我要做甜品，又要做饮品，还要教人射箭，你想累死我啊？"

宋仰系上安全带："你可以请人做啊，你就负责教人射箭。"

李浔："那我请你，你来吗？"

宋仰："你不请我也要过去，你要是开店，我肯定得投资。"

李浔发动车子，拿小眼神瞅他："我有钱，不需要投资人，但是需要一个管家。"

宋仰一拍大腿，开玩笑说："这儿就有个现成的，你捡不捡？"

李浔笑问："你帮我管账？"

宋仰比了一个 OK 的手势："回头我就把会计证考了。"

李浔很果断地回道："成。"

一个小时后，他们抵达节目组后台，换上提前准备的干净队服，接着是化妆师做造型。

宋仰的皮肤白，基本不用上妆，负责化妆的小姑娘就给他修了修眉和鬓角。李浔也不喜欢往脸上抹东西，化妆师便直接帮李浔弄头发。

李浔从去最后一站集训到现在，头发就没怎么打理过。化妆师征得他同意后，简单地修剪一下，吹得微卷，然后抓出利落的造型。

蓬乱的头发经化妆师一打理，立刻变得规规矩矩，整个人看起来成熟又不乏温和。

访谈节目的录制厅布置得简洁温馨，像是家里的客厅，宽敞的沙发上摆着好些玩偶，补光灯竖在两侧，对面的工作人员都已经准备就绪。

主持人比他们想象中年轻，二十七八岁的模样，留着一头干练的短发，身着丝质衬衣，黑色丝带在领口处束成蝴蝶结，很是飘逸，钻石耳坠在灯光下熠熠生辉。

李浔先进屋，同她打了声招呼，坐到角落的位置，将腿边的玩偶抱在怀里，给宋仰腾出位置。

宋仰入座后，发现沙发上有只星黛露，抱在怀里拍了拍，说：“初之的最爱。”

主持人说：“那一会儿送给你们了。”

宋仰惊喜地道：“真的可以吗？”

“当然。”主持人教他们别上麦，随后看了一眼手表，笑道，“那我们就开始？”

李浔点了点头。

在化妆间里，主持人助理就和他们核对过流程，先是回答问题，接着是小游戏，顺利的话可以抱走节目组准备的小礼物。

早在一周前，李浔和宋仰就在微博发过直播预告，官微也有转发，以至于主持人刚开直播不到一分钟，直播间人数就已经过十万，不少粉丝疯狂刷礼物，画面稍稍有些卡顿。

助理调整好手机角度，确认无误后，退到一边，比了一个OK的手势。

宋仰在眼前的多个手机屏幕里看见自己，莫名害臊，而他紧张时的下意识动作就是往李浔身边靠，就像在赛场上那样。

弹幕已经有些疯狂了。

啊啊啊啊啊！浔哥的新造型好飒！

第一次看到他们这么斯文地坐着，好不习惯，哈哈哈哈！

屏幕已经容不下浔哥的大长腿了。

小羊的坐姿好乖啊。

…………

短暂的自我介绍后，主持人切入主题，开始提问："听说你们两个当初的相识过程充满戏剧性，能和我们直播间的小伙伴们聊聊吗？"

宋仰笑笑说："他十九岁的时候来N市参加全国比赛，我跟我爸妈一起去看比赛，那个时候认识的，那是我们第一次见面。"

李浔补充道："那会儿他才到我大腿。"

宋仰梗着脖子："也没有那么矮吧！"

李浔："你那会儿还不记事儿吧，差不多就那么点儿，反正我一只手就能抱起来。”

主持人“哇”了一声：“那你们也太有缘了，小时候弟弟看哥哥比赛，长大后一起夺冠。那我是不是也可以认为，小仰你是看完比赛，受到了浔哥的指引，才选择了射箭这条路呢？”

宋仰没有否认。

屏幕上的弹幕更多了。

主持人又问：“那你们最欣赏对方的一点是什么呢？”

李浔几乎没怎么犹豫就说：“阳光、充满少年气、很有冲劲，他想到什么就会去做，然后做到最好。”

主持人看向宋仰。

宋仰也不假思索：“数不清，他好像什么都会，生活里遇到什么麻烦事儿找他，他都能想办法帮你解决。他身上有种很特别的人格魅力，就是你和他相处会很有安全感，万事都有他兜底，包括在赛场上也是。”

主持人笑着问：“那对方有什么缺点呢？”

李浔略垂下目光思考，实在找不出来，唯一能想到的就是宋仰在赛场上不够自信，但这也不是缺点，从某种角度来看，宋仰不会骄傲自满，这也是一种优点。

他摇摇头，老实地说：“好像都是优点。”

主持人：“怎么可能……”

宋仰看一眼李浔，由衷地回答：“他在我眼里也都是闪光点，目前还没发现有什么缺点，哈哈。”

主持人："知道对方爱吃的菜吗？"

李浔："我做的他都挺爱吃。"

宋仰："嗯。他不挑食，啥都爱吃，最喜欢的就是自己做的。"

主持人："看得出来，你们平时关系很好啊。"

李浔说："队友们关系都挺好的。"

主持人顺着这个话茬问："小仰，你自己会买菜做饭吗？"

宋仰说："会，但是大家都嫌弃我做的不好吃。"

李浔不由得看他："我什么时候嫌弃你做的不好吃了？"

宋仰回忆起一起住的那段日子，撇撇嘴："可你吃完不是让我别做了吗，不就是不好吃的意思吗？"

主持人说："但是据我所知，国家队不是有专门的食堂提供一日三餐吗，你们还需要自己开火吗？"

这问题可没在事先准备的流程单上，宋仰和李浔瞬间愣住。

此时弹幕已经疯了。

哈哈哈哈哈哈哈哈，嘴巴比脑子快系列！

浔哥一脸"怎么圆回来"的表情，笑死我了！

小仰怎么回事啊！

…………

怎么说李浔也是见过大场面的，解释说："我租的房子和他们家离得挺近，我们经常到对方家里蹭饭。"

挺近！

经常！

蹭饭！

…………

主持人“哦”了一声：“那用一个词来介绍或者描述对方的话，你们会选什么？”

宋仰的思维从刚才的问题里跳出来，赶紧答：“靠谱。”

李浔脱口而出：“家人。”

宋仰心尖一暖，改口：“他也是我家人！”

图书在版编目（CIP）数据

弦风在耳 / 陈隐著 . -- 成都 : 天地出版社，
2022.6
ISBN 978-7-5455-7059-5

Ⅰ . ①弦… Ⅱ . ①陈… Ⅲ . ①长篇小说 - 中国 - 当代
Ⅳ . ① I247.5

中国版本图书馆 CIP 数据核字 (2022) 第 064952 号

XIAN FENG ZAI ER
弦风在耳

出品人 杨　政
作　　者 陈　隐
责任编辑 袁静梅
特约编辑 杜天梦　刘雪华
封面设计 卷帙设计 QQ: 2649686699
责任印制 白　雪

出版发行 天地出版社
（成都市锦江区三色路 238 号 邮政编码：610023）
（北京市方庄芳群园3区3号 邮政编码：100078）
网　　址 http://www.tiandiph.com
电子邮箱 tianditg@163.com
经　　销 新华文轩出版传媒股份有限公司

印　　刷 北京市松源印刷有限公司
版　　次 2022年6月第1版
印　　次 2022年6月第1次印刷
开　　本 145mm×210mm 1/32
印　　张 18.5
字　　数 413千字
定　　价 69.80元（全2册）
书　　号 ISBN 978-7-5455-7059-5

咨询电话：（028）86361282（总编室）
购书热线：（010）67693207（营销中心）
